Arnon Grünberg

Blauer Montag

Roman

Aus dem Niederländischen von

Rainer Kersten

Diogenes

Titel der 1994
im Verlag Nijgh & Van Ditmar, Amsterdam,
erschienenen Originalausgabe:
›Blauwe maandagen‹

Der Verlag dankt dem
Nederlands Literair Produktie- en Vertalingenfonds
für die Übersetzungsförderung
Umschlagillustration: David Hockney,
›The Room, Tarzana‹, 1967
(Ausschnitt)

150/97/8/1
ISBN 3 257 06133 1

Inhalt

Ich hab noch zwanzig Pferde in Berlin

Mein Vater handelte mit Briefmarken – jedenfalls dachten das meine Mutter und ich. Meine Mutter erzählte mir einmal, daß sein Vater eine Drogerie gehabt hatte, so einen fahrbaren Laden auf einem kleinen Handwagen. Der Mann zog den ganzen Tag lang mit seinem Karren durch Berlin. »Und eines Tages fand man ihn tot auf seinem Wagen«, sagte sie, »aber das war nicht die SA, das war sein ewiger Neunundneunziger-Fusel.« Und gleich darauf fuhr sie fort: »Meine Eltern dagegen hatten ein Möbelgeschäft – später sogar zwei –, und dafür haben wir nicht einen Cent gekriegt, nicht einen einzigen.«

In Düsseldorf wohnten wir in einem Hotel, an dessen Außenmauer ein Gedenkstein angebracht war: »Hier verlebte der junge Dichter Heinrich Heine glückliche Jahre.« Davon mußten sie natürlich ein Foto machen, mit mir davor. Der konnte einem wirklich auf die Nerven gehen, dieser Heinrich Heine.

Als ich noch auf der Grundschule war, begleitete ich meinen Vater manchmal auf seinen Reisen. Er blieb nie lange weg, immer nur ein oder zwei Tage. Im Zug aßen wir Brötchen, die er selbst mit koscherer Wurst belegt hatte. Doch nichtkoschere Wurst aßen wir auch, und viele heiße Waffeln und Gebäck. Das war genauso gut wie warmes Essen, fand er. Er traf sich mit Leuten in Kneipen. Es war warm. Ich trug meine kurzen Hosen.

Mein Vater hatte eine Halbglatze. Die Leute hielten ihn immer für meinen Großvater und fragten: »Na, heute mal mit Opa unterwegs?« Wir gingen in eine Kneipe, und da saß der Mann, mit dem er verabredet war. Auch alt und auch mit Glatze. Sie tranken ein paar Wodka, und ich bekam ein Eis. Immer nur Eis. Sie redeten stundenlang. Mein Vater wollte nie verraten, was er mit diesen Glatzköpfen besprochen hatte. Danach gingen wir auf die Kirmes und aßen Bratwürstchen. So ein Bratwürstchen würde Gott uns schon nicht übelnehmen, meinte mein Vater. Gott vielleicht nicht, aber dafür meine Mutter. Und abends gingen wir wieder in eine Kneipe, da trafen wir noch so einen Ergrauten. So einen, der in einem schlechten Film Gott spielen könnte. Wieder kippten sie ein paar Wodka. Mein Vater wurde wütend. Wenn er sich aufregte, fielen ihm seine strohigen Haare immer ins Gesicht – er hatte sie sehr lang wachsen lassen, um die kahle Stelle auf seinem Kopf zu bedecken. »Auf bessere Zeiten«, riefen sie auf deutsch. Mein Vater schlug mit der Faust auf den Tisch, doch niemand beachtete ihn. Das taten dort alle (mit der Faust auf den Tisch schlagen, meine ich). Es ging um den Majdanekprozeß. Oder mal wieder um den jungen Dichter Heinrich Heine. War doch alles das gleiche. Meine Mutter dachte, daß wir mit Sammlermarken handelten, doch ich hatte keine einzige Briefmarke gesehen. Ich fragte ihn, ob schon alle verkauft wären, doch er wollte mir nichts sagen. Auch meiner Mutter nicht. Er sagte bloß: »Jeder hat so seine Geschichte, auch die Dummen und Unwissenden.«

Zum Frühstück bekam ich heiße Schokolade, zu Hause bekam ich die nie. Einmal standen wir bestimmt eine Stunde in der Fußgängerzone und hörten einem Mann zu, der Ziehharmonika spielte.

In Brüssel waren wir auch einmal. Dort sahen wir einen Unfall. An einer Ampel überfuhr ein Lastwagen einen Opa mit Spazierstock. Es ging wie in Zeitlupe. Der Fahrer hatte ihn beim Anfahren nicht gesehen. Mein Vater schwenkte noch die Arme und rief: »Stop, stop!« Doch der Fahrer achtete nicht auf ihn und fuhr einfach über den alten Mann drüber. Zum Zugucken konnten wir nicht dableiben, denn wir mußten wieder in irgend so eine Kneipe, wo ein anderer alter Mann auf meinen Vater wartete. Es waren immer Kneipen, in denen nur alte Männer herumsaßen, sogar die Kellner waren Tattergreise. Und die Ventilatoren, die sich langsam drehten, nutzten auch nichts.

In Brüssel gab es keine Kirmes. Ich durfte übrigens nie Achterbahn fahren, denn da bekam es mein Vater mit der Angst zu tun. Dafür durfte ich schießen, aber das war nicht meine Stärke. Mein Vater traf immer ins Schwarze. Einmal schoß er mir einen Teddybären, doch was sollte ich mit so einem Bären? Wenn wir in die Kneipen gingen, hatte er immer eine Plastiktüte von Albert Heijn bei sich. »Wichtige Dinge trägst du am besten in Plastiktüten mit dir herum«, sagte er immer. Manchmal mußten wir auf die anderen alten Männer warten, die genau wie mein Vater nach Knoblauch stanken. Ich wollte nicht zu ihnen auf den Schoß, denn ich trug meine kurzen Hosen, und ihre Hosen kratzten wie verrückt. Genau wie ihre Wangen.

Einmal sollten wir Heringe für einen alten Mann in Düsseldorf mitbringen. Wir waren früh aufgestanden, damit mein Vater bei seinem Lieblingshändler neben der Börse noch schnell zehn Heringe besorgen konnte. Es war so ein Tag, an dem jeder sich am liebsten in eine Wanne mit eiskaltem Bier gesetzt hätte. Mein Vater trug eine Sonnenbrille. Später im Zug flachste er mit zwei Mädchen herum, die bei uns im Abteil saßen. Kurz hinter Oberhausen begann es im Abteil nach Hering zu stinken. Mein Vater legte die Tüte mit den Heringen ins Gepäcknetz. Auf Reisen trug er immer ein schwarzes Fläschchen mit goldenem Stopfen bei sich. Darin war Kölnischwasser oder etwas, das so ähnlich roch. Er nahm das schwarze Fläschchen aus seiner Brusttasche und besprenkelte damit die Abteilwände. Die Mädchen schlugen sich auf die Schenkel vor Vergnügen, und auch mein Vater hatte seinen Spaß. Außer dem Fläschchen hatte mein Vater auch immer ein Buch dabei. Es war immer dasselbe, ein Englischlehrbuch. Es war das abgegriffenste Ding, das ich je gesehen hatte, und daß er es nie verloren hat, ist mir ein Rätsel, denn sonst verlor er auf diesen Reisen so ziemlich alles. Sogar mich verlor er ein paarmal. Kurz vor Düsseldorf war die Luft in unserem Abteil trotz Kölnischwasser nicht mehr zum Aushalten. Er holte die Zwiebeln, die sauren Gurken und die Heringe aus seiner Tasche. Dann ließ er die Mädchen daran riechen, schnupperte auch selbst noch einmal daran und warf das Ganze aus dem Zug. Das Abteil muß noch tagelang gestunken haben wie eine Heringstonne.

Mein Vater erzählte: »Bei uns in der Familie aßen früher alle aus einem Topf, und vor dem Essen machten sie das Licht aus, damit jeder die Chance hatte, was abzukriegen.

Manchmal mußten sie ja die Suppe aus dem Fleischgeruch von letzter Woche kochen.«

Als ich zwölf war, hörten diese Reisen plötzlich auf, oder vielleicht durfte ich auch nicht mehr mit.

Nach dem Tod meines Vaters fanden wir tatsächlich ein Schließfach voller Briefmarken, aber nicht so viele, wie wir gedacht hatten. Wir brauchen jetzt bis an unser Lebensende keine Briefmarken mehr zu kaufen, egal, in welchem Land wir uns befinden. Meine Mutter hat mir verboten, sie zu benutzen. Sie sollen ziemlich wertvoll sein, doch warten wir es erst mal ab. Zwanzig Pferde hatte er auch noch, stellte sich heraus. In Berlin. Eine Reitschule für Behinderte, erstanden im Jahr 1965. Zuerst dachte ich, mein Vater hätte die Pferde gekauft, damit wir alle mal gemeinsam ausreiten könnten, aber das war ein abwegiger Gedanke, denn ich konnte mir weder meinen Vater, meine Mutter, noch mich oder meine Schwester auf einem Pferd vorstellen. Meine Mutter fiel aus allen Wolken. »Was soll ich denn mit zwanzig Pferden!« rief sie. »Als ob die Briefmarken nicht schon genug wären!«

Die Reitschule haben wir dann verkauft. Ein Notar hat alles geregelt. »Jedes Jahr mußte Geld reingepumpt werden«, sagte er, »kein Mensch kam mehr in die Reitschule, keine Menschenseele. Es ist mir ein Rätsel, warum Ihr Vater sie nicht schon viel früher abgestoßen hat.« Wir bekamen fast nichts dafür, niemand wollte die Pferde haben. Später hörten wir, daß auch eine Menge Ponys dabeigewesen waren – war wohl einfacher für die Behinderten beim Aufsteigen –, und ich sagte meiner Mutter: »Jetzt kannst du singen: *Ich hab noch zwanzig Pferde in Berlin.*« Fand sie gar nicht komisch.

Früher fuhren wir oft nach Berlin. Wir hatten da eine Tante im Altersheim, und die besuchten wir fast jeden Sommer. Dann wohnten wir auch dort. Ein ganzer Sommer im Altersheim! Und die Sommer in Berlin können heiß werden. Dann starben die Leute im Heim wie die Fliegen. Jeden Nachmittag ging die versammelte Familie in die ›Konditorei‹ und stopfte sich mit Torte voll. Ich auch. Schon wegen dieser Torte hätten meine Eltern seinerzeit von mir aus gern in Berlin wohnen bleiben können. Manchmal fuhren wir auch an den Wannsee. Wenn meine Mutter nicht hinsah, aßen mein Vater und ich eine Bockwurst mit Kartoffelsalat aus einer von diesen großen Regentonnen. Wahnsinnig fett, aber das Leckerste, was ich je gegessen habe. Tantchen war auch dabei. Mit ihrem Sonnenschirm, um ihre Haut zu schützen.

Für Vaters Beerdigung mußten wir extra nach Israel, wo meine Schwester wohnt. In Amsterdam konnten wir ihn nicht begraben, weil meine Schwester nicht mehr fliegen durfte. Sie war im neunten Monat. Jeden Moment konnte es soweit sein – da kamen wir eben mit der Leiche zu ihr. Über Rom, denn es gab keinen Direktflug an dem Tag, und es mußte schnell gehen.

Endlich landeten wir auf dem Ben-Gurion-Flughafen; wir waren den ganzen Tag unterwegs gewesen. Meine Mutter rief dauernd: »Ich hab ihn umgebracht, ich hab ihn umgebracht«, bis ich sagte: »Jetzt hör endlich auf, sonst bring ich *dich* um.«

Wir saßen in der Ankunftshalle. »Wo ist der Sarg mit

meinem Mann?« fragte meine Mutter. »Kommt gleich«, sagten sie, »wir können ihn ja schlecht mit dem normalen Gepäck rausschicken.«

Wir warteten. Zusammen mit meiner Schwester. Eine Stunde, zwei Stunden. Sie brachten uns Kaffee. Noch eine Stunde. Das ganze Flugzeug war jetzt leer. Sie brachten uns noch mehr Kaffee. Sie telefonierten nach Rom. Ja, der Sarg stand noch dort. »Keine Panik, es ist nichts passiert, er ist nur in Rom stehengeblieben. Das kann schon mal passieren, bei dem vielen Umladen. Er kommt mit dem nächsten Flugzeug.«

Meine Mutter fing an zu heulen. Ich dachte: ›Toll! Und jetzt kriegt meine Schwester hier auf Ben Gurion ihr Kind.‹

Ich rief: »Dann fliegen wir eben alle nach Rom und begraben ihn dort: Rome, here we come.« Ich wurde ganz verrückt von dem Geheule. Und von den Wehen meiner Schwester.

An nächsten Morgen kam er dann doch noch ganz normal an. Wir begruben ihn sofort. Er wurde mit Blaulicht und Sirene nach Jerusalem gebracht, schließlich war Freitag, und samstags sind Beerdigungen verboten.

Dann saßen wir eine Woche lang auf Kisten und aßen Bohnensuppe. Scheinbar dachten die Freunde meiner Schwester, wir wären verrückt auf Bohnensuppe. Wenn man trauert, darf man nicht selber kochen, doch eigentlich hätte ich lieber überhaupt nichts gegessen als jeden Tag diese Bohnensuppe.

Eine Woche später flog ich nach Amsterdam zurück, und mit der Vollmacht meiner Mutter habe ich die Pferde dann verkauft.

Rosie

Martinimartin

Ich hatte mir das Haar an den Seiten kurz schneiden lassen, trug es streng nach hinten gekämmt und schmierte mir jeden Morgen eine halbe Dose Gel hinein. Ich wollte wie dieser eine Schauspieler aussehen – seinen Namen hab ich mittlerweile vergessen, ich weiß nur noch, daß er in der Verfilmung von *Tender is the Night* mitgespielt hat. Auch meine Brille setzte ich nicht mehr auf. Ich war blind wie ein Maulwurf, und abends war ich schon ein paarmal auf geparkte Autos draufgefahren. Zuletzt hab ich das Radfahren einfach aufgegeben.

Unsere Projektwoche verbrachten wir in Someren. Wir mußten viel schwimmen und für unsere Eltern Spargel stechen, den wir in nasse Geschirrtücher einwickelten. In dem Jahr fand die WM in Mexiko statt. Ich war Maradona. Das war viel besser, als Spargel zu stechen und in Geschirrtücher zu wickeln. Am dritten Tag mußten wir in irgend so ein Glockenmuseum. Auf dem Weg dorthin fiel ich vom Fahrrad. Es muß an dem Fahrrad gelegen haben, die Räder waren geliehen und hatten bestimmt schon seit mindestens zehn Jahren bei dem Bauern in der Scheune vor sich hin gerostet. Ich hatte ein großes Loch in der Hose und auch im Knie. »Die Hose kannst du wegwerfen«, sagte Meneer Diels, unser Latein- und Griechischlehrer. Mein Knie war eine einzige blutverschmierte Wunde, in der lauter kleine Kieselsteinchen steckten. Unser Leiter wollte sie nicht herausholen, und ich selbst traute mich nicht. Da hat Rosie sie herausgezogen, einen nach dem anderen. Sie war gut zwei Stunden damit beschäftigt, und das Rumgestocher in meinem Knie tat höllisch weh. Jeden Abend mußte der Verband gewechselt werden – sonst müßte ich nach Hause, hatten sie gesagt. Auch das Verbandwechseln war eine ziemlich eklige Angelegenheit, denn die Wunde eiterte stark. Zuerst tat es Rosie, dann unsere Klassenlehrerin, Mevrouw Haaseveld, und zuletzt mußte ich es selber machen.

Wenn ich beim Fußball an meinem Gegenspieler nicht vorbeikam, zog ich ihn einfach so lange an den Haaren, bis es klappte. Weibliche Gegenspieler kniff ich in die Brüste. Hierüber waren einige zutiefst entsetzt, doch schließlich war ich schwer verwundet, und außerdem war ich Maradona.

Dann kam der letzte Abend. Wir schlossen Wetten ab, wer am meisten von dem Martini trinken konnte, mit dem wir uns im Supermarkt von Someren reichlich eingedeckt hatten. Nach einer halben Flasche konnte ich nicht mehr. Ein Junge machte bis anderthalb Flaschen weiter. Er gewann, aber danach war er für den Rest des Abends von der Bildfläche verschwunden. Er hieß Martin, und von da an nannten wir ihn Martinimartin.

Wir blieben oben im Schlafsaal und hörten, wie Diels und die zwei anderen sich im Betreuerzimmer unter uns genauso vollaufen ließen wie wir. Doch sie waren nicht nur besser in Übung, sie hatten auch triftigere Gründe: Wir wollten ja nur so aussehen wie die Männer, die wir verehrten, mit ihren rauhen Stimmen und ihren Gesichtern, in denen das Leben tiefe Spuren hinterlassen hatte. Sie aber, das hörten wir aus ihrem Gespräch, wollten immer noch so wirken wie die, die sie einmal gewesen waren oder die sie noch werden wollten, und verehren taten sie schon lange niemanden mehr.

Wir erzählten einander, was wir in zehn Jahren sein würden. Nur Deborah sprach von Kindern, sie wollte zehn Stück adoptieren. Obwohl ich nie mit ihr redete, hatte sie mich ein paar Monate zuvor zu ihrem Geburtstag eingeladen. Sie hatte drei Schwestern und eine Mutter mit einem kleinen Damenbart, die uns Unmengen Suppe und Couscous aufgetischt hatte. Mit am Tisch hatte auch ein etwas älterer Bursche gesessen und so ausführlich über Saxophone gefachsimpelt, als habe er sie erfunden. Als ich mich verabschiedete, stellte sich heraus, daß es ihr Vater war. Auf dem Sofa hatte ihr jüngerer Bruder gelegen und geschlafen. Später am Abend hatte er mich angesprochen und gesagt: »Wir sind aahrrm, ihr auch?«

Wir versuchten Deborah davon zu überzeugen, daß es vollkommener Schwachsinn sei, zehn Kinder zu adoptieren. Rosie sagte, daß sie lieber sterben würde, als ein Kind zu kriegen, weil kaum etwas auf der Welt so häßlich sei wie eine schwangere Frau. So verging die Nacht, und am nächsten Morgen gegen sechs gingen wir noch in einem kleinen See schwimmen. Ich blieb im Schilf stehen, weil ich Schwimmen nicht ausstehen konnte. Nach einer Stunde sahen wir Meneer Koenraads auf dem Fahrrad vorbeifahren. Er war unser Deutschlehrer. Kurz darauf folgte Meneer Diels. Mit Diels hatten wir kaum Ärger, denn er trank schon morgens Jungen Jenever und ab vier Uhr nachmittags auch noch Bier. »Eins für den Durst und eins, weil's so gut schmeckt«, sagte er immer. Nach einiger Zeit riefen wir alle: »Los, Meneer Diels, eins für den Durst und eins, weil's so gut schmeckt.«

Jeden Morgen begannen wir um sieben Uhr mit der Frühgymnastik. Wir mußten auf dem Hof der Jugendherberge antreten, wo Meneer Diels in seiner kurzen Hose schon auf uns wartete. Beim Elternabend hatte er versprochen, daß er die Frühgymnastik übernehmen würde.

Danach erzählte er meistens, wie er früher sein Geld mit Kühlschrankreparaturen verdient hatte. Einmal ging er mit uns sogar in die Küche, weil er gewettet hatte, daß der den Kühlschrank in einer Stunde auseinandernehmen und wieder zusammensetzen könnte. Koenraads hörte das und sagte, es sei keine gute Idee, den Kühlschrank der Jugendherberge auseinanderzunehmen. Diels war also eigentlich ganz okay. Doch diesmal war natürlich niemand zu seiner Frühgymnastik erschienen, und die Leiter hatten eilig eine Suchaktion gestartet. Schon wenn ein einziger beim Abendessen fehlte, mußten alle sofort aufs Rad steigen und das Dorf durchkämmen.

Zu guter Letzt fanden sie uns also in dem kleinen See. Sie waren schweißnaß vom Fahrradfahren. Zur Frühgymnastik blieb keine Zeit mehr. Wir wurden sofort in den Bus verfrachtet. Martinimartin war völlig fertig. Ich dachte, er würde es nicht mehr bis Amsterdam schaffen, und auf einmal fragte mich dieser Koenraads: »Und wo ist *dein* Spargel?« Alle liefen mit so einem kleinen Bündel in einem nassen Geschirrtuch herum. Ich sagte, daß ich keinen hätte und daß meine Eltern ihren Spargel ganz gut selbst besorgen könnten. Koenraads fand das ungeheuerlich. Wahrscheinlich hätte er sich nicht unterstehen dürfen, seinen Eltern ohne Spargel unter die Augen zu treten.

Auch in Amsterdam war es zu heiß, um irgendwas zu tun, doch einen Monat mußten wir noch durchhalten. Darum fuhren wir am Montag nach Zandvoort, wo wir zuerst Fußball spielten, bis Martinimartin von so einem Typen umgenietet wurde, der scheinbar nur an den Strand gekommen war, um andere Leute umzuhauen. Das war der Tag, von dem wir später noch lange reden sollten: Wir hätten nichts damit zu tun gehabt und von Anfang an gesagt, es sei eine Schnapsidee. Wir hätten ihn sogar noch gewarnt, als wir schon längst begriffen hatten, daß es zwecklos war.

Thomas war der Längste von uns allen. Er hatte seiner Freundin Natascha eine Kette mit Bierdosen umgehängt. Zusammen mit Nataschas Brüsten wippten die Dosen im Rhythmus ihrer Schritte. Thomas war so lang, daß er nur den Arm auszustrecken brauchte, um den Basketball in den Korb zu bekommen. Seine Haare waren auch lang, genau wie seine Finger und Zehen, und er hatte unzählige himbeerrote Pickel. Natascha reichte ihm bis zum Adamsapfel. Ab und zu legte er ihr beim Gehen die Hand in den Nacken. Als wir endlich einen freien Platz gefunden hatten, hob er Natascha in die Luft. Sie stand schon im Badeanzug vor ihm, den sie offenbar unter ihrer Kleidung getragen hatte.

Wir konnten sehen, daß sie sich die Beine rasiert hatte, denn die kannten wir alle aus dem Sportunterricht.

Als die Hitze so ziemlich am schlimmsten war, schlossen sie diese Wette ab. Wir sagten zu Martinimartin: »Tu's nicht«, denn von der Nacht in Someren war ihm noch das ganze Wochenende schlecht gewesen. Er sah ein bißchen aus wie Johnny Bosman, genauso ein kleiner Kopf auf einem langen Hals. Und er konnte auch sehr gut köpfen. Kaum hatte er Thomas' Vorschlag gehört, ging er in einen Laden und kaufte zwei Flaschen, die schon ziemlich warm waren, schließlich hatten wir über dreißig Grad an dem Tag. Wir sahen alle zu Natascha, die auf ihrem Handtuch in der Sonne lag und ihn keines Blickes würdigte. Martinimartin machte die erste Flasche auf. Ich gebe zu, daß Natascha in ihrem roten Badeanzug wirklich verführerisch aussah. Vielleicht wollte er ja jetzt, wo er nun schon mal angefangen hatte, nicht mehr kneifen, oder die Hitze, die ersten Schlucke Alkohol und Nataschas Anblick hatten eine unerwartete Leidenschaft in ihm entfacht (was auch möglich wäre, denn von Leidenschaft wie auch vom Tod bleibt niemand verschont), jedenfalls trank er die erste Flasche in einem Zug leer, und wir merkten, daß Thomas die Wette langsam bereute. Wir feuerten Martinimartin an, die zweite Flasche zu köpfen, und er tat es. Es muß ungefähr drei Uhr gewesen sein. Noch immer lag Natascha in der Sonne, und das alles schien sie gar nicht zu berühren. Auch wir fanden, daß sie mit jeder Stunde schöner wurde – und Martinimartin, dieses Knochengestell mit seinen dünnen, bleichen Haaren, mit jeder Minute abstoßender. Um vier Uhr war die zweite Flasche zur Hälfte geleert.

Er saß auf dem Boden, und wir standen um ihn herum. Vielleicht hatte er zwischendurch mal heimlich einen Schluck ausgespuckt, doch die letzte halbe Flasche trank er leer bis auf den Grund. Thomas stand neben ihm und ließ ihn nicht aus den Augen. Einige riefen, er solle doch lieber aufhören, aber andere feuerten ihn zum Weitermachen an. Als er die Flasche fast geleert hatte, lief ihm etwas Alkohol aus dem Mund und tropfte ihm übers Kinn. Thomas nahm den Sand von der Stelle, wo die Tropfen hingefallen waren, und stopfte ihn Martinimartin in den Mund. Dann nahm Martin die letzten zwei Schluck, als ob er eine Woche lang nichts getrunken hätte. Er ging zu Natascha.

Sie sah ihn nur kurz an. Dann zog sie sich hinter einem Handtuch ihren Badeanzug aus, schlüpfte in ihre Jeans und ihr T-Shirt und redete noch immer kein Wort mit uns. Sie packte ihre Sachen in eine Plastiktüte und verschwand mit ihm Richtung Dorf. Sie vorneweg, die Haare noch naß vom Meer, und dahinter Martinimartin in seiner kurzen Hose und seinem flatternden Hemd. Ein paarmal drehte Martin sich noch zu uns um und machte irgendeine Bewegung mit den Händen, doch er war schon zu weit weg, als daß man hätte erkennen können, was er meinte. Immerhin sah er nicht aus wie jemand, der sich schlecht fühlte. Nur Deborah sagte, wir hätten doch alle einen Sprung in der Schüssel.

Wir setzten uns in den Sand und warteten auf ihre Rückkehr. Als sie um sieben Uhr immer noch nicht wieder da waren, machten wir aus den beiden leeren Flaschen ein Tor, und ich schoß den schönsten Treffer meines Lebens. Ich stand bestimmt zwanzig Meter vom Tor entfernt und nahm den Ball aus der Luft an, was mir sonst nie gelang. Ich konnte nur sehr hart schießen und schnell laufen. Doch an dem Abend nahm ich den Ball an, einfach so mit dem Spann, und schoß ihn genau gegen eine der beiden leeren Flaschen. Daß das Tor für ungültig erklärt wurde, macht überhaupt nichts, denn ich bin mir immer noch ganz sicher, daß ich die Innenseite der Flasche getroffen habe und nicht die Außenseite.

Wenn ich Martinimartin jemals wieder zu Gesicht bekomme, werde ich ihm sagen, daß ich, als er mit Natascha in den Dünen verschwunden war, das schönste Tor meines Lebens geschossen habe. Und daß es nur darum nicht anerkannt wurde, weil Thomas von der Sonne und all dem Bier ein bißchen benommen war. Ich werde ihm sagen, daß ich mir an dem Abend hoch und heilig geschworen habe, mit allen schönen Frauen der Welt zu schlafen. Das schwor ich mir in dem Moment, als wir stumm dastanden und Natascha hinterherstarrten, die bestimmt zwanzig Meter vor Martinimartin herlief und ihren Plastikbeutel schwenkte, in dem ihr nasser Badeanzug steckte. Ich erinnere mich noch gut an ihr rollendes »R« – typisch Amsterdam-Süd – und an ihren vollen Busen. Heute weiß ich, daß auch so ein Amsterdam-Süd-»R« sich mit der Zeit abnutzt. Und was ihren Busen angeht, so kann es sehr gut sein, daß ihr Körper für ihre Brüste einfach noch zu klein war – genau wie mein Kopf damals für meine Nase, nur daß sich bei mir, wie einige behaupten, daran nicht viel geändert hat.

Als sie aus unserem Blickfeld verschwunden waren, fingen wir an zu spielen, bis Thomas plötzlich den Ball nahm und sagte: »Genug jetzt!« Es stand drei zu null für seine Mannschaft, und er dachte, wie wir alle, daß sie jetzt eigentlich jeden Moment wieder hinter der Düne auftauchen müßten, irgendwo bei der Fischbude. Drei Stunden zuvor hatten wir sie in dem weißen, feuchten Dunst hinter dem Stand verschwinden sehen.

Es stimmt, daß ich nichts damit zu tun hatte. Ich war kein Freund von Martinimartin, und auch nicht von Natascha. Sie kam aus einer anständigen Familie und hatte kleine, runde Pausbäckchen. Warum sie nicht auf ihrem Handtuch liegengeblieben ist und einfach gesagt hat: »Ihr habt wohl nicht alle Tassen im Schrank!«, verstehe ich bis heute nicht. Sie war eben keine Spinnenfrau und sollte wahrscheinlich auch nie eine werden. Unsere Gespräche damals drehten sich oft um Spinnenfrauen, doch wie so eine Frau aussehen und was sie tun mußte, um diesen Namen zu verdienen, habe ich heute vergessen.

Ihre Eltern hatten sie bestimmt vor allem möglichen gewarnt, vor der Sonne, vor zu fettem Essen und noch einer ganzen Menge anderer Sachen, doch wahrscheinlich hatte sie an dem Tag beschlossen, das alles zu vergessen. Wenn ich sie besser beobachtet und ihr besser zugehört hätte, wäre ich vielleicht weniger überrascht gewesen. Weniger überrascht als die anderen jedenfalls, die auch nicht verstanden, warum sie den beiden nicht einfach den Vogel gezeigt hatte. Später wurden ein paar von uns gefragt, warum wir sie nicht zurückgerufen hätten. Ich fand das eine sinnlose Frage. Es hätte keinen Sinn gehabt, auf sie einzureden – und sie zurückzurufen schon gar nicht, wir wußten ja doch, daß sie nicht antworten würde. Nicht an dem Abend, und auch später nicht mehr.

Auf all diese Fragen habe ich immer nur geantwortet, daß

ich genau wie die anderen gerufen hatte: »Trink weiter, nur noch ein paar Schluck.«

Als es Abend wurde, gingen wir zum Bahnhof. Die Mädchen hielten ihre Arme und Beine nebeneinander, um ihre Bräune zu vergleichen, und alle kauften sich ein Eis. Doch die beiden blieben verschwunden.

Schließlich hatte jeder von uns seine eigene Geschichte über den Nachmittag, und zuletzt gab es so viele Geschichten, daß niemand mehr daraus schlau wurde. Sicher ist jedenfalls, daß Natascha seitdem nichts mehr mit Thomas zu tun haben wollte, mit Martinimartin aber auch nicht.

Vor der Projektwoche war Martin niemandem aufgefallen, dann entpuppte er sich plötzlich als Martinimartin, und an einem Tag wurde so viel über ihn gesprochen wie vorher in drei Jahren nicht. Ich habe mich oft gefragt, wie es kam, daß Natascha an dem Nachmittag vor unseren Augen immer schöner wurde, und warum wir zuletzt alle gern die zwei Flaschen Martini getrunken hätten. Wenn ich mir heute Fotos von damals ansehe, ist sie ein ganz normales, blondes Mädchen mit eher groben Gesichtszügen.

Als ich an dem Abend nach Hause kam, ging ich mit meinem Vater ins Restaurant, wo wir jetzt jeden Abend aßen. Meine Mutter war in Israel bei meiner Schwester, die gerade ihr erstes Kind bekommen hatte. Wir sprachen nicht viel. Es war ganz gut, daß meine Mutter nicht da war, denn dann brauchte ich nicht zum Tennisunterricht. Sie kam nämlich immer mit, und dann sagte sie zur Trainerin: »Er kriegt keinen Ball übers Netz, aber er stellt sich nur so an, um uns zu ärgern.«

Seit jener Woche bekam ich dauernd Briefe auf englisch. Von einer, die Yasma hieß. Dabei kannte ich gar keine Yasma. Mein Englisch war aber auch sehr schlecht, und von den Briefen verstand ich nur die Hälfte. Ich erzählte meinem Freund Eric davon, doch den interessierte das nicht. Seine Eltern ließen sich gerade scheiden. Das taten sie schon seit zehn Jahren, also interessierte das wiederum mich nicht, auch wenn damals noch alle dachten, ich würde einmal Jura studieren. Oder Niederländisch.

Den ganzen Juni über war ich höchstens zehn Stunden in der Schule. Um elf war kleine Pause, und dann verabredeten wir uns für eine Viertelstunde später im ›Le Berry‹. Den Rest des Tages saßen wir dort auf der Terrasse und tranken Roten Jenever mit Eis. Das war mein erstes Lieblingsgetränk. Manchmal gingen wir abends ins Kino, doch meistens war um sechs unser Geld schon alle. Dann setzten wir uns auf den Bootssteg gegenüber von Dikker & Thijs.

Austern im ›Oesterbar‹

Ein Mädchen in unserer Klasse war adlig. Ein anderes Mädchen war Zeugin Jehovas, und ein paar Juden liefen auch noch herum. Das adlige Mädchen gab eine Party. Im Garten ihrer Eltern. Ein Nachtreffen für die Leute aus der Projektwoche. Koenraads hatte sie auch eingeladen und Diels und die Haaseveld.

Diels war schon blau, als er ankam. Er setzte sich irgendwo in eine Ecke und drehte sich mit zitternden Händen eine Zigarette. Er rauchte nur Javaanse Jongens. Er erzählte, wie seine Mutter ihn schon mit zwölf auf Tour geschickt hatte, um Kühlschränke zu reparieren. Das erzählte er auf Festen immer. Er mußte so ziemlich ganz Amsterdam-Nord abklappern und überall klingeln. »Ist Ihr Kühlschrank zufällig kaputt?« Meiner Meinung nach hatte er davon einen Reparaturtick bekommen, denn überall, wo er hinkam, wollte er Sachen reparieren.

Wir saßen unter den Bäumen. Echt ein Wahnsinnsgarten, den die Leute da hatten! Ich hörte Diels zu, dessen Geschichten vor sich hinplätscherten wie die Geschichte der Schildkröte in *Alice im Wunderland*. Zum Glück wurden wir dann hereingerufen. Wir sahen uns Dias von der Projektwoche an. Und alle liefen mit so einem Ach-was-haben-wir-doch-viel-Spaß-gehabt-Gesicht rum. Selbst Martinimartin. Das fand ich noch am schlimmsten. Daß sie jetzt alle sagten, wieviel Spaß sie doch zusammen gehabt hätten, und daß sie sich lieber die Zunge abbissen als zuzugeben, wie's wirklich war.

Am nächsten Morgen hatte Diels ein neues After-shave, und Rosie sagte, sie wolle in den Artis. Also gingen wir in den Zoo.

Der Hausmeisterin sagte ich, daß wir einen wichtigen jüdischen Feiertag hätten. Vor jüdischen Feiertagen hatten sie einen Mordsrespekt in der Schule. Die Eintrittskarte war viel teurer, als wir gedacht hatten. Wir hatten uns mit noch ein paar Leuten aus der Klasse vorm Löwenkäfig verabredet, aber die versetzten wir einfach und gingen in eine von diesen Touristenpizzerien auf dem Leidseplein essen. Wir redeten über Gott und die Welt, über Diels und seine Kühlschränke und über Martinimartin und Natascha, bis Rosie sagte, daß wir nicht allein am Tisch säßen. Ich dachte schon, sie sei schwanger oder so was Ähnliches und daß ich jetzt eine von diesen furchtbar dramatischen Geschichten zu hören bekäme, doch sie sagte, *sie* sei Yasma; oder besser gesagt: Sie schrieb es auf einen Bierdeckel. Ich dachte mir, daß solche Sachen im Leben wohl öfter vorkämen und daß es eigentlich nichts Besonderes wäre, wenn einem jemand plötzlich eröffnete, er sei derjenige, der einem schon seit Wochen Briefe schrieb.

Am Abend vor der Prüfungswoche wollten Rosie und ich zusammen essen gehen. Ich sollte sie in der Eisdiele in der Van Woustraat abholen, wo sie arbeitete. Rosie nannte ihre

Eisdiele die »Spaghettibar«. Ich mußte draußen warten, denn sie fanden, ich würde Rosie von der Arbeit abhalten. Sie hatte mir erzählt, daß es ziemlich schwierig sei, das Eis richtig herauszuschöpfen und schöne runde Kugeln zu machen. Ein paar Tage zuvor hatte ich in der *Avenue* beim Zahnarzt gelesen, daß berühmte und wichtige Leute sich im ›Oesterbar‹ trafen. Darum sagte ich ihr: »Laß uns doch ins ›Oesterbar‹ gehen, da bin ich öfter.«

Wir bekamen einen Tisch neben dem Aquarium, in dem lauter Krebse herumschwammen. Wir bestellten Seezunge und zwei Glas Wein und dann noch zwei und noch zwei. Erst danach kam uns der Gedanke, daß wir besser gleich eine Flasche hätten bestellen können. Der Kellner war freundlich zu uns, doch als wir hereinkamen, hatte ich ihn zu einem anderen Kellner sagen hören: »Es kommt immer besser, findest du nicht?«

Ich schaffte die Seezunge nicht ganz, und sie auch nicht. Es waren richtige Kaventsmänner, die wir pro hundert Gramm bezahlen mußten, wie sich später herausstellte. Wir erzählten einander, welche Cocktails wir schon getrunken hatten und welche wir noch probieren mußten. Sie trug eine »Osh-Kosh«-Latzhose und einen kleinen Zopf, den sie »meinen Rasierpinsel« nannte. Dann kam der Kellner und sagte: »Nehmt ihr noch ein Dessert? Sonst müßt ihr gehen.«

Wir ließen uns die Karte bringen, und sie starrte angestrengt hinein. Mir wurde schrecklich heiß. Sie nahm meine Hand, die schon ganz feucht war. Das war das erste Mal, daß eine Frau meine Hand so festhielt, aber ich achtete nicht darauf. Was sie mit meiner Hand veranstaltete, entging mir so ziemlich, denn ich mußte dauernd an den Kellner denken, der gesagt hatte, daß es immer besser käme.

»Wir bestellen einfach noch ein Dessert«, sagte sie. »Solange wir essen, brauchen wir nicht zu bezahlen.«

Das fand ich eine geniale Idee. Der Ober schlenderte gerade wieder auf uns zu. Auch ihm war heiß, das konnte man sehen. Wir bestellten beide ein Sorbet. Ein sehr großes Sorbet, zum Abkühlen.

»Was ist das hier?« fragte sie den Mann. Sie zeigte auf die Karte.

»Das ist Champenoise.«

»Ach, dann das bitte auch noch«, sagte sie.

»Spanischen oder französischen?«

»Na, dann mal spanischen«, sagte sie, und es kam ihr über die Lippen, als ob sie das jeden Tag sagen würde.

Nach dem Sorbet bestellten wir Eis, denn jetzt hieß es weitermachen, und wir nippten ganz langsam an unserem Spanischen, bis sie sagte: »Ich glaub, ich krieg hier 'nen Pickel, ich fühl richtig, wie die Haut spannt.« Inzwischen war es zehn Uhr, und im Restaurant war viel Betrieb. Jede Menge Familien, die ihren Urlaub feierten, und Geschäftsleute. Sie nahm ihren Füller und schrieb etwas auf ihre weiße Serviette. Ich sah, wie der Kellner uns beobachtete, doch er sagte nichts. Ich sagte auch nichts. Es gibt nicht viele Momente im Leben, wo du das Gefühl hast, alles tun zu können, was du willst, aber damals wußte ich das noch nicht. Wahrscheinlich sagte ich nichts, weil ich dasselbe dachte wie sie. Sie schrieb die ganze Leinenserviette voll. Sie meinte, wir sollten einen Vertrag abschließen und einander versprechen, niemals erwachsen zu werden. Ich hab später noch mehrere solcher Verträge unterschrieben, aber nie wieder auf einer Serviette.

Ich habe den Vertrag mit ihrem Füller unterzeichnet, am 3. Juli 1986 im ›Oesterbar‹, Amsterdam. Sie wollte ihn mit nach Hause nehmen. Hinten in der Bar fingen sie schon an zu wischen, und ich sah in ihr schmales Gesicht mit den leicht vorstehenden Wangenknochen und dem kleinen Mund mit den großen Lippen und den Augen, die manchmal grün waren und manchmal braun schimmerten, sah ihre Augenbrauen, die sie sich mit allen möglichen Stiften aus dem Schminketui angemalt hatte, das sie immer bei sich trug. Ich dachte daran, daß jetzt die Prüfungswoche anfing und wir noch keinen Strich dafür getan hatten und daß meine Versetzung schon sicher war, ihre aber noch nicht. Ich dachte daran, wie sie im Beatrixpark einmal gesagt hatte, notfalls könnte sie immer noch für den Rest ihres Lebens Eis verkaufen. In dem Moment war mir das nicht mal als die schlechteste aller Möglichkeiten vorgekommen, sein Leben zu leben.

»Wir wollen jetzt auch nach Hause«, sagte der Mann und stellte ein Schälchen mit vier Pfefferminzpastillen und der Rechnung auf den Tisch.

Ich mußte an den Lehrer denken, der zu ihr gesagt hatte: »Schreib das in deinen Terminkalender«, und wie sie geantwortet hatte: »Ich hab keinen Terminkalender.« Der war ihr nämlich aus der Tasche gefallen. Später stellte sich heraus, was ihr noch alles aus der Tasche gefallen war: Bücher und Hefte und Wörterbücher.

»Wo wohnt ihr?« fragte der Kellner. Das wollte Rosie nicht sagen, und sie wollte auch nicht, daß man ihre Eltern anrief, also riefen sie bei meinen Eltern an. Mittlerweile standen sie zu dritt um uns herum. Sie schrien nicht mal, sie bauten sich nur alle drei vor unserem Tisch auf. »Das hat uns gerade noch gefehlt«, sagte der eine, »und für so was haben wir uns den ganzen Abend die Füße platt gelaufen.«

Der Geschäftsführer war inzwischen auch dazugekommen. Wir hatten für fast dreihundert Gulden gegessen und getrunken und beobachteten die Krebse. Sie wollten meinen Vater anrufen, und wir mußten warten. Die meisten Lichter waren schon ausgeschaltet und die Tische abgeräumt, nur auf unserem lag noch eine Tischdecke und standen die dreckigen Gläser und die leere Flasche Champenoise. Niemand sagte etwas, nur Rosie rief ab und zu: »Scheißspiel!«

Auch die Kellner hingen eigentlich nur noch so rum. Sie taten mir richtig leid, denn der Geschäftsführer zog ihnen ordentlich die Ohren lang. »Warum habt ihr das nicht gleich gesehen, als sie reinkamen?« fragte er immer wieder. »Das hättet Ihr doch sehen müssen!«

Der eine hatte schon eine Glatze und antwortete nicht, und erst als der Geschäftsführer weg war, sagte er: »Ja, ja, groß daherquatschen, das kann er.« Auch zu uns sagte er: »Der kann vielleicht quatschen, der quasselt alle untern Tisch.« Das war der Mann, der gesagt hatte, daß es immer besser käme. Wir kriegten noch ein Glas Wasser, denn auch der Ventilator war jetzt ausgeschaltet, und von dem Champenoise hatten wir schrecklichen Durst bekommen.

Endlich kam mein Vater – mit dem Taxi! Er hatte offenbar schon im Bett gelegen, denn seine Haare waren ganz zerzaust, sein Hemd steckte schief in der Hose, und er hatte eine rote Nase vom Wein, den er vor dem Einschlafen getrunken hatte. Er stellte zwei Schecks aus. Er war viel ruhiger, als ich erwartet hatte. Dann kam er zu uns und sagte: »Ihr seid wohl nicht recht gescheit, habt ihr überhaupt eine Ahnung, was Geld ist?« Auf deutsch sagte er zu mir: »Wie ein Penner«, und zum Geschäftsführer: »Vor zehn Jahren war ich zum letzten Mal hier, mit Verwandten meiner Frau, und damals wart ihr auch schon Halsabschneider, aber wenn mein Sohn noch einmal herkommt, bestehe ich darauf, daß ihr ihn nicht bedient. Noch mal laß ich mich für so was nicht aus dem Bett holen.«

»Und du kommst jetzt sofort nach Hause«, sagte er zu mir, »aber nicht mit meinem Taxi«, und lief hinaus. Dann räumten sie unseren Tisch ab und wünschten uns noch einen schönen Abend.

Meine Eltern lagen nicht im Bett, als ich nach Hause kam. Sie saßen im Wohnzimmer. Oder besser gesagt, mein Vater war auf dem Sofa eingeschlafen, und meine Mutter saß am Tisch und trank Tee. Ich weiß nicht mehr genau, was sonst noch alles passierte, aber das Ende vom Lied war, daß meine Mutter unser halbes Service kaputtwarf. Das war nichts Besonderes. Als meine Schwester bei uns wohnte, ging noch viel mehr Geschirr zu Bruch. Wir hatten weiße Porzellanteller, von Rosenthal, glaub ich, auf jeden Fall hatten sie irgendeinen bekannten Namen, diese Teller. Und die warf meine Mutter jetzt auf den Boden. Zuerst rief sie: »Ich koche nie mehr für euch.« Und dann nahm sie das Service. Mein Vater rief: »Dann laß es doch, das hast du uns schon hundertmal geschworen, halt doch ein einziges Mal dein Versprechen.«

Mich keifte sie an: »Und du bist genauso ein Ungeziefer

wie dein Vater, die ganze Familie von deinem Vater, alles Ungeziefer – und Ungeziefer ißt vom Boden!« Dann warf sie das Essen – ein Beefsteak mit Brot, das sie für mich aufgehoben hatte – auf den Perserteppich. Aber damit brach die Hölle erst richtig los. Die Nachbarin rief an und sagte, sie wolle sich ja nicht einmischen, aber sie würde jetzt gern schlafen. Ich hörte, wie meine Mutter in den Hörer brüllte: »Dann nehmen Sie doch 'ne Schlaftablette, ich nehm schon mein ganzes Leben lang Schlaftabletten, glauben Sie, Sie sterben gleich, bloß weil Sie mal eine Nacht 'ne Schlaftablette nehmen?«

Gegen halb vier beruhigte sie sich allmählich, und sie beschlossen, daß ich für ein paar Wochen zu meiner Schwester nach Israel fahren sollte. Es war das erste Mal, daß sie mich zu meiner Schwester schickten, später taten sie das noch öfter. Damit ich zur Ruhe käme. Ich hatte eher den Eindruck, daß *sie* zur Ruhe kommen wollten, aber auch das war Unsinn. Sie kamen nie zur Ruhe.

In der Woche vor meiner Abreise nach Israel trafen wir uns jeden Tag vor dem ›Le Berry‹. Wir tranken Roten Jenever mit Eis und holten abwechselnd Pommes frites. Es war so warm, daß die kleinen Mayonnaisetüten in der Sonne porös wurden und aufplatzten. An einem Nachmittag mußte ich einem Franzosen und seiner Familie sogar eine Runde ausgeben, weil ich angeblich Mayonnaise auf sein Hemd gespritzt hatte. Danach konnten wir für den Rest des Tages nichts mehr trinken.

Am Abend des Endspiels Argentinien–Deutschland konnten wir nicht draußen vor dem ›Le Berry‹ sitzen, weil sie an der Wand der Stadsschouwburg eine große Leinwand aufgespannt hatten, auf der das Spiel übertragen werden sollte. Auf dem Platz war ein solches Gedränge, daß ich schon dachte, wir würden einander nie finden, aber Rosie fand mich doch. Sie sagte: »Ich hab dich am Geruch erkannt.« Ein paar Tage zuvor hatte ich mir ein Parfüm gekauft, das ich jetzt immer großzügig benutzte. Trotzdem glaubte ich ihr nicht. An diesem Abend tranken wir unseren Roten Jenever irgendwo in einer Kneipe am Hauptbahnhof. Als Argentinien gewonnen hatte, mußte ich sie küssen.

Den Haag Mariahoeve

Am Tag bevor ich zu meiner Schwester abreiste, fuhren Rosie und ich nach Den Haag. Auch dort machten wir wieder allerlei Straßencafés unsicher. Sie wollte meine Jacke anziehen, denn es war nicht so warm, wie wir gedacht hatten. So kam es, daß meine Jacke am Abend nach ihr roch. Ich nahm sie mit nach Israel, aber obwohl ich sie nicht wusch, verlor sich der Geruch immer mehr.

Sie erzählte mir von ihren Freunden vor mir; zuletzt hatte sie einen sehr dicken jüdischen Freund gehabt, sagte sie, und davor einen Italiener, doch das hatte nicht lange gehalten. So ziemlich das einzige, was zwischen ihnen passiert war, war eines Abends ein bißchen Rumgeknutsche im Strandkorb. Wir kauften Karten mit Königin Beatrix vorne drauf und schickten sie an fast die ganze Klasse. »Hey, deine Nase ist kleiner geworden«, sagte sie auf einmal. Das sollte sie später noch sehr oft sagen, manchmal mitten im Gespräch: »Deine Nase ist schon wieder kleiner geworden, echt, sie schrumpft immer mehr.« Darüber mußten wir immer lachen, aber nie mehr so wie bei dem ersten Mal in Den Haag. Ich bin heilfroh, daß das nach ihr niemand mehr zu mir gesagt hat. Sonst sagt nachher jeder x-beliebige alles mögliche zu einem, so oft, daß man nicht mal mehr weiß, wer es war und warum und wann genau.

Wir saßen den ganzen Nachmittag vor einer Eisdiele, und Rosie sagte: »Zahnpasta ist nicht nur gut gegen Pickel und Mückenstiche, sie hilft auch, wenn du mal 'ne Laufmasche in der Strumpfhose hast. Die kannst du mit Zahnpasta kleben, wußtest du das? Das ist das reinste Wundermittel.«

Das mit dem Wundermittel hatte ich nicht gewußt, aber jetzt wußte ich's eben. Später hab ich mir dann ab und zu auch Elmex ins Gesicht geschmiert, aber ich kann nicht behaupten, daß es aufsehenerregenden Erfolg gehabt hätte.

»Liest du eigentlich auch Dicke-Titten-Magazine?« fragte sie.

»Nein. Wieso?«

»Mein voriger Freund las nur Dicke-Titten-Magazine. Ich bin nämlich mal mit ihm in Urlaub gewesen.«

»Ach so«, sagte ich.

Dann fing sie von irgendeiner Popgruppe an. Auch über Musik wußte sie viel mehr als ich. Sie schrieb oft Songtexte ab, die sie mir dann zuschickte. Zuerst dachte ich, daß sie die alle selbst geschrieben hätte, und am Anfang verstand ich die Texte auch nicht so richtig. Später, als sie mir erklärt hatte, was sie ihrer Meinung nach bedeuteten, verstand ich sie besser. Es war alles ziemlich konfus, was sie da sangen, aber mein Englisch war auch nicht das beste. Englisch hatten wir bei Mevrouw De Wilde. Natürlich lag es nicht nur an ihr.

Mevrouw De Wilde hatte ein paar Bücher auf Kassette, und wenn wir donnerstags bei ihr die sechste Stunde hatten, spielte sie uns die Kassetten vor. Alle paar Minuten stellte sie den Recorder wieder ab und rief, wir sollten die Klappe halten und daß sie ein paar von uns am liebsten zum Fenster rauswerfen würde. Meistens gehörte ich zu denen, die sie aus dem Fenster werfen wollte. Wir hörten jetzt schon seit drei Monaten *Bananafish,* und so langsam ging es mir wirklich auf die Nerven. Außerdem hatte sie die unangenehme Angewohnheit, mitten in der Stunde die Klasse abzuschließen, damit wenigstens ein paar Leute drinblieben. Danach hielt sie den Schlüssel hoch und keifte: »So, der Schlüssel bleibt bei mir, und ihr müßt alle zwanzig Minuten nachsitzen.« In den zwanzig Minuten taten wir absolut nichts. Gut, ein paar Mädchen fingen mit den Hausaufgaben an, und ab und zu organisierten wir eine Schlacht mit Apfelsinenschalen. Dagegen hatte sie nichts. Sie saß nur grinsend und zuletzt immer schläfriger da und sah uns zu. Am Anfang schaltete sie sich noch manchmal ein und warf mit einem nassen Schwamm, doch nach ein paar Wochen hörte sie auch damit auf. Sie hatte wohl eingesehen, daß wir einfach besser mit nassen Schwämmen werfen konnten als sie. Der Rektor kam in unsere Klasse und sagte: »Alle, die in der Klasse mit einem nassen Schwamm geworfen haben, sammeln eine Woche lang Papier im Schulgarten auf.«

Ich sagte: »Entschuldigung, aber Mevrouw De Wilde hat mit dem nassen Schwamm angefangen.«

»Dich seh ich gleich in meinem Zimmer«, sagte er freundlich.

Freundlich waren sie immer. Sie hatten auch nichts gegen mich, sie fingen nur langsam an, sich Sorgen um mich zu machen. Einer nach dem anderen. Mein Sozialkundelehrer hat am längsten durchgehalten: Er weigerte sich ein halbes

Jahr lang, sich um mich Sorgen zu machen. Bis ich auch ihn eines Nachmittags sagen hörte: »Langsam mach ich mir wirklich Sorgen um dich.« Bis heute kann ich Leute nicht ausstehen, die sich Sorgen um mich machen.

Inzwischen weiß ich auch, daß Mevrouw De Wilde mal einen Autounfall gehabt hat. Scheinbar gab es eine Mevrouw De Wilde von *vor* und eine Mevrouw De Wilde von *nach* dem Unfall, doch ich habe nur die von nach dem Unfall kennengelernt. Sie hatte ein paarmal erzählt, daß sie ihren Geruchssinn verloren hatte, und auch in ihrem Kopf stimmte was nicht mehr. Nach dem Unfall war sie nach Amstelveen gezogen. Immerhin hat sie unsere Klasse einmal ins Amstelveener Kulturzentrum mitgenommen, in ein Stück von Shakespeare. Doch davon kann ich nichts erzählen, weil ich nicht mitdurfte. Ein paar Tage zuvor hatte ich nämlich eine Klassenarbeit nachholen müssen. Wir saßen zu dritt im Klassenzimmer, in dem übrigens immer tropische Temperaturen herrschten. Scheinbar hatte auch das etwas mit ihrem Unfall zu tun, doch niemand wußte darüber Genaueres. Plötzlich mußte sie aufs Klo. Ich lief zu einem der Mädchen und fragte: »6a oder 6b? Und was kommt bei 7 raus?«

»Hättest du's eben lernen müssen«, flüsterte sie. Ich wollte noch schnell auf ihr Blatt gucken, doch sie legte demonstrativ ihren großen Busen darauf. So eine blöde Tussi! Das andere Mädchen war auch nicht viel besser. Ich verstehe bis heute nicht, warum ich mich nicht einfach wieder hingesetzt und irgendwas oder auch gar nichts eingetragen habe – oder was weiß ich. Statt dessen lief ich zu den gelben Vorhängen am Fenster, stieg auf einen Stuhl und riß eine

Stoffbahn herunter. Warum, weiß ich nicht. Manchmal tut man etwas und fragt sich später: ›Warum hast du das gemacht?‹ Ich glaube, ich wollte irgendwie meine Wut auf die Mädchen rauslassen und wagte nicht, sie zu schlagen. So stand ich mit dem abgerissenen gelben Vorhang auf dem Stuhl, bis Mevrouw De Wilde hereinkam. Sie rief nur: »Das ist doch unfaßbar, so was hab ich noch nie erlebt, das ist unfaßbar.« Nicht mal mit einem nassen Schwamm warf sie nach mir. Sie rannte nur weg, wohl um Hilfe zu holen, und ich stand immer noch so da. Ich wußte kaum noch, was um mich herum vorging. Am schlimmsten fand ich noch, daß diese zwei Tussis einfach an ihrer Klassenarbeit weiterschrieben. Das war echt am schlimmsten. Da zerrst du einen ganzen Vorhang runter, sorgst dafür, daß Mevrouw De Wilde völlig hysterisch durchs Vossius-Gymnasium rennt, und diese zwei Tussis machen seelenruhig weiter und beantworten ihre Fragen zu *Bananafish*. Als ob nichts passiert wäre, als ob jeden Tag Vorhänge von der Decke runtergerissen würden!

Dann kamen zwei Lehrer herein und zogen mich vom Stuhl herunter. Nicht mal besonders grob, sie waren nur etwas in Panik. Ich mußte natürlich mitkommen, samt Vorhang. Ich sagte noch: »Laßt doch den Vorhang hier«, aber das ging nicht. Sie nahmen mich in die Mitte und schleiften mich mehr oder weniger hinter sich her. So liefen wir über die Gänge und zogen den Vorhang hinter uns her. Es war ein ziemlich langer Vorhang, und es muß reichlich seltsam ausgesehen haben. »Er wird ja ganz dreckig«, sagte ich, »warum konnten wir ihn nicht einfach bei Mevrouw De Wilde lassen, das ist doch kein Wischlappen.«

»Ich laß dich gleich mit dem Vorhang die ganze Schule aufwischen«, sagte der eine Lehrer.

Solche Ideen hatten sie am Vossius massenweise. Mit dem Vorhang die Schule wischen, mit dem Pickstock Kaugummipapier aufspießen, mit dem Besen Blätter zusammenfegen.

Der Rektor und die Konrektorin erwarteten mich. Der Rektor sagte feierlich: »Wir haben dich immer für einen netten Jungen gehalten, aber langsam bekommen wir ein anderes Bild von dir.« Die Konrektorin nickte. Das war schade, denn sie war eigentlich ganz in Ordnung. Als ich einmal aus der Klasse geschickt worden war, hatte sie mir die Gedichte von Piet Paaltjens zu lesen gegeben.

»So ein Unsinn!« sagte ich. »Ich reiß mal eben einen Vorhang runter, und sofort habt ihr ein anderes Bild von mir.«

»Oft genügt eine einzige Sekunde, um das Bild zu zerstören, das die anderen von einem haben, das weißt du doch selbst«, sagte die Konrektorin.

»Aber doch nicht, indem man einen Vorhang runterreißt?«

Der Rektor sagte: »Vor ein paar Tagen war es ein nasser Schwamm, jetzt ist es ein Vorhang, und was ist es morgen? Es wird immer schlimmer mit dir, darum.«

»Aber wir glauben immer noch an dich«, sagte die Konrektorin, »bitte enttäusch unsere Hoffnungen nicht.«

Ich glaube, von Hoffnung hat sie bis zuletzt immer wieder geredet. Bis zu dem Tag, an dem sie sagte, daß auch sie jetzt keine mehr hätte und daß all ihre Mühe umsonst gewesen sei. Ich bin schon immer sehr gut darin gewesen, den

Glauben an mich und die Hoffnung anderer Leute zu enttäuschen. Das bin ich übrigens immer noch. Und was war das überhaupt für eine Hoffnung? Wenn zwei Tussis einfach seelenruhig an ihrer Klassenarbeit weiterschreiben, während du vor ihren Augen einen Vorhang runterreißt – hätte ich vielleicht aus dem Fenster springen sollen?

»Für den Vorhang werden wir dich ein paar Tage vom Unterricht ausschließen«, sagte der Rektor. Aber da war Rosie schon lange nicht mehr auf unserer Schule.

An dem Tag in Den Haag entdeckten Rosie und ich einen von diesen modernen Läden, wo sie Süßigkeiten in allen Sorten und Größen per Kilo verkaufen. Wir nahmen jeder eine Tüte, die wir uns bis zum Rand vollschaufelten, vor allem mit diesen ganz kleinen Himbeeren. Die konnte ich kiloweise essen. Wir bekamen ein Schleifchen drum rum und gaben unser letztes Geld dafür aus.

Schließlich landeten wir am Bahnhof Den Haag Mariahoeve. Er war wie ausgestorben. Wir setzten uns auf einem leeren Bahnsteig auf eine Bank und aßen pausenlos aus unseren Türen, denn das war das einzige, was wir noch zu essen hatten. Rosie sagte: »Von dem Geld hätten wir jetzt irgendwo draußen essen können – Scheißspiel, verdammtes.«

Das war mal wieder typisch Rosie: Wir verbrachten einen ganzen Tag zusammen, und es endete damit, daß sie alles ein Scheißspiel fand. Sie riß mir meine Tüte aus der Hand und warf sie auf die Schienen. So was fand ich Verschwendung. Sie nicht, Verschwendung war für sie ganz was anderes. Dann suchten wir die Toiletten, aber es waren weit und breit keine zu finden. Der taugte aber auch wirklich nichts, dieser Bahnhof Den Haag Mariahoeve, nicht mal ein Klo hatten sie!

Sie ging zum Ende des Bahnsteigs, und ich folgte ihr. Dort übergab sie sich. Ich wollte eigentlich nicht hinsehen, weil ich dachte, sie würde sich vielleicht schämen. Doch sie sagte: »Halt meinen Kopf fest.« Ich wußte nicht recht, wie man jemandem den Kopf hält, der sich gerade übergibt. Darum nahm ich ihn einfach irgendwie in die Hände und sah auf die riesigen Bürogebäude jenseits der Gleise.

Als sie fertig war, setzten wir uns wieder hin und ließen noch ein paar Züge ohne uns wegfahren. Von den Tüten hatten wir nur noch die Schleifchen, und die band sie sich ins Haar. Sie haben noch bis September gehalten. In ihrem Zöpfchen.

Sie sagte: »Mein voriger Freund hat sich sogar beim Wichsen immer 'n Kondom drübergerollt.«

»Ach«, sagte ich.

»Ja«, sagte sie, »ich war auch mal auf 'ner Fete, da haben sie einen Wettkampf veranstaltet, wer sich am schnellsten einen runterholen konnte. Das fand ich so kindisch.«

Sie zündete sich eine Zigarette an. Ich rauchte nicht. Sie machte ihre Tasche auf und zeigte mir den Lippenstift, den sie sich gerade gekauft hatte. Ich sollte sagen, wie mir die Farbe gefiele, doch ich kannte mich mit so was nicht aus. Für mich waren sie alle gleich rot. Darum sagte ich bloß: »Ganz schön.« Plötzlich holte sie ungefähr dreißig Bierdekkel aus ihrer Tasche.

»Überbleibsel vom Briefklub aus der Mazzo-Disco«, sagte sie.

Sie wollte nicht, daß ich sie las. Schließlich gab sie mir

einen dieser Disco-Bierdeckel, den habe ich immer noch. Darauf steht:

›Körperlich: warm, taub, durstig. Was kaufst du dir morgen als erstes?‹

›Weiß ich nicht. Vielleicht 'nen Bleistift.‹

›Wozu?‹

›Zum drauf Rumkauen.‹

›Bist du nervös oder so?‹

›Nein, ich bin ratlos. (Quatsch, war nur 'n Spaß.)‹

Die anderen Bierdeckel warf sie auf die Schienen. Mir schoß durch den Kopf, daß sie an dem Abend womöglich noch mehr aus ihrer Tasche auf die Schienen werfen würde. Zum Glück kam es nicht soweit, denn inzwischen waren wir nicht mehr die einzigen auf dem Bahnsteig. »Super-Hyper-Scheißspiel«, sagte sie, »dieser ganze Mazzo-Briefklub.«

Dann setzten wir uns wieder, und ich wußte nicht, was ich sagen sollte. Wir nahmen den nächsten Zug. Wir bekamen auch noch mal Streit, aber nicht lange, nur auf dem Stück zwischen Leiden und Nieuw-Vennep. Dann fingen wir an, eine von diesen Geschichten zu schreiben, bei denen einer immer drei Zeilen aufschreiben muß und der andere dann nur die letzte Zeile lesen darf. Ich mußte eine Station früher aussteigen als sie, und darum hab ich ihr im Zug noch den ganzen Kram versprochen, diesen ganzen Blödsinn.

Im Haus meiner Schwester wütete gerade eine Kakerlakenplage, als ich ankam. Wenn eine Kakerlake starb, stürzten sich Scharen von Ameisen darauf, um sie aufzufressen. Tag und Nacht lief eine Kolonne Ameisen über den Flur. »Sie begraben die Kakerlaken«, sagte meine Schwester. Ich selbst lag in einer Lache Joghurt auf dem Bett. Ich hatte mir einen Sonnenbrand geholt, und sie hatten gesagt, ich müßte mich mit kaltem Joghurt einschmieren.

Wenn ich nachmittags vor lauter Babygeschrei nicht schlafen konnte, versuchte ich die Kakerlaken an der Wand zu zählen. Draußen hinter den Sonnenblenden – die ich immer sorgsam geschlossen hielt – herrschten fünfunddreißig Grad. Im Zimmer nebenan heulte meine kleine Nichte. Draußen auf dem Platz spielten unter einem ausgebleichten Sonnenschirm jeden Tag dieselben zwei Männer Backgammon. Genau wie ich tranken sie den ganzen Tag Goldstar, und ich fragte mich, warum ich die Briefe nicht schrieb, die ich ihr versprochen hatte.

Als ich wieder nach draußen durfte, ging ich abends in eine Kneipe um die Ecke, wo ich mir einen Platz an der Bar suchte, genau unter dem Ventilator. In der Kneipe konnte man Dollar wechseln und Kassettenrecorder kaufen. Die Backgammonspieler waren auch immer da, und außerdem viele Soldaten, die mir Dartspielen beibrachten, und ein Mädchen, das seit einem Jahr dort arbeitete. Sie kam aus Lüttich. Sie erzählte, daß sie einmal fürchterlich betrunken gewesen war. Vor ein paar Monaten. An dem Abend, als sie beschlossen hatte, sich entjungfern zu lassen.

Apotheke

Nach dem Urlaub arbeitete ich in einer Apotheke. Sie gehörte einem Mann, den ich aus der Synagoge kannte. Er hieß Meneer Hausmann und sammelte Schlümpfe. Meine Eltern fanden, es könne mir nicht schaden, eine Weile zu arbeiten. Damit ich einen Begriff von Zeit und Geld bekäme, wie mein Vater meinte. Ich mußte Medikamente bei Leuten vorbeibringen, die nicht mehr laufen konnten, oder zwar noch laufen, aber nicht mehr sehen.

Ich bekam überall Trinkgeld, doch im Altersheim bekam ich am meisten. Eine von den alten Frauen dort gab mir immer mindestens zehn Gulden. Sie wollte, daß ich ihr Essen aufaß. Darauf hatte ich nun überhaupt keine Lust. Es war nämlich schon kleingehackt und püriert. Sie brauchte es nur noch zu schlucken. Einmal flüsterte sie mir ins Ohr: »Ich will nicht mehr essen. Ich will nicht mehr.« Solche Sachen wollte ich überhaupt nicht wissen.

»Sie müssen tun, was Sie für richtig halten«, sagte ich und aß immerhin ihren Pudding auf. Dafür bekam ich zwanzig Gulden, bloß für das bißchen Pudding. »Nimm's ruhig«, sagte sie, »ich kann doch nichts mitnehmen.« Also nahm ich das Geld, warf einen Blick auf das kleingehackte kalte Beefsteak auf ihrem Teller und dachte: ›Nein, das eß ich auch für zwanzig Gulden nicht, das sieht zu eklig aus.‹ Man hatte mir zwar eingeschärft, daß ich allzu große Trinkgelder besser nicht annehmen solle, doch ich dachte: ›Schließlich hab ich dafür gearbeitet.‹ Darum bedankte ich mich bei ihr und sagte: »Jetzt iß mal schön, Mütterchen.« Und sie antwortete: »Vergelt's Gott!«

Ein paar Tage darauf sagte Meneer Hausmann, daß ich mir ein Fahrrad zulegen müsse. Ich würde viel zu langsam arbeiten. Vorher hätten sie einen Jungen gehabt, der die Tour dreimal so schnell geschafft hätte. Doch auch mit dem Fahrrad ging es nicht viel schneller. Es gab immer irgendwelche Leute, bei denen ich hängenblieb. Zum Beispiel der alte, glatzköpfige Mann mit den zwei Vögeln im Käfig. Er brauchte diese großen Windeln für Erwachsene. Er sagte: »Sie können singen, einen Moment, mein Junge, gleich fangen sie an.« Ich wußte, daß ich nicht weggehen konnte, bevor sie nicht gesungen hatten. Das heißt – natürlich hätte ich auch so gehen können, aber dann bekam ich kein Trinkgeld. In der Apotheke verdiente ich fünfeinhalb Gulden; wenn die Vögel sangen, brachte mir das dreimal soviel. Doch es dauerte jedesmal länger, bis die Vögel einen Ton von sich gaben, und oft hätte ich sie am liebsten gepackt und angezischt: »Singt – oder ich dreh euch den Hals um!«

Am schlimmsten war es, wenn er den Vögeln vorsingen wollte. Kaum hatte er eine Zeile gesungen, bekam er einen Hustenanfall von einer halben Stunde. Dann mußte ich ihm auf den Rücken klopfen, und er prustete das ganze Zimmer voll. Bei so einem Hustenanfall machte er sich auch immer in die Hose, und dann roch es überall danach. Wenn wir das alles hinter uns hatten, fing er wieder von vorne an. »Sollen wir ihnen noch ein paar Singperlen geben?« schlug er vor. Dann mußte ich die Singperlen suchen. Alles in seinem Zimmer klebte, die Schränke, die Türen, der Fußboden, der Käfig, die Stühle, die Singperlen, die Zeitungen, sogar das Geld, das er mir gab. Seine ganze Wohnung stank nach Urin. Selbst das Licht im Zimmer war uringelb. Wenn ich dann endlich an die frische Luft kam, mußte ich mich immer erst mal erholen.

Dann starb der eine Vogel, und die Singerei hatte ein Ende. Der Mann hockte nur noch in seinem Sessel. Über dem Käfig hing ein Tuch. Der tote Vogel lag immer noch auf dem Tisch. Er fing an zu stinken. »Muß er nicht langsam weg?« fragte ich.

»Laß ihn liegen!« brüllte er. Ich bekam auch keine zehn Gulden mehr. Aber das war seine Sache. Er wollte mit seinem blöden Vogel verrotten. Sobald ich geklingelt hatte, drückte ich ihm die Windeln in die Hand und rannte weg.

Und dann war da noch die alte Mevrouw Cohn, die mich haßte. Sie wohnte in der Roerstraat, und bei ihr mußte ich immer hereinkommen. Nie durfte ich an der Tür stehenbleiben, denn sonst erkältete sie sich. Auch wenn draußen dreißig Grad waren, an der Tür erkältete sie sich. Wenn ich einmal drin war, mußte ich mich hinsetzen und einen Keks essen. Aber das wollte sie nur, damit sie fragen konnte: »Wo ist deine Kippa?« Sie wartete nicht auf Antwort, denn die kannte sie ja schon. Sie sauste zum Schrank – denn sie war noch viel besser beieinander, als sie immer tat – und zog ein Käppchen ihres toten Mannes aus der Schublade. Das mußte ich dann aufsetzen. Eine große, schwarze Kippa. Und dann sagte sie: »So, und jetzt sprechen wir zusammen die Beracha.« Also sprachen wir zusammen das Dankgebet, und danach aß ich den Keks – so gut es eben ging, denn sobald man ihn anfaßte, zerfiel er zu Krümeln, so alt war er. Zuletzt gab sie mir fünfundzwanzig Cent. »Aber«, sagte sie, »die darfst du nicht behalten, die kommen in diese Büchse.« Und dann kam sie wieder mit ihrer blauen Büchse vom Jüdischen Nationalfonds angetapert. Ich bin sicher, hinterher holte sie die fünfundzwanzig Cent jedesmal wieder raus. Es wäre ein Akt der Barmherzigkeit gewesen, wenn ich ihr mit ihrer JNF-Büchse den Schädel eingeschlagen hätte.

Ein paar Tage darauf war die Frau, für die ich immer den Pudding aufgegessen hatte, gestorben. »Sie ist ganz friedlich eingeschlafen«, sagte die Krankenschwester, als ich wieder mit den Medikamenten vorbeikam. Woher wollte sie denn wissen, daß es »friedlich« gewesen war? Für mich war das Ganze übrigens ein echter Verlust. Ich hatte gerade angefangen, gut an der Frau zu verdienen. Für zwanzig Gulden hätte ich glatt fünf Schälchen Pudding aufgegessen. »Die Medikamente kannst du ruhig mir geben«, sagte die Krankenschwester. Sie wollte sie natürlich verscherbeln. Im Grunde konnte ich die Schwestern gut verstehen. Manchmal hatten sie es wirklich mit Kotzbrocken zu tun. Wie zum Beispiel Mevrouw Saenredam, die jeden Tag wieder klagte, daß ich zu spät dran sei und daß sie umkomme vor Schmerzen, und nur durch meine Schuld. Dabei sah sie wirklich nicht danach aus. Wer vor Schmerzen umkommt, kann nicht so schimpfen wie Mevrouw Saenredam. Und sie schimpfte nicht nur mit mir, sie schimpfte mit allen, sogar mit dem Koch. Selbst mit der Putzkolonne, obwohl die

Leute sie gar nicht verstehen konnten. Doch das war ihr egal, sie schimpfte einfach drauflos. Mir gab sie nicht mal zehn Cent, obwohl sie stinkreich war. Mevrouw Saenredam hörte nicht mehr richtig, aber die Sorte Leute kannte ich schon: Wenn das Finanzamt kommt, sind sie auf einmal schwerhörig, und wenn du stehenbleibst, weil du auf ein Trinkgeld wartest, sind sie auf einmal blind, oder ihnen droht ein Herzinfarkt. Leute wie diese Saenredam kriegen nämlich lieber einen Infarkt, als daß sie einen Cent Trinkgeld rausrücken.

Daneben hatte ich noch ein paar Leute, die nicht im Altersheim wohnten. Bei ihnen mußte ich mindestens viermal durchs ganze Treppenhaus brüllen: »Ich bin der Junge aus der Apotheke, ich bringe Ihre Medikamente, Ihre Herztabletten und die Nasentropfen und die Wundsalbe für Ihre Druckstellen.« Und dann riefen immer noch ein paar: »Ich mach nicht auf, ich erwarte niemanden.« Und andere wagten sogar noch zu rufen: »Ich halte gerade mein Mittagsschläfchen, komm doch in einer Stunde wieder.«

Meneer Hendriks kam immer halbnackt an die Tür; er nannte mich den »Medizinmann«. Seine ständige Sorge war, daß er es nicht mehr rechtzeitig schaffte. Darum hatte er fast all seine Stühle in der Nähe des Klos aufgestellt, und die Klotür stand immer offen. Er war gut für mindestens zwei bis drei Gulden.

Am Ende meiner Runde ging ich immer zu Anita. Sie war auch eine von meinen Omas, doch sie hatte von Anfang an gesagt: »Sag einfach Anita.« Sie wohnte zwischen lauter Pflanzen, ihre Wohnung war das reinste Gewächshaus. Von all den Alten sah sie noch am besten aus, doch wir führten jeden Tag das gleiche Gespräch.

»Bring mich doch zu meinem Mann«, sagte sie zu mir, wenn ich gehen wollte.

»Wo ist denn Ihr Mann?« fragte ich.

»Weit weg«, sagte sie, »ganz weit weg.«

»Ich bin im Dienst«, sagte ich, »ich muß mein Geld verdienen.«

»Aber ich geb dir auch Geld, wenn du mich hinbringst«, sagte sie. Sie saß auf ihrem Stuhl und trug immer dasselbe Kleid, ein violettes mit schwarzen Tupfen. Oft hatte sie auch noch einen Hut auf. Einmal klammerte sie sich an mir fest und ließ mich nicht mehr los – für so ein kleines Frauchen hatte sie noch enorme Kraft. Sie sagte: »Bring mich doch schnell zu meinem Mann, es soll dein Schaden nicht sein.«

»Wo wohnt Ihr Mann denn?« fragte ich wieder.

»Weit weg, ganz weit weg.«

Ich sagte: »Es geht nicht, es geht wirklich nicht, ich hab jede Menge Medikamente in der Tasche, die muß ich alle noch wegbringen.«

Sie versperrte die Tür und wollte mich nicht mehr gehen lassen. »Bring mich doch bitte zu meinem Mann«, rief sie, »bring mich weg von hier.«

Da habe ich doch mal lieber die Krankenschwester gerufen. Die warf sie sofort in einen Sessel und sagte, daß sie was erleben könne, wenn sie mich noch einmal belästigen würde. Seitdem wagte sie nicht mehr, mit mir zu reden. Doch bei ihr war sowieso nichts zu holen.

Am Tag, bevor ich entlassen wurde, hatte Rosie einen Brief für mich in der Apotheke abgegeben. Ich arbeitete nur nachmittags. Bevor ich die Medikamente ausfuhr, mußte ich für die Apothekenhelferinnen immer Tee kochen. Eine von ihnen fragte mich: »Spielst du in einer Band oder so?«

»Warum?« fragte ich.

»Heute morgen hat jemand einen Brief für dich abgegeben – ein Mädchen.« Sie und die anderen fingen an zu kichern. Sie kicherten den ganzen Tag.

Ich sah sofort, daß er von Rosie war, und steckte ihn in die Tasche. Seit meiner Rückkehr aus Israel hatte ich nicht bei ihr angerufen, obwohl ich es versprochen hatte. Ihre Briefe hatte ich auch nicht beantwortet.

Als ich am Nachmittag in die Apotheke zurückkam, stand Meneer Hausmann im Eingang und wartete auf mich. Er war ganz bleich, doch das war nichts Besonderes bei ihm; er hatte eine chronische Nasenkrankheit. Er sagte: »Den ganzen Nachmittag haben Leute angerufen, die ihre Medikamente nicht bekommen haben. So geht das nicht, so geht das wirklich nicht!« Ich sagte nichts – was hätte ich auch sagen sollen? Ich hatte Rosie von einer Telefonzelle aus angerufen und das gesamte Wechselgeld, das ich von Meneer Hausmann bekommen hatte, in den Apparat gesteckt. Wenn es gegangen wäre, hätte ich die Medikamente auch noch hinterhergeworfen. Ich dachte an den Mann mit seinem Vogel und an den Geruch, der jetzt schon seit einer Woche in seiner Wohnung hing.

»Hier hast du dein Geld für diese Woche, aber ab morgen brauchst du nicht mehr zu kommen«, sagte er. Er sah ganz traurig aus. Er sagte: »Ich mein das nicht persönlich.«

»Okay«, sagte ich.

Meine Eltern saßen im Garten und aßen Gebäck. Meine Mutter sagte: »Du blamierst uns vor der ganzen Synagoge, der letzte Nagel an meinem Sarg bist du.«

Dann schenkte sie mir Kaffee ein und fragte: »Warum tust du mir das an, willst du mich umbringen?«

Auch an diesem Abend gingen natürlich wieder ein paar Teller zu Bruch. Das war übrigens kurz vor dem Herbst, in dem wir unseren Rekord an kaputtgeworfenen Tellern aufstellen sollten. Wir müssen damals für Tausende von Gulden Geschirr vernichtet haben.

Am Abend war ich mit Rosie zum Kino verabredet.

»Verbiete es ihm«, rief meine Mutter, »du mußt es ihm verbieten!«

»Ich kann es ihm nicht verbieten«, sagte mein Vater. Er hatte schon anderthalb Flaschen Wein und noch ein paar Kurze intus und saß mal wieder über seinem *Rabbi von Bacharach*. Das Buch hatte er mindestens schon zehntausendmal gelesen. Er hockte draußen unter den Bäumen, die er jeden Tag begutachtete, als habe er sie selbst gemacht. Er sagte: »Was muß ich gesündigt haben, was muß ich nur gesündigt haben!«

Meine Mutter hatte einmal zu mir gesagt: »Dein Vater ist ein Waschlappen – ein Waschlappen, der denkt, er wäre Heinrich Heine.«

Eines Abends saß mein Vater da und las die Zeitung. Meine Mutter kam mit einem Topf Spaghetti ins Zimmer und kippte sie über seiner Zeitung aus, einfach so. Den ganzen Topf.

»Warum hast du das gemacht?« fragte ich.

»Weil ich dir zeigen wollte, was für ein Waschlappen dein Vater ist«, sagte sie.

Mein Vater blieb einfach sitzen, während die Spaghetti langsam an seiner Zeitung heruntertropften. Er sagte: »Die Welt ist verrückt geworden, total verrückt.« Und zu mir sagte er: »Alkohol zerstört die Hirnzellen, paß bloß auf.« Dann beugte er sich wieder über sein Kreuzworträtsel, meine Mutter machte den Tisch sauber, und ich ging in die Küche, um zu essen.

Apollo-Hotel

Jeden Montag trafen Rosie und ich uns in der Bar des Apollo-Hotels. Von Rotem Jenever waren wir inzwischen auf Dubonnet umgestiegen. Das Apollo-Hotel lag ganz in der Nähe des Vossius und außerdem genau auf halbem Weg zwischen ihrer und meiner Wohnung. Meistens setzten wir uns nicht an die Bar, sondern an einen kleinen Tisch am Fenster, von dem aus man aufs Wasser sehen konnte.

An einem der Abende erzählte Rosie mir von Meneer Eisenring, unserem Physiklehrer. Sie hatten ihn gebeten, bei dem Varietéabend aufzutreten, der jedes Jahr im Vossius organisiert wurde. Zuerst wollte er nicht, doch sie hatten so lange gequengelt, bis er nachgegeben hatte.

Meneer Eisenring war ein großer Mann mit braunem Haar, das sich an den Schläfen zu lichten begann. Er konnte mit den Augen rollen und trennte sich nie von seiner alten Tasche. In der Pause nahm er sie mit ins Lehrerzimmer. Er gab ehrlich zu, daß er die Tasche schon gehabt hatte, als er selbst noch zur Schule ging. Ich weiß nicht, ob er es aus Prinzip so machte oder ob es andere Gründe gab, doch Meneer Eisenring lernte nie unsere Namen. Er sagte immer »der da« oder »du da« oder »das Mädchen da am Fenster« oder »der mit dem großen Mund«.

Einmal hörte ich ihn sagen: »Wenn du jetzt einen Kaugummi unter den Tisch geklebt hast, mein Junge, kleb ich *dich* unter den Tisch.« Ein andermal fragte er uns: »Weiß einer von euch, was ein Backfisch ist?« Wir warteten gespannt ab. »Das ist ein Mädchen wie das da hinten am Fenster«, sagte er, »und weil dieser Backfisch hier doch nichts Besseres zu tun hat, kann er mir genausogut einen Kaffee holen.« Den trank er dann auch und aß schweigend seine belegten Brote.

Alle sagten, daß Rosie eine gute Stimme hätte; es war also nicht weiter verwunderlich, daß Meneer Eisenring sie darum bat, mit ihm gemeinsam aufzutreten. Er hatte sich vorgenommen, ein Lied von Marlene Dietrich zu singen, weil solche Lieder kaum noch gesungen würden, sagte er. *Johnny* wollte er singen: *Johnny, wenn du Geburtstag hast, bin ich bei dir zu Gast, die ganze Nacht.* Rosie sollte diesen Refrain als Begleitung immer wiederholen, und als die Proben einmal begonnen hatten, schlugen ihre Gefühle von Zuneigung um in »verzehrende Liebe«, wie sie es nannte. Ich zweifelte nicht an ihren Worten, denn in der achten Klasse ist jede Liebe eine verzehrende Liebe. Auch in der neunten und sogar noch in der zehnten.

Zwar wurden die Proben durch diese Liebe etwas behindert, doch sie machten trotzdem schnelle Fortschritte, und eines Abends beschlossen sie, zusammen essen zu gehen, um diese Fortschritte zu feiern. Oder besser gesagt: Meneer Eisenring lud sie ein. Während des Essens sagte er nicht viel. Nur beim Dessert erzählte er etwas von seiner ersten Ehe. Er sagte: »Sie hat mich verlassen, als wir im Urlaub in Frankreich waren, aber ich fand es übertrieben, deswegen meinen Urlaub abzubrechen.« Mehr wollte er nicht sagen, obwohl sie weiterbohrte. Nach dem Essen brachte er sie in seinem kleinen gelben Auto nach Hause, erzählte Rosie, und im Auto küßten sie sich.

Nach der nächsten Probe gingen sie wieder essen, obwohl es dieses Mal keine Fortschritte zu feiern gab. Offenbar hatte jetzt auch Meneer Eisenring gewisse Gefühle für Rosie entwickelt, denn an dem Abend lud er sie auf einen Kaffee zu sich nach Hause ein. »Er zeigte mir seine ganze Wohnung«, erzählte Rosie, »aber zuerst küßte er mich wieder in seinem Auto.«

In seiner Wohnung war alles blitzsauber und ordentlich. Sogar in der Küche. Er erzählte, daß er samstags ein Gericht für die ganze Woche kochte und daß er sieben verschiedene Gerichte im Jahr genug fand. Dann öffnete er die Tür zu seinem Schlafzimmer, in dem ein Doppelbett stand. Eine Seite des Bettes war mit einem Plastiküberzug abgedeckt, aus dem gleichen Material, das man auch für Müllsäcke benutzt. »Hier schlafe ich, und da schlafen meine Katzen«, sagte Meneer Eisenring.

Im Wohnzimmer trank er Kaffee und sie Wasser, denn Tee hatte er keinen im Haus.

Dann sagte Meneer Eisenring: »So, jetzt mußt du aber nach Hause, sonst machen wir noch Dummheiten.« Er wollte ihr ein Taxi rufen, doch alle Taxis waren besetzt, und da küßten sie sich eben wieder. »Jetzt wollen natürlich alle ein Taxi«, sagte er. Kurz darauf fuhr sie mit der Straßenbahn nach Hause.

Rosie erzählte, daß sie *Johnny* danach noch ein paarmal geprobt hatten. Kurz vor der Aufführung saß Meneer

Eisenring schweigend in der Garderobe und rauchte. Zu diesem Anlaß trug er einmal nicht seine unvermeidliche Jeans mit Hemd, sondern einen schwarzen Anzug. Er sah aus, als müßte er zu einer Beerdigung. Ihr Auftritt war kurz vor der Pause angesetzt. Meneer Eisenring ging zu dem Mikrofon, das am weitesten vorn stand. Er sagte: »Sehr verehrte Damen und Herren, ich singe für Sie ein Lied von Marlene Dietrich.«

Als Rosie zum zweiten Mal mit dem Refrain einsetzte, stimmten die Leute im Saal mit ein. Sie kannten den Text nicht und riefen darum immer nur »Johnny, Johnny« und klatschten in die Hände. Ganz hinten in der Aula, wo Meneer Eisenring absolut nicht mehr zu verstehen war, sangen sie: *»Ich hab ja nur aus Liebe zu dir...«* Als es vorbei war, riefen alle: »We want more, we want more.« Einige Mädchen warfen von der Fensterbank aus Joghurtbecher und leere Coladosen auf die Bühne, doch niemand wurde ernsthaft getroffen. Meneer Eisenring war schon abgegangen, aber das Orchester setzte nochmals ein, und er kam zurück und sang das Lied ein zweites Mal. Beim Applaus skandierte die ganze überfüllte Aula seinen Namen.

»Danke euch allen«, rief er noch einmal durchs Mikrofon, es war aber schon abgeschaltet, weil Pause war.

Für den Auftritt bekam Meneer Eisenring noch eine Flasche Wein überreicht, die er laut Rosie gleich anschließend in der Garderobe mit ihr leerte. Dann mußte er wieder weg. Schultasche und Zeitung in der einen Hand, hob er auf dem Gang seinen langen Arm in die Luft, um von seinem Publikum Abschied zu nehmen. Als er am Raucherzimmer vorbeikam, riefen ein paar Mädchen: »Wir wollen ein Kind von dir.« Rosie erzählte, daß sie Meneer Eisenring nicht mehr ansehen konnte, ohne an die Katzen zu denken. Ihre Freundschaft schlief genauso schnell wieder ein, wie sie aufgeblüht war, und schon bald war Meneer Eisenring ihr gegenüber wieder genauso schweigsam wie zu allen anderen Schülern. Wir versuchten noch ein paarmal, ihn an seinen legendären Auftritt zu erinnern, aber er ist nie mehr bei einem Varietéabend aufgetreten.

Weil es ein warmer Spätsommer war, gingen wir manchmal nach der Schule in den Beatrixpark und setzten uns auf eine Bank. Sie sagte nichts und rauchte nur. Das war schön. Neben ihr zu sitzen und zuzusehen, wie sie rauchte, und dazu ihren neuen Lippenstift zu begutachten.

»Jetzt mußt du aber auch mal was erzählen«, sagte sie zum x-ten Mal.

In den letzten beiden Stunden hatte ich Sport gehabt, und Thomas hatte sich die Pickel an den Beinen ausgedrückt. Das machte er immer, wenn wir Sport hatten. Der Eiter spritzte einem nur so um die Ohren.

»Schämst du dich nicht?« hatte ich ihn schon ein paarmal gefragt.

Er antwortete: »Nein, das gibt sich von selbst.« Und hepp! drückte er sich noch einen aus. Er machte die ganze Sportstunde über nichts anderes, als sich an den Beinen die Pickel auszudrücken. Ich weiß nicht, wie er das fertigbrachte, selbst an den Beinen welche zu haben. Nur in der letzten Viertelstunde, wenn wir Fußball spielten, hörte er damit auf.

Rosie sagte nichts. Wie jeden Montag gingen wir auch

diesen Abend wieder Dubonnet trinken. Im Apollo-Hotel. Das war das Schönste vom ganzen Tag.

Wir saßen zwischen den alten Leuten mit ihrem schweren Parfüm, ihrem schnaufenden Atem und dem ganzen Schrott, den sie sich um den Hals gehängt hatten. Wir wollten nie so werden und alles ganz anders machen. Das schworen wir uns sogar recht feierlich, denn damals wußten wir noch nicht, daß all die alten Säcke sich seinerzeit natürlich das gleiche gesagt hatten. Alle haben sie es sich vorgenommen, und alle haben sie daran geglaubt.

Wir versuchten, betrunken zu werden, doch dazu hatten wir zuwenig Geld. Aber Rosie konnte den Barkeeper auf so eine Art ansehen, daß er zu uns kam und sagte: »Okay, noch einen auf meine Rechnung.«

Später habe ich diesen Blick noch bei einigen Frauen erlebt, bis mir mal eine sagte, daß das ein ganz alter und billiger Trick sei. So kann man natürlich alles zerreden, bis nichts mehr davon übrigbleibt.

Als in der Bar fast alle betrunken waren bis auf uns, fragte Rosie, was für ein Baby ich gewesen sei. Ich sah zu den Betrunkenen an der Bar und aufs Wasser draußen – viel mehr gab's eigentlich auch nicht zu sehen – und dachte daran, wie meine Mutter mir erzählt hatte, daß »ein Nazi« mich mit der Zange aus ihr herausgezogen hätte. So nannte meine Mutter den Doktor in der Geburtsklinik – ihrer Meinung nach einer der schlechtesten Ärzte, der ihr je begegnet war, weil er angeblich ihre Gebärmuttersenkung auf dem Gewissen hatte. Offenbar hatte er zu ihr gesagt: »Na, Mevrouw, das ist ja ein richtiger Clown.« Ansonsten hat meine Mutter nur noch einen Bericht vom Kinderarzt aufbewahrt.

Darin steht: »Ein bleiches Baby mit schuppiger Haut und einer nervösen Mutter.«

Ich sagte nichts, und dann sagte Rosie, wir würden einander viel zu selten sehen und sollten darum in den Herbstferien zusammen verreisen. Sie wollte das ganze Geld ausgeben, das sie in der Eisdiele verdient hatte, bis auf den letzten Cent. Zuerst wollten wir nach Madrid fahren und nach Stockholm und dann auch noch nach Paris und Budapest und Neapel. Doch als wir das Geld zusammenzählten, reichte es gerade bis Antwerpen oder so ähnlich. Am Ende des Abends gab sie mir ein Foto von sich, und hintendrauf stand ein Gedicht.

Ich fragte, wer das Foto von ihr gemacht hatte. Ich fand es ein bißchen nackt, und auch das Gedicht war mir irgendwie zu hoch. Doch das überraschte mich nicht, denn ich wußte inzwischen, daß sie die Gedichte alle aus Büchern hatte und daß nur der Name darunter von ihr stammte.

Als wir endlich ein wenig betrunken waren, machte sie ihre Tasche auf und zeigte mir Briefe, die sie von anderen Männern bekommen hatte. Die Briefe waren mir egal. Ich versprach nur, ihr auch einen Brief zu schreiben, und ich dachte, daß ich für immer bei ihr bleiben würde, denn ich war fünfzehn, und ich wußte alles vom Leben.

Antwerpen

Am Versöhnungstag saßen meine Mutter und ich wie jedes Jahr in einer Synagoge in der Nähe vom Albert-Cuyp-Markt und warteten auf das Ende des Tages, genauso wie mein Vater jeden Abend auf die Börsenberichte wartete, die um acht Uhr auf der Deutschen Welle gesendet wurden. Die Deutsche Welle wurde von Piratensendern gestört. Wir hatten *einen* Fernseher und vierzehn Radios, auf denen mein Vater allerlei Sender zu empfangen versuchte, die bei uns aber nicht zu empfangen waren. Sogar neben seinem Teller stand ein Radio, und manchmal vergaß er zu essen, weil er so sehr mit dem Apparat beschäftigt war. Ab und zu fing er einen verirrten Börsenbericht auf, den er dann auf dem erstbesten Zettel notierte. Immer wieder schrie er: »Banditen!«

Meine Mutter war der Meinung, sie hätte für den Rest ihres Lebens genug gefastet, doch am Versöhnungstag machte sie eine Ausnahme.

Als wir abends endlich aus der Synagoge zurück waren, erzählte ich, daß ich am nächsten Tag verreisen würde – mit einem Mädchen. Meine Mutter begann, aufgeregt durchs Haus zu rennen. Mein Vater stellte das Radio lauter, um das Gebrüll meiner Mutter zu übertönen. Sie warf die Schüssel Heringssalat weg – zu Jom Kippur aßen wir immer

Heringssalat. Sie lief in den Garten und rief: »Die Menschen sind alle Ekel, ihr alle seid Ekel.«

Mein Vater verschwand im Badezimmer. Dort verbrachte er ganze Abende. Er hatte sich dort einen kleinen Weinvorrat angelegt.

Schon seit längerer Zeit schloß er sich regelmäßig im Bad ein, seit der Geschichte mit dem Indianer. Wir hatten nämlich einen Gärtner, den meine Mutter »den Indianer« nannte. Gott weiß, warum, doch wie auch immer, nach einer Weile nannten ihn alle so. Es war die Zeit vor meiner Bar-Mizwa, und dreimal die Woche bekam ich Unterricht von Mevrouw Mohnstein und ihrem Sohn. Mevrouw Mohnstein hat sechs Jahre lang versucht, mir Hebräisch beizubringen. Hebräisch habe ich bei ihr keines gelernt, wohl aber, was es heißt, jemanden wirklich zu hassen. Das ist doch auch schon was.

Für meinen Vater war die Bar-Mizwa noch eine größere Qual als für mich. Seit ungefähr fünfzig Jahren war er nicht mehr in der Synagoge gewesen, doch an dem Tag mußte er wieder hin. Schon Wochen im voraus muß er Alpträume gehabt haben.

Ein paar Tage vor meiner Bar-Mizwa – ich hatte inzwischen einen blauen Anzug bekommen und war zum Friseur geschickt worden – hörte mein Vater, daß auch der Indianer eingeladen worden war. Ich habe ihn oft wütend gesehen, doch selten so wütend wie an dem Tag. Ich glaube, der Indianer brachte das Faß zum Überlaufen. Mein Vater schrie andauernd: »Der Indianer oder ich, ihr habt die Wahl!« Das alles rief er vom Badezimmer aus, und er weigerte sich herauszukommen, bevor wir uns nicht entschieden hätten. Meine Mutter mußte den Indianer anrufen und ihm sagen, daß er besser doch nicht kommen sollte, was meiner Meinung nach auch für ihn eine Erleichterung gewesen sein muß.

In der Nacht vor dem Fest hatte mein Vater kaum geschlafen und sah darum in der Synagoge aus wie Prinz Claus, nur noch viel schlimmer. Nach dem Gottesdienst gab es einen Empfang, doch aus irgendeinem Grund war kein Wodka da, sondern nur Jenever. Also kippte mein Vater ein paar Kurze und schüttelte dann den Leuten die Hand. Bei jeder Hand fragte er meine Mutter, die daneben stand: »Wer ist das?«

Ab und zu zischte sie: »Die hätten aber auch ein größeres Geschenk mitbringen können.« Mein Vater war zu der Zeit schon schwerhörig.

Abends gab es ein Diner, und meine Mutter hatte doch tatsächlich ein Tischlied komponiert. Es sollte nicht bei dem einen Tischlied bleiben. Nachdem sie erst einmal eins für mich komponiert hatte, schrieb sie auch welche für andere Leute, zu achtzigsten Geburtstagen, zu Hochzeiten und noch x anderen Gelegenheiten. Beim Diner saß mein Vater neben mir und sagte kein Wort. Er trug den grauen Anzug, den er extra für diese Gelegenheit hatte anfertigen lassen. Doch mitten in der Ansprache des Rabbiners zupfte er mich an meinem Blazer, zog mich an sich und flüsterte: »Nie wieder Jenever, davon krieg ich nur den Kladderadatsch.«

Die anderen Gäste haben meine Bar-Mizwa an dem Abend noch sehr fröhlich gefeiert. Vor allem meine Mutter lief zu ungekannter Form auf. Zuletzt rief sie: »Laßt uns noch einmal das Tischlied singen!«, aber da waren fast alle schon gegangen. Mein Vater stand langsam auf, wischte sich mit dem Taschentuch den Schweiß aus dem Gesicht und sagte: »So, das hat fünftausend Gulden gekostet, aber der Herr ist gerecht.«

Dann fuhren wir zusammen mit dem Taxi nach Hause, und seit jener Zeit schloß mein Vater sich regelmäßig im Badezimmer ein. Der Indianer ist übrigens aus unserem Leben verschwunden wie alle Menschen, die mit uns zu tun hatten. Von einem Tag auf den anderen hörte er einfach auf, für uns zu existieren.

Kurz vor Mitternacht kam er endlich aus dem Badezimmer. In seinem Schrank suchte er nach belgischen Francs. Sein Hemd stand offen, und er atmete schwer. Er wollte ihr Foto sehen. Er warf nur einen kurzen Blick darauf. »Ein hübsches Mädchen«, sagte er, »du bist nicht ihr erster und wirst auch nicht ihr letzter sein.«

Meine Mutter ging die Küche wischen. Aus irgendeinem Grund tat sie das immer am liebsten mitten in der Nacht.

»Früher behielt ich in der Schule immer meinen Mantel an«, erzählte sie. »Ich wollte ihn nicht ausziehen, weil ich Angst hatte, sie würden ihn mir stehlen. Bis sie anfingen, mich zu schlagen. ›Zieh deinen Mantel aus!‹ riefen sie, ›nachher erkältest du dich.‹ Karlchen wollte sich den Mantel auch nie ausziehen. Wir waren die einzigen, die das nie machen wollten. Darum mußten wir nebeneinander sitzen. Er war sehr dünn. Er flüsterte mir immer ins Ohr: ›Ich hab ein Messer im Mantel, darum behalt ich ihn an.‹ Ich hatte kein Messer im Mantel, nur Angst, daß sie ihn mir stehlen würden. Ich wollte ihn heiraten. Ich wollte, daß wir einander alles zeigen, und das hab ich auch gemacht. Für ein Stück Wurst. Dann war er dran, aber er wollte nicht. Er sagte: ›Das geht nicht, dann siehst du mein Messer, und niemand darf mein Messer sehen.‹«

Der nächste Montag war einer von diesen Herbsttagen, an denen sich jeder noch mal schnell auf eine Caféterrasse setzt. Auf der Straße war es sehr ruhig. Ein richtiger ›Morgen danach‹. Wir hatten uns bei Rosie zu Hause verabredet, weil ihre Mutter den Jungen doch mal kennenlernen wollte, mit dem sie zusammen verreiste. Sie wohnten in der Nähe der Maasstraat.

Wir saßen auf dem Sofa und tranken Tee. Ihre Mutter erzählte, daß sie Niederländisch studiert hätte und daß das Wohnzimmer so kahl wäre, weil sie gerade streichen würde, wie ich sehen könne, und ich sah Rosie an und dachte, daß ich jetzt aufpassen müsse, um nichts Falsches zu sagen. Wir tranken noch mehr Tee, und ihre Mutter meinte, daß ihr doch nicht ganz wohl sei bei dem Gedanken, zwei fünfzehnjährige Kinder allein ins Ausland fahren zu lassen. Ich sagte, daß man mit fünfzehn kein Kind mehr sei, aber daß das wohl allen Müttern so ginge, so seien Mütter nun einmal. Ich wußte, daß ich einen sehr vertrauenerweckenden Eindruck machte, weil ich genau das sagte, was sie hören wollte. Ich sagte noch viel mehr, aber plötzlich wollte Rosie weg. In der Straßenbahn erzählte sie mir, ihre Mutter habe Angst, daß sie, Rosie, mit einem Kind zurückkäme, denn am Tag zuvor war ihre Oma bei ihnen gewesen.

In Antwerpen wechselten wir zuerst Geld und machten

uns dann auf die Suche nach einem Hotel. Es regnete, darum gingen wir in einen Imbiß und bestellten Waffeln mit Sahne. Bei einem Juden mit Rauschebart aßen wir später noch Pommes frites aus kleinen, braunen Pappkartons. Inzwischen waren wir in drei Hotels gewesen. Das erste war voll, im zweiten hatte die Dame an der Rezeption nur zwei Einzelzimmer, und im dritten sagten sie, wir sollten lieber in eine Jugendherberge gehen. Wir waren klitschnaß; es wurde früh dunkel, und ich hatte schon Angst, wir müßten im Bahnhof schlafen. Der Regen hatte mir das Gel aus dem Haar gewaschen, und ich merkte, daß es anfing, sich zu kräuseln. Doch Rosie sagte, das mache nichts, jetzt sei zur Abwechslung mal alles egal. Wir gingen in ein viertes Hotel.

Dort bekamen wir ein Zimmer. Nur war es schrecklich teuer, viel teurer, als wir gedacht hatten. Auf beiden Seiten stand ein Bett und dazwischen ein Tisch mit einer Vase voll Blumen. Das kleine Fenster ging auf einen Innenhof, in dem nur Müllcontainer standen und Katzen sich anfauchten. Sie kämpften oder vögelten miteinander, genau konnte man es nicht erkennen, denn es war schon dunkel und goß in Strömen. Rosie setzte sich auf die Fensterbank und steckte sich eine Zigarette an. Ich tat dasselbe, denn inzwischen hatte ich das Rauchen von ihr übernommen. Ich rauchte Mentholzigaretten, weil ich nicht inhalierte, und so hatte ich wenigstens noch ein bißchen Geschmack im Mund. »Altweiberzigaretten«, sagte Rosie immer, doch selbst rauchte sie auch ab und zu ›St. Moritz Menthol‹.

»Wir haben's geschafft«, sagte sie, und ich küßte sie kurz auf die Haare, die nach Regen und Rauch schmeckten und nach altmodischem Haarshampoo. So saßen wir eine ganze Weile. Schließlich sagte sie: »Wir müssen auch noch was essen.«

In meinem Brustbeutel fand ich fünfzig Dollar, die ich für meine Reise nach Israel bekommen hatte. Ich tauschte sie in einer Wechselstube und dachte, wie gut es war, daß ich mir von dieser Reise nichts versprochen hatte.

In der Pizzeria, wo wir seit drei Stunden saßen und wo es Rosie zufolge nach Rattengift roch, steckten wir uns alle zehn Minuten eine neue Zigarette an. Wir tranken Bier aus großen bayerischen Maßkrügen, und ich wollte eigentlich an gar nichts denken, nicht an Amsterdam, nicht an meine Mutter, nicht an Mevrouw Haaseveld, nicht an Mevrouw De Wilde und auch nicht an die Fächerkombination, die ich jetzt bald wählen mußte, denn es gab keine einzige Kombination auf der Welt, die mir gefallen hätte. Das hatte ich Mevrouw Haaseveld auch schon gesagt.

Rosie sagte: »Vielleicht haben sie ihre Zigaretten in unserer Pizza ausgedrückt.« Im Sommer hatten wir einen Film gesehen, in dem das jemand gemacht hatte. Wir bestellten noch ein Bier und kamen zu dem Schluß, daß unsere Pizza wirklich vom Typ »weg in den Abfalleimer« war. Wir schworen uns: »Nie wieder Pizza.«

Dann sagte sie: »Von Asche im Bier stirbt man.«

Danach liefen wir wieder durch Antwerpen, weil wir noch nicht in unser Hotel zurück wollten. Alles war geschlossen. Vielleicht liefen wir auch einfach in der verkehrten Gegend herum. Plötzlich sagte sie: »Ich will in eine Live-Show, los, komm schon. Ich hab noch nie eine Live-

Show gesehen.« Zuerst dachte ich, sie mache Spaß, doch sie meinte es ernst. Wir gingen in eine Telefonzelle und suchten unter »L« – wie Live-Show –, doch wir fanden nichts. Vor Wut hämmerte sie so fest auf den Apparat, daß einige Leute stehenblieben.

Unser Zimmer war klein und feucht. Ich machte das Fenster auf. Der Innenhof wurde von ein paar Scheinwerfern beleuchtet, die Leute aus der Küche schütteten Eimer voll Essensabfälle in die Container, und immer noch hörte man das Fauchen der Katzen. Wahrscheinlich kämpften sie um das Essen. Dann verschob Rosie die Betten. Das war eine Riesenaktion, weil das Zimmer klitzeklein war. Zuerst mußte der Tisch weg, und sie schob ihn gegen die Tür. Die Vase fiel um, aber zum Glück war kein Wasser drin. Die Blumen waren aus Plastik. Danach fing sie an, die Betten zusammenzuschieben. Das war fast unmöglich, denn es waren Betten aus Eiche oder was weiß ich für einem Holz, jedenfalls waren sie sauschwer. Sie warf die Matratzen raus, und danach ging es etwas leichter. Ich saß immer noch auf der Fensterbank und fragte mich, ob die ganze Rumräumerei wirklich nötig war. Sie sagte: »Seit ich dreizehn bin, hab ich nicht mehr in einem Einzelbett geschlafen.« Ich glaubte ihr kein Wort. Sie sagte öfter Sachen, die gar nicht stimmen konnten, und ich weiß immer noch nicht, warum sie das machte. Jeder fand sie schön, man konnte sich über viele Dinge mit ihr unterhalten, und selbst Leute, die sie gar nicht kannten, boten ihr etwas zu trinken an. In der Eisdiele wollten sie sie für den Rest des Jahres behalten, aber auch dort ist sie weggegangen, weil sie sich über alle möglichen Sachen in dem Laden ärgerte.

Das Gequietsche der Bettpfosten beim Verschieben war so schlimm, daß ich dachte, die Hotelleitung würde uns jeden Moment hinauswerfen. Rosie sagte, das sei unmöglich, der Tisch stehe vor der Tür. Niemand konnte rein oder raus.

Eine Dusche hatten wir auch auf dem Zimmer, in einem Kleiderschrank, nur war der Vorhang nicht besonders neu, so daß beim Duschen das ganze Zimmer naß wurde, und so, wie das Bett jetzt stand, würde es auch noch naß werden. Darum beschlossen wir, erst am nächsten Morgen zu duschen. Als wir endlich im Bett lagen, konnte sie sich nicht entscheiden, auf welcher Seite sie liegen wollte. Alle fünf Minuten legte sie sich anders hin, doch zu guter Letzt nahm sie die Seite zur Dusche hin, damit sie am Morgen als erste drin wäre. Zwischen den Betten war ein riesiger Spalt: Wer da hineinfiel, brach sich garantiert die Rippen. Wir hätten die Betten also genausogut stehenlassen können, doch das sagte ich nicht. Dauernd hörte ich Leute über den Gang laufen, aber niemand konnte hinein. Die Tür war abgeschlossen, davor stand der Tisch und davor wieder das Bett.

Schließlich legte sie sich dann doch auf meine Seite. Sie sagte: »Ich zieh mal eben mein T-Shirt aus.«

»Ja«, sagte ich. Durch die Vorhänge drang das Licht der Scheinwerfer im Innenhof. Auch die Vorhänge waren nicht gerade neu, und einige Leute hatten Zigaretten darin ausgedrückt, so daß eine Menge Löcher drin waren. Ihre Brüste waren klein und rund und ihre Brustwarzen so dunkelrot, daß sie fast violett aussahen, genau wie der kleine Kringel drumherum. Ich betrachtete sie, während ich mich schlafend stellte. Ich wußte, daß sie nie einen BH trug. Sie haßte BHs. Ich fand es stark, wenn Frauen keinen BH trugen. Sie hatte ihren Zopf gelöst, und die Haare hingen ihr lang über den Rücken hinunter. Sie rochen noch genau wie am Nachmittag, nur jetzt auch noch ein bißchen nach Bratenfett.

Ich zwirbelte ihr Locken in die Haare; das tue ich immer, wenn ich nervös bin. Sie sagte, ich solle aufpassen, weil Haarezwirbeln weh tun könne. Dann küßte ich ihre Brüste, wie ich es im Fernsehen und im Kino gesehen hatte. Ich dachte dauernd an *Tender is the Night,* und das half enorm. Wir sagten uns all die Dinge, die man sich schon vor zehntausend Jahren gesagt hat, von denen wir aber dachten, daß sie uns gerade jetzt als ersten und einzigen einfallen würden. Sie sagte: »Du kannst die Unterhose ruhig anlassen, wenn du willst, 's geht auch mit Unterhose.« Ich sagte, daß wir unsere Unterhosen dann lieber anlassen sollten. Nach einer Weile fragte sie, ob es weh getan hätte, aber das hatte es natürlich nicht. Ich betrachtete die Härchen in ihrer Achselhöhle, die so kurz waren, daß ich keine Locken hineindrehen konnte.

Ihre Haut war viel dunkler als meine, aber meine Haut ist auch so ziemlich die hellste, die man sich vorstellen kann, was im blauen Licht der Scheinwerfer gut zu sehen war. Dann wollte sie, daß wir nebeneinander einschliefen, doch allein schläft man leichter ein als zu zweit, das merkte ich schon nach wenigen Minuten. Nach einer Stunde schlief ich endlich doch ein, aber mitten in der Nacht landete ich im riesigen Spalt zwischen den beiden Betten. Danach kroch ich lieber auf ihre Seite hinüber.

Am nächsten Morgen konnte ich dadurch als erster unter die Dusche. Es war schon ganz hell, und erst jetzt sahen wir, was für ein Wahnsinnschaos wir im Zimmer veranstaltet hatten: Ein Bettpfosten war beinahe abgebrochen. Ich zog mein T-Shirt aus und stand vor der Dusche, doch drinnen konnte man sich nicht weiter ausziehen, so eng war es dort. Darum steckte ich mir erst einmal eine Zigarette an und rauchte sie vor dem Vorhang. Rosie lag noch im Bett. Sie sah mich an und sagte: »Du siehst aus wie dieser eine Komiker von Koot en De Bie im Fernsehen, kennst du die nicht, die eine Szene?«

Ich kannte sie nicht und rauchte ruhig weiter. Sie mußte schrecklich lachen. »Wie du jetzt dastehst«, sagte sie, »mit deiner Zigarette, genau wie Koot, wenn er sich so ungeschickt anstellt.«

»Ich stell mich nicht ungeschickt an, ich rauch nur meine Zigarette auf, bevor ich unter die Dusche geh«, sagte ich.

»*Ich* geh als erste duschen«, rief sie. Mir fiel die Zigarette aus der Hand, und sie drückte sie im Laken aus.

»Ich bin nur solidarisch mit dem Laken«, sagte sie. »In den Vorhängen sind Löcher, im Duschvorhang sind welche, im Teppichboden auch, warum soll dann das Laken als einziges keine Löcher haben?« Dann war ich nackt, und sie tat so, als würde sie wegsehen. Sie lag auf dem Bett, die Arme hinterm Kopf verschränkt, und sah leicht spöttisch an mir vorbei. Genauso wie meine Schwester früher, wenn sie mir morgens im Bett mit ihrem Äffchen Angst gemacht hatte, so eins, in das man seine Hand reinstecken konnte und das in der Waschmaschine ein Auge verloren hatte.

Den Rest des Tages verbrachten wir in verschiedenen Straßenbahnen und fuhren vom einen Ende der Stadt zum anderen. Zuerst hatten wir ins Museum gehen wollen, um uns vorm Regen in Sicherheit zu bringen, doch Rosie sagte, sie sei in den vergangenen Jahren so oft im Museum gewesen, daß sie jetzt alle Museen der Welt auswendig kenne. Ich konnte sie gut verstehen, denn am Vossius schleppen sie einen wirklich alle fünf Minuten in so ein Museum. Später haben wir uns in einer Spielhalle untergestellt. Dort stand so ein Ding mit Lenkrad, mit dem man auch durch die Berge fahren konnte. Das wollte sie unbedingt ausprobieren. »Los, wir fahr'n uns zu Matsch, volle Kanne!« sagte sie. Also fuhren wir uns zu Matsch. Volle Kanne.

Danach kauften wir uns Zigaretten und ein Dicke-Titten-Magazin und aßen in einem schicken Restaurant Muscheln. Und wir tranken auf Antwerpen und auf uns und auf bestimmt noch zehntausend andere Dinge.

Wieder liefen wir durch die Stadt. Jetzt waren wir zwar in einer Kneipengegend, aber wir hatten nicht mehr viel Geld. Zu guter Letzt teilten wir uns ein Bier und sahen den Leuten zu, die ein Glas nach dem anderen kippten. Dann fing sie wieder davon an, daß sie jetzt endlich eine Live-Show sehen wolle, bevor sie im Mülleimer verrotten würde. Wenn sie in so einer Laune war, konnte man echt nichts mehr mit ihr anfangen. Darum gingen wir ins Hotel zurück.

Auf dem Bett sahen wir uns Fotos von der Geliebten Henry Millers an und lasen ihre Briefe, die in dem Dicke-Titten-Magazin abgedruckt waren. Dann wollte sie die Betten wieder zusammenschieben. Ich schlug vor, das heute mal zu lassen, doch sie sagte, daß sie dann lieber gar nicht schlafen wolle oder sich gleich auf den Gang vor die Tür legen könne. Also wurden die Matratzen und Decken wieder rausgerissen. Ich hatte Angst, daß wir nicht nur die Bettpfosten ganz abreißen, sondern auch noch den Fußboden zur unteren Etage durchbrechen würden. Schließlich war alles in diesem Hotel wie Pappe, sogar das Frühstück. Natürlich war da wieder das gleiche blaue Licht wie am Vorabend, denn die Scheinwerfer brannten Tag und Nacht, die Katzen fauchten wieder, und ich rauchte meine St.-Moritz-Zigaretten.

Auch diesmal durfte ich meine Unterhose anbehalten, und sie zog wieder ihr T-Shirt aus, doch nach ein paar Minuten sagte ich: »Kannst du jetzt bitte von mir runtergehen?« Sie tat es und steckte sich eine Zigarette an. Sie blies den Rauch in kleinen Wölkchen aus, das konnte sie sehr gut, und ich fragte mich die ganze Zeit, warum ich das auf einmal gesagt hatte. Ich dachte daran, daß ich am nächsten Abend wieder in Amsterdam sein würde, daß dann Freitagabend wäre und die Kerzen brennen würden wie jeden Freitagabend. Trotzdem sagte ich nichts zu ihr, und auch sie redete kein Wort. ›Ich wollte nicht, daß du von mir runtergehst‹, hätte ich gern gesagt. Ich hatte etwas anderes sagen wollen, etwas ganz anderes, doch ich wußte nicht richtig, wie, oder ich hatte gemerkt, daß es genauso sinnlos war, solche Dinge zu sagen, wie sie zu denken, oder vielleicht war ich auch nur durch die Katzen abgelenkt.

Nach einiger Zeit legte ich mich neben sie auf ihre Seite, und alles war genau wie am Abend zuvor. Wir konnten hören, was die Leute auf dem Gang miteinander redeten.

Auch die Härchen, die aus ihrem Slip hervorlugten, waren zu kurz zum Zwirbeln. Danach aßen wir jede Menge Lakritz. Sie fragte, ob ich je *Donald Duck* abonniert hätte.

»Ja«, sagte ich, »drei Jahre lang.«

Wir lagen auf dem Bett, die Lakritztüte zwischen uns.

Sie sagte: »Wenn wir zusammen wohnen, brauchen wir nur *ein* Abonnement von allem.«

Dann fragte sie, ob ich wüßte, daß der Mann, der die *Donald-Duck*-Hefte austrug, im Beatrixpark zwei Jungen umgebracht hatte. Das wußte ich, meine Mutter hatte es mir oft genug erzählt. Ich glaubte, daß sie mir das nur erzählt hatte, um mich von meinem Abonnement abzubringen. Und wir redeten den ganzen Abend miteinander, zuerst über den Mann, und dann darüber, was für uns das Schönste auf der Welt sei, und sie wollte natürlich wieder, daß wir im selben Bett einschliefen. Doch das klappte nicht, denn wir stießen einander dauernd wieder wach. Oder sie fing plötzlich noch mal an zu reden und rief: »Morgen gehe *ich* als erste unter die Dusche, daß du's nur weißt.«

Am nächsten Morgen war ich trotzdem wieder als erster drin, und weil wir das Zimmer doch räumen mußten, war es uns piepschnurzegal, daß dabei sogar die Tapete naß wurde. Auch das Gemälde mit den zwei Leuten im Kornfeld spritzten wir ordentlich naß, und auch die Decke und die Tür. Wir saßen noch eine ganze Weile auf der Fensterbank – nicht, daß es da was Schönes zu sehen gegeben hätte, aber schließlich hatten wir bis zwölf für das Zimmer bezahlt und wollten darum auch bis zwölf Uhr drinbleiben.

Die Rückreise im Zug war so, wie Rückreisen immer sind, also redeten wir nicht viel. Außerdem war uns ziemlich schlecht von den Waffeln und den Fritten. Sie sagte nur: »Das nächste Mal geh *ich* aber als erste unter die Dusche.« Wir sahen uns die Geliebte von Henry Miller noch mal ganz genau an. Ich glaube, das Dicke-Titten-Magazin ist das einzige, was ich von der Reise noch habe.

Unterm Tannenbaum

In den Wochen danach sah ich Rosie fast nur im ›Lusthof‹. Dort hatten sie keinen Dubonnet. »Probiert's mal mit Altem Jenever«, sagte der Barkeeper, »nach 'ner Weile schmeckt doch alles gleich.« Wir hatten kein Geld mehr für Hotels und auch nicht für Restaurants, eigentlich hatten wir überhaupt kein Geld mehr. Damals wußte ich noch nicht, daß von Verlangen nur Neugierde übrigbleibt und von dieser Neugierde wahrscheinlich etwas, wofür es gar keinen Namen mehr gibt.

Sie fragte, ob sie meine Eltern mal kennenlernen könnte. Ich sagte, daß sie schrecklich viel zu tun hätten, und erzählte wieder von meinen Berufsplänen als Schauspieler. Das hatte ich schon so ziemlich jedem erzählt. Daher gab es auch eine Menge Fächer, die mir jetzt nutzlos vorkamen und wo ich nicht mehr hinging. Meistens meldete ich mich um elf mit stechenden Kopfschmerzen krank und ging ins ›Wildschut‹, wo ich mich zwei Stunden lang an einer Tasse Cappuccino festhielt. Bis es Zeit wurde, nach Hause zu gehen.

Das ging zwei Wochen gut, bis Mevrouw Haaseveld dringend mit mir sprechen wollte. Jedenfalls flüsterte sie mir ins Ohr: »Komm nachher mal kurz zu mir.« Uns war gerade wieder eine Nummer von *Tiefsee, Literaturzeitschrift für die Jugend* überreicht worden, und wir mußten Fragen zur hunderttausendsten Geschichte von Jan Donkers beantworten. Ich hatte überhaupt keine Zeit, bei ihr vorbeizugehen, denn ich war mit Rosie verabredet. Darum ging ich aufs Klo und kam nicht mehr wieder. An dem Nachmittag gingen wir zum ersten Mal zu Brinkman und verkauften unsere Bücher. Zuerst die zwei furchtbarsten: *Zahl und Raum* und *Chemie in Theorie und Praxis.*

Von dem Geld gingen wir essen. Sie sagte, daß sie sich zuerst nicht sicher gewesen war, ob ich sie küssen dürfe, weil sie Schweinefleisch aß. Ich erzählte ihr, daß ich nur koscher aß, wenn meine Mutter dabei war, und daß mein Vater das genauso machte. Sobald die Luft rein war, schlich er sich in die Wurstabteilung bei Hema – oder kaufte sich dort seinen Wein. Nach dem Essen suchten wir uns einen dunklen Hauseingang, aber auch das war nicht das Wahre, denn immer wieder kamen Leute an uns vorbei, und einmal wurden wir sogar von einem wütenden Mann weggejagt, der sagte, wir würden seine Kinder wach machen.

Ein paar Tage später hatte ich gerade Griechisch, als Mevrouw Haaseveld in die Klasse kam und mich in ihr Büro rief. Sie sagte, daß sie alles verstehen könne. Das wiederholte sie mehrmals. »Ich versteh ja alles, ich kann dich gut verstehn.« Ich wußte nicht, was sie denn verstand und was ich damit zu tun hatte. Ich hatte niemanden darum gebeten, alles zu verstehen, und Mevrouw Haaseveld schon gar nicht. »Wissen deine Eltern, daß dein Weihnachtszeugnis eine Katastrophe wird?« fragte sie.

Mein Vater war gerade für zwei Wochen in Israel. Meine

Mutter hatte die Gelegenheit ergriffen und angefangen, die Küche zu streichen.

»Sie vermuten etwas«, sagte ich.

»Noch ist nichts verloren«, sagte Mevrouw Haaseveld.

»Ich will Schauspieler werden.«

»Das kannst du später immer noch«, antwortete sie, »aber zuerst mußt du die Schule zu Ende machen.« Und dann begann sie in ihrem Stapel von Papieren zu suchen und gab mir meinen Aufsatz zurück.

»Ich hoffe, du machst etwas aus deinem Talent. Später!« stand da. »Später« war mindestens zwangzigmal unterstrichen. Ich mißtraute Leuten, die immer von »später« faselten. Das tue ich immer noch, denn mit ihrem »Später« wollen sie einen kaufen. Dabei haben sie selbst keinen blassen Schimmer davon, von später meine ich. Genausowenig wie ich. Aber das Leben ist viel zu kurz, um auf »später« zu warten. Irgend so was hab ich auch zu ihr gesagt. Ich wagte nicht zu sagen, daß sie mir mit ihren guten Absichten und ihrem Verständnis gestohlen bleiben könne und mit ihrem Gekritzel unter meinem Aufsatz noch am meisten.

Ich ging wieder in die Klasse zurück. Neben mir saß Martinimartin. Er schlief. Doch das war nichts Besonderes, seit den Sommerferien schlief er in fast jeder Stunde. Am Anfang hatten sie deswegen immer noch was gesagt, doch er antwortete immer nur: »Ich bin so müde.« Es war totenstill. Wenn jemand etwas sagte, warf der Lehrer mit einem Kreidestummel nach ihm. Ich suchte mein Buch, aber dann fiel mir ein, daß wir ja gestern unsere Griechischbücher verkauft hatten, und legte mich auch schlafen. Schlafen durfte man, reden nicht. Nur wer schnarchte, flog raus. Der Lehrer sagte: »Wer schnarcht, soll auf dem Gang schlafen.« Wenn er gute Laune hatte, sagte er oft: »Wartet's nur ab, noch ein paar Jahre, und ihr seid alle genau solche Arschlöcher wie ich.«

Ich konnte nicht einschlafen, darum schrieb ich einen Brief an Rosie. Ich schrieb, daß sie am Nachmittag zu mir kommen solle, weil meine Mutter unsere Oma besuchte. Es war nicht unsere richtige Oma, sie war adoptiert. Wir hatten schon alles mögliche adoptiert, warum also keine Oma? Früher besuchten wir sie jeden Samstag und aßen bei ihr erst Torte und danach Suppe, und sie trank Cherry Brandy.

Ich dachte an all die Dinge, die wir in der leeren Wohnung machen könnten. Meistens war jemand da, weil sie mir nicht trauten, wenn ich allein zu Haus war. Ich dachte an die Bücher, die ich verkauft und dann in der Schule als verloren gemeldet hatte. Zu Hause sagte ich, daß sie in der Schule in meinem Fach lägen. Kaum etwas macht so süchtig wie das Erfinden von Lügengeschichten. Auch Rosie erzählte ich eine Menge davon, irgend etwas mußte ich ihr doch erzählen. Ich dachte an den Jungen, mit dem ich zuerst zusammen auf der Grundschule gewesen war und dann auf dem Vossius. Er hieß Michael, und in der Pause gingen wir immer zu Albert Heijn Pflaumen stehlen. Als alle Ladenbesitzer in der Beethovenstraat Weihnachtsbäume vor ihre Geschäfte stellten, klauten wir eines Abends vier Stück, um sie zu verkaufen. Als das nicht klappte, stellten wir sie einfach auf den Schulhof. Seit ich mit Rosie zusammen war, hatte ich überhaupt keinen Kontakt mehr zu ihm. Auch Eric sah ich kaum noch. Früher hatten wir immer nebeneinander gesessen. Er wollte aussehen wie James Dean. Mit fünfzehn fing er an, sich zu rasieren, weil er davon überzeugt war, seine Reinkarnation zu sein. Damals ging er zu einem sehr teuren Friseur in der Beethovenstraat, der ihm einen James-Dean-Schnitt machte. Für mich sahen alle Jungs in meiner Klasse aus, als gehörten sie in eine Anstalt, von mir selbst ganz zu schweigen. Nur mußte ich nicht unbedingt zum teuersten Friseur von Amsterdam. Eines Tages sagte ich Eric das alles, und auch, daß ich es eigentlich nicht so toll fand, mir jede Pause anhören zu müssen, daß er sein Sperma aufaß.

Seitdem redete er nicht mehr mit mir, doch das war mir egal, denn ich war ganz sicher, daß ich Schauspieler werden wollte und daß alles andere unwichtig war. Genau wie später, als ich Verleger werden wollte. Eine Weile war ich mir auch ganz sicher, daß ich ein Kind wollte und Rosie heiraten. Und daß ich nach Berlin ziehen wollte. Es gab sogar eine Zeit, da war ich ganz sicher, daß ich sterben wollte, doch heute glaube ich, daß man nicht darum leidet, weil die anderen einen nicht lieben, sondern weil man selbst sie nicht lieben kann, jedenfalls nicht genug, nicht so, wie man gern möchte oder wie man sollte. Da kannst du hundert Briefe schreiben und fragen, warum immer alles kaputtgehen und vollgekotzt werden muß, du wirst keine Antwort bekommen. Damals dachte ich noch, alles ließe sich ändern und diese Briefe würden genügen, um jemanden an mich zu binden. Aber vielleicht kann man wirklich nicht mehr tun, als sich Namen für etwas Nichtvorhandenes auszudenken, damit es einfacher wird, darüber zu sprechen – oder es wenigstens zu versuchen. Verrückt ist nur, daß ich damals glaubte, es wäre wirklich vorhanden. Als ich mir später all die Namen ausdachte, glaubte ich, sie wären unterwegs zu mir und würden für immer dableiben. Doch vielleicht ist auch das nicht wichtig, und der Mann hat recht, der sagte, daß ihm das Leben beigebracht habe, nicht wählerisch zu sein. Sogar gut möglich, daß ich dieser Mann war oder daß ich es irgendwann mal von jemandem gehört und dabei gedacht habe: ›Das wollte ich auch sagen, denn so ist es.‹

Als Rosie klingelte, war meine Mutter noch zu Hause. Ich sagte: »Du mußt ums Haus rumlaufen und über den Zaun klettern, dann stellst du dich im Garten unter die Bäume, und dann laß ich dich gleich rein.«

Es dauerte sehr lange, bis ich sie endlich reinlassen konnte. Sie war ganz durchgefroren, sie fluchte und versuchte mir klarzumachen, daß es kein Vergnügen war, in einem wildfremden Garten eine Stunde lang unter den Bäumen zu warten. Sie wollte heiße Schokomilch, aber die hatten wir natürlich wieder nicht im Haus. »Mir wird bestimmt nie mehr warm«, sagte sie, und ich mußte ihr die Tannennadeln aus dem Haar pflücken.

Dann sagte sie: »Beinah hätt ich's vergessen, ich hab auch noch ein Geschenk für dich.« Aus ihrer Tasche holte sie einen Stapel Briefe. Sie schrieb mir immer so viele, daß ich sie kaum noch las. Gelesen habe ich sie erst später. Ich stopfte sie in meine Hosentasche, und wir gingen nach oben, in das Zimmer, das meine Schwester hätte bekommen sollen, in dem sie aber nie gewohnt hat. 1982 war sie nach Israel geflohen. Wir legten uns auf den grünen Teppichboden, und ich fragte, ob ich diesmal nicht doch den Knopf ihrer Jeans aufmachen dürfe. Beim letzten Mal hatte ich mir nämlich fast die Hand gebrochen.

»Okay«, sagte sie, »dann will ich mir die Hand aber auch nicht brechen.«

Ich betrachtete sie. Jetzt sah ich alles bei Tageslicht, und ich roch den Duft ihrer Bluse. Sie fragte nichts, und eigentlich hätte ich jetzt vorschlagen müssen, zusammen mit ihr zu fliehen, auch wenn ich keine Idee hatte, wohin, und sie wahrscheinlich genausowenig. Ich hätte sagen müssen, daß Fliehen das einzig Sinnvolle ist, was man auf dieser Welt tun kann, und daß die Wahrheit zu kennen genauso uninteressant und tödlich ist wie das Erkunden der Hölle. Bei meinem einzigen Versuch wegzulaufen kam ich keine zwanzig Kilometer weit, wahrscheinlich, weil ich nicht wirklich den Mut dazu hatte. Auch an dem Nachmittag hatte ich nicht den Mut, es ihr vorzuschlagen. Genausowenig wie ich eine Antwort darauf wagte, als sie meinte, daß all die Leute, die ihr in einer Tour immer nur nette Dinge sagten, sie langsam langweilten, weil sie nicht glauben konnte, daß irgend jemand auch nur ein einziges von all diesen süßen Komplimenten ernst meinte.

Ich hätte antworten sollen, daß auch ich ihr nette Dinge sagte, um etwas Liebes aus ihrem schönen kleinen Mund zu hören, und daß die Leute wahrscheinlich dachten, sie sei zu jung und zu schön, um mit der Wahrheit belästigt zu werden. Darum müsse sie mit den Lügen leben lernen, mit denen der anderen und mit ihren eigenen. – Bis sie alt und abgelebt sei, denn dann würde sich niemand mehr die Mühe machen, ihr die Wahrheit zu ersparen. Das dürfe sie mir und den anderen nicht allzu übel nehmen. Wenn Menschen endlich jemanden gefunden haben, wollen sie vergessen, was sie vorher getan haben und den Rest ihres Lebens noch tun werden.

Doch ich sagte nichts. Ich hatte nicht mal den Mut, mich *nicht* zu schämen, denn auch dazu ist Mut nötig, und ich habe mich schon für so ziemlich alles geschämt im Leben. Im Grunde hatte ich Angst, weil sie mir so nahe war. Das hatte ich schon immer, und mit der Zeit ließ es auch nach, aber keine ist je so lange geblieben, um erleben zu können, daß es ganz aufhörte.

Schließlich sagte sie: »Leg dich bitte auf mich, es zieht so schrecklich.« Das stimmte. »Komm schon«, sagte sie. Es fühlte sich an, als ob ich beim Pinkeln zu früh meinen Reißverschluß zugezogen hätte. So lagen wir eine ganze Weile regungslos da. Sie sah zur Decke und ich zum Fenster, denn bei meiner Mutter konnte man nie wissen, wann sie wieder auftauchte. Erst da dämmerte mir, was wir taten, und sie sagte: »Ich glaube, wir tun was Dummes.«

»Das glaub ich auch«, antwortete ich.

Kurz darauf hörte ich das Fahrrad meiner Mutter, und Rosie mußte wieder durch den Garten verschwinden. Dieses Manöver wiederholten wir noch dreimal. Als ich sie eines Nachmittags wieder hereinlassen wollte, stand sie nicht unter den Bäumen. Ich suchte den ganzen Garten ab, doch der Garten war leer. Ich rief: »Rosie, Rosie.«

Die Nachbarin fragte: »Suchst du dein Kaninchen?«

»Wir haben keine Haustiere«, rief ich zurück, »das wissen Sie doch, meine Mutter ist allergisch gegen Haustiere – sie ist allergisch gegen die ganze Welt.«

Auch an diesem Abend wartete mein Vater wieder vergeblich auf die Börsenberichte, und meine Mutter erzählte: »Der Tod ist genauso langweilig wie das Leben, aber ich will noch nicht sterben, denn das Vergnügen gönn ich euch nicht. Außerdem glaub ich nicht so recht ans Paradies.«

4320 Minuten

Am nächsten Tag erzählte mir Rosie, daß sie aus dem Garten geflohen war, weil sie fürchtete, die Füße könnten ihr erfrieren, und daß sie es satt habe, immer wieder unter den Tannen zu stehen und sich einen abzufrieren. Ich konnte es ihr nachfühlen. Wir verkauften zwei Wörterbücher, und danach liefen wir wieder durch die Stadt und stellten uns zwischendurch in den einen oder anderen Treppenflur. Doch auch dort war es jetzt zu kalt, um lange stehenzubleiben. Ich lief immer noch in den Turnschuhen herum, die ich mir in Israel gekauft hatte und die nicht mehr dicht waren. Aber die Schuhe, die meine Mutter mir gekauft hatte, konnte ich echt nicht anziehen. Auch wenn ich mir Mühe gab, es ging einfach nicht.

Wir gingen durch die Apollolaan. In der Apollolaan gibt es gute, tiefe Treppenflure, also setzten wir uns irgendwo auf die oberste Stufe und aßen eine Tüte Marshmellows. Wir bereiteten uns geistig auf eine Lungenentzündung vor.

»Ich kann nicht mehr laufen«, sagte sie.

»Ich auch nicht, vielleicht sollten wir hier übernachten; vielleicht sollten wir Penner werden.«

Sie wollte nicht Pennerin werden. Sie sagte, ihr Bruder sei schon so was Ähnliches. *Einen* Penner in der Familie fand sie genug.

Ich sagte: »Komm, wir hören auf, die Sache ist viel zu verrückt, um darüber nachzudenken.«

»Weißt du, was ich finde?«

»Nein.«

»Manchmal finde ich dich unheimlich langweilig«, sagte sie, »aber das macht nichts, manchmal find ich mich selbst auch unheimlich langweilig. Die Schule find ich auch langweilig, die ganze Welt ist langweilig. Und mein Bruder, der sich so ziemlich als einzigen auf der Welt nicht langweilig findet, der ist eigentlich noch am allerlangweiligsten.«

»Nein, *wir* sind die allerlangweiligsten Leute auf der Welt«, sagte ich. »Vielleicht können wir ja auf der Kirmes noch Geld damit verdienen.«

»Früher dachte ich immer, Eis verkaufen würde 's bringen. Aber im Grunde ist das auch nichts. Und sich betrinken auch nicht. Gestern abend hab ich die Lieder von Judith Herzberg wieder mal gelesen, die hatt ich sonst immer so schön gefunden, aber auf einmal fand ich nichts mehr an denen. Dann hat meine Mutter gerufen, ich solle das Licht ausmachen und endlich schlafen, aber die ist auch langweilig. Noch langweiliger als damals, als sie noch mit meinem Vater zusammen war. Wußtest du, daß ich nur ein Ausrutscher bin? Mir ist es ja egal, aber ich glaube, darum bin ich besonders langweilig geworden.«

Wir trugen immer noch unsere Schulrucksäcke mit uns rum, weil wir noch nicht zu Hause gewesen waren. Sie blätterte in ihrem Terminkalender.

»Laß uns abmachen, wann wir zusammen vögeln«, sagte sie.

»Ja«, sagte ich.

»Samstag, 22. November«, flüsterte sie.

»Samstag, 22. November. Okay.«

Bei »Samstag, 22. November« schrieben wir in unsere Terminkalender: »Vögeln.« Ansonsten waren sie vollkommen leer, denn ich schrieb mir nichts mehr auf, und sie scheinbar auch nicht.

»Wo?« fragte ich.

»Wir finden schon was.«

Samstag, 22. November – noch fünf Tage. Wir beschlossen, weiter zu laufen, denn vögeln konnte man besser ohne Lungenentzündung.

Ich kannte fast alle Treppenflure in der Apollolaan, und auch jetzt noch könnte ich die besten nennen, aber wahrscheinlich würde sich niemand dafür interessieren. Ich sagte ihr, daß ich nicht angefaßt werden wollte, wenn andere Leute dabei waren.

Sie fand das komisch, aber sie konnte damit leben. Aber auch wenn wir allein waren, wollte ich manchmal nicht angefaßt werden, und dann sagte ich: »Ich will nur an deinen Haaren riechen.« Das war auch okay, und darum fand ich sie lieb.

Dann mußte sie mit der Straßenbahn nach Hause. »Samstag, 22. November«, rief sie.

»Samstag, 22. November«, rief ich zurück. »Noch fünf Tage.«

Ich lief nach Hause. Ich dachte daran, was sie in der Schule am nächsten Tag wohl für Gesichter machen würden. Ich hatte nämlich ein paar Seiten aus dem Klassenbuch gerissen. Damit es nicht so auffiel, daß ich ein paar Tage fast überhaupt nicht dagewesen war – auch zu ihrem Besten, denn so viel Aufregung tat niemandem gut. Mir fiel ein, daß mich bestimmt wieder ein paar von diesen supertollen Mädchen verpetzen würden. Im Namen der Wahrheit oder in wessen Namen auch immer. Ich sah all die Gesichter schon vor mir, wie sie mich ernst anstarren würden, ohne auch nur eine Sekunde lang zu meinen, was sie sagten.

Ich konnte ja nicht ahnen, daß sie so überdreht waren, mich gleich zum Schulpsychologen zu schicken. Wegen ein paar Seiten aus dem Klassenbuch! Sie wußten sich nicht mehr zu helfen. Das sagten sie jedenfalls. Warum gingen sie dann nicht selbst zum Schulpsychologen, wenn sie nicht mehr weiterwußten? Doch der wußte auch keinen Rat. Das sagte er zwar nicht, aber man sah es ihm an. Und das Klassenbuch lag auf dem Tisch wie drei Kilo Heroin – ohne Übertreibung, genauso lag es da. Sie machten lange Pausen, um mich unter Druck zu setzen, doch ich dachte einfach immer nur an den 22. November. Und dann fingen sie wieder vom Krieg an. Viel Phantasie hatten sie ja noch nie. Als ob das Klassenbuch was mit dem Krieg zu tun hätte! Das dachten sie aber – bei ihnen stimmte es doch erst recht nicht im Kopf. Kaum fehlten ein paar Seiten, da mußten wir wieder vom Krieg reden.

»Wo bist du gewesen?« fragten sie. »Die ganzen Stunden. Wo warst du?«

»Ich weiß es nicht mehr, mein Gott, ich weiß es nicht. Ich bin ein bißchen durch die Stadt gelaufen.« Das war die Wahrheit, doch sie glaubten mir nicht.

»Eigentlich müßten wir deinen Eltern einen Brief schreiben«, sagten sie.

»Warum? Sie haben schon genug durchgemacht«, rief ich. Zuerst konnten sie mit diesem Argument wenig anfangen, danach schon. Das sei das letzte Mal, daß sie keinen Brief an meine Eltern schreiben würden, aber wenn jetzt noch einmal was vorfiele, könnte ich mich auf hundert Briefe gefaßt machen. Das Versprechen haben sie dann auch gehalten. Meine Eltern haben nie wieder so viel Post bekommen wie damals vom Vossius. Dort langweilten sie sich wahrscheinlich zu Tode. Nur daß meine Eltern von den Briefen vollkommen verrückt wurden.

Ich mußte zwei Wochen lang Laub aufspießen. Das tat ich natürlich nicht, und da verdonnerten sie mich zu vier Wochen. Sie sagten: »Wir können dich doch nicht dein Leben lang Laub aufspießen lassen.« Der Schulpsychologe wußte auch nicht mehr weiter.

»Wir leiden unter dir«, sagte er, »du bist so ein begabter Junge, und du vermasselst dir die ganze Zukunft.«

›Gut so‹, dachte ich, ›ich werd mir noch viel mehr Zukunft vermasseln, damit ihr noch mehr leidet.‹ Aber das sagte ich natürlich nicht. Ich tat so, als ob sie mir schrecklich leid täten, als ob ich es ganz furchtbar fände, daß sie so unter mir zu leiden hatten. Nur noch vier Tage bis zum 22. November.

Mit dem Bücherverkaufen war es nun auch vorbei. Wir hatten sie alle vehökert. Jetzt konnten wir nirgends mehr essen und trinken gehen. »Alles ist eine einzige Kloake«, sagte ich zu Rosie, »die Schule ist eine Kloake, Mevrouw Haaseveld ist eine Kloake, der Stadionweg, unsere Wohnung, die Straßenbahn, der ›Lusthof‹ – alles Kloaken, und wir sind auch Kloaken.«

Schon seit drei Wochen stand das Wort ›Kloake‹ an der Tafel im Biologiehörsaal.

Sie hatte eine Idee. In der Pause ließen immer alle ihre Taschen in der großen Halle liegen. Wir konnten doch einfach ein paar Bücher aus den Taschen der anderen nehmen und die dann verkaufen? Zuerst fand ich das genial, aber zuletzt traute ich mich doch nicht. Ich sah schon zwanzig Schulpsychologen vor mir sitzen. ›Ärzte ohne Grenzen‹ würden sie mir auf den Leib hetzen, wenn's sein mußte. Um mich noch total verrückt zu machen.

In der kleinen Pause floh ich aus der Schule und ging ins ›Wildschut‹. Manchmal auch vorher noch zum Fischimbiß, um mir eine Bulette zu holen. Mit einer Fischbulette kam ich durch den ganzen Tag. Das hatte ich mir selbst beigebracht. Rosie kam dann auch ins ›Wildschut‹.

»Noch drei Tage«, flüsterte ich ihr diesmal ins Ohr. Es machte mir Spaß, ihr ins Ohr zu flüstern, weil ich dann immer ihre Haare beiseite schieben mußte.

»Noch drei Tage«, sagte sie. Ich fragte, wie lange es noch dauern solle, bis endlich alles anders würde. Sie meinte, das würde noch sehr lange dauern, sicher noch ein paar Jahre, so lange, daß es keinen Sinn hatte, darauf zu warten. Ich glaubte, drei Tage würden genügen, um alles zu verändern. Wenigstens ein bißchen.

»Drei Tage – wie viele Minuten sind das?« fragte sie.

Wir rechneten es auf einem Bierdeckel aus. Es waren 4320 Minuten.

Sie sagte: »Ich wollte, all die Minuten wären ein Tag in meinem Leben, den ich noch mal anders verbringen könnte.«

»Was würdest du denn anders machen?« fragte ich.

»Ich glaube, an den meisten Tagen wär ich am liebsten einfach im Bett geblieben. Es gibt nur ein paar Tage, für die ich noch mal gern aufstehen würde.« Wir suchten diese Tage. Zuerst in ihrem Leben, dann in meinem und zuletzt in dem sehr kurzen Leben, seit wir uns kannten.

»Wo treffen wir uns am Samstag?« fragte ich.

»Irgendwo in der Stadt«, sagte sie, »irgendwo, wo wir uns noch nie getroffen haben und wo wir danach nie mehr hingehen werden, auch nicht mit anderen, mit niemandem.«

Ich hatte keine Idee, wo das sein sollte, denn wir hatten uns schon an so vielen verschiedenen Orten getroffen und in so vielen verschiedenen Kneipen versucht, betrunken zu werden. Ich dachte an all die mißglückten Versuche und all die Straßen in der Innenstadt, wo wir so oft entlanggelaufen waren, daß es uns vorkam, als könnten wir jeden einzelnen Stein beschreiben.

Vögeln

Am Morgen des 22. November ging ich in die Synagoge wie jeden Samstag. Meine Mutter jammerte. Ich hatte mir ein paar Farbspülungen in die Haare gekippt. Rosie hatte sie in Riesenmengen für mich besorgt. Meine Mutter dankte Gott, daß ihre Eltern das nicht mehr zu erleben brauchten. Ich sagte, daß es mir nicht das geringste ausmachen würde, *nicht* in die Synagoge zu gehen, wenn ich ihr damit eine Blamage ersparen könnte. Doch sie wollte sich lieber blamieren, als daß ich nicht in die Synagoge ging.

In der Synagoge kam immer ein alter Ungar zu mir, kniff mich in die Wange und fragte, wann ich nun endlich heiraten würde. Das fragte er schon, seit ich sechs war. »Du wirst doch wohl noch heiraten, eh' ich sterbe«, sagte er jeden Samstag wieder. »Ich weiß es nicht, Meneer«, sagte ich, »ich weiß es nicht, solche Dinge hat man nicht in der Hand.«

Dann war da noch eine Gruppe Frauen, die Jüdinnen werden wollten. Sie sahen alle so aus, als hätte man sie als Babys besser durchs Klo gespült. Bei einigen war das bestimmt auch so. Sie redeten die ganze Zeit davon, daß die Juden so gut wüßten, was Leiden sei, doch man merkte sofort, eigentlich wollten sie sagen, daß *sie* wußten, was Leiden sei. Es gibt eine Menge häßlicher Menschen auf der Welt, aber so was Häßliches wie diese Möchtegern-Jüdinnen hatte ich im Leben noch nicht gesehen. Ich glaube, sie dachten, daß ›schön‹ oder ›häßlich‹ keine Rolle mehr spielte, wenn sie erst mal Jüdinnen geworden waren. Wenn ich irgendwo ein Maschinengewehr gefunden hätte, hätte ich sie abgeknallt, aus reinem Mitleid. Und natürlich aus gewissen ästhetischen Erwägungen.

Nach dem Gottesdienst gab es immer einen Kiddusch. Man bekam dann Wein und Gebäck, und ich sah auch meine Mutter wieder, denn vorher saßen Männer und Frauen getrennt. Sie hatte rote Augen, denn sie hatte den ganzen Gottesdienst über geweint. Zwei Frauen stützten sie. Die wußten, warum sie heulte: ein Sohn mit gefärbten Haaren. Sie guckten mich an, als sei ich ein Nazi. Dabei hatte ich noch nie im Kino einen Nazi mit roten Haaren gesehen. Meiner Meinung nach gab es so was überhaupt nicht: Wer rote Haare hatte, konnte im Dritten Reich doch gleich einpacken.

Sie fragten, warum ich das nur getan hätte. Was das sollte. Und ob es Henna wäre. Ich sagte nichts, tat so, als würde ich sie nicht verstehen, und stellte mich zu dem Mann, der immer ganz hinten in der Synagoge stand, weil niemand mit ihm reden wollte. Er sei ein armer Teufel, hieß es. Er hatte in der Irrenanstalt gesessen. Den ganzen Gottesdienst über kratzte er sich am Schwanz. Zuerst war mir das gar nicht aufgefallen, erst nach ein paar Wochen – ich meine, er machte es nicht besonders auffällig, aber er fummelte doch dauernd ganz schön an sich herum. Er war vierzig und wohnte noch bei seiner Mutter. Einen Vater hatte er auch noch, aber der war schon seit zwanzig Jahren nicht mehr aus dem Bett gekommen.

Er fing wieder von Picasso an, seinem Lieblingsthema. Wie wir wohnte auch er an der »Goldküste« in Amsterdam-Süd – das heißt, seine Mutter wohnte dort. Erst um zwei Uhr nachmittags stand er auf. Dann aß er zwei Brote mit Schokoladenstreusel, ging in den Beatrixpark und drehte seine Runden.

»Hast du gerade deine rote Periode?« fragte er. Das waren so seine Witzchen von morgens bis abends. Aber immer schön Weißbrot mit Schokoladenstreusel essen. Und aus dem Mund stinken. Er dachte bestimmt, Zähneputzen sei samstags verboten.

Meine Mutter hatte zwei von den Pseudojüdinnen zum Lunch eingeladen. Ich konnte mir absolut nicht vorstellen, warum Leute unbedingt Juden werden wollten. Wenn sie's nicht mehr aushielten, konnten sie sich doch gleich aufhängen.

Mein Vater hatte wieder das Radio an. Das mußte er natürlich sofort abstellen, denn eigentlich ist Radiohören am Heiligen Schabbath verboten. Er nahm die Frauen ins Kreuzverhör. Er wollte alles wissen. Die Pseudojüdinnen saßen auf dem Sofa. Sie kamen aus Krimpen an der Ijssel oder so ähnlich.

Ich mußte den Segen über das Brot sprechen. Mein Vater weigerte sich, so etwas zu tun. Er bezeichnete sich als Agnostiker. Auch ich bezeichnete mich so, nur hatte ich damit bei meiner Mutter weniger Erfolg als er.

Er schäkerte mit den Pseudojüdinnen herum. Er war stark kurzsichtig. Er konnte nicht erkennen, daß ihre Gesichter aussahen, als hätten sie ein paar Jahre in Salzsäure gelegen. Warum waren sie denn nicht zur Heilsarmee gegangen? Da hätten sie wenigstens noch eine schöne Uniform bekommen.

»Und was willst du mal werden?« fragte die eine.

Dann fing die mit den glatten Haaren wieder davon an, daß Juden so gut wüßten, was Leiden sei. Herrgott, es war nicht zum Aushalten! Und sie hörte nicht auf. Sie suche den wahren Kern des Leidens, sagte sie. Warum konnte ihr nicht jemand ein paar Zigaretten im Gesicht ausdrücken, dann hätte sie den Kern des Leidens ein für allemal gefunden und brauchte nicht mehr dauernd davon zu reden. Für hundert Gulden wollte ich das gern übernehmen.

Noch dreihundert Minuten. Ich legte mich in die Badewanne. Mein Vater hämmerte an die Tür. Die Pseudojüdinnen waren inzwischen gegangen, und es wurden wieder mal ein paar Teller kaputtgeworfen. »Such dir doch ein anderes Badezimmer«, rief ich, und mein Vater ging in den Garten. Es war eiskalt – wir hatten den 22. November. Im Wintermantel saß er auf einem Stuhl unter seinen geliebten Tannen.

Meine Mutter öffnete die Terrassentür. Die Vögel flogen weg, doch er blieb auf seinem Stuhl sitzen. »Total plemplem«, rief sie, »plemplem, plemplem.« Dann machte sie die Tür wieder zu. Noch 274 Minuten. Ich nahm ein Schaumbad. Mevrouw Weinbaum kam zu Besuch, eine Freundin meiner Mutter. Sie kam jeden Samstagnachmittag. Samstags war echt immer was los.

Mevrouw Weinbaum redete nur von Krankheiten. Oder besser gesagt: von *ihren* Krankheiten. Bis auf Aids hatte sie so ungefähr alles, was man sich nur vorstellen konnte. Ihre

Tage waren gefüllt mit Arzt- und Krankenhausbesuchen. Schon seit zwanzig Jahren. Trotzdem wollte sie einfach nicht sterben. Jede Woche sah sie quirliger und jünger aus. Sie hatte nie geheiratet. Meine Mutter sagte: »Sie will den Tod heiraten«, und ich dachte: ›Recht hat sie, wer stirbt, rächt sich am Leben.‹ Noch 260 Minuten.

Mein Vater war noch immer im Garten. Er pflückte dürre Blätter von seinen Bäumen. Die Haare hingen ihm ins Gesicht, und er trug eine russische Pelzmütze. Mevrouw Weinbaum und meine Mutter riefen, er solle reinkommen, doch er dachte nicht daran und tat so, als ob er nichts hörte. »Sie werden sich noch erkälten«, rief Mevrouw Weinbaum, »und ich mich auch.« Und Türen wieder zu. Ich stieg jetzt wohl besser aus der Wanne, sonst fing ich noch an, mich zu häuten. Kurz darauf hatte Mevrouw Weinbaum drei Sherrys intus und kam erst richtig in Fahrt. Ich habe noch nie im Leben jemanden so anschaulich vom Blutabnehmen erzählen hören wie sie. Ihr Blut war nämlich auch krank, und jede Woche mußte sie zur Blutabnahme. Das erzählte sie jeden Samstagnachmittag. Wie die Nadel in ihren Körper eindrang, und wie sie einmal dabei in Ohnmacht gefallen war. Man bekam eine richtige Gänsehaut davon. Ab und zu sagte sie auch: »Ich hab geträumt, ich würde in einem Krankenhaus wohnen.«

Ein paar Jahre später stand sie mit drei Koffern in der Städtischen Uniklinik am Empfang und sagte: »Ich will, daß Sie mich aufnehmen.« Bei ihren früheren Versuchen hatten sie sie immer wieder nach Hause geschickt, doch diesmal konnten sie sie nicht zurückschicken. Sie hatte alles verkauft: ihre Möbel, ihre Pflanzen, ihre Bücher, ihre Wohnung. Da haben sie ihr den Gefallen getan, aber sie schickten sie sofort weiter in die psychiatrische Abteilung. Da liegt sie immer noch. Sie hat auch eine Schwester, aber die kann sie nicht besuchen kommen, weil sie selbst in so einer geschlossenen Anstalt sitzt. Ein paarmal hat meine Mutter sie besucht. »Sie sah besser aus denn je«, erzählte sie hinterher, »aber alle fünf Minuten hat sie geschrien: ›Ich will aufgenommen werden, sie müssen mich aufnehmen, sonst bin ich allein, wenn ich sterbe‹, und ich sag zu ihr: ›Aber jetzt bist du doch aufgenommen, jetzt ist doch alles gut‹, und da sagt sie: › Ich bitte dich, nennst du das hier vielleicht 'ne richtige Aufnahme?‹«

Doch das war alles erst viel später. Bis dahin mußte sie noch viele Sherrys trinken und uns von dem Blut erzählen, das sie sich im Krankenhaus wieder hatte erneuern lassen. Wir durften noch mitansehen, wie sie zum ersten Mal im Leben eine Perücke trug.

Ich suchte mir meine schönste Hose aus. Zufällig war es die, die ich schon seit zwei Wochen anhatte. Auch meinen Pullover trug ich schon seit gut einer Woche, aber es waren trotzdem die besten Sachen, die ich besaß, und Rosie roch nach nichts außer nach Deodorant. Mittlerweile saß mein Vater nicht mehr im Garten, natürlich wollte er mittrinken. Ich rasierte mich, obwohl es gar nicht nötig war.

Mevrouw Weinbaum bewunderte meine rote Frisur. Auch sie färbte sich die Haare – den Rest jedenfalls, der sich noch färben ließ.

Heutiges Thema waren ihre Nieren. Mein Vater hing in seinem Sessel. Auch ihm ging Mevrouw Weinbaum auf die

Nerven, darum trank er genauso schnell, wie sie redete. Als Mevrouw Weinbaum wieder einen Schluck nahm, war meine Mutter an der Reihe. Mein Vater machte eine neue Flasche auf. Mevrouw Weinbaum suchte ein Taschentuch, um sich die Hände abzuwischen. Das machte sie den ganzen Tag, sie wischte mit ihren Taschentüchern alles ab, was ihr nur in die Finger kam. So jemanden darf man gar nicht erst ins Haus lassen, fand ich, und schon gar nicht jeden Samstag wie meine Eltern.

Meine Mutter sagte. »Jetzt werd *ich* mal was erzählen.« Mein Vater seufzte tief auf. Er schenkte sich und Mevrouw Weinbaum noch ein Glas ein.

»Früher war ich nicht alt und häßlich«, sagte meine Mutter, »früher hättet ihr mich mal sehen sollen. Ich war sehr schön, so schön, daß mir alle hinterherliefen. Das hatte schon im Krieg angefangen. Ich weiß noch, daß ich mir Sorgen machte, weil wir nichts für unsere Tage hatten. Doch in Birkenau bekam ich kein einziges Mal meine Periode. Nie! Die Sorgen waren ganz umsonst gewesen. Den jungen Männern hab ich allen einen Korb gegeben, zuletzt hab ich einen viel älteren Mann geheiratet. Ein paarmal verliebt hatte ich mich ja schon. Wenn ich verliebt war, bekam ich immer einen schrecklich roten Kopf. Dann hatte ich Angst, alle würden denken, ich hätte was gestohlen. Meine Zähne haben den Krieg sehr gut überstanden. Ich hab sie mir nämlich jeden Tag mit einem Tuch geputzt. Erst nach dem Krieg hat sie mir ein Professor vermurkst. Der war in mich verliebt und sagte: ›Ich werde dein Zahnarzt.‹ Und vermurkst mir doch dann das ganze Gebiß! Also, ich war ja sehr schön. Jeder wäre gern mein Zahnarzt gewesen oder irgendwas anderes. Ich bin auch fast nie geschlagen worden, wußtet ihr das? Sie haben mir Wurst zugeworfen, weil ich so schön war. Ganz dicke Scheiben.«

Im ›Rode Leeuw‹ setzte ich mich an einen der Tische auf der überdachten Terrasse, so daß ich die ganze Straße überblicken konnte. Ich war froh, als sich nach einiger Zeit ein alter Mann zu mir setzte, der mich von meinen Gedanken ablenken konnte, denn bis Rosie kam, würde es sicher noch ein paar Stunden dauern. Aber der Mann sagte kein Wort, und plötzlich mußte ich wieder an all die Blockflöten denken, die sie für mich angeschafft hatten, weil ich doch eine musikalische Erziehung bekommen sollte. Von allen Leuten, die ich damals kennenlernte, war der Blockflötenlehrer so ziemlich der netteste – mit seinen grauen Locken und diesen idiotischen Schnürsenkeln, die er als Krawatte um den Hals trug. In jeder Stunde erzählte er von seiner Frau. Er wollte sich von ihr scheiden lassen, weil sie religiös vollkommen fanatisch geworden war. Sie betete den ganzen Tag. Wenn die Stunde um war, sagte er immer: »Jetzt haben wir *wieder* nicht Blockflöte gespielt«, und zwinkerte mir zu. Ab und zu hatten wir eine Aufführung im Bach-Saal. Dann mußte ich ganz hinten sitzen. Ich durfte nur so tun, als ob ich Flöte spielte. Einmal vergaß ich das einen Moment und blies doch hinein, und es kam wirklich ein schauerliches Geräusch heraus, mitten in einem Stück von Händel. Bei der nächsten Aufführung mußte ich mich noch weiter nach hinten setzen – sicherheitshalber durfte ich die Flöte gar nicht mehr in den Mund nehmen –, und bei der folgenden Aufführung saß ich mehr oder weniger in den

Kulissen. Der Blockflötenlehrer konnte mich verstehen, aber schließlich brachte ihm meine Mutter alle vierzehn Tage selbstgebackene Torte vorbei, und so war eigentlich alles ganz gut geregelt. Bis meine Mutter mir zum vierzehnten Geburtstag eine sündhaft teure Tenorflöte für mindestens tausend Gulden kaufte. Das machte mich ganz traurig, einfach schrecklich traurig. Den Blockflötenlehrer auch, glaube ich. Dann heiratete er seine Freundin. Ein paar Monate später ging er in den Ruhestand.

Ihre Haare waren noch naß vom Duschen, und ihre Sachen waren keine zwei Wochen alt. Sie trug ein neues Kleid, ein Sommerkleid. Darum war ihr ziemlich kalt, doch sie sagte, das sähe nur so aus. Ihr Gesicht hatte sie sich so raffiniert geschminkt, wie nur wenige das können. Mir war klar, daß alle sie ansahen.

»Hast du schon gegessen?« fragte sie.

»Nein. Und du?«

Sie schüttelte den Kopf, also bestellten wir Suppe.

Das Kleid hatte sie sich am Nachmittag gekauft. »Gefällt's dir?« fragte sie. Ich nickte.

»Was hast du heute alles gemacht?«

»Kein neues Kleid gekauft.«

»Weißt du, bei meiner Mutter haben sie heute morgen eingebrochen! Eigentlich wollte sie ja heute zu ihrer Tante nach Limburg fahren, aber jetzt bleibt sie zu Hause, zum Aufräumen.«

»Trinken wir auf den 22. November«, sagte ich.

Wir tranken darauf.

»Wir müssen uns versprechen, uns jedes Jahr am 22. November hier zu treffen, auch wenn wir nicht mehr zusammen sind.«

»Abgemacht«, sagte ich.

Sie sagte, daß wir schon was finden würden, daß sie ein gutes Gefühl hatte und daß dieses Gefühl sie nie betrog. Also blieben wir im ›Rode Leeuw‹, und sie erzählte, daß sie wahrscheinlich von der Schule abginge, weil sie aller Voraussicht nach sitzenbleiben würde. Sie hatte zwar versprochen, sich mehr anzustrengen, aber daran glaubte sie selbst nicht so recht. Sie erzählte noch viel mehr, doch wir hatten überhaupt schon so viel geredet. Eigentlich hatten wir immer nur geredet, an x-verschiedenen Orten, über Gott und die Welt und alles mögliche. Jetzt blieben uns nur noch Dinge, die wir schon einmal gesagt hatten. Darum sagten wir zuletzt lieber gar nichts mehr und tranken nur noch, denn wir hatten für diesen Abend gespart. Schließlich nahm sie mein Notizbuch und malte Männchen hinein, und danach schrieb ich Texte darunter, wodurch es ein Comic strip wurde. Eine etwas anrüchige Geschichte von Piet, der es mit kleinen Jungs trieb. Sie war sehr gut im Finstere-Typen-Zeichnen und ich im Schlüpfrige-Texte-Erfinden.

Den ganzen Abend arbeiteten wir an dem Comic und redeten fast nichts, bis sie uns hinauswarfen, weil die Kneipe zumachte. Sie wollte in eine Disco. Ich hatte mich immer geweigert, mit ihr in die Disco zu gehen, doch an diesem Abend wollte ich kein Spielverderber sein. Außerdem wußte ich auch nicht, wo wir sonst hingehen sollten. Sie tanzte, und ich wartete an der Tanzfläche. Sie sagte: »Tanzen befreit.« Ich war da anderer Meinung, und darum gingen wir wieder. Es hatte angefangen zu schneien. Kein richtiger Schnee, mehr Graupel, die sofort wieder schmolzen. Es war erst halb zwei, und fast alle Kneipen waren noch geöffnet. Immer noch sagten wir kein Wort. Jetzt waren wir in einem ziemlich dunklen Laden, also küßten wir uns. Das machten wir eine ganze Weile, bis jemand uns anstieß und sagte: »Rumknutschen könnt ihr zu Hause, das hier ist eine Kneipe.«

Weil es nun ein anderer Gast war, kümmerten wir uns nicht darum. Das hätten wir aber besser doch getan, denn fünf Minuten später war er wieder da. Er sagte: »Kommst du aus Friesland?«

»Nein«, sagte sie, »ich komm nicht aus Friesland, und jetzt verpiß dich.«

»Du weißt bestimmt nicht mehr, wer ich bin.«

»Nein«, sagte sie. »Hau ab.«

»Versuch ich ja schon den ganzen Abend«, sagte er, »bis ich dich gesehen hab.«

»Hättest du dir 'n paar Fritten weniger reingeschoben, könntest du dir jetzt wenigstens selbst einen blasen.«

Das war der beste Spruch, den ich an dem Abend bisher losgelassen hatte. Sie fand das auch, doch eine Viertelstunde später liefen wir immer noch durch die Straßen und waren völlig durchnäßt. Ich zitterte immer noch.

Schließlich landeten wir in einer Bar.

»Wie viele Minuten noch?« fragte ich. Sie fand es nicht komisch, schüttelte nur den Kopf und holte was zu trinken. Wir arbeiteten an unserem Comic strip weiter und rauchten und redeten über alles mögliche bis auf das eine. Wir bestellten noch einen Cocktail, denn vor unserem Tod wollten wir wenigstens noch alle Cocktails ausprobiert haben.

Sie rückte an mich heran und fing an, mir einen ganzen Roman zu erzählen, doch ich bekam nichts richtig mit. Die Musik war unheimlich laut, und wir hatten sehr viel getrunken. Was sie erzählte, kam mir ziemlich pathetisch vor. Sie hatte solche Anfälle, bei denen sie völlig pathetisch wurde. Im Grund war die ganze Bar pathetisch, sogar die Musik, die sie spielten, und die Gäste, genau wie die Texte, die im Klo an der Wand standen, selbst der Barkeeper zapfte auf pathetische Weise Bier. Irgendwie war mir das alles zuviel, und darum hörte ich nur mit halbem Ohr zu. Als sie aufhörte zu reden, hatte ich alles schon wieder vergessen.

Sie fragte: »Hab ich noch Lippenstift drauf?« Ich sagte, daß ich das beim besten Willen nicht sehen könne. Sie ging aufs Klo. Als sie zurückkam, rissen wir den Comic strip aus dem Notizbuch. Der Comic paßte nicht zu unserem Abend, genausowenig wie die zwei, die am Flipperautomaten herumhingen, und auch die an der Bar und der Barkeeper – sie paßten alle nicht zu unserem Abend, aber das konnten wir ihnen nicht sagen.

»Ich hatte keinen Lippenstift mehr drauf.«

»Nein? Nehmen wir noch 'nen Cocktail?«

»Ich will 'nen überbackenen Toast.«

»Ich glaub, das haben die hier nicht.«

»Die haben hier auch gar nichts. Ich will 'nen überbackenen Toast«, brüllte sie, »jetzt sofort, einen Toast.«

Der Barkeeper kam zu uns. Inzwischen wußten wir, daß er Dov hieß.

»Die Dame wünscht?«

»Einen überbackenen Toast mit Schinken und Käse und einen nur mit Käse.«

»Wer bekommt den Toast mit Käse?«

»Ich«, sagte ich.

»Dann muß ich aber erst den Schinken rauspuhlen, und da hab ich jetzt eigentlich keine Lust drauf.«

»Ach, dann laß ruhig«, sagte ich.

»Willst du jetzt 'nen überbackenen Toast, oder willst du keinen?«

»Ich meine, du brauchst den Schinken nicht runterzukratzen, laß ihn ruhig drauf.«

»Ich hätt ihn dir auch rausgepuhlt, das hab ich schon öfter gemacht, aber wir kriegen die Toasts halt vorverpackt, direkt aus der Fabrik, weißt du.«

Sie sagte: »Wir gehn jetzt zu mir. Vielen Dank jedenfalls für die Mühe.«

Wir liefen durch die ganze Stadt bis zu ihrer Wohnung, was noch eine gute Stunde zu Fuß war, und vor allem die Cocktails hatten ganz schön eingeschlagen. Sie war härter im Nehmen als ich; sie war so eine von der Sorte, die auf Parties immer dableiben, bis die anfangen aufzuräumen. Ab und zu flüsterte ich ihr etwas ins Ohr, wovon ich dachte, daß man es einem Mädchen ins Ohr flüstert, mit dem man nachts durch die Stadt läuft. Das hatten wir noch nie getan: zusammen durch die Straßen laufen, mitten in der Nacht. Seitdem habe ich das noch öfter gemacht, und irgendwas habe ich immer geflüstert. Meistens Dinge, die ich sogar im Schlaf sagen konnte, ohne mich dabei anzustrengen.

Dabei ärgerte sie nur, was ich sagte. Weil es nicht stimmt, daß man manche Dinge nicht oft genug hören kann. Also hielt ich den Mund, aber das war auch wieder nicht richtig, und ich fühlte, daß sie mal wieder eine ihrer Scheißlaunen bekam. Den letzten Kilometer konnten wir echt nur noch humpeln, und alle zwei Minuten mußten wir anhalten, um nach Luft zu schnappen. Streuwagen fuhren durch die Stadt. Wir bekamen eine Riesenlust, uns in einen von diesen Streuwagen zu legen, aber wir hatten nicht mal mehr die Kraft, hineinzuklettern. Außerdem fanden wir keinen leeren Wagen.

Endlich kamen wir bei ihr an. Es war ein altes Haus. Wir müßten leise sein, sagte sie. Das war mir auch klar. Ich konnte mich kaum noch auf den Beinen halten, nach dem vielen Laufen und den Cocktails und überhaupt. Sie wohnte im dritten Stock. Wir zogen uns die Schuhe aus – ich sogar meine Socken. Die Stufen knarrten trotzdem. Ich bekam einen Lachkrampf, denn vom Langsam-Gehen knarrte alles noch viel schlimmer. Es war zappenduster, und weil ich das Haus nicht kannte, mußte ich mich an ihr festhalten. Ich kam kaum hinterher und flüsterte: »Nicht so schnell, nicht so schnell.« Sie flüsterte zurück: »Ich muß pissen, Mann, laß mich los! Wenn du's nicht schaffst, komm ich gleich wieder und hol dich.«

Ich sagte: »Wenn du mich jetzt hier allein läßt, fang ich an zu schreien.« Ich setzte mich auf die Treppe und hielt sie am Bein fest. So saß ich eine ganze Weile, bis sie sagte: »Jetzt hab ich mir in die Hose gepißt.«

Zum Glück mußte sie fürchterlich lachen, und ich auch. Ich glaube, ich habe nie wieder so gelacht. Auch beim Lachen durften wir keinen Krach machen, und ich hatte das Gefühl, jeden Moment zu ersticken.

»Jetzt mußt du dir aber auch in die Hose pissen«, sagte sie, »sonst ist es ungerecht.«

»Wie fühlt sich das an?« fragte ich.

»Warm.«

Sie setzte sich neben mich, es knarrte – alles knarrte. Außerdem war die Treppe schrecklich glatt, offenbar hatte sie am Nachmittag jemand gebohnert. Ich konnte nicht pissen, denn das hatte ich auf der Straße schon viermal getan.

»Ich kann nicht mehr«, sagte ich, »Rosie, ich kann nicht mehr, ich werd mich jetzt hier hinlegen und schlafen. Ich kann einfach nicht mehr.«

»Ich auch nicht«, sagte sie, »aber wir *müssen* nach oben, es ist nur noch ein Stockwerk. Ich will nicht, daß mich die Nachbarn so finden.«

»Nein«, sagte ich, »laß mich hier, ich geh nicht weiter.« Ich fühlte mich wie ein Bergsteiger im Film, der auf halbem Weg aufgibt, mit dramatischer Musik im Hintergrund.

Vom Aufstoßen lief mir die ganze Zeit das Zeug im Mund zusammen. Ich schluckte es zwar immer wieder runter, aber es kam dauernd zurück, und zuletzt spuckte ich es auf die Treppe.

Mir war alles egal, doch sie wollte absolut nicht im Treppenhaus bleiben, also gingen wir weiter. Für das letzte Stockwerk brauchten wir mindestens eine Viertelstunde, denn ehrlich gesagt krochen wir jetzt nur noch – sicherheitshalber.

Als wir endlich in ihrer Wohnung waren, mußten wir noch eine Treppe höher, am Schlafzimmer ihrer Mutter vorbei. Ich weiß nicht mehr, wie wir das geschafft haben.

Sie machte die Tür zu und zog sich sofort aus, um wieder trocken zu werden. Wir saßen auf dem Boden und tranken Wasser aus einem Zahnputzbecher.

»Prost«, sagte ich.

»Prost«, sagte sie, »auf den 22. November.«

Es war das erste Mal, daß ich in ihrem Zimmer war. Die einzige Beleuchtung war die der Straßenlaterne. Trotzdem erkannte ich alles wieder, so wie sie es mir im Sommer beschrieben hatte. Ich war so müde, daß ich eigentlich nur neben ihr einschlafen wollte und erst wieder aufwachen, wenn alles anders geworden war, wirklich alles: wir, die Welt, die Klamottenläden, die Sonne. Doch das ging natürlich nicht, also küßten wir uns, und ich dachte an die Kassiererin in der Drogerie, die die gleiche Frisur hatte wie mein Hausarzt. Darum war ich in eine andere Drogerie gegangen, doch auch da war eine Frau an der Kasse gewesen, die mir nicht gefallen hatte. Ich beschimpfte alte Männer als Friedhofsgemüse, ich brachte Mevrouw De Wilde mühelos dazu, sich wegen mir heiser zu brüllen, ich konnte ohne die geringsten Gewissensbisse alte Frauen mit Hund dermaßen erschrecken, daß sie sich ein paar Tage lang nicht mehr in den Beatrixpark trauten. Es machte mir nichts aus, literweise Gin zu kaufen oder Pflaumen zu stehlen. Von all meinen Versprechen im Leben habe ich nur einige wenige gehalten und dann alle möglichen Ausreden erfinden müssen, weil ich Angst hatte, was die Leute sagen würden, wenn ich ihnen die Wahrheit gestand. Ich hätte was drum gegeben, wenn ich nur einem einzige Menschen hätte erklären können, warum ich mich so anstellte, aber das wollten natürlich auch die größten Schufte. Außerdem wußte ich es selbst nicht.

Ich erzählte ihr, daß alle Kondomautomaten leer oder kaputt gewesen waren.

»Trottel«, sagte sie.

»Ja«, sagte ich. Wir saßen auf dem Teppich, und ich sah die leeren Bierflaschen auf dem Tisch und die Bücher, die auf dem Boden verstreut lagen, einen offenen Deckstift in einem Weinglas und die triefenden Haare, die ihr ins Gesicht hingen.

Erst fluchte sie eine Weile, dann beruhigte sie sich nach und nach, und ich betrachtete ihren nackten Körper, der mir noch nie so wenig nackt vorgekommen war wie jetzt.

»Laß uns kämpfen«, sagte sie.

»Nein«, sagte ich, denn im Mund lief mir immer noch dauernd dieses saure Zeug zusammen. Sie nahm meinen Kopf und drückte ihn auf den Boden. Ich sah ihren Fuß und die Adern, die genauso aussahen wie meine, und ihre Zehennägel, die einmal rot lackiert gewesen waren. Ich war zu müde und zu betrunken, um mich zu wehren.

»Du bist ein Schlappschwanz«, sagte sie, »weißt du, was das ist?«

Ohne auf eine Antwort zu warten, trat sie mir ein paarmal gegen die Brust. Mit ihrem kleinen, zitternden Körper stand sie vor mir und fragte: »Warum wehrst du dich nicht?«

Ich sah ihre zitternden Füße, den Deckstift im Weinglas und die Zahnputzbecher und Gläser. »Ich geh nach Hause«, sagte ich.

»Ja, geh nur schön nach Hause«, sagte sie, »deine Mami wartet.«

Am Kinn hatte sie einen Leberfleck, von dem ich immer gedacht hatte, er sei mit einem Stift aufgemalt. Seit dem Abend wußte ich, daß er echt war. In meinem Kopf schwirrten all die Wörter, die Leute benutzen, wenn sie einander weh tun wollen. Meistens gelingt ihnen das auch noch, obwohl diese Wörter schon mindestens so alt sind wie unsere drei Erzväter.

»Treppenflittchen, du kleines, mieses Treppenflittchen«, sagte ich, und: »Du Zwillingsschwester von Lucinda.« Fast niemand weiß, wer Lucinda ist, doch ich wußte es, und sie wußte es auch, und ich kann jedem versichern, daß sie tausendmal lieber ein Treppenflittchen sein wollte als die Zwillingsschwester von Lucinda.

Dann nahm ich eine von den Zigaretten, die herumlagen, und mußte daran denken, daß ich früher immer in einen orangefarbenen Eimer mit weißem Henkel gepinkelt hatte, weil ich mich nachts nicht aufs Klo traute. Das erzählte ich ihr, und sie antwortete, daß wir jetzt auch nicht aufs Klo konnten, weil ihre Mutter alles hörte. Darum suchten wir einen Eimer, doch wir fanden keinen, nur eine kleine Puppenkiste aus Plastik. Rosie schüttete die Puppen heraus, und dann pinkelten wir beiden in die Kiste.

Nachdem wir gevögelt hatten, spülte sie sich innen mit Salzwasser aus. Ich stand am Fenster und sah hinunter auf den Platz, an dem sie wohnte.

Wir konnten noch zwei Stunden schlafen. Um acht Uhr mußte ich weg, weil dann ihre Mutter aufstand. Rosie schlief neben mir ein. Ich roch hunderttausend Gerüche durcheinander und betrachtete alles ganz genau, soweit ich es im Licht dieser blöden Straßenlaterne erkennen konnte, denn ich wollte so wenig wie möglich vergessen.

Hätte ich nur wirklich was ausgefressen im Leben, dachte ich, hätte ich nicht nur immer darüber nachgedacht, sondern wirklich jemandem den Schädel eingeschlagen. Dann wäre wenigstens alles richtig kaputt. Jetzt war alles nur so halb.

Schnell mal Shoah *gucken*

Der Sonntagmorgen war grau, und die Autos fuhren den ganzen Tag mit Licht. An der Straßenbahnhaltestelle standen schon Leute, drei Jungen, die auch die Nacht durchgemacht hatten. Das sah man an ihren Gesichtern und hörte man an ihrem Gespräch. Auch eine Frau mit Koffer stand da. Sie fragte mich, ob dies hier die richtige Haltestelle in Richtung Central Station sei. »Ja«, sagte ich.

Wir stiegen in die Straßenbahn. Sie war fast leer. Ich setzte mich hinter die Frau mit dem Koffer. Sie hatte ein schweres Parfüm aufgetragen. Ich versuchte, den Geruch ein wenig einzuatmen.

Meine Mutter dachte, ich sei tot. Sie fragte, warum ich meinen Eltern das antue. Ich hatte keine Lust auf Gespräche. Ich hatte schon seit Jahren keine Lust mehr darauf. In ihrem roten Morgenmantel war sie sehr klein, noch kleiner als ich. Sie waren beide kleiner als ich, mein Vater auch, und dabei war ich nun wirklich nicht groß. Der Morgenmantel war schon zwanzig Jahre alt. Sie kaufte sich keine Kleidung mehr. Sie wollte nichts Neues. »Für wen soll ich was Neues anziehen«, sagte sie, »es guckt mich ja doch keiner mehr an.« Nur Schuhe kaufte sie noch ab und zu. Ihr Leben sei vorbei, sagte sie. Ihr Leben war schon seit vierzig Jahren vorbei. Darum mußte ich ihr die Haare schneiden. Auch einen Friseur hielt sie für Geldverschwendung. Ich schnitt ihr die Haare, während sie fernsah. Es machte mir Spaß, ihr die Haare zu schneiden. Mein Vater fand es schrecklich. »Er verunstaltet dich«, rief er, »du siehst aus wie ein gerupftes Huhn.«

An diesem Morgen nahm ich mir vor, meiner Mutter nie mehr die Haare zu schneiden. Daran habe ich mich auch gehalten.

Ich dachte an Rosie und an die Frau aus der Straßenbahn und daß es schön gewesen war, neben Rosie zu liegen und ihre Haare zu streicheln, die von dem Zeug, das sie sich jeden Tag hineinschmierte, ganz hart waren. Jetzt würde es wieder Jahrhunderte dauern, ehe ich das nächste Mal neben ihr liegen konnte. Vielleicht war es das beste, einfach die Haare jeder Frau zu streicheln, die sich neben einen legen wollte, weil es doch egal war, was sie zu einem sagten und was man ihnen antwortete, und vielleicht war es genauso egal, warum sie sich neben einen legten.

Mein Vater wankte aus seinem Zimmer. Ich drehte schnell den Badezimmerschlüssel um. »Ich muß pinkeln«, rief er.

»Unten ist auch ein Klo«, brüllte ich zurück. »Nicht zu glauben«, hörte ich ihn auf deutsch sagen, »einfach nicht zu glauben.«

Ich sah in den Spiegel. Heute war der 23. November. Jetzt war also alles anders.

Ich ging in die Stadt, sie war wie ausgestorben. Ich nahm die Straßenbahn zum Bahnhof Amstel, weil es die erste Bahn war, die vorbeikam. Ich hatte kein Geld für den Imbiß, also setzte ich mich in den Wartesaal. Dort saßen noch ein paar Burschen, denen man sofort ansah, daß sie auf keinen Zug warteten. Ich hatte gesagt, daß ich irgendwo an meinem Referat arbeiten wollte. Ich sagte immer »irgendwo«. Wenn man einen Ort angibt, können sie einen finden, oder sie merken, daß man nicht da ist, wo man gesagt hat.

In ein paar Tagen hatte mein Vater Geburtstag, und ich würde ihn fragen: »Wie alt wirst du jetzt?«, worauf er antworten würde: »Achtzehn, mein Junge, wir feiern meinen achtzehnten Geburtstag.« Das antwortete er jedes Jahr. Zu dieser Gelegenheit würde meine Mutter die eine Tischdecke aus dem Schrank holen, wir würden uns mit den Gästen an den Tisch setzen, und mein Vater würde die ganze Zeit über trinken, bis der letzte Gast gegangen war. Dann würde er rufen: »Hannelore, Hannelore, sind alle Gäste weg?«

»Ja«, würde meine Mutter sagen, »jetzt sind alle weg.«

Und er würde antworten: »Dann kannst du jetzt das Essen auftragen.«

An seinem Geburtstag aßen wir immer Rinderzunge.

»Wenn ich mir vorstelle, daß die Zunge hier im Mund einer Kuh gesteckt hat, wird mir eigentlich schlecht«, sagte er, »aber ich denk einfach nicht dran, und darum wird mir auch nicht schlecht.«

»Und wie alt bist du jetzt wirklich?« fragte ich.

»Stell keine dummen Fragen«, sagte mein Vater, »deine Mutter stellt schon dumme Fragen genug.«

Sie trug die Zunge auf. »Warum sagtest du eigentlich, du wolltest Cowboy werden?« fragte sie. »Bist du dazu nicht schon ein bißchen zu alt?«

»Revolverheld, um genau zu sein«, sagte ich.

»Hör mal«, sagte mein Vater, »du wirst nie Cowboy, ich bin auch kein Cowboy geworden.«

Meine Mutter sagte: »Mein Hals-Nasen-Ohren-Arzt ist unter die Straßenbahn gekommen.«

»Was?«

»Mein Hals-Nasen-Ohren-Arzt, Meneer Samuel, ist unter die Straßenbahn gekommen.«

»War er Jude?« fragte mein Vater. »Auch das noch. Seht ihr, wir bleiben auch nie vom Tod verschont!«

»Du hast noch ein Stück Zunge auf dem Teller«, sagte meine Mutter.

Mein Vater stellte sich vor die Verandatür und sah in den Garten.

»Schaut mal«, sagte er und zeigte auf einen Fußabdruck im Boden, »der Fußstapfen Gottes! Gott war hier! Nur schade, daß ich nicht zu Hause war.«

»Was?« fragte meine Mutter. »Fängt dein Vater jetzt schon wieder mit dem Fußstapfen Gottes an? Erzähl dem Jungen keinen Unsinn.«

»Er kommt immer, wenn wir nicht zu Hause sind, das ist mal wieder typisch Gott.«

»Ich will König der Amsterdamer Unterwelt werden!« sagte ich. »Und eines Tages werde ich ein Mädchen fragen: ›Willst du an meiner Seite die Königin der Amsterdamer Unterwelt sein?‹ Dann feiern wir ein großes Fest, und für dich, Väterchen, gibt's Wodka und große Brezeln.«

»In unserer Familie gab's noch nie Könige der Unterwelt«, sagte er, »höchstens Kaiser der unterirdischen Kanäle, Straßenprinzessinnen und übergeschnappte Tanten, die mit Lumpen handelten, und Zeitungsverkäufer, die mit ihren Zeitungen in Flammen aufgegangen sind, und noch mehr Straßenprinzessinnen, die sich verkauften, um ihr Leben zu retten, und alles gerettet haben bis auf ihr Leben, und Bäcker, die kein Mehl für Brot mehr hatten, aber trotzdem irgendwie welches gebacken haben, und Glatzköpfe, die im Hinterzimmer ihren eigenen Wodka brannten, und Totengräber, die für ganze Dörfer die Gräber ausgehoben haben außer für sich selbst, und Kneipenwirte, die den Wodka genauso liebten wie die Thora, und – natürlich! – deinen Vater, den Kaiser der unterirdischen Kanäle.«

»Und was ist aus all den Straßenprinzessinnen geworden?«

»Gott spielt mit ihnen Murmeln«, sagte er, »weil Er allein ist.«

So saßen wir beieinander, bis es Zeit wurde, ins Bett zu gehen.

Am 10. Dezember trafen Rosie und ich uns nachmittags im ›Corner‹, einer Kneipe am RAI-Messegebäude, so einer Spelunke, wo immer dieselben Männer herumsitzen und Teppiche auf den Tischen liegen.

Rosie sagte: »Ich find dich so lieb, ich find dich so lieb.«

Ich sah ihr Gesicht und vor uns auf dem Tisch den Teppich und roch ihre braunen Haare, die sie rot gefärbt hatte und die ich nie mehr riechen sollte.

Wenn es irgendeinen Gott gibt, muß jede ungelebte Liebe eine Beleidigung für ihn sein, und jede Liebe, die man aus Angst nicht lebt, die allerschlimmste. Irgend so was wollte ich ihr sagen, denn damals glaubte ich das noch.

»Du kommst doch zu meinem Geburtstag?« fragte sie.

»Ja«, sagte ich, »natürlich komm ich.«

Ich bestellte eine Cola. Die Männer luden mich ein, mich zu ihnen an den Tresen zu setzen und ein paar Bierchen zu trinken. Sie fragten, wie ich hieße und woher ich käme.

Ich sagte: »Okay, ich will über alles mit euch reden, nur nicht über Blockflötenunterricht. Zuletzt war ich nämlich der einzige. Da sagte der Mann: ›Es hat doch keinen Sinn, dir noch Stunden zu geben‹, und fing an, mir von seiner Ehe zu erzählen. Lieber Gott, das war aber auch eine Scheißehe! Und irgendwann saßen wir im Bach-Saal und hatten eine Aufführung, und neben mir saß ein Mädchen. Hinterher nahm sie mich mit auf die Mädchentoilette, und als wir drin waren, fing sie an, mir ins Gesicht zu spucken, so voll mitten rein. Das ist doch krank, jemanden an die Wand zu stellen und eine Viertelstunde lang vollzuspucken! Die Aufführungen im Bach-Saal konnte ich sowieso nicht ausstehen. Ich konnte die ganze Musikschule nicht ausstehen.

Bei der nächsten Aufführung hab ich ihr aber eine schreckliche Ohrfeige verpaßt! Mitten im Saal. Sie saß ganz vorn – das war aber auch eine Arschkriecherin, die Kleine, sag ich euch! Genau wie ihre gottverdammten Eltern, und das waren erst Arschkriecher! Übrigens hieß mein Tennisclub NGTS, ›Nicht gewinnen, trotzdem Spaß‹.«

Am Abend ging ich wieder ins ›Corner‹. Zwei Tage später hatte Rosie einen neuen Freund. Weil seine Eltern viel unterwegs waren, konnten sie sich dumm und dämlich vögeln. Das haben sie auch gemacht.

Am Montag danach sollten wir uns wieder mal *Shoah* ansehen. Eine Idee von unserem Geschichtslehrer. Schnell mal *Shoah* gucken. Vorher hatte er mich zu sich gerufen und gesagt: »Wenn du willst, kannst du wegbleiben, solange wir *Shoah* sehen.« Gerade hatte ich noch einen Tag Schulverbot bekommen, weil ich so viel schwänzte. Schulverbot erteilten sie mir am laufenden Band. Darum bin ich am nächsten Tag extra früh aufgestanden. Alle saßen da und sahen sich diesen sterbenslangweiligen Film an, und zuletzt brach irgend so eine Tussi sogar in Tränen aus. Ich schwör's, sie fing richtig an zu flennen. Beim nächsten Mal bin ich dann doch lieber weggeblieben. Ich hatte Angst, daß auch der Lehrer plötzlich losheulen würde, so schnell mal beim Nachspann. Ihm war das zuzutrauen, er war so ein Typ. Am Ende des Jahres bin ich ihm noch mal begegnet.

Er sagte: »Du bist gar nicht mehr in meinen Unterricht gekommen.«

Ich sagte: »Stimmt, ich dachte, ihr wärt immer noch bei *Shoah*.«

Inzwischen war mein Vater aus Israel zurückgekommen, und als erstes schickte er meine Mutter zum Psychiater. Mittlerweile war das Gerücht auch zu ihm vorgedrungen, daß in meinem Weihnachtszeugnis nur dreimal ›ausreichend‹ stehen würde, und meine Mutter hatte eine Art Treibjagd nach meinen verschwundenen Schulbüchern gestartet. Sie dachte, sie seien gestohlen worden. Von der Putzfrau. Die Putzfrau tat mir leid. Ich versuchte, meiner Mutter klarzumachen, daß die Putzfrau mit meinen Schulbüchern gar nichts anfangen konnte, doch sie ließ sich nicht überzeugen. »Alles dreckige Diebe«, rief sie, »und sie jetzt auch noch!« Zum Glück kannte die Putzfrau meine Mutter schon seit fünfzehn Jahren, darum machte es ihr nicht mehr so viel aus, daß man ihr Diebstahl vorwarf.

Am Tag der Zeugnisausgabe rannte mein Vater sofort in die Hema, und meine Mutter mußte plötzlich dringend zum Psychiater. Als sie zurückkam, sagte sie: »Das ist ein alter, seniler Mann, außerdem will er, daß *du* mitkommst.« Mein Vater wurde wütend. Er schrieb dem Psychiater: »Seit fünfzehn Jahren gehe ich nirgends mehr mit meiner Frau hin, und da gehe ich jetzt bestimmt nicht mit ihr zum Psychiater.«

Einmal war Mevrouw Haaseveld sogar noch bei mir zu Hause. An einem Mittwochnachmittag. Ich kam gerade vom Psychologen. Meine Mutter servierte ihr Torte, und mein Vater schenkte ihr einen Klaren nach dem anderen ein. Das war zu der Zeit, als er ab vier Uhr nur noch in Zeitlupe sprach. Um halb sechs war sie immer noch da. Ungefähr ab sechs redete er nur noch Deutsch, aber das hat sie nicht mehr mitbekommen, da saß sie schon wieder zu Hause bei Mann und Kind und ihren lieben Katzen.

Auch an diesem Abend saßen wir zusammen am Tisch. Mein Vater schlief immer wieder ein, und dann schlug meine Mutter ihm mit dem Löffel auf den Kopf. »Es liegt ein Fluch auf dieser Familie«, sagte er, nachdem sie ihn wieder wachgeklopft hatte. Meine Mutter lebt in einer Welt, in der weder Tag noch Nacht existieren und in der es keine Menschen mehr gibt; mein Vater wartet auf Börsenberichte, die wahrscheinlich schon seit zwanzig Jahren nicht mehr gesendet werden, und meine Schwester ist mit einem Mann verheiratet, der drei Gebete am Tag spricht – das Morgen-, das Mittag- und das Abendgebet – und zwischendurch für eine Versicherungsgesellschaft arbeitet.

Meine Mutter wollte wissen, was ich bloß den ganzen Tag in diesen Kneipen suchte. Das hatte die Haaseveld ihr nämlich erzählt. Ich wußte es auch nicht. Irgendwo muß man doch sitzen. Man kann doch nicht den ganzen Tag wie ein Verrückter durch die Stadt rennen. Aber mit solchen Antworten brauchte ich ihr nicht zu kommen. Darum sagte ich ihr, daß ich wegen der Mädchen dort saß.

»Trinken wir auf die Mädchen«, sagte mein Vater plötzlich.

»Auf die Mädchen«, sagte ich.

»In Mauthausen gab es auch viele Mädchen«, sagte meine Mutter, »aber ich war die Schönste, selbst mit kahlem Kopf war ich noch schön. Die SS fand das auch, ich war ihre Prinzessin.«

Im Mai warfen sie mich dann doch von der Schule, einige Tage nachdem ich versucht hatte, eine alternative Schülerzeitung zu verkaufen. Mit ganz beachtlichem Erfolg sogar. Selbst die Lehrer hatten alle ein Exemplar gekauft. Am Tag darauf wurde ich zum Rektor gerufen. Es würden lauter Obszönitäten drinstehen. Natürlich standen lauter Obszönitäten drin. Ich bekam mal wieder Schulverbot, das einzige, was ihnen noch einfiel.

Nach ein paar Tagen sagten sie mir, daß ich nicht mehr wiederzukommen brauchte. Unten in der Eingangshalle stand Mevrouw Haaseveld. Ich wollte ihr die Hand geben, doch sie fauchte: »All meine Mühe umsonst!«, und rief mir noch nach: »Was ich alles für dich getan habe, mein Junge! Herrgott, wenn du das wüßtest!«

Ich hatte ihr sagen wollen, daß sie eigentlich sehr zufrieden mit mir sein konnte, denn schließlich hatte ich ihre Wohltätigkeit überlebt, die der Horde Psychologen und all der anderen Leute, und das ist so ungefähr das Schwierigste, was man überleben kann. Aber dann sagte ich es doch nicht. Ich hatte nicht den Eindruck, daß es noch einen Sinn gehabt hätte.

Darum sagte ich ihr auch nicht, daß Rosie so ziemlich das einzige Mädchen gewesen ist, in das ich verliebt war, ohne dauernd an alles mögliche zu denken. Ich meine, ohne die ganze Zeit daran zu denken, daß ich mich wie ein Mann verhalten mußte, und küssen wie jemand, der schon mindestens zwanzigtausend Mädchen geküßt hat, als hätte er schon vor dem Laufenlernen damit angefangen.

Ich ging nach Hause. Ich dachte an Rosie und an alles, war wir zusammen getan, und vor allem daran, was wir *nicht* zusammen getan hatten, und an meinen Vater, der die Börsenkurse studierte wie mystische Zahlen, die enthüllen konnten, warum wir all das Geschirr zerschlagen hatten, Geschirr, dessen Vernichtung genauso sinnlos gewesen war wie die von allem anderen. Ich hoffte, daß ich nicht allzu vielen Leuten begegnen würde, denn ich trank ziemlich viel Jungen Jenever, und davon bekam ich den Kladderadatsch. Ich hatte keine Lust, mich im Beatrixpark unter einen Baum zu hocken. Zum Glück trug ich einen langen Mantel.

Es gibt ein schönes Lied von Bob Dylan: *I was so much older then. I'm younger than that now.*

Walk like an Egyptian

Hör auf‹, sagt sie da, ›es hat doch keinen Sinn‹«, sagte der Mann links von mir.

Unauffällig behielt ich meinen Vater im Auge. Er saß an dem kleinen Tisch hinter uns, vor ihm ein Glas Bier, von dem er kaum getrunken hatte. Früher hätte er es in einem Zug runtergekippt, doch jetzt konnte ich leicht fünf trinken, bis er ein einziges unten hatte.

»Ich hab ihn im Garten begraben«, sagte die Frau auf meiner anderen Seite. Wenn sie nicht neben mir gesessen hätte, hätte ich sie ein betrunkenes Luder genannt. Ein betrunkenes Beethovenstraat-Luder, denn auch betrunkene Luder gibt es in verschiedenen Sorten und Größen.

»Wen?« fragte der Mann.

»Meinen Kater«, sagte sie, »er war zweiundzwanzig.«

»Das ist alt«, sagte ich.

»Er war noch von meinem ersten Mann«, fuhr sie fort, »aber der liegt auch schon unter der Erde. Und seine Schwester auch, die von meinem Kater, mein ich. Die liegt auch hinten bei uns im Garten. Jetzt liegen sie nebeneinander.«

»Und sie fragt: ›Krieg ich 'n Kuß?‹« sagte der Mann.

In dem Moment kippte mein Vater aus dem Rollstuhl. Ich ließ mich von meinem Barhocker gleiten. »Kann mal jemand helfen?« fragte ich. Das betrunkene Luder stand sofort neben mir. Bei ihrem Alkoholpegel konnte ich auf *ihre* Hilfe verzichten. Ein Kellner kam zu uns. »Probleme?« fragte er.

»Wir müssen meinem Vater eben mal hochhelfen«, sagte ich.

Der Kellner hob meinen Vater hoch und setzte ihn wieder in den Rollstuhl.

Die langen, gelblichen Haare waren ihm ins Gesicht gefallen und hingen ihm vor dem Mund. Auch sein oberes Gebiß saß nicht mehr richtig, doch eigentlich hatte es das noch nie getan. An seinen Haaren konnte ich etwas ändern, an seinem Gebiß nicht. Ich holte die Bürste aus dem Plastikbeutel, der immer an seinem Rollstuhl baumelte, wenn wir einen Spaziergang machten.

»Was war denn das schon wieder?« fragte ich meinen Vater.

»Ein Erdbeben«, sagte er.

»Was sagt er?« wollte das betrunkene Luder wissen.

»Ein Erdbeben.«

Sie fing an zu kichern. Sie hatte wirklich schon mächtig einen sitzen.

Ich bestellte noch ein Bier.

»Komm«, sagte ich, »trink aus.«

Mein Vater saß vor seinem Bier und sah es an, als wäre es pures Gift. So saß er vor allem Essen und Trinken, das man ihm hinstellte. Ich nahm das Glas Bier und setzte es an seine Lippen. Das meiste tropfte über sein Kinn auf die Hose, doch die war sowieso schon voller Flecken. Mit dem Taschentuch wischte ich ihm das Kinn sauber. Seit er es nicht mehr selber konnte, war er immer schlecht rasiert. Zwar hatten wir einen Pflegehelfer; er hieß Roy und kam jeden Tag, um meinen Vater zu rasieren, aber er machte es mit einem elektrischen Rasierapparat und las nebenbei die Zeitung. Vorher hatte *ich* meinen Vater jeden Morgen rasieren müssen, doch dadurch kam ich immer zu spät ins Büro, und so hatte sich meine Mutter entschlossen, Roy ins Haus zu holen. Es war nicht einfach, meinen Vater zu rasieren. Als ich es noch machte, mußte ich dafür mindestens eine halbe Stunde früher aufstehen. Dann legte ich seinen Kopf auf einen Stapel Kissen, drückte den aufladbaren Rasierapparat gegen seine Wangen und bewegte ihn ein wenig hin und her. Meistens stellte ich dabei das Radio an, denn mein Vater war schon seit vielen Jahren radiosüchtig, und schon darum fand ich, daß die ›Arbeitsvitamine – Musik für Aktive‹ und sein hilfloses Gebrüll zusammengehörten. Während mein Vater schrie, ich würde ihn foltern, sang ich *The sun always shines on TV* mit, oder was sie sonst gerade im Radio spielten, und mit der freien Hand trommelte ich den Rhythmus auf seinem Bettrand. Mein Vater lag hinter einem Gitter, damit er nicht aus dem Bett fiel.

Es gab auch Tage, an denen er sich nicht sträubte, doch die waren selten. Meistens schrie er: »Ich will mich selbst rasieren, ihr Idioten.« Oder: »Ich will naß rasiert werden.« Naß rasierten wir ihn nur sonntags, weil meine Mutter danach praktisch das ganze Zimmer aufwischen mußte. Seine Stoppeln waren weiß, und was auch immer in seinem Körper jetzt langsamer funktionierte – sein Bartwuchs jedenfalls nicht.

Roy wohnte in Almere und fuhr einen riesigen Mercedes. Er trug einen langen, schwarzen Bart, und als er drei

Wochen bei uns war, lud er uns zur katholischen Variante der Bar-Mizwa-Feier bei seinen zwei Töchtern ein. Ich paßte an dem Tag auf meinen Vater auf, damit meine Mutter hingehen konnte. Wir machten es uns im Garten bequem und schliefen. Um sechs Uhr kam meine Mutter zurück und erzählte, daß es sehr leckeres, aber recht wenig Gebäck gegeben hätte und daß Roys Töchter »ganz goldige kleine Negermädchen in weißen Kleidchen« wären. Roy verdiente sich also was nebenbei, indem er jeden Morgen meinen Vater rasierte, doch ich konnte mir nicht vorstellen, daß er mit dem bißchen Bartschneiden den riesigen Mercedes bezahlen konnte, der jeden Morgen bei uns vor der Tür stand. Seit ich im Büro arbeitete, wußte ich, daß so ein Mercedes ein geiles Auto war, und das wunderte mich an Roy, denn er schien mir nicht der Typ für geile Autos zu sein.

Eigentlich hätte ich mit meinem Vater jetzt durch den Beatrixpark spazieren sollen. So kam er an die frische Luft, und meine Mutter hatte ein paar Stunden Ruhe. Meistens landeten wir aber nicht im Park, sondern blieben in der Beethovenstraat in einer Kneipe hängen, bis es Zeit zum Abendessen war und wir wieder nach Hause mußten. Oder bis mein Vater sich in die Hose gemacht hatte und es anfing zu stinken.

»Komm, trink aus«, sagte ich wieder. Meine Mutter war heilfroh, wenn er überhaupt etwas trank, ob es nun Wasser, Bier oder Orangensaft war.

»Wo ist das Scheißhaus?« fragte mein Vater.

Seit er krank war, fragte er alle fünf Minuten nach dem Scheißhaus. Früher hatte er nie solche Wörter benutzt. Der Doktor hatte etwas von Persönlichkeitsveränderung gemurmelt, doch auf den Doktor hörte ich schon seit ein paar Monaten nicht mehr.

»Wir gehen gleich aufs Scheißhaus«, sagte ich leise. »Aber erst noch ein Bierchen, und trink du deins jetzt auch aus, sonst bekommen wir Ärger mit Mama.«

Ich setzte mich wieder an die Bar, zwischen das betrunkene Luder und den Mann mit der Pomade im Haar.

»Jetzt ist meine Tochter aus dem Haus, zusammen mit ihrem Freund«, erzählte sie, »sie haben eine Weile bei uns gewohnt. Ich fand das ganz gemütlich.«

Noch einen Whisky on the rocks, und sie würde mir alles erzählen, ihre ganze Lebensgeschichte, und ich käme hier nie mehr weg. So waren diese betrunkenen Beethovenstraat-Luder. Nächste Woche hätte sie alles wieder vergessen und würde mir die ganze Geschichte noch mal erzählen.

Ich schaute nach draußen und sah wieder all diese Pärchen bei ihrem sonntäglichen Schaufensterbummel, in ihren zu großen Windjacken, die Hände ineinander verkrallt, als ob sie schon seit dem Ersten Weltkrieg so nebeneinander herliefen, und in ihren Jeans, die sie am Vormittag noch gebügelt hatten. Ich hatte das schon fünfhundertmal gesehen, denn so viele Sonntage mußte ich mindestens schon hierhergekommen sein, statt mit meinem Vater im Park spazierenzugehen, weil frische Luft doch so gesund für ihn war.

»Wo findest du in meinem Alter noch 'ne tolle Frau«, sagte der Mann, »und nicht eine, die nur noch irgendwelche Wehwehchen hat?«

»Wo ist das Scheißhaus?«

Ich ging zu ihm. In einem Etablissement wie diesem mußte mein Vater aufpassen, was er sagte.

»Alles in Ordnung?« fragte ich. »Alles in Ordnung?«

»Wo ist Mama?«

»Mama ist zu Hause«, sagte ich. »Und erzähl ihr nachher bloß, daß wir im Beatrixpark waren und wundervoll spazierengegangen sind und was für ein gottverdammt wunderbarer Spaziergang das wieder war.«

Ich goß ihm noch etwas Bier in den Mund. »Schön schlucken«, rief ich, »schön schlucken, dann hast du's hinter dir.« Er schluckte, und ich streichelte ihm über den Kopf, genau an der kahlen Stelle. Ich bestellte noch ein letztes Bier.

»Du darfst ihn nicht zwingen zu trinken«, sagte der Kellner und stellte das Bier vor mich hin, »das ist nicht gut.«

»Doch«, sagte ich, »ihn schon, ihn muß man zwingen.«

Ich trank das halbe Glas in einem Zug leer. Das half. Nicht viel, aber immerhin etwas. Plötzlich kam so ein Pärchen in totgebügelten Jeans rein. Sie setzten sich an einen Tisch am Fenster und sagten kein Wort. Ich sah dem Mädchen auf den Hintern und bekam eine Erektion. Die schlimmste Geilheit ist nicht die, wenn man betrunken, sondern wenn man beschwipst ist. Wenn man betrunken ist, hat man keinen Ärger mehr damit. Aber bei so einem kleinen Schwips – da genügt die kleinste Kleinigkeit, um einen zu erregen. Ein zu großer Hintern in einer zu blauen Jeans beispielsweise. Oder ein BH unter einer weißen Bluse, oder eine merkwürdige Stimme, schlecht lackierte Fingernägel, Mitesser, verlaufene Wimperntusche und vielleicht sogar Krampfadern, doch das hatte ich noch nicht ausprobiert, und ich bestellte noch ein Bier.

»Für mich auch noch eins«, lallte das betrunkene Luder. Sie hatte inzwischen ihre Handtasche aufgemacht und schminkte sich die Lippen. Konnte sie das nicht auf dem Klo machen? Außerdem guckte sie die ganze Zeit auf ihren Busen. Wenn ich etwas hasse, dann sind das Frauen, die alle paar Minuten nach unten gucken, ob ihr Busen noch da ist. Am liebsten hätte ich gerufen: »Guck doch mal woandershin, da gibt's nichts zu sehen!«

»Wo ist mein Bier?«

Ich drehte mich um. Zum Glück saß mein Vater noch in seinem Rollstuhl.

»Steht doch vor dir«, rief ich, »vor deiner Nase. Und trink jetzt in Gottes Namen aus, sonst vergess ich mich.«

Er legte seinen Kopf auf den Tisch. Ich lief schnell zu ihm, um zu kontrollieren, ob die Bremse seines Rollstuhls angezogen war. Einmal hatte ich das vergessen, und das wollte ich nicht noch mal erleben.

»Machst du ein Schläfchen?« fragte ich.

Er antwortete nicht. Seine Augen standen offen. Das linke war leicht nach oben verdreht, doch das hatte er in letzter Zeit immer, wenn er so wie jetzt auf dem Tisch lag.

»Müßt ihr nicht langsam nach Hause?« fragte der Kellner.

»Wir gehen gleich«, sagte ich, »er muß nur das hier noch schnell austrinken.«

Ich hatte immer noch eine Erektion, und mit ihr wollte ich nicht nach Hause gehen.

»Sonntag ist eigentlich der einzige Tag, an dem ich allein bin«, sagte der Mann links von mir, »der einzige Tag, an dem ich denk: ›Mensch, wenn du jetzt 'n Weib hier hättest.‹«

»Prost!« sagte ich.

»Santé!« sagte der Mann.

»Lechaym!« sagte das betrunkene Luder. »Jetzt sind alle Katzen von meinem ersten Mann tot. Er war ganz verrückt nach den Katzen und sie nach ihm.«

Auf dem Weg zum Klo sah ich kurz nach meinem Vater. »Alles noch in Ordnung?« fragte ich.

»Ich will ins Bett«, flüsterte er.

Ich ließ das Herren-Pissoir links liegen, ging aufs Klo und öffnete meinen Hosenschlitz. In der Kabine hing der durchdringende Geruch von jemandem, der sich hier vor kurzem mit Kölnischwasser besprenkelt hatte. Ich dachte an all die Sonntage, an denen ich mir in dieser Kabine einen runtergeholt hatte, und an all die Frauen, an die ich dabei gedacht hatte, und daß ich an die meisten nie wieder denken würde, weil ich ihr Gesicht und ihren Namen vergessen hatte, und ich dachte an die Mädchen, die im Vossius immer im Raucherzimmer gesessen und mir ab und zu ein Bein gestellt hatten, wenn ich vorbeilief, und ich dachte, daß Tradition einem Menschen Halt gibt. Also würde ich auch nach dem Tod meines Vaters sonntags durch die Beethovenstraat spazieren und mir hier auf dem Klo einen runterholen. Zur Erinnerung an sein Leben, über das ich beinahe nichts wußte, und über das ich jetzt auch nie mehr etwas erfahren würde, und zur Erinnerung an mein eigenes Leben und die Sonntage, die wir hier verbracht hatten, wie alle Tage in den letzten Monaten vor seinem Tod. Mit viel Bier, schlechter Musik und häßlichen Frauen und vor allem der Hoffnung, daß das Abendessen nicht wieder so schrecklich sein würde wie am Tag zuvor, daß uns bis zum Abendessen und zum Erscheinen von Pflegehelfer Roy mit seinem Mercedes und seiner salbungsvollen Beichtvaterstimme noch viel Zeit blieb, sehr viel Zeit, und daß wir noch sehr viel Bier trinken konnten, bevor wir nach Hause mußten – und dann wär sowieso alles nur noch halb so schlimm.

Das betrunkene Luder kam herein. »Herrenklo«, sagte ich.

»Ich lern's aber auch nie.«

»Macht nichts.«

»Motek«, flüsterte sie und streichelte mir über die Wange, »Herzchen«. Dann machte sie die Tür wieder zu.

Hier in der Kneipe hatte ich an einem Abend mit Rosie Lachsforelle gegessen. Ein paar Tage bevor wir nach Antwerpen fuhren. Es ärgerte mich, daß ich mich nicht mehr daran erinnern konnte, worüber wir an dem Abend geredet hatten. Als ob das was ausgemacht hätte.

Ich löste die Bremsen an seinem Rollstuhl.

»Komm, wir gehen«, sagte ich.

Er blieb mit dem Kopf auf dem Tisch liegen.

»So kann ich dich nicht nach Hause fahren.«

»Ich bin der Kaiser.«

Fing er jetzt wieder damit an! Vor der Krankheit war er der Kaiser nur bei bestimmten Gelegenheiten, wenn mehr Alkohol als sonst geflossen war. Er war ein mäßiger, aber konsequenter Trinker. Außer an Geburtstagen, jüdischen Feiertagen und Abenden, an denen Besuch kam; dann trank er mindestens das Dreifache seines normalen Quantums.

»Ich bin Genießer«, sagte er von sich selbst. Doch *was* er nun eigentlich genoß, war mir nie klargeworden.

Ich wollte den Rollstuhl gerade vom Tisch abrücken, als ich das betrunkene Luder rufen hörte: »Ich hab noch eins für dich bestellt.« Na ja, dann noch ein allerletztes. Ich legte meinen Vater wieder mit dem Kopf auf den Tisch, flüsterte: »Schlaf schön«, und setzte mich an die Bar zurück.

»Dein Vater ist ein bißchen müde, hm?« sagte sie.

»Ja«, sagte ich, »er ist ein bißchen müde.« Ich sah ihr ins Gesicht, das früher vielleicht einmal schön gewesen war, und das vielleicht immer noch schön gewesen wäre, wenn das betrunkene Luder nicht immer so tief ins Glas geschaut hätte.

»Meine Eltern wohnen in einer Altenwohnung in Amsterdam-Nord.« Fing der Mann wieder an! Konnten die zwei nicht 'ne schnelle Nummer auf der Toilette schieben? Dann brauchten sie nicht so viel zu quatschen!

Ich holte das Geld bei meinem Vater aus der Brusttasche und zahlte. Für so einen kleinen Sonntagnachmittag war wieder mal ganz schön was zusammengekommen.

»Komm, wir gehen«, sagte ich zu ihm, »jetzt gehen wir wirklich.« Ich nahm seinen Kopf vom Tisch und versuchte, ihn gerade hinzusetzen.

»Wenn du deinen Oberkörper nicht geradehältst, kommen wir nie nach Hause«, zischte ich, denn das hatten wir auch schon gehabt.

Endlich setzte er sich gerade hin. Sein Kopf hing in letzter Zeit nach links – wie mein Glied, bloß war das bei meinem Glied nicht erst in letzter Zeit so. Ich strich ihm die Haare zurecht, wischte ihm den Mund ab und lenkte den Rollstuhl nach draußen. »Tschüs!« rief ich noch, bevor ich mit großer Anstrengung die Schwelle nahm.

Das Wetter hatte sich wieder gebessert. Fette Quallen in Skijacken machten händchenhaltend mit Freund ihren

Sonntagsspaziergang. Alte Männer taten dasselbe mit ihren mindestens genauso alten Weibern. Nicht nur mein Vater war fix und fertig, ich auch. Also nicht mehr zu AKO, sondern gleich nach Hause. Sonst gingen wir nach der Kneipe fast immer noch beim AKO-Buchladen, Ecke Gerrit van der Veenstraat, vorbei, wo ich mir mit vierzehn meinen ersten Porno gekauft hatte. Ich legte ihn zwischen *Die Juwelen der Sängerin* und *Der Schatz Rackhams des Roten.* Doch scheinbar glaubte meine Mutter, auch zwischen den »Tim und Struppi«-Comics Staub wischen zu müssen, denn eines Abends, als ich aus dem Kino kam, sagte sie: »Ich habe etwas Schreckliches gefunden.«

Meine Mutter fand immer schreckliche Dinge. Sie sagte: »Damit machst du dir für später dein ganzes Sexualleben kaputt.« Ich wollte doch alles kaputtmachen, warum also nicht auch mein Sexualleben?

»Kannst du mir die Zähne rausnehmen?«

»Gleich«, sagte ich.

»Nein, jetzt«, sagte mein Vater.

Ich lief zielstrebig geradeaus. Zum Glück konnte ich mich an seinem Rollstuhl festhalten.

»Also, wir waren im Beatrixpark.«

»Ich sag nichts«, rief mein Vater, »aber jetzt müssen meine Zähne raus.«

Als ich beim Stadionweg über die Straße wollte, begegneten wir Mevrouw Weinbaum. Ich konnte ihr nicht mehr entkommen. Allein wäre es ja noch gegangen, aber ich hing nun mal an diesem Wagen fest.

»Wie geht's ihm denn?« fragte sie. »Schon auf dem Weg der Besserung? Geht's langsam wieder bergauf?«

Ich fühlte mich wie eine Mutter mit ihrem Baby im Kinderwagen.

»'s geht schon wieder bergauf«, sagte ich.

Mevrouw Weinbaum beugte sich über den Rollstuhl.

»Wie geht's Ihnen denn, geht's Ihnen wieder besser?«

»Nimm mir die Zähne raus«, sagte mein Vater.

Mevrouw Weinbaum sah mich mit besorgter Miene an. »Er will die Zähne rausgenommen haben.«

»Ja«, sagte ich, »wir sind auf dem Weg nach Hause.«

Ich hatte mir einen Pickel direkt hinterm Ohr aufgekratzt und hatte Blut an den Fingern.

»Vielleicht braucht er eine neue Prothese?« gab Mevrouw Weinbaum zu bedenken.

»Ich werd mit meiner Mutter darüber sprechen, vielen Dank jedenfalls für den Tip.«

Dann sprang die Ampel auf Grün, und ich jagte mit meinem Vater über den Stadionweg. Mevrouw Weinbaum rief mir noch etwas hinterher, wahrscheinlich: »Schöne Grüße an deine Mutter«, oder so ähnlich.

»Gut, wir waren also im Beatrixpark«, sagte ich, »denk dran, sonst spielt Mama wieder verrückt.«

»Sie ist verrückt«, sagte mein Vater.

Jetzt liefen wir durch den ruhigen Teil der Beethovenstraat. Wir mußten nur noch über die Brücke, doch ich hatte das Gefühl, eine Steigung der allerschwersten Kategorie zu nehmen. Morgen war Montag, dann mußte ich wieder um Viertel nach neun im Büro sein. Ich arbeitete halbtags für einen Telefon- und Adreßbuchverlag. Zuerst von neun bis zwei, aber weil ich immer eine Viertelstunde zu spät kam, war es jetzt von Viertel nach neun bis Viertel nach zwei. Nicht, daß das viel geholfen hätte – seitdem kam ich einfach immer erst um halb zehn –, doch es ging ums Prinzip. Es war ja nicht ihr Geld, und darum hatten sie aufgehört, etwas deswegen zu sagen. Schon ein Jahr arbeitete ich jetzt dort. »Du kannst bei uns bleiben, solange du willst«, hatte der Geschäftsführer gesagt, »aber vielleicht wird es doch langsam Zeit, daß du dein Leben in die Hand nimmst.«

Sein Leben in die Hand nehmen. Das sagten ausgerechnet immer die, die ihr Leben *nicht* in die Hand genommen hatten. Leute, die, sobald sie betrunken waren, anfingen zu jammern: »Was hab ich nur mit meinem Leben angefangen, was hab ich in Gottes Namen nur daraus gemacht?« Was hieß das überhaupt, »sein Leben in die Hand nehmen«? Konnte mir mal jemand erzählen, wie man das machte? Sich von der Schule werfen lassen, in einem Büro arbeiten, obwohl man nichts kann und es dort nichts zu tun gibt, war das vielleicht nicht »sein Leben in die Hand nehmen«? Was hatte der Doktor doch gleich wieder gesagt? »Neunzig Prozent überleben die ersten zwei Jahre nicht«, aber das hatte hiermit nichts zu tun. Jetzt standen wir auf der Brücke. Ich schwitzte.

»Ich muß pinkeln«, sagte mein Vater.

»Ich muß auch pinkeln.«

Ich sah acht kleine Entchen und ihre Mutter. Von den acht würden ungefähr drei überleben, den Rest würden die Ratten fressen. Ich kannte den Beatrixpark, seit ich vier war.

»Soll ich dich die Brücke runterrollen lassen?« schlug ich vor.

»Mach keinen Blödsinn.«

»Dann bist du schneller zu Hause.«

»Wenn du jetzt Blödsinn machst, fang ich an zu brüllen.«

Vielleicht gehörte das auch dazu, wenn man sein Leben in die Hand nehmen wollte: den Rollstuhl seines Vaters die Brücke runterrollen zu lassen. Ich war jetzt neunzehn – eigentlich ein gutes Alter, um sein Leben in die Hand zu nehmen.

An dieser Stelle hatte ich immer die Reiswaffeln ins Wasser geworfen, die meine Mutter mir in die Schule mitgab. Später nahm ich nur noch einen Apfel mit, aber den warf ich nicht ins Wasser. Ich verschenkte oder verkaufte ihn für fünfundzwanzig Cent. Ins Büro nahm ich nichts mit. Dort holten sie mittags immer belegte Brötchen bei Pasteuning, einem Delikatessenladen um die Ecke. Meistens mußte ich sie holen. Dazu brauchte ich mindestens anderthalb Stunden, denn ich ging immer noch ins ›De Gruter‹, um Kaffee zu trinken und die Zeitung zu lesen. Meistens aß ich ein Roggenbrötchen mit Emmentaler. Darauf freute ich mich schon ab halb zehn, genau wie die anderen Kollegen, die mit mir im Adreßbuchwesen gelandet waren.

Die schönsten Tage im Büro waren die, an denen sie mich ins Kaufhaus Bijenkorf schickten, um für den Geschäftsführer Strumpfhosen zu besorgen. Der Geschäftsführer hatte mich an einem Montagmorgen im März eingestellt, zehn Monate nachdem ich von der Schule geflogen war. Ich erzählte ihm, daß ich Dichter sei, aber trotzdem Geld bräuchte. Der Geschäftsführer sagte, er sei auch Dichter, und gleich darauf: »Sie sind eingestellt.« Ich kam in die telefonische Beschwerdeannahme im ersten Stock. Ich saß am

Fenster und hatte einen schönen Blick über die Hintergärten am Willemsparkweg.

Nach ein paar Wochen rief mich der Geschäftsführer, Meneer Neustadt, zu sich. Er erzählte, daß »Stein« sich bei ihm immer auf »allein« gereimt hatte und »rot« auf »tot« und »Blut« auf »Mut« und daß er's darum zuletzt lieber hatte sein lassen. Er sah mich an, doch ich wußte nicht, was ich sagen sollte. »Als ich in Ihrem Alter war«, sagte er, »saß ich den ganzen Tag im Wald, um meine Qualitäten als Schriftsteller und Poet zu entwickeln. Ich versuchte, alle Nuancen der Farbe Grün in Worte zu fassen. Es ist mir nicht gelungen. Darum habe ich nicht gewagt, meine Karriere auf diesem Gebiet fortzusetzen, und ich hab mich ins Adreßbuchwesen gestürzt.«

Er nahm einen Schluck von dem Espresso, den ich immer für ihn kochen mußte.

»Aber irgendwann schreib ich noch mal ein Buch«, flüsterte er und legte mir die Hand auf die Schulter, »*Das kleine Buch der großen Ablehnung* – oder *Das große Buch der kleinen Ablehnung*, so ganz hab ich mich da noch nicht entschieden.«

Wenn er das sagte, wußte ich, daß ich am Nachmittag wieder Strumpfhosen, Parfüm oder Champagner im Bijenkorf für ihn holen mußte.

Inzwischen arbeiten wir beide nicht mehr in dem Büro. Alle drei Monate essen wir beide im ›Scala della Pasta‹ eine Pizza. Er hat jetzt grauere Haare und joggt im Vondelpark, um etwas für seine Linie zu tun. Ich finde schon lange nicht mehr, daß er über Frauen oder sonst irgendwas grob spricht. Er redet von seiner lieben Frau, wir tauschen

Adressen von Privatetablissements aus und erzählen einander, wo sie einen nicht waschen, und all unsere anderen Erfahrungen auf dem Gebiet. Mit einem Wort, es sind ausgesprochen kurzweilige Abende.

Als ich ihn das letzte Mal traf, sagte er: »Harnoncourt, irgend so ein Dirigent, sagte mal in einem Interview: ›Wir Künstler schreiben keine Telefonbücher, sondern Gedichte.‹ Das hat mich tief getroffen. Schließlich mach ich schon mein Leben lang Telefonbücher, und trotzdem bin ich so 'n übergeschnappter Dichter.«

»Wo ist dein Vater?« rief meine Mutter.

»Ich hab ihn im Vorgarten stehenlassen.«

»Und warum bringst du ihn nicht rein?«

»Weil ich gerade pinkle.«

»Er erkältet sich.«

»Er erkältet sich nicht.«

Jetzt kam der schwierigste Teil. Über zwei Holzplanken mußte ich einen Höhenunterschied von ungefähr fünfzig Zentimetern überwinden, um meinen Vater ins Haus zu bugsieren. Dazu mußte ich ihn mit einem eigens hierfür gekauften Seil in seinem Rollstuhl festbinden. Es war nämlich schon vorgekommen, daß mein Vater bei einem mißglückten Versuch vornübergekippt war. Man hätte ihn natürlich auch hochziehen können, aber dazu brauchten wir Helfer Roy, und der kam nur morgens.

»Und los geht's«, sagte ich.

Ich nahm Anlauf. Ohne Anlauf konnte man es gleich vergessen.

»Ich will endlich aufs Klo«, rief mein Vater, »und ins Bett.«

Der erste Versuch ging daneben. Der Rollstuhl rutschte von der Planke herunter, und wir landeten im Gras. Vom Aufprall hing der Kopf meines Vaters wieder über Bord. Ich richtete ihn auf und nahm einen zweiten Anlauf, diesmal etwas mehr.

»Die Rennfahrer nehmen jetzt die schwierigste Steigung der ganzen Etappe«, rief ich.

»Hör auf«, sagte mein Vater.

Mit voller Geschwindigkeit schob ich den Rollstuhl den Pfad entlang. Der Kopf meines Vaters schlingerte hin und her, aber der Rest war gut festgebunden.

Ich fuhr den Rollstuhl die zwei Planken hoch. Am höchsten Punkt rutschten wir fast wieder zurück, doch mit einer Art Hechtsprung in Richtung Haustür schob ich ihn in den Flur und in einem Rutsch bis ins Wohnzimmer. Dort stand seit ein paar Monaten dieses Monstrum von Krankenhausbett, an derselben Stelle, wo früher die fahrbare Hausbar meines Vaters gestanden hatte. Das Bett hatte eine aufblasbare Matratze, die sich alle fünf Minuten von selbst aufpumpte. Das Pumpen machte ziemlich viel Lärm; man kam sich dann im Wohnzimmer vor wie in einem Flugzeug. Dabei nutzte es überhaupt nichts. Die Druckflecken auf seinem Rücken waren nicht mehr zu zählen, und an einigen Stellen hatte sich die Haut entzündet und war voller eitriger Bläschen.

»Und wieder hat Arnon mit seinem treuen Beifahrer eine Etappe gewonnen; auch nach diesem außerordentlich schwierigen Abschnitt bleibt er der Träger des gelben Trikots. In diesem Moment steht er wieder auf der Ehrentribüne und bekommt Blumen und vier Küsse.«

»Ich muß pinkeln«, rief mein Vater.

In der Küche stand meine Mutter und knackte Walnüsse. Sie machte einen Brei aus lauter Vitaminen und anderen guten Sachen, die ihm wieder auf die Beine helfen sollten. Meistens mußte ich ihm den Brei geben, den Rest des Abendessens fütterte ihn dann meine Mutter. Oben im Badezimmer schluckte ich zweieinhalb Aspirin.

»Gib deinem Vater seinen Brei«, brüllte meine Mutter.

Der Brei war in einer runden, orangefarbenen Tupperdose. Meine Mutter hielt auf Tradition. Im Krankenhaus hatte er den Brei auch schon bekommen. Das blieb an mir hängen: Ich mußte ihm den Brei ins Krankenhaus bringen und ihn jeden Nachmittag gegen vier Uhr füttern. Um sechs kam meine Mutter, um mich abzulösen. Wir fütterten ihn den ganzen Tag. Meine Mutter glaubte wirklich, daß das Krankenhausessen nicht ausreichte. Daß er verhungerte. Zu guter Letzt ist er übrigens nicht verhungert, sondern erstickt. Im Essen ertrunken. So sagte es jedenfalls der Doktor: »Sie müssen sich das so vorstellen: Es war wie Tod durch Ertrinken.«

»Du Biest, du Unmensch, gib deinem Vater jetzt endlich seinen Brei.«

Ruhig noch ein Aspirin. Die kritische Menge lag bei neun Tabletten am Tag, ich konnte also ruhig noch ein paar schlucken. Das war auch bitter nötig, denn so, wie ich mich jetzt fühlte, konnte ich niemandem einen Brei geben, geschweige denn meinem Vater. Früher benutzte meine Mutter die orangefarbene Dose, um geraspelte Äpfel für mich aufzubewahren, denn als Kind hatte ich angeblich oft monatelang Durchfall gehabt. Sogar meine Beschneidung mußte deswegen verschoben werden. Sie fand nicht acht Tage nach meiner Geburt statt, wie es die Tradition verlangt, sondern erst Monate später.

Ich ging nach unten, nahm die Tupperdose und rief, als ich ins Zimmer kam: »Hier ist der Kronprinz mit dem Brei, jetzt gibt's lecker, lecker Brei zu essen!«

Er drehte den Kopf zur Seite. Ich drückte ihm den Löffel so lange gegen die Wangen, bis er den Mund aufmachte, und steckte schnell etwas Brei hinein.

»Ich fühl mich heute nicht so gut«, sagte ich.

Er schwieg.

Noch einmal steckte ich ihm den Löffel in den Mund. Wenigstens brauchte ich ihn nicht mehr in die Wangen zu kneifen.

»Es ist doch nur zu deinem Besten«, flüsterte ich.

Was machte ich hier, in Gottes Namen, was spielte ich hier bloß für eine Rolle?

Ich bemerkte, daß ich vergessen hatte, ihn loszubinden. Ich löste das Seil und warf es auf den Boden. Ich mußte immer Oberkörper *und* Beine festbinden, denn mit dem gelähmten Bein blieb er sonst leicht irgendwo hängen, wenn wir die Holzplanken hochfuhren.

»Was heißt das für dich, ›sein Leben in die Hand nehmen‹?« fragte ich, als wir die Hälfte des Breis geschafft hatten.

»Keinen Brei mehr«, sagte mein Vater, »und jetzt will ich ins Bett.«

Ich fand das eine sehr erhellende Antwort.

Meine Mutter kam mit dem Insulin. Seit ein paar Wochen konnte sie die Injektionen selbst verabreichen, und wir brauchten die Schwester von der Sozialstation nicht mehr dazu.

»Und – seid ihr schön im Park spazieren gewesen?« fragte sie.

»Herrlich«, sagte ich und führte meinem Vater den Löffel an den Mund.

»Nein«, sagte er.

»Doch«, sagte ich.

Meine Mutter kniff ihn mit ihrer freien Hand so lange in die Wange, bis er den Mund wieder aufmachte, und ich schaufelte schnell noch etwas Brei hinterher.

»Nimm mir die Zähne raus«, sagte mein Vater.

»Nein«, sagte meine Mutter, »wir essen jetzt ein Beefsteak.« In dem Moment klingelte es.

»Auch das noch«, rief sie, »entweder sie kommen zu früh, oder sie kommen zu spät.«

Wir konnten meinen Vater nicht allein ins Bett heben, dazu kamen Frauen von der Sozialstation. Morgens hatten wir Pflegehelfer Roy.

Ich ging zur Tür. Ich fühlte, daß es langsam Zeit wurde für etwas Stärkeres als Bier. Vor der Tür stand eine große, massige Schwarze.

»Wohnt hier die Familie Grünberg?« fragte sie.

»Ja«, sagte ich, »die wohnt hier.« In der Garage hatte mein Vater noch eine Flasche Whisky deponiert.

»Man hat mir gesagt, ich soll jemanden ins Bett heben.«

»Ja«, sagte ich, »das stimmt, da sind Sie hier richtig.«

»Und Wäsche wechseln und waschen sollte ich auch.«

»Haargenau. Ziehen Sie doch den Mantel aus und kommen Sie herein.«

Ich fragte mich, wieviel Aspirin ich noch schlucken mußte, bevor sie endlich wirkten.

Die Schwarze folgte mir. Meine Mutter sagte, daß sie schnell noch ein Beefsteak braten wolle und daß wir vor allem bei den Druckstellen gut aufpassen müßten. Dann schloß sie die Küchentür hinter sich.

Die Schwarze gab meinem Vater die Hand. »Ich bin Marga, ich werd Sie ins Bett bringen.«

»Hallo«, sagte mein Vater, »kannst du mir die Zähne rausnehmen?«

»Erst werd ich Sie schön waschen«, sagte Marga.

»Fein«, sagte mein Vater, »aber ich muß aufs Klo.«

»Das geht nicht, Papa«, sagte ich. Dann sah ich die offene Flasche Wein von gestern auf dem Tisch stehen und schenkte mir ein Glas ein.

»Bist du der Sohn?« fragte Marga.

Ich nickte.

»Das ist der Kronprinz«, rief mein Vater.

Marga war jetzt bei seinen Schuhen. »Was sagten Sie, Meneer Grünberg?«

»Geiles Ferkel«, sagte mein Vater.

Ich nahm einen großen Schluck Wein und stellte das Radio an.

»Studierst du?« fragte Marga.

»Nein«, sagte ich, »ich arbeite im Büro. Halbtags.«

»Ich dachte, du würdest studieren.« Sie zog ihm das Hemd aus. Die Haare hingen ihm wieder ins Gesicht. »So, jetzt stellen wir uns mal kurz hin, Meneer Grünberg, und dann ziehen wir uns die Hose aus.«

»Das kann er nicht«, sagte ich. »Er kann nicht allein

stehen.« Ich schenkte mir noch mal nach. Wein hatten wir genug im Haus.

»Kannst du mir kurz mal helfen?«

Ich nickte. Hier am Tisch hatte Rosie gesessen, das wußte ich noch, aber was die dreieinhalb Jahre danach anging, konnte ich mich eigentlich an nichts erinnern. Mit einem Ruck hob ich meinen Vater aus dem Rollstuhl. Er stand jetzt auf einem Bein, doch sein Gewicht lastete vor allem auf mir. Sein gelähmter Arm hing schlaff um meinen Hals. Der Wein und das Bier machten sich langsam bemerkbar. »Wir tanzen cheek-to-cheek«, flüsterte ich ihm ins Ohr. Er fing an zu lachen. Er lachte mit halbem Mund, denn die andere Hälfte funktionierte nicht mehr. Es war lustig, ihn so lachen zu sehen. Nur den Sabber, der dabei auf mein T-Shirt tropfte, fand ich weniger komisch. »Mach keinen Blödsinn«, sagte er. Von wegen Blödsinn! Ich hatte das Gefühl, jeden Moment der Länge nach auf den Boden zu schlagen. Ich konnte mich selbst kaum auf den Beinen halten, geschweige denn auch noch meinen Vater.

»So, setz ihn mal wieder in seinen Rollstuhl«, sagte Marga.

Das tat ich. Mein Vater war jetzt nackt.

Ich setzte mich wieder hin und trank noch etwas. Marga wusch ihm jetzt die Beine. Sie waren dünn, weiß und knochig. Im Radio spielten sie *Walk like an Egyptian*, und ich mußte daran denken, daß ich zu dem Lied einmal getanzt hatte. Vor langer Zeit, als ich noch tanzte.

»Lassen Sie das, Meneer Grünberg, das gefällt mir gar nicht!« hörte ich Marga plötzlich rufen. Sie richtete sich auf und sagte zu mir: »Er hat mich in die Brust gekniffen.«

»Wie ärgerlich«, sagte ich. Und zu meinem Vater: »Das darfst du nicht machen.« Ich warf einen prüfenden Blick auf ihren Busen. Jede Brust hätte in einen Eimer gepaßt. Scheinbar war mein Vater nicht mehr so wählerisch, was Brüste anging.

»Gefällt Ihnen das Lied?« fragte ich schließlich, um die Atmosphäre ein wenig aufzulockern.

»Redest du mit mir?«

Ich konnte nicht sofort antworten, weil ich einen Hustenanfall unterdrücken mußte. Ich spürte genau, daß ein heftiger Hustenanfall bevorstand, einer, der in Spucken und vielleicht noch Schlimmeres übergehen würde, und das war das letzte, was ich jetzt brauchen konnte.

»Ob Ihnen das Lied gefällt, *Walk like an Egyptian*?«

»Nein«, sagte Marga, »gefällt mir überhaupt nicht.«

»Mir auch nicht«, sagte mein Vater.

»Und jetzt zieh ich Ihnen ein schönes, frisches Höschen an.«

»Geiles Ferkel.«

»Hörst du das«, rief Marga unter dem Tisch hervor, »hast du das gehört?«

»Was?« fragte ich. »Was denn?« Plötzlich schoß mir durch den Kopf, daß Farbige bestimmt keine roten Pickel bekämen, sondern schwarze. Wie Schokoladenostereier. Marga richtete sich mühsam auf. Sie sah mich an, als hätte ich sie beleidigt.

»Ich muß aufs Klo«, sagte mein Vater. »Schnell. Wo ist das Scheißhaus?«

»Hast du gehört, was er gesagt hat?«

»›Wo ist das Scheißhaus‹«, sagte ich.

»Nein, davor.«

»Ich hab Radio gehört.«

»Er sagte: ›Geiles Ferkel.‹«

»Geiles Ferkel«, sagte mein Vater.

»Das brauch ich mir nicht gefallen zu lassen, das brauch ich mir wirklich nicht gefallen zu lassen.«

Es sah aus, als meinte sie es ernst; ich fand das ungeschickt von ihr, denn meinem Vater machte es so nur noch mehr Spaß.

Die Flasche Wein war jetzt auch leer. »Hör auf«, sagte ich zu meinem Vater, »das ist kein geiles Ferkel, das ist Marga, und sie ist eine sehr nette Frau, die kommt, um dich ins Bett zu bringen.«

»So kann ich nicht arbeiten«, sagte Marga.

Ich fragte mich, ob die Ladung Aspirin, die ich geschluckt hatte, irgendwann noch mal wirken würde, doch möglicherweise war ich gegen Aspirin mittlerweile immun geworden. Dann müßte ich's vielleicht mit den Schlaftabletten meiner Mutter probieren. Ich fühlte mich ziemlich elend, und darum antwortete ich: »Hör'n Sie mal, ich bin nur der Sohn, okay?« Ich versuchte, meinen Speichel so unauffällig wie möglich in ein leeres Glas auf dem Tisch zu spucken.

»Ich leg ihn jetzt ins Bett.«

»Ausgezeichnet«, sagte ich.

Sie hob ihn hoch und rieb mit der freien Hand die Druckstellen auf seinem Rücken ein. ›Eine starke Frau‹, dachte ich.

»Ich muß aufs Klo.«

»Du kannst jetzt nicht aufs Klo«, sagte ich, »warte einen Augenblick, bis Marga dir die Hose angezogen hat.«

Mein Vater trug diese Hosen, die Hose und Klo in einem waren.

»Geiles Ferkel.«

»Halt ihn mal kurz«, sagte Marga.

»Er ist krank«, sagte ich. »Bitte berücksichtigen Sie das.« Der letzte Satz kam schon ziemlich schwerfällig aus meinem Mund.

Ich nahm ihr meinen nackten Vater wieder ab. Er stand jetzt an mich gelehnt, und ich stützte mich gegen die Anrichte, um wenigstens etwas Halt zu haben. »Wir tanzen wieder cheek-to-cheek«, sagte ich. Ich hatte nämlich gelernt, daß man die wenigen fröhlichen Momente des Lebens voll ausschöpfen muß. Man muß sie in kleine Feste verwandeln, genauso wie die seltenen Momente des Daseins, die von lebenden, nackten Frauen erfüllt sind. Wer weiß, vielleicht galt das auch für nackte Väter.

»Ich werd mich bei deiner Mutter beschweren«, sagte sie. Mit meinem Vater redete sie offenbar schon nicht mehr.

»Er hat eine Persönlichkeitsveränderung durchgemacht, hat der Doktor gesagt«, versuchte ich es noch mal.

»Persönlichkeitsveränderung, ich scheiß drauf! Ich werd mich bei deiner Mutter beschweren.«

»Ist das Coby?« fragte mein Vater.

Coby war eine andere Krankenschwester. Plötzlich bekam ich Lust, den alten Karnevalsschlager zu singen: *Ich wollt ich wär bei Coby, säß dick und warm bei Coby.*

»Nein, das ist Marga. Du mußt ein bißchen netter zu ihr sein.«

»Er wird zudringlich«, sagte Marga. Dann brüllte sie ihm ins Ohr: »Sie sind zudringlich, Meneer Grünberg.«

Mein Vater lachte mit seinem halben Mund unschuldig in sich hinein und sabberte mir wieder auf den Hals.

»Hör'n Sie, er ist halbseitig gelähmt! Halbseitig gelähmte Leute werden nicht so schnell zudringlich. Das sind Reflexe. Phantomschmerzen, verstehen Sie?«

»Darüber werd ich mich bei deiner Mutter beschweren.«

»Tun Sie das«, sagte ich. »Tun Sie, was Sie nicht lassen können! Meine Mutter ist in der Küche.«

Das war echt mal wieder ein fröhlicher Sonntag, konnte man gar nicht anders sagen!

»Ich muß aufs Klo«, sagte mein Vater.

»Gleich!« sagte ich. »Aber mußte das denn wieder sein, mußtest du wieder so ein Chaos veranstalten?«

»Ich muß aufs Scheißhaus«, sagte er, »schnell.«

»Das Scheißhaus kommt gleich zu dir«, sagte ich.

In dem Moment kam meine Mutter ins Zimmer, gefolgt von der Krankenschwester.

»Was hat er gesagt?« fragte sie mich.

Bevor ich etwas antworten konnte, rief Marga dazwischen: »›Geiles Ferkel‹ hat er gesagt, und nicht nur einmal, mindestens zehnmal. So kann ich nicht arbeiten, Mevrouw Grünberg.«

»Du Schuft!« rief meine Mutter, »zu mir hast du das nie gesagt. Nie! Mein ganzes Leben hast du zerstört. Weil du nie zum Doktor wolltest, es ist alles deine Schuld.«

»Darauf kommt's jetzt nicht an«, schrie Marga, die auch ganz anständig brüllen konnte. »Worauf's ankommt, ist, daß ich jetzt nach Hause geh, und ich setz keinen Fuß mehr in dieses Haus. Ich laß mich doch nicht dauernd ›geiles Ferkel‹ nennen!«

»Kann mir mal jemand helfen«, rief ich, »ich kann ihn nicht mehr halten.« Mein Kopf fühlte sich an, als würde ein Rammbock auf ihn einschlagen.

»Ich muß aufs Scheißhaus«, rief mein Vater, »ich muß kacken.«

»Sie müssen Ihren Mann besser erziehen!« brüllte Marga. »So kann ich nicht arbeiten. Und so läßt sich auch keine von meinen Kolleginnen behandeln, das sag ich Ihnen gleich! Wenn Ihr Mann uns weiter ›geiles Ferkel‹ nennt, brechen wir die Pflege ab.«

»Und Sie will ich in meinem Haus schon gar nicht mehr sehen«, antwortete meine Mutter, »das sag ich *Ihnen*! Und wenn Sie auf den Knien angekrochen kämen, ob Sie meinen Mann ins Bett bringen dürfen, ich würd Sie nicht reinlassen! Sie und Ihre ganze Sippschaft, Sie kommen mir nicht mehr ins Haus.«

»Sie, wenn Sie denken, daß Sie mich beleidigen können, dann irren Sie sich, wir wissen doch schon lange, was Sie für eine sind!«

»Ich muß aufs Scheißhaus«, brüllte mein Vater.

»Ich kann ihn nicht mehr halten«, schrie ich, jetzt genauso laut.

Doch sie hörten uns nicht, denn sie gifteten sich nur noch gegenseitig an. Und plötzlich begann mein Vater zu scheißen, zu scheißen wie ein Waldesel. Auf seinen Perserteppich, auf meine Schuhe und auf meine Hose. Natürlich kackte er nur ein paar Minuten lang oder sogar noch weniger, doch in meiner Erinnerung dauerte es mindestens drei Stunden.

Ich mußte an den Tag denken, als Charles Chaplin gestorben war und mein Vater mich ins ›Tuschinski‹ mitnahm. Dort lief gerade *Modern times*. Das war im Winter 1977 oder 1978. Als der Film vorbei war, mußte ich dauernd an die Gans im Restaurant denken und an die tanzenden Leute und die Gans über ihren Köpfen und den Mann, der auf seine Gans wartet, aber es sind zu viele tanzende Leute da, und der Ober kommt mit der Gans nicht durch, und zuletzt bleibt die Gans im Kronleuchter hängen. Nach dem Film sind wir in eine schicke Kneipe gegangen, ich glaube, ins ›Café Schiller‹. Wir saßen hinten, mein Vater redete mit einer Frau, und sie tranken Wein. Nach *Modern times* habe ich im ›Tuschinski I‹ noch viele Filme gesehen, aber nie wieder war ich mir so sicher wie an diesem Nachmittag, daß ich einmal genauso werden wollte wie Charlie Chaplin in dem Film. Der Nachmittag, an dem mein Vater mit einer fremden Frau redete – der Kartenabreißerin, wie er mir später erzählte – und an dem ich Eiskaffee trank, den ich so lange umrührte, bis er eine schwarze Brühe geworden war, die ich mit dem Strohhalm austrank. Später nahm mein Vater mich in Tati- und Buster-Keaton-Filme mit, und je nach Film wollte ich danach mal wie Tati und mal wie Buster Keaton werden, aber zuletzt doch am liebsten wie Tati, denn sein berühmtes Tennismatch ging mir einfach nicht mehr aus dem Kopf. Die Schulärztin riet meiner Mutter, gut auf mich aufzupassen, da ich offensichtlich Probleme damit hätte, Phantasie und Wirklichkeit auseinanderzuhalten. Dann sagte sie zu mir, daß ich mich wieder anziehen könne. Konnte ich aber nicht, denn meine Mutter zog mich immer an und aus. Darum band ich mir nur den Schal um und schlüpfte in meine Schuhe. So kam ich aus der Kabine. Die

Schulärztin sagte nichts und fing nur an, wie verrückt Notizen zu machen, während meine Mutter mich auf den Stuhl stellte und anzog. Am Mittwoch darauf ging ich mit meinem Vater wieder in Buster Keaton, Tati oder die Marx Brothers. Wenn es gar nichts anderes gab, auch in Louis de Funès.

Als er endlich fertig war, sagte ich: »Ich muß dich jetzt hinlegen, ich kann dich wirklich nicht mehr halten.«

»Leg mich nicht auf den Boden.«

»Es geht nicht anders«, sagte ich, »sonst fällst du hin, und das ist noch viel schlimmer.«

»Jetzt sind wir auf dem Scheißhaus, siehst du?«

»Ja«, sagte ich, »das seh ich«, und legte ihn vorsichtig auf den Boden. Das war nicht einfach, denn ich wollte ihn nicht in die Scheiße legen. Erst da sahen die Schwarze und meine Mutter, was mit ihm passiert war, aber ich mußte weg nach oben. Mindestens zwanzig Minuten hing ich über der Schüssel. Zuletzt kamen nur noch gelbe, saure Tropfen. Ich spülte mir den Mund mit Wasser aus und ging wieder ins Wohnzimmer.

»Der Kaiser liegt im Bett«, rief mein Vater, als er mich sah.

»Wo ist die Schwarze?«

»Deine Mutter hat sie weggeschickt.«

Nur ein großer, gelber Fleck auf dem Teppich und meine geputzten Schuhe erinnerten noch daran, was hier eine halbe Stunde zuvor geschehen war. Mit einer Bürste fischte ich ihm die Haare aus dem Gesicht. »Ich geh jetzt, halt die Ohren steif«, sagte ich.

»Nimm mir die Zähne raus.«

»Nein«, sagte ich, »du mußt noch essen.«

Ich gab ihm einen Kuß. Er roch nach Talkumpuder.

»Bleibst du nicht zum Essen?« fragte meine Mutter.

»Nein, ich muß weg«, sagte ich.

»Ich hab ihn allein ins Bett gebracht. Ich brech mir dabei bestimmt noch mal den Rücken, aber das ist mir egal. Langsam ist mir alles egal.«

Meine Mutter drehte das Beefsteak für meinen Vater immer erst durch den Fleischwolf, weil er es sonst nicht essen konnte.

»Hilf mir doch bitte noch schnell, ihn zu füttern«, sagte meine Mutter, doch ich lief weg. Ich wollte durch die Stadt gehen, bis das Abendessen vorbei war.

Ich mußte an einen der Kneipenfreunde meines Vaters denken, aus der Zeit, als wir noch zusammen verreisten. Er hieß Nicola. Als mein Vater nicht mehr verreiste, besuchte Nicola ihn zu Hause. Sie saßen an einem großen Tisch und sagten nicht viel. Mein Vater hatte Karten drucken lassen, auf denen stand: »Die Familie Grünberg wünscht Ihnen einen angenehmen Aufenthalt.« Die verteilte er, wenn wir Besuch hatten. Nicolas Gesichtshaut war wie aus altem Leder, und seine Nase glich einer gehäuteten Fleischtomate. Er sagte, er sei mal gegen einen Baum gefahren und dabei in die Luft geflogen. Am Anfang konnte ich ihn kaum ansehen, doch später gewöhnte ich mich daran.

Eines Mittags saß ich mit ihm allein am Tisch, weil mein Vater gerade in die Hema gefahren war, um Wein zu kaufen. Nicola nannte mich immer »Laternchen«. Das sagte er auf deutsch. Seine Brust und sein Bauch schienen aus demselben Leder zu sein wie sein Gesicht, nur hatte er am

Oberkörper dazu noch lauter Blasen. Er trug eine kurze Hose, seine Beine waren normal, so wie Beine von Leuten eben sind.

Er sagte: »Was meinst du – soll ich Pfannkuchen mit Sauerrahm für uns machen?«

Ich fand es dafür zu heiß. Er trank Tee mit Rum, denn er war immer erkältet. Er erzählte: »Ich bin in Budapest geboren, dort hab ich in einem Frisiersalon gearbeitet, aber eigentlich bin ich Koch, ich war bei der Armee, und das kann ich dir sagen, die Soldaten, die bei mir gegessen haben, träumen heute noch von meiner Küche. ›Von dir können unsere Mütterchen noch was lernen‹, sagten sie. Am Spätnachmittag hörte ich dann immer, für wen ich nicht mehr zu kochen brauchte, und ich dachte: ›Wenigstens kommen sie mit meinem Essen ins Paradies.‹ Das ist doch zum Heulen, wenn du dir vorstellst, daß du dich den ganzen Tag auf ein schönes Kotelett freust und dir beim Gedanken an einen Hühnerschenkel schon das Wasser im Mund zusammenläuft, und dann wirst du in Stücke geschossen. Auch im Paradies können sie von meinen Kochkünsten noch was lernen, das kannst du mir glauben.«

Dann sagte er: »Jetzt mal einen ohne Tee.« Er erzählte: »Du bist nicht der erste, den ich ›Laternchen‹ nenne. Die erste Frau, in die ich verliebt war, nannte ich auch so, denn so hieß sie nun mal. Sie arbeitete mit mir in der Küche. Meine Geschichten langweilen dich bestimmt.«

»Nein, gar nicht«, sagte ich.

Er kratzte an einer seiner Blasen herum. »Es juckt«, sagte er, »es tut nicht weh, aber es juckt, es juckt wie der Teufel, entschuldige!«

Er nahm einen großen Schluck, und ich tat es ihm nach. So trinkt man Rum, hatte er mir beigebracht.

»Abends ging ich mit Laternchen immer bei den Jungs vorbei, die an dem Tag verwundet worden waren«, sagte er. »Einige hatten keine Hände mehr, oder sie hatten noch welche, aber konnten sie nicht mehr bewegen. Die mußten wir füttern. Wir merkten zwar auch, daß ihnen so ein bißchen Suppe nichts mehr nutzte und daß wir die Suppe besser für diejenigen aufheben würden, denen wirklich noch zu helfen war. Aber kann man einem Sterbenden ein bißchen Suppe verweigern? Also goß Laternchen ihnen die Suppe in den Mund. Sie sagte immer: ›Er liebt mich, der Dummkopf.‹ Damit meinte sie mich. Dann wurde sie versetzt. Mit der Liebe ist es wie mit der Suppe: Ich hab welche gesehen, die kannten nur die Liebe ihrer Mutter. Sie krepierten, ohne je ein Mädchen angefaßt zu haben. Es waren Waisen dabei, und vielleicht war Laternchen die einzige, die sie je geküßt hat. Andere waren verheiratet und hatten manchmal selbst Kinder, aber auch sie riefen nach ihrer Mutter, als sie zu uns gebracht wurden. Es gab welche, die mir eine Nachricht für ihr Mädchen ins Ohr flüsterten, aber all diese Dialekte konnte ich gar nicht verstehen. Oft waren sie auch schon so hinüber, daß sie nicht mal mehr wußten, wer ich war. Es gab welche, die hatten Fotos von mindestens fünf verschiedenen Frauen dabei, und andere trugen nur einen Brief ihrer Schwester mit sich herum. Und alle haben sie meine Suppe und meine Pfannkuchen gegessen. Wenn sie keinen Stift mehr festhalten konnten, hab ich ab und zu was für sie aufgeschrieben. Im Grunde glichen sich die meisten Briefe wie die eine Brust der anderen, egal, ob es für ihre Schwester war, für ihre Frau oder für ihre Mutter. Später hab ich in den zerbombten Städten Frauen getroffen, die sagten: ›Gib mir ein Kilo Mehl.‹ Und ich hab ihnen das Kilo gegeben, so ein Kilo fiel bei uns ja gar nicht auf, und ich habe sie geliebt. Manchmal kaum eine Viertelstunde, manchmal eine ganze Nacht. Manchmal im Freien oder in einem Trümmerhaus, und manchmal in einer Wohnung, wo der Zucker und die Teetassen der Bewohner noch auf dem Tisch standen, aber ich wußte nie, ob der Zucker auch wirklich dieser Frau gehörte. Ich habe Frauen geliebt, die dreizehn Kinder geboren hatten, und ich habe Mädchen geliebt, die meine Tochter hätten sein können. Ich liebte Frauen mit braunen Haaren und Grauhaarige. Ich habe rothaarige Frauen im Arm gehalten, und ich habe mein Bett mit Frauen geteilt, die sich seit Wochen nicht gewaschen hatten, aber auch ungewaschen bleiben sie noch Frau. Ich habe Frauen geliebt, die so häßlich waren, daß ich nie geglaubt hätte, auch sie lieben zu können. Es waren welche dabei, die mir Fotos von ihren Kindern zeigten, und andere zeigten mir Fotos von ihrem Mann. Und sie fragten, ob ich ihren Mann vielleicht gesehen hätte, und beschrieben ihn mir bis in die kleinsten Einzelheiten, aber ich hatte so viele Menschen gesehen. ›Ist es nicht ein Jammer‹, fragten einige Kameraden, ›wir kriegen sie für nichts!‹ – ›Ach‹, sagte ich, ›ich hätte auch lieber nicht für sie bezahlt, ich hätte auch lieber nichts für diesen Rum bezahlt, und ich kann euch versichern, daß meine Mutter, die mir die ledernen Schuhe hier geschickt hat, auch lieber nichts für sie bezahlt hätte.‹ Ich habe in einer Zeit gelebt, in der die Liebe immer billiger wurde. Als Laternchen wegging, genügte ein Viertelkilo und manchmal schon ein bißchen Suppe. Es gab Männer bei uns, vor denen sogar ich Angst hatte, die stachen dir genauso schnell ein Auge aus, wie sie ein Kaninchen abknallten. Aber auch die schlimmsten menschlichen Schweine hören auf, Schweine zu sein, wenn sie im Sterben liegen. Nicht weil sie plötzlich etwas bereuen, sondern weil sie nicht mehr anders können. Also haben wir auch ihnen Suppe in den Mund gegossen. So wie auch schöne Frauen nicht mehr wie schöne Frauen aussehen, wenn sie auf eine Tellermine getreten sind.

Eine war dabei, die soll die schönste von allen gewesen sein. Das hörte ich aus den Erzählungen der Männer, die uns die Frau brachten. Die allerschönste, sagten sie, sie könnten's beschwören, die schönste Frau im Dorf, eine Schönheit wie nicht von dieser Welt; in einem Monat sollte sie heiraten. Ich fragte: ›Wer von euch ist der Bräutigam?‹ Ein Mann trat vor. Ich sagte: ›Du kannst ein bißchen Suppe haben, aber die anderen nicht, sonst haben wir nicht genug für die Verwundeten.‹ Ich hab die Schönheit, die nicht von dieser Welt war, nur in zerfetztem Zustand gesehen, und auch zerfetzt nicht länger als zwei Stunden, denn dann starb sie. Sie hat noch ein wenig von meiner Suppe gegessen. Der Junge ist die ganze Nacht bei ihr geblieben. Sein Gejammer und Geschrei waren so erbärmlich und so laut, daß wir nicht schlafen konnten, und am nächsten Tag sollten wir weiterziehen. Da haben wir sie am frühen Morgen außer Hörweite gelegt, und dort haben sie sie am nächsten Tag auch begraben.«

Kurz darauf kam mein Vater zurück aus der Hema, und Nicola sagte: »Manchmal stell ich's mir ja ganz schön vor, in so einem kleinen Grab zu liegen. Aber der Tod hat schon genug Handlanger auf der Welt, darum warte ich einfach ab.«

Als ich um elf Uhr nach Hause kam, war das Abendessen noch in vollem Gange. Und noch immer starrte mein Vater es an, als ob es Gift wäre.

Die Mädchen

Holzleim

Im ›Okura‹ bestellte er an der Bar einen Kaffee und ich einen Wodka. Wir fragten uns, ob die junge Frau dort neben dem Japaner ein Animiermädchen sei. Eigentlich konnten wir uns ein Animiermädchen im Schottenrock nur schwer vorstellen, doch wahrscheinlich lag das daran, daß wir sehr wenig darüber wußten, vielleicht liefen ja Hunderte von Animiermädchen im Schottenrock herum.

»Jetzt bin ich also Fahrer«, sagte er und rührte seinen Kaffee um, »ich fahre für meine Freundin.«

Dreimal im Monat fuhr er in einem alten Opel Kadett nach Polen und wieder zurück. Im Auto hatte er Holzleim, den seine Freundin in Polen verkaufte. Von dem Gewinn hielt sie ihn über Wasser. In einer halben Stunde würde er wieder losfahren. Zum letzten Mal in diesem Monat.

Der Japaner und das Mädchen im Schottenrock standen auf.

»Um elf ist sie an der Grenze«, sagte er, »mit den Papieren. Ich glaub, ich werd heut nacht in Deutschland schlafen, irgendwo so 'n Stündchen auf 'nem Parkplatz.«

Ich bestellte noch einen Wodka.

»Paß auf«, sagte er, »für zwei Wodka hier kriegst du bei Gall & Gall eine ganze Flasche.«

Der Japaner nannte dem Barkeeper seine Zimmernummer. Das Mädchen hatte ihren Mantel schon angezogen.

»Nein«, sagte ich, »das ist kein Animiermädchen. Wenn das ein Animiermädchen ist, ist meine Mutter auch eins.«

»Was weißt du von Animiermädchen«, sagte er, »und erst recht vom Geschmack von Japanern, wenn's um Animiermädchen geht.«

»Der Japaner hat eine geschlagene Stunde auf sie eingeredet – warum sollte er so lange auf ein Animiermädchen einreden?«

Der Mann neben mir machte eine wegwerfende Handbewegung. Er hatte eindeutig keine Lust mehr, noch länger darüber zu reden.

»Auf der Toilette hier spielen sie Mozart«, versuchte ich es mit einem anderen Thema.

»Ich hätte nie gedacht, daß ich noch mal Fahrer werden würde«, antwortete er, »ich transportiere Holzleim.«

Er bestellte noch einen Kaffee. Als der Barkeeper ihm den Kaffee hinstellte, sagte er: »Ich transportiere Holzleim, Meneer«, doch der Barkeeper reagierte nicht.

Ein Mann und eine Frau kamen herein, beide trugen schwarze Hemden mit einem Muster aus braunen Violinen. Sie setzten sich ans andere Ende der Bar. Sie tranken Bier.

»Ich bin Einzelgänger«, sagte er.

»Nein, das bist du nicht, sonst würdest du nicht hier sitzen.«

»Ich sitz hier, weil ich gleich mit einer Ladung Holzleim nach Polen muß. Um elf steht sie mit den Papieren an der

Grenze. Darum sitz ich hier. Weil ich mit einer Ladung Holzleim nach Polen muß. Für meine Freundin.«

»Liebst du sie?«

»Stell jetzt bitte keine komplizierten Fragen, ich muß die ganze Nacht durchfahren.«

Ich bestellte noch einen Wodka.

»Das macht dann anderthalb Flaschen bei Gall & Gall«, murmelte er.

»Wenn du noch einmal mit Gall & Gall anfängst...«

»Was dann?«

»Nichts.«

»Ich hoff ja nur, daß es nicht glatt wird.«

»Was haben sie im Wetterbericht gesagt?«

»Daß es glatt wird. Ich hab heut nachmittag auf dem Schrottplatz einen Rückspiegel gekauft, für neunzehn fünfzig! Der alte ist mir in Polen beim Einparken abgebrochen.«

Er bestellte ein Bier. »Im ›Okura‹ darfst du nur Bier trinken«, sagte er.

Das Paar mit den braunen Violinen auf den Hemden knutschte miteinander herum. »Animiermädchen?« fragte ich leise. Er tippte sich an die Stirn. »Von Animiermädchen verstehst du gar nichts«, sagte er und trank sein Glas aus.

»So 'n Rückspiegel für neunzehn fünfzig ist geschenkt, ein gottverdammtes Schnäppchen, verstehst du, normalerweise kosten die Dinger über zweihundert Gulden, aber ich seh ja überhaupt nichts mehr vor lauter Holzleim, das ganze Auto steht voll mit den verfluchten Dosen. Noch ein Bier?«

Wieder kamen ein paar Japaner herein.

»Vielleicht solltest du einfach eine Transportfirma aufmachen, vielleicht hast du damit Erfolg.«

Er sah mich kurz an.

»Ist das 'n neues Deodorant, oder hast du dir grade die Schuhe geputzt?«

»Nein«, sagte ich, »ich hab mir grade die Schuhe geputzt.«

»Meine Freundin in Polen ist ganz verrückt nach Parfüm, französischem Parfüm, verstehst du, die zieht da die große Schau ab, mit Coco oder wie das Zeug heißt. Um sie glücklich zu machen, bring ich ihr immer ein bißchen Parfüm mit.«

»Noch *einen* Wodka.«

Der Barkeeper füllte mein Glas nach. Er fragte nicht mehr, ob ich Eis reinhaben wollte – ein gutes Zeichen.

»Das macht dann zwei Flaschen bei Gall & Gall«, murmelte er und trommelte im Rhythmus der Musik auf den Tresen. »Sollen wir dann lieber zu Gall & Gall gehen?« schlug ich vor. Er ging mir damit total auf die Nerven.

Er fragte den Barkeeper nach der Uhrzeit und stellte seine Armbanduhr nach.

»Ich hoff ja nur, daß der Holzleim nicht verrutscht.«

Er zog seinen Mantel an.

»Dienstagabend bin ich zurück, dann komm ich hierher ein Bier trinken. Donnerstagabend fahr ich wieder, die in Polen sind total verrückt nach dem Holzleim. Auf dem Rückweg ess ich immer Würstchen mit Sauerkraut, in der Nähe von Hannover. Ich halt auf Tradition, ich halt sehr auf Tradition, verstehst du?«

Ich nickte zustimmend. Er wollte für mich bezahlen. Ich sagte, das sei nicht nötig, aber er bestand darauf.

»Geht alles auf Kosten meiner Freundin. Ich mach sie

mit ein paar Litern Parfüm glücklich. Es gibt Leute, die da mehr für tun müssen.« Er lachte.

»Soll's heut nacht noch gefrieren?« fragte er den Barkeeper.

»Keine Ahnung, Meneer.« Der Barkeeper trug einen rosa Schlips. Er wollte sich schon wieder umdrehen.

»Hör mal, ich hab dich gefragt, ob es heut nacht noch gefriert, das ist doch eine normale Frage! Wie lange arbeitest du schon hier?«

»Drei Jahre, Meneer.«

»Und in all den drei Jahren hat dich nie jemand gefragt, ob's in der Nacht noch gefrieren soll, also hör mal!? Oder hat's in den drei Jahren einfach nie gefroren? Soviel du weißt?«

»Meiner Meinung nach gefriert's bei Ihnen im Kopf, Meneer.«

Er setzte sich wieder neben mich.

»Ich fahr mit Diesel, das macht 'ne Menge aus, spart mehr als die Hälfte. Und der Motor macht auch weniger Krach, gleichmäßiger, verstehst du, so: tuff, tuff, tuff, das ist fast schon Musik. Soll ich dich noch irgendwo hinbringen?«

»Nein, ich bleib noch ein bißchen hier«, sagte ich.

Er verließ die Bar, doch fünf Minuten später war er wieder zurück.

Er zeigte auf eine Frau, die sich ans andere Ende des Tresens gesetzt hatte.

»Animiermädchen«, sagte er, »dreißig Flaschen bei Gall & Gall.«

Er nahm ein Schälchen Nüsse von der Bar, schüttete es in seine Manteltasche und ging weg.

Tina

Es war vier Uhr, und ich wußte, daß meine Mutter schon seit ein paar Stunden kein Brot mehr aß und daß ich eigentlich auch keins mehr essen durfte. Aber ich hatte Hunger. Ich wußte, daß wir den heutigen Abend zusammen verbringen und einander wieder erzählen würden, daß wir Sklaven in Ägypten gewesen waren; auch die zehn Plagen kämen wieder aufs Tapet, und wir würden das Lied singen, warum diese Nacht anders war als alle anderen Nächte. Pessach. Herrgott! Mir wurde schlecht, wenn ich daran dachte. Darum bestellte ich noch ein Bier. Ich saß neben dem Polen. Heute abend war ich wieder allein mit meiner Mutter. Gäste erwarteten wir keine. Sie hatte unzählige Leute eingeladen, doch niemand hatte kommen wollen, und zu guter Letzt hatte sie bei mir angerufen.

»Du wirst mich doch am Sederabend nicht allein lassen?«

»Nein«, sagte ich, »ich laß dich nicht allein.«

»Was gibt es als Tagessuppe?« hörte ich eine Frau fragen.

»Hier gibt's keine Tagessuppe, wir haben 'ne Jahressuppe.«

Leo drehte sich zu mir um und sagte: »Hier in der Kneipe gibt's die Suppe des Jahrhunderts.«

»Die Suppe des Jahrhunderts ist Gaskammersuppe«, sagte ich, »habt ihr hier auch Gaskammersuppe?«

Ich hatte den ganzen Tag nur herumgehangen, dann sagt man solche Sachen. Außerdem hörte mir doch niemand zu, darum kam ich jeden Tag hierher. Um unter Menschen mit einem Mund und zwei Ohren zu sein. Der Pole meinte, die würden immer seltener. »Man sieht kaum noch welche«, sagte er, »nur noch auf der Kirmes.«

Schließlich fuhr ich mit dem Fahrrad doch noch zu meiner Mutter. Sie war krank. Auch das noch. Sie hustete und röchelte. Ab und zu rief sie: »Ich krieg keine Luft«, aber das rief sie schon, solange ich sie kannte.

Wir setzten uns an den Tisch. Sie zeigte auf den schwarzen Stuhl. »Vor zwei Jahren saß da noch dein Vater«, sagte sie. Ich konnte solche Sentimentalitäten nicht ausstehen. Darum sagte ich: »Er saß nicht, er *hing,* das Essen lief ihm aus dem Mund, und aus jedem Loch, das er sonst noch am Leib hatte, lief irgendwas anderes.«

»Tu doch nicht so zynisch«, sagte sie, »ich mag das nicht.«

Ich war nicht zynisch, ich sagte die Wahrheit. Nur schade, daß die Wahrheit oft so zynisch klingt. Darum lügt man besser gleich. Zumindest, wenn man will, daß die Leute einen nett finden.

Wir machten alles, was sich an diesem Abend gehörte. Wir tauchten Rettich in Salzwasser, tunkten Maror in Charosseth, wir erzählten vom Brot des Elends, das unsere Vorfahren gegessen hatten, und wir sangen das Lied vom Meer, das zurückwich, und von den Bergen, die bebten wie die Leitwidder Moabs, und den Hügeln, die erzitterten wie junge Lämmer. Sie bebten vor Gott, der den Felsen in einen See verwandelte und den Kiesel in einen Quell. Danach sangen wir, daß wir nächstes Jahr in Jerusalem sein würden. Auch die vorgeschriebenen vier Gläser Wein tranken wir, das heißt, meine Mutter durfte nicht. Sie war mal wieder auf Schlaftabletten. Darum trank ich für sie. Kein Problem.

Gegen zwölf ging ich nach Hause. Ich küßte sie und sagte ihr, sie solle gesund und fröhlich bleiben. »Und wie soll ich das machen?« fragte sie, doch darauf wußte ich auch keine Antwort.

Am nächsten Morgen mußte ich früh aufstehen, weil ich für ein paar Zehner wieder mal irgendwo Bücher schleppte. Manchmal verdiene ich auch ein bißchen Geld mit Lesegutachten, doch weil seit Monaten alle nur auf meinen Nerven rumtrampelten und mein Kopf sich anfühlte wie ein tauber Stein, hatte ich schon eine ganze Weile nichts mehr gelesen. Also mußte ich Bücher schleppen. Auch meine Mutter bettle ich manchmal um Geld an, aber ehrlich gesagt schlepp ich mir vorher immer noch lieber den Rücken krumm.

Als alle Bücher wieder im Magazin lagen, aß ich ein Stück Torte, danach kaufte ich mir den *Telegraaf*. Ich brauchte mindestens eine halbe Stunde, um alle Annoncen zu lesen. Es waren sehr viele, und zuerst konnte ich mich gar nicht entscheiden. Schließlich nahm ich die hübsche, liebe Frau, die privat empfing. Hübsch, lieb und privat, das gefiel mir am besten. Ich wählte ihre Nummer. Manchmal sage ich am Telefon: »Entschuldigung, ich hör nicht mehr so gut, könnten Sie bitte etwas lauter sprechen?« Ich tue das, um älter zu wirken. Das tat ich dieses Mal auch. Es funktionierte. Ich fragte nach ihrem Tarif. Hundert Gulden pro Stunde – viel weniger, als ich befürchtet hatte! Ich hatte dreihundert Gulden von der Bank geholt, das war alles, was noch auf dem Konto war. Ich fragte, ob ich für heute nachmittag noch einen Termin bekommen könnte. Ja, das ginge. Um fünf, denn um sechs hätte sie Feierabend. Ich hängte auf, doch ich hatte vergessen, nach ihrer Adresse zu fragen. Also mußte ich noch mal anrufen, vor Scham wäre ich am liebsten im Boden versunken. Es war die Brederodestraat. Ich wußte nicht im entferntesten, wo die Brederodestraat lag. Also mußte ich noch mal zum Zeitungskiosk, um einen Stadtplan von Amsterdam zu kaufen. Zum Glück war die Brederodestraat nicht weit, gleich auf der anderen Seite des Vondelparks. Ich duschte, putzte mir gründlich die Zähne und zog mir frische Socken und eine saubere Unterhose an. Ein bißchen anständig aussehen und nicht aus dem Mund stinken, das war doch das mindeste, was man tun konnte. Ich trank noch ein paar Gläser Wein, aber dann mußte ich wirklich los.

Zuerst lief ich durch den Vondelpark. Das ging ja noch. Ich kam direkt am Anfang der Brederodestraat heraus, aber ich mußte zum anderen Ende. Die richtige Hausnummer kam immer näher. Am liebsten wäre ich einfach weitergegangen wie all die anderen Leute, die mit mir durch die Brederodestraat liefen. Ich sagte mir: ›Sei ein Mann.‹ Das hatte ich noch nie zu mir gesagt – mir blieb aber auch nichts erspart.

Ich klingelte. Statt Gardinen hing schwarzer Stoff vor den Fenstern, doch sonst schien es ein ganz normales Haus zu sein. Sie öffnete die Tür. Ob sie lieb war, konnte ich noch nicht sagen, aber hübsch war sie nicht, das sah ich auf den ersten Blick. Alles, nur nicht hübsch. Meine Eltern hatten früher eine Haushälterin, Frau Kanon. Sie faßte mir immer in die Haare und sagte: »Was hast du für schöne Locken, Boy, wenn ich nur auch so schöne Locken hätte!« Sie nannte mich immer »Boy«, und sie war so alt, daß sie jetzt im Altersheim wohnt.

Wir kamen in einen Raum, der aussah wie ein Wartezimmer beim Tierarzt. So kam es mir jedenfalls vor. Es war ein kleiner Vorraum mit Telefon und sogar einem kleinen Computer. Ich wollte die erstbeste Tür aufmachen, die da war. »Immer mit der Ruhe«, sagte sie, »ich kenn mich hier besser aus.«

»Ja, natürlich«, sagte ich. »Entschuldigung!«

Wir gingen in ein Zimmer, das von oben bis unten blau war. Blaues Licht, ein Bett mit blauen Laken, ein blaues Waschbecken, blaue Gardinen, nur das Sofa nicht, das war schwarz, und die Grünpflanze, doch die war vielleicht aus Plastik.

»Ich bin Tina«, sagte sie.

Ich stellte mich vor, und sie fragte, was ich trinken wollte. Wein hatte sie nicht. Nur Mineralwasser, Cola oder Tee. »Dann 'nen Tee«, sagte ich.

»Wir arbeiten zu zweit«, sagte Tina, »gleich kommt das andere Mädchen und stellt sich vor, und dann kannst du dir aussuchen, bei welcher du bleiben willst.«

Ich blieb allein auf dem Sofa. An der Wand hing ein Foto, doch das Licht war zu blau, um zu erkennen, was darauf abgebildet war. An einem Haken hingen zwei blaue Morgenmäntel, in der Ecke stand ein laufender Kassettenrecorder. Es war eine Musik, wie sie oft in halbleeren Kneipen läuft, wo die wenigen Gäste zu alt und zu taub sind, um die Musik noch zu hören.

Dann kam das andere Mädchen. Sie war womöglich noch häßlicher als Tina, und meiner Meinung nach war es nur noch eine Frage von ein paar Monaten, und sie konnte beim Verkehrsamt ihr Rentnerabo beantragen. Ich stand auf und gab ihr die Hand. »Arnon Grünberg«, sagte ich, »wie geht es Ihnen?«

»Nie den Nachnamen sagen!« Sie fauchte mich an, als ob ich ihr einen unsittlichen Antrag gemacht hätte.

»Entschuldigen Sie bitte«, sagte ich. Dann ging sie wieder weg.

Im Zimmer herrschten tropische Temperaturen. Es ging nicht anders, ich mußte meinen Mantel ausziehen.

Sicherheitshalber setzte ich mich auf ihn. Ich dachte: ›Wenn du nicht aufpaßt, nehmen sie ihn mit, Geschäft ist Geschäft.‹

Tina kam zurück. »Ich bleibe bei Ihnen«, sagte ich, denn bei ihr durfte ich wenigstens meinen Nachnamen behalten, und das war mir schon viel wert.

Sie setzte sich neben mich. Wir tranken zusammen Tee. Es fing an, gemütlich zu werden.

»Bist du schon mal in einem Haus wie diesem gewesen?« fragte sie.

»Vor langer Zeit«, sagte ich. »Im Ausland, aber es ist schon so lang her, daß ich die Regeln nicht mehr kenne.«

»Von Regeln wollen wir jetzt nicht reden, das ergibt sich schon von selbst.«

Sie kam näher. Ich konnte mich dunkel an eine Gedichtzeile von Gottfried Benn erinnern: *Ein schöner Gedanke/*

zwischen den Beinen/eines Mädchens zu liegen. Plötzlich konnte ich mir beim besten Willen nicht mehr vorstellen, was ich an der Zeile einmal so schön gefunden hatte.

»Machen Sie das jeden Tag?« fragte ich zuletzt, als sie so dicht neben mir saß, daß unsere Beine sich berührten. »Wenn Sie finden, daß ich dumme Fragen stelle, müssen Sie's sagen.«

»Nein, nein«, sagte sie, »ich mach das jeden Tag, aber eigentlich bin ich nur Telefonistin, Empfangsdame und Rausschmeißer, aber um fünf geht ein Mädchen nach Hause, und dann spring ich noch ein Stündchen für sie ein.«

»Aha«, sagte ich.

»Was arbeitest du?«

»Ich bin Korrespondent für die *Berliner Morgenpost*«, sagte ich.

»Ach, schau an.«

»Schade, daß keine Musik von Jacques Brel drauf ist, finden Sie nicht?«

»Jacques Brel find ich mehr was für zu Hause«, sagte sie, »aber du muß ›du‹ sagen. Wenn wir gleich intim werden, ist es viel einfacher, wenn du mich duzt. Bist du übrigens Jude, wenn ich fragen darf?«

»Natürlich darfst du das. Das hast du sicher an meiner großen Nase gemerkt?«

»Nein, mehr daran, wie du dich verhältst. Ich bin übrigens auch Jüdin, zu einem Achtel. Und kuck dir mal meine Nase an.«

Sie präsentierte mir ihre Nase. Tatsächlich – eine Hakennase! Ich nahm einen letzten Schluck Tee.

»Mein Großvater war Jude«, sagte sie.

»Ach ja?« sagte ich. »Wie schön für dich.«

»Wir haben Pessach, weißt du das?«

»Ja«, sagte ich, »ich weiß. Wir haben Pessach.«

Ich blickte zu dem Foto an der Wand, das ich immer noch nicht erkennen konnte, und dann zum Bett, auf dem ein Handtuch der gleichen blauen Farbe lag wie das Laken.

»Es ist üblich, daß wir jetzt den finanziellen Teil abhandeln.«

»Ja, natürlich«, sagte ich. Ich suchte die hundert Gulden in der Brusttasche meines Mantels.

»Wir müssen auch leben«, sagte sie. Es schien beinahe, als wollte sie sich entschuldigen.

»Natürlich, Sie müssen leben, ich muß leben, wir müssen alle leben.«

»Du«, sagte sie, »du mußt ›du‹ sagen.« Dann ging sie hinaus, um das Geld wegzubringen, und ich versuchte, mich an Rosie zu erinnern, als ich sie zum ersten Mal nackt gesehen hatte, doch es gelang mir nicht.

Sie kam zurück. »Bist du mit dem Auto da?« fragte sie.

»Ich hab kein Auto, ich bin zu Fuß durch den Vondelpark gekommen.«

Wir saßen wieder auf dem Sofa. Jetzt roch ich zum ersten Mal ihr Parfüm, weil sie sich sehr dicht neben mich gesetzt hatte. Sie streichelte über mein Bein. »Soll ich dann mal loslegen?« fragte sie.

»Ja«, sagte ich, »leg mal los.«

»Was magst du am liebsten?« fragte sie.

»Ja«, sagte ich und wischte mir mit dem Handrücken über die Nase.

»Ja?«

»Ich will Sie nicht brüskieren – aber wenn Sie mir einen blasen könnten, wär ich rundum zufrieden.«

»Sag einfach, was du magst«, sagte Tina. »Soll ich dir einen blasen, möchtest du lieber nicht intim werden?«

»Nein«, sagte ich, »heute möchte ich lieber nicht intim werden.«

Ich hatte eigentlich auch keine Lust, mir einen blasen zu lassen, ich wollte überhaupt nichts, ich wollte nur auf dem Sofa sitzen und mich ein wenig unterhalten, bis die Stunde um war, aber das wagte ich nicht zu sagen.

»Ziehen wir uns doch aus.«

»Ja, machen wir das mal.«

Sie war in Null Komma nichts nackt, doch auch bei mir ging es ziemlich schnell. Ich wunderte mich, daß es mir überhaupt nicht peinlich war, denn normalerweise schäme ich mich in Grund und Boden, wenn ich mich vor anderen Leuten ausziehen muß. So standen wir am Fußende des Bettes, und es blieb eine Weile still, bis ich fragte: »Haben Sie Haustiere?«

»Jetzt waschen wir uns«, sagte sie.

Ich sah ihren runzligen Bauch und ihre Brüste, die herunterhingen wie verwelkte Blumen, und folgte ihr zum Waschbecken. Sie wusch sich mit dem blauen Waschlappen. Möse und Hintern. Das konnte ja heiter werden. Ich wollte schon den anderen Waschlappen nehmen, um auch mich zu waschen, doch sie sagte: »Nein, nein, das mach ich schon.«

Ich legte den Lappen wieder auf den Beckenrand. »Das ist schön«, sagte ich, »ich bin seit meinem siebten Lebensjahr nicht mehr gewaschen worden.«

»Aber seitdem hast du bestimmt mal wieder geduscht, oder?«

»Ja natürlich, aber ich meinte: Seitdem hab ich mich immer *selbst* gewaschen.«

Sie wusch mich ausgesprochen gründlich, so wie früher meine Mutter.

»Die Hände mußt du dir auch noch waschen«, sagte sie und spritzte Flüssigseife auf meine linke Handfläche; noch immer lief diese schreckliche Dudelmusik.

»Leg dich ruhig schon mal hin«, sagte sie.

Ich legte mich aufs Bett, den Kopf auf das blaue Kissen, und plötzlich fragte ich mich, wie viele Köpfe wohl schon vor mir auf diesem Kissen gelegen hatten.

»Willst du die Brille nicht abnehmen?« fragte sie.

»Ich behalt sie lieber auf.«

»Du willst bestimmt alles gut sehen, hm?«

»Ja«, sagte ich, »ich will alles sehen«, doch ich dachte: ›Einmal absetzen, und du bist sie los.‹

»Schlag sie mir nur nicht vom Kopf«, bat ich sie.

»Was du für komische Vorstellungen von uns hast«, sagte Tina, während sie mir langsam über den Bauch strich. Ich mußte an meinen Hausarzt denken, der das oft genauso machte und der genauso kalte Hände hatte wie Tina. »Das Vorurteil sagt ja, daß wir Männer hassen, aber bei mir stimmt das echt nicht.«

Das glaubte ich ihr, daß sie Männer nicht haßte, jedenfalls nicht mehr als ich.

Sie tippte jetzt mit dem Zeigefinger gegen meinen Pimmel, als wollte sie Staub herausklopfen. Ich lag da, die Arme hinterm Kopf verschränkt, und redete ununterbrochen, während ich an die Decke sah, als ob dort ein Engel erscheinen und rufen würde: »Abraham, laß das Messer fallen.«

»Kitzelt das?« fragte sie.

»Ja«, sagte ich, »das kitzelt ein bißchen.«

»Mein Großvater ist nie wiedergekommen«, erzählte sie.

Inzwischen war sie mit meinem Glied beschäftigt. Sie knetete es, genau wie die Eier.

Ich sagte: »Das tut mir leid, wirklich ärgerlich«, und dachte, daß alles viel einfacher war, als ich mir vorgestellt hatte. Einfach daliegen und reden wie mit jedem anderen auch und an die Decke gucken wie überall.

»Leg dich mal auf den Bauch«, sagte sie, denn ich hatte immer noch keine Erektion. Ich schämte mich nicht, aber schade fand ich es schon.

»Ich werd dich schön massieren, magst du das?«

»Ja«, sagte ich, »das mag ich.«

Ich legte mich also auf den Bauch, sie setzte sich auf mich – so kam es mir jedenfalls vor – und massierte mich mit einer Körperlotion, die leicht nach Spülmittel roch. Als sie bei meinen Schultern angekommen war, wurde mein Gesicht in das blaue Kissen gedrückt, und ich roch noch mehr undefinierbare Gerüche.

»Und ... beschäftigst du dich noch viel mit deiner jüdischen Identität?«

»Na ja, es geht, und du?«

»Früher schon, aber jetzt überhaupt nicht mehr. Eine Zeitlang war ich sehr aktiv.«

Sie massierte mir jetzt den Nacken und fragte, ob mir das gefiele. Konnte ich nicht behaupten.

»Geht so«, sagte ich.

»Und denkst du, daß die Palästinenser ihren eigenen Staat kriegen müssen?«

»Von mir aus sollen sie fünfunddreißig Staaten kriegen«, sagte ich, »keine Ahnung, Politik interessiert mich nicht besonders.«

Ich durfte mich wieder auf den Rücken legen. Sie küßte mein Gesicht. Das hatte ich nicht erwartet, daß Küssen im Gesicht auch dazu gehörte. Dann begann sie an meinen Brustwarzen zu saugen. Ich sah immer noch an die Decke und betrachtete das Foto. Ich merkte, daß das Handtuch verrutscht war, so daß ich jetzt direkt auf dem Laken lag, wo die anderen natürlich auch schon gelegen hatten, und ich fragte mich, wie oft sie das Laken wohl wechselte. Sie saugte immer noch an meinen Brustwarzen.

»Magst du das?« fragte sie. Ich wagte nicht, »nein« zu sagen, denn ich hatte auf ihre Fragen schon ein paarmal mit »nein« geantwortet oder mit »lieber nicht«.

»Herrlich«, sagte ich und hörte diesen Kauz von Michael Jackson *Heal the world* singen. Auf einmal mußte ich an den einen Mann aus der Kneipe denken, der fand das Lied spitzenmäßig.

»Ich find ja Randy Newman toll«, sagte ich.

»Schön«, sagte sie, »aber du darfst nicht so viel reden, du mußt nicht dauernd Vorträge halten.«

»Ich bin nichts, wenn ich nicht rede.«

»Entspann dich«, sagte sie, »entspann dich.« Das war ein Befehl, aber man kann sich nicht auf Befehl entspannen. Jedenfalls ich nicht.

Dann spielte sie an meinem Pimmel herum, und er wurde

langsam steif. Sie machte es sehr professionell – ich hatte nicht gedacht, daß sie mir in diesem Jahrhundert noch eine Erektion besorgen würde –, und auf einmal streifte sie mir – zack! – das Kondom drüber. Dann tat sie so, als würde sie mir einen blasen, doch ich hatte meine Brille auf und konnte alles genau sehen. Sie wichste ein bißchen an mir herum.

Zum Glück lief ausnahmsweise mal ein gutes Lied, und das sagte ich ihr, doch sie antwortete nur: »Ganz ruhig, ganz ruhig, du redest schon viel weniger.«

Ich roch meinen eigenen Achselgeruch, denn ich lag mit den Armen hinterm Kopf auf dem blauen Kissen. Einfach so.

Eigentlich war Tina gar nicht häßlich, jedenfalls nicht, wenn sie bloß in einem Bistro gearbeitet hätte. Dann wäre es was anderes gewesen. Doch so war sie einfach unappetitlich, und wahrscheinlich kam ich ihr genauso vor. Sie bemühte sich jetzt schon seit einer Viertelstunde, mir einen runterzuholen, doch ohne Erfolg. Dabei dachte ich an nichts mehr, außer zwischendurch vielleicht mal an Randy Newman, denn eins seiner Lieder ging mir nicht mehr aus dem Kopf.

Schließlich sah sie mich an. »Hast du schon mal mit einer Frau geschlafen?«

»Ja«, sagte ich.

»Und die wievielte bin ich?« fragte sie lachend.

Ich sagte: »Exakt die zweiundzwanzigste.«

Sie war die zweite, und ich versuchte, an die andere zu denken, doch auch das klappte nicht. Ich dachte, daß Tina tatsächlich besser die zweiundzwanzigste hätte sein sollen oder die letzte oder die achtundneunzigste, und nicht die zweite. Sie fragte, ob ich nicht vielleicht doch intim werden wollte. Von mir aus.

»Au fein«, sagte Tina.

Warum mußte sie solche Dinge sagen, es hatte sie doch niemand darum gebeten?

»Mach, worauf du Lust hast«, sagte ich.

»Nein«, sagte sie, »es geht darum, was *du* willst.«

»Das weiß ich eben nicht.«

Sie setzte sich auf mich und half mir beim Eindringen, doch ich merkte wenig Unterschied zwischen draußen und drinnen.

»Hast du auch so viel Familie im Krieg verloren?« fragte sie.

»Nein, gar keinen«, sagte ich, »ich bin danach geboren.«

»Ich nur meinen Großvater.«

Dann begann sie, mit ihrem ganzen Körper auf und ab zu wippen, und ich sah ihre Brüste in alle Richtungen fliegen wie Blumen im Herbststurm, und ihren Bauch mit dem zwölffachen Doppelkinn, der gegen meinen klatschte – wie zwei Fleischklumpen beim Metzger.

Sie hörte schnell wieder auf damit und saß nur noch ruhig auf mir.

»Leg du dich jetzt mal auf mich.«

Ich tat es. Doch wenn sie gesagt hätte, ich solle mich im Schrank aufhängen, hätte ich auch das gemacht. Mittlerweile war mir klar, daß ich die Sache nicht auf die Spitze treiben durfte.

Sie nahm meinen Pimmel und schob ihn wieder bei sich hinein. Es fühlte sich nur warm an und ein wenig feucht. So wie überall im Zimmer.

Ich betrachtete ihr Gesicht und roch ihr Parfüm noch deutlicher als zuvor.

»Mach weiter«, rief sie plötzlich, »mach doch weiter, mach weiter.«

Am liebsten hätte ich zu ihr gesagt: »Lassen Sie das bitte, ich brauch keine Tonuntermalung«, aber das traute ich mich nicht. Für sie war es ja bestimmt auch kein Zuckerschlecken, dauernd zu rufen: »Mach weiter, mach weiter«, und erst recht nicht, wenn man bedachte, daß sie das schon seit heute früh um zehn hatte rufen müssen. Auf der Uhr neben dem Sofa sah ich, daß es schon fünf nach sechs war, und langsam beschlich mich der Verdacht, daß sie mich nicht gehen lassen würde, bevor ich nicht gekommen war. Wahrscheinlich verstieß das gegen ihre Berufsehre – und wenn sie bis sieben weitermachen müßte. Darum sah ich an die Wand, packte ihren Kopf, ihre Locken – eine Dauerwelle, die schon halb rausgewachsen war –, schlug meine Fingernägel in ihre Kopfhaut, drückte sie gegen meine Brust und roch zwanzig Frisiersalons auf einmal. Immer noch sah ich an die Wand, doch auch dort erschien kein Engel. Ich dachte an Rosie, nur an Rosie, und kniff die Augen zu und dachte immer noch an Rosie. Dann kam ich, und endlich hörte sie auf, »Mach weiter, mach weiter« zu rufen.

»Weißt du, welches Lied von Randy Newman mir am besten gefällt?« sagte ich. *»Everybody knows my name, but it's just a crazy game, it's lonely at the top.«*

»Jetzt mußt du aber von mir runter«, sagte sie, »sonst wirst du mir zu schwer.«

Ich legte mich neben sie. »Man kann ja viel von mir

sagen, daß ich zum Beispiel Haare hab wie 'n Pudel oder 'ne große Nase, aber bestimmt nicht, daß ich schwer bin.«

Sie lachte. Ich wollte mich schon wieder anziehen, doch sie sagte: »Halt, halt! Ich muß dich noch waschen, ich laß dich doch nicht dreckig weggehen.«

»Was für ein Service!«

Sie zog mir das Kondom herunter und wusch mich zum zweiten Mal. Ich hoffte nur, daß sie wenigstens den richtigen Waschlappen erwischt hatte. Ich sah, daß das Handtuch jetzt ganz vom Bett heruntergerutscht war, doch zum Glück konnte man das Laken in dem blauen Licht fast nicht erkennen.

Ich zog mich an.

»Macht's dir was aus, wenn ich so bleibe und meinen Bademantel anbehalte?« fragte sie.

Ich schüttelte den Kopf. Sie saß in ihrem blauen Morgenrock neben mir, während ich meinen Pullover anzog.

»Ich mag Randy Newman überhaupt nicht«, sagte sie.

»Nein? Aber eben sagtest du doch noch, daß du ihn toll fändest.«

»Das war eben.«

Ich sah ihr wieder ins Gesicht, das mir jetzt viel weniger unappetitlich vorkam als zu Anfang.

»Darf ich mir die Schuhe hier noch anziehen, oder soll ich das draußen vor der Tür machen?«

»Was hast du nur für eine schlechte Meinung von uns!«

»So denk ich nicht nur über euch, so denk ich über die ganze Welt. Übrigens ist es hier schrecklich warm, findest du nicht?«

»Das muß an mir liegen.«

Zuerst dachte ich, sie mache einen Scherz, doch an ihrem Gesichtsausdruck sah ich, daß sie es ernst meinte. Darum sagte ich: »Ja, Tina, das liegt an dir.«

Und ich legte meine Hand auf ihr Bein, doch ich merkte, daß sie das jetzt nicht mehr mochte. Darum zog ich die Hand schnell zurück.

»Hast du mal ein Tuch für meine Brille?« Das hatte sie.

»Was für ein Service«, sagte ich noch mal, »das ›Hilton‹ ist nichts dagegen.«

Ich versprach, ihr noch diese Woche einen Strauß Blumen vorbeizubringen. Dann standen wir auf. Ich warf einen letzten Blick auf die Pflanze, das Bett und die Wand.

»Und was ißt du heut zum Abendbrot?« fragte ich.

»Chinakohl. Bei meiner Mutter. Und du?«

»Ich feiere Sederabend. Auch bei meiner Mutter. Und danach muß ich noch zu einer Familie mit vier Töchtern.«

Tina sagte: »Na, jetzt kannst du Sederabend jedenfalls viel entspannter feiern.«

»Ja«, sagte ich, »viel entspannter.«

Ich gab ihr einen Handkuß. Wir gingen zur Tür, und ich hielt Ausschau nach dem anderen Mädchen, doch die war wahrscheinlich schon nach Hause gegangen.

»Habe die Ehre«, sagte ich und führte die Hand an die Schläfe, wie Soldaten es tun.

»Du bist echt ein bißchen verrückt«, sagte sie.

Ich gab ihr noch einen Handkuß, und jetzt, wo sie nicht mehr auf ihren hohen Absätzen lief, war sie kleiner als ich, und ich sagte: »Tschüs, Tina, es war mir ein besonderes Vergnügen.«

»Du bist in der falschen Zeit geboren«, sagte sie, »eigentlich solltest du mit einem Zylinder durch die Straßen laufen.«

»Wir sind alle in der falschen Zeit geboren«, sagte ich.

»Läßt du dich mal wieder sehn?« fragte sie.

»Ja«, sagte ich, »sehr gern, und bleib gesund bis hundertzwanzig, schöne Feiertage und ein koscheres Pessach.«

Doch da war ich schon wieder auf der Straße, mit dem Geschmack von Seife im Mund. Alle Frauen, die mir entgegenkamen, hätte ich am liebsten gefragt: »Und wieviel kostest du?« Das war natürlich auch wieder so ein Klischee, aber es war so. Ich ging nicht nach Hause, obwohl ich am liebsten geduscht hätte, sondern zuerst in die Kneipe, wo ich drei kleine Hefe bestellte. Natürlich saß der Pole auch wieder da. Neben ihm stand ein Mann mit Bierbauch und redete auf ihn ein, doch der Pole tat, als ob er nichts hörte, und dafür haßte ich ihn. Das Mädchen, von dem der Pole immer sagte, sie sähe aus wie Renée Soutendijk, war auch wieder da, doch meiner Meinung nach sah sie aus wie niemand.

»Hast du dich mit Toilettenspray eingesprüht?« fragte der Pole.

»Nein«, sagte ich.

»Was hast du denn dann gemacht?«

Auch das Mädchen hätte ich am liebsten nach ihren Tarifen gefragt, doch jetzt hatte ich schon viel weniger Lust auf diese Art Fragen als noch zehn Minuten zuvor, und weitere zehn Minuten später würde diese Lust ganz nachgelassen haben. Ich wollte ihr noch sagen, daß Tina um einiges billiger gewesen war als das Essen im ›Oesterbar‹, aber genauso teuer wie eine Dose guter Kaviar. Und daß wir Pessach hatten. Und daß man zu Pessach überhaupt kein Bier trinken durfte. Aber ich wagte das nicht zu sagen, obwohl ich mich noch nie so gern mit jemandem unterhalten hätte wie jetzt. Ich wußte, daß ich solche Dinge besser zu Tina sagen konnte, weil es ihr doch egal war und weil sie nicht weglaufen würde, bevor die Stunde um war.

»Du redest nicht gern, was?« fragte der Säufer den Polen.

»Sie.«

»Sie reden nicht gern, was? Willst du mich loswerden, wollt ihr mich alle loswerden?«

»Weißt du«, sagte ich, »als ich in der Grundschule war, gab's so ein Lied, das sie damals überall spielten. Ich hab die Melodie vergessen, ich weiß nur noch den Text. Es geht so: ›Was sollen wir trinken, sieben Tage lang, was sollen wir trinken, so ein Durst. Es wird genug für alle sein, drum wollen wir trinken sieben Tage lang, wir trinken zusammen, nicht allein.‹ Kannst du mir das Lied vorsingen?«

»Nein«, sagte der Pole, »ich kenn es, aber ich kann nicht singen, ich hab keine Stimme.«

»Hier kann niemand singen«, sagte der Säufer.

In meinem Mund schmeckte es schon weniger nach Seife und mehr nach Zitrone und altem Bier. In anderthalb Stunden würde der zweite Sederabend anfangen, und ich wollte noch duschen.

Mir kam der Gedanke, daß Tina wahrscheinlich überhaupt keinen jüdischen Großvater hatte. Sie war einfach nur sehr gut, das war alles. Einem Amerikaner hätte sie natürlich erzählt, ihr Mann sei in Vietnam gefallen, und bei einem Niederländer wäre ihr Opa beim Einfall der Deutschen auf dem Grebbeberg umgekommen, und bei einem

Deutschen wäre es dann eben Stalingrad gewesen. Wahrscheinlich fand sie auch gar nicht, daß ich zur falschen Zeit geboren sei. Sie sagte einfach, was ich hören wollte, denn so waren alle Tinas auf der Welt. Ich bestellte noch ein kleines Hefe, um die letzten Reste Seifengeschmack aus meinem Mund zu spülen.

Daß ich an Rosie gedacht hatte, war auch so etwas. Alle Männer auf dem blauen Kissen hatten natürlich an ihre Rosie gedacht. Alle dachten das gleiche wie ich. Daß sie anders waren als die anderen. Sie waren ja viel höflicher, sie behandelten Tina nicht wie eine Hure, nein, sie versprachen ihr sogar Blumen, und sie küßten ihr die Hand, und mit keinem von ihren Kunden sprach Tina so wie mit ihnen. Genau wie ich gingen sie danach alle im Vondelpark pinkeln und dann in eine Kneipe und dachten, daß sie der einzige wären, genau wie ich das dachte, der einzige, der anders war, anders als all die anderen Freier. Jetzt, hier in der Kneipe, fragte ich mich, wie höflich man eigentlich zu jemandem sein konnte, der einen für hundert Gulden drüber ließ.

Seit ich bei Tina gewesen war, kam mir alles ganz einfach vor. Man kippte ein paar Klare und sagte sich: ›Sei ein Mann.‹ Das war alles. Dann war es wahrscheinlich auch nicht schwer, jemanden zu erschießen, denn das ging im Grunde genauso. Oder jemanden in Stücke zu hacken oder vom Okura-Hotel zu springen. Man brauchte nur ein paar Klare und mußte sich sagen: ›Sei ein Mann.‹

Ich kaufte Blumen für meine Mutter, und wir machten wieder alles wie am Abend zuvor. Nach dem Essen mußte ich zu der Familie mit den vier Töchtern. Die älteste, Deborah, war vor Urzeiten mit mir aufs Vossius gegangen. Damals war ich in sie verliebt gewesen, und ihre Eltern hatten mir die Platte von Randy Newman vorgespielt. Darum fragte ich jetzt, ob ich sie noch einmal hören durfte, aber sie konnten sie nicht mehr finden.

Als ich kam, waren sie schon mit dem Essen fertig. Sie hatten fast keine Gäste. Ich mußte neben einer von Deborahs Schwestern sitzen. Zwei saßen mit am Tisch: Zotka und Nitka. So hießen sie natürlich nicht wirklich, so nannte ich sie nur für mich. Ich saß neben Zotka. Sie sah mich die ganze Zeit an, doch ich schaute nicht zurück.

Nach einer Weile fragte ich, ob ich mich aufs Sofa legen dürfe. Ich sei so müde, sagte ich. Ich tat, als ob ich schlief, und hörte sie leise flüstern, ob mir ihr Sederabend auch wirklich gefiele. – Es gefiel mir sogar sehr, ich fand es richtiggehend toll.

Ich dachte an Rosie. Daß es gut war. Auch, daß sie mir nie geschrieben hatte und daß wir uns nie mehr sehen würden. Alles war gut, und jetzt wußte ich auch, daß ich sie nie wieder anrufen würde, denn ich hatte ihr nichts mehr zu sagen.

Wo wir uns auch treffen würden, ich würde sie immer nur in einem blauen Morgenmantel sehen. Und was auch immer sie zu mir sagte, ich würde immer nur hören: »Soll ich dann mal loslegen?« Und ich würde antworten: »Ja, dann leg mal los.«

Ein Gebet für Marcella
(sprich: Marshalla)

Ich nahm den Sieben-Uhr-Zug nach Zandvoort. Ich hatte eine Thermosflasche mit Wein dabei, doch der war nicht mehr besonders kalt, denn ich hatte die Flasche schon die halbe Nacht mit mir herumgeschleppt. Es war die erste wirklich warme Nacht in diesem Frühling gewesen, und in meiner Badewanne lief das Wasser nicht mehr ab.

Ich hatte meinen polnischen Freund besucht, doch nicht daran gedacht, daß es schon drei Uhr nachts war, als ich bei ihm klingelte. Auch er konnte nicht schlafen, und so spielten wir Schach. Er machte Suppe warm – damit wir nicht betrunken würden, wie er sagte, doch das hatte nichts genutzt. Um fünf Uhr sagte er, daß er jetzt wieder in die Federn kriechen wolle.

Ich wußte, daß ein Klempner schnell ein paar hundert Gulden kosten würde. Darum beschloß ich, an den Strand zu fahren, um zu duschen. Ich nahm mein Fahrrad, fuhr nach Hause und füllte meine Thermosflasche. Ich unternahm noch einen letzten Versuch, die Badewanne mit einem Eimer leer zu schöpfen, doch aus dem Abfluß kam immer neues Wasser hoch. Es fing an zu stinken.

Dann ging ich zum Bahnhof. Es fuhren noch keine Züge. Vor dem Eingang standen ein paar Leute und warteten, doch ich hatte keine Lust, mich zu ihnen zu stellen. Wieder sah ich dieses Gesicht vor mir und dachte, daß ich wohl noch eine ganze Weile immer wieder daran denken würde. Es gibt Gesichter, aus denen die Schönheit langsam verschwindet, es gibt Gesichter, aus denen man alle Schönheit herausgeprügelt hat, und es gibt Gesichter, aus denen man die Schönheit noch herausprügeln wird. Das Schöne an diesen schlecht beleuchteten Kneipen ist nicht nur, daß man dort gut trinken kann, sondern auch, daß man das alles nicht mehr zu sehen braucht. Ich fände es sehr angenehm, wenn nicht nur diese Kneipen, sondern die ganze Welt etwas schlechter beleuchtet wären.

Ich lief durch die Gegend westlich vom Bahnhof. Ein schönes Viertel, vor allem früh am Morgen, wenn man noch niemandem dort begegnet. Auf Prinseneiland öffnete ich meine Thermosflasche zum ersten Mal, doch da war der Wein schon lauwarm.

Als ich in Zandvoort ankam, war der Strand noch leer. Ich mietete mir einen Korb. Wir hatten einen schönen Koninginnedag gehabt, las ich in der Zeitung. Weiter kam ich nicht, weil mir die Augen zufielen. Als ich wieder wach wurde, war der Strand schon voller Menschen. Davon bekam ich Durst, also machte ich die Thermosflasche wieder auf. Die Flasche war ein Geschenk meiner Mutter. Ich dachte an sie und an Koninginnedag und versuchte mich zu erinnern, warum ich vor langer Zeit hatte Verleger werden wollen. Ich hatte die Geschichte in so vielen verschiedenen Versionen erzählt, daß ich selbst nicht mehr wußte, welche die richtige war. Vermutlich hatte ich wirklich vergessen, warum ich das damals gewollt hatte, denn ich wußte ja auch nicht mehr, warum ich diesem einen Mädchen all die Briefe geschrieben, warum ich in der Klasse bei Mevrouw De Wilde die Vorhänge heruntergerissen und warum ich an jenem Dienstag im April den Termin mit Tina gemacht hatte. Manche Dinge tut man eben einfach und denkt erst hinterher darüber nach. Meine Psychologen jedoch hatten wunderbare Erklärungen dafür, so schön, daß einem beim Zuhören die Tränen in die Augen traten.

Okay, ich hatte die Vorhänge runtergerissen, sie hatten mich von der Schule geworfen, und ich hatte angefangen, im Büro zu arbeiten. Nachdem sie mich auch dort entlassen hatten, hatte ich angefangen, Bücher zu verlegen, und kurze Zeit darauf hatte ich Bankrott gemacht.

Jetzt konnte ich mich nicht mehr erinnern, warum ich all diese Dinge je gewollt hatte. Vor ein paar Wochen hatte ich einen Brief von einem Drucker bekommen. Erst hatte ich ihn ein paar Tage ungeöffnet liegenlassen. Bei bestimmten Briefen warte ich mit dem Aufmachen, bis es mir etwas besser geht. Und eines Abends las ich: »Sehr geehrter Herr, Sie behaupten, daß Sie keine Mittel haben, Ihre Schulden zu begleichen. Ich dagegen behaupte, daß jemand mit Sozialhilfe und ein wenig gutem Willen sehr wohl Fl. 355.– (inkl. Mahngebühren inzwischen Fl. 450.–) bezahlen kann. Sie versuchen also, mich hereinzulegen. In einigen Tagen kommen wir bei Ihnen vorbei und holen uns das Geld persönlich. An Ihrer Stelle wäre ich dann zu Hause und hätte das Geld parat, denn erfahrungsgemäß werden die Kosten sonst noch sehr viel höher. Grüße, Lou.«

Es gab eine Menge Drucker, die noch Geld von mir bekamen, aber noch nie hatte mir einer geschrieben, daß er persönlich vorbeikommen würde, um es sich zu holen.

Am nächsten Tag ging ich zu meiner Mutter und sagte, daß ich dringend dreihundertfünfundfünfzig Gulden bräuchte, weil sie mir sonst die Fensterscheiben einwerfen würden.

Ich verstaute das Geld in der untersten Schreibtischschublade. Am Abend war ich bei meinem polnischen Freund zu Wein und Knoblauchwürstchen eingeladen, die er jedesmal aus Polen mitbrachte, wenn er dort seinen Holzleim ablieferte.

Den ganzen Tag über hatte ich versucht zu lesen, doch es klappte einfach nicht. Auch nicht abends. Darum schaute ich wieder in die Kleinanzeigen. Zuerst wollte ich nirgends anrufen, sondern sie wirklich nur *lesen*. Ich hatte süffigen sizilianischen Wein im Haus. Nach einer Weile rief ich aber doch an, denn in der untersten Schreibtischschublade lag das Geld.

Die Dame am anderen Ende fragte, was ich wollte.

»Was haben Sie?« fragte ich.

»Nein«, sagte sie, »was wollen Sie?«

»Etwas Europäisches.«

Das schien mir immer noch die neutralste Antwort.

»Wie meinen Sie das?«

»Blond.«

Ich sagte irgendwas.

»Ich werd versuchen, die Mädchen anzupiepen, ich ruf Sie dann gleich zurück.«

»Okay«, sagte ich und widmete mich wieder meinem sizilianischen Wein.

Fünf Minuten später rief sie zurück.

»Meneer Grünberg?« sagte sie. »Sie haben gerade bei uns angerufen?«

»Ja«, sagte ich, »am Apparat, guten Abend.«

»Ja, wir haben grade viel Betrieb wegen Koninginnedag.«

»Kann ich mir vorstellen.«

»Alle blonden Mädchen sind schon besetzt, oder sie fangen erst später an. Aber ich hab noch ein bildschönes Halbblut für Sie. Wirklich das schönste Mädchen, das wir haben.«

»Ein bildschönes Halbblut.« Ich nahm noch einen Schluck. »Wunderbar«, sagte ich.

»Soll ich Ihnen das Mädchen schnell beschreiben?«

»Nicht nötig«, sagte ich, »das seh ich ja dann.« Ich dachte an Tina und noch viele andere Dinge.

»Dann schick ich sie Ihnen vorbei. Einen schönen Abend und viel Vergnügen, Meneer Grünberg.«

»Ja, vielen Dank, Ihnen auch.«

Ich sprühte mir Deodorant unter die Achseln, sah in den Spiegel und drückte mir einen Pickel aus. Dann holte ich mir über dem Papierkorb einen runter. Das mache ich öfter – über dem Papierkorb. Dabei lehne ich den Kopf an die Wand und sehe, was alles im Papierkorb liegt.

Danach setzte ich mich wieder an den Schreibtisch und las noch mal den Brief von diesem Drucker. Dann zerriß ich ihn.

Die Frau hatte gesagt, daß das Mädchen nicht vor elf bei mir sein würde, doch als sie um elf Uhr noch nicht da war, dachte ich schon, sie würde nicht mehr kommen. Was mich im Grund nicht mal überrascht hätte. Im Gegenteil.

Um fünf nach elf klingelte es. Vor meiner Tür standen ein Junge und ein Mädchen. Sie schätzte ich auf achtzehn oder neunzehn. Den Jungen meinte ich von irgendwoher zu kennen, doch ich wußte nicht mehr, von wo.

»Kommt rein«, sagte ich.

»Darf ich schnell noch mit dir abrechnen?« sagte der Junge, als wir im Flur standen.

»Ja, natürlich.«

Ich ging zum Schreibtisch. Plötzlich wußte ich wieder, woher ich den Jungen kannte: In dem Herbst, als meine Mutter im Schwarzwald auf Kur war, hatte ich mir jeden Tag Pizza nach Hause bringen lassen, und er war der Bote gewesen.

»Bis in einer Stunde, Rick«, sagte das Mädchen.

»Bis dann«, sagte er und warf die Tür hinter sich zu. Jetzt war ich mit ihr allein.

»Komm rein«, sagte ich.

»Wollen wir uns nicht vorstellen?«

»Ja«, sagte ich, »natürlich. Ich bin Arnon.«

Erst jetzt konnte ich sie mir ansehen, denn im Flur war es zu dunkel dazu gewesen.

»Ich bin Marshalla«, sagte sie. Sie gab mir die Hand.

Wir setzten uns an den Tisch, und ich fragte, was sie trinken wolle.

»Was hast du da?«

»Wein, Wasser, Bier.«

»Wasser«, sagte sie.

Ich schenkte ihr ein. Aus ihrer Umhängetasche holte sie Zigaretten. Dunhill rot.

»Hast du Feuer?« fragte sie. »Ich hab kein Feuer.«

Ich gab ihr welches, und mir selbst schenkte ich noch etwas von dem sizilianischen Wein ein, von dem ich eine ganze Kiste gekauft hatte.

Sie konnte vierundzwanzig sein oder auch sechzehn. Und sie war in der Tat wunderschön.

»Marcella«, sagte ich.

»Marshalla«, sagte sie. »Moment, ich schreib's dir auf.«

Sie nahm meinen Kuli und schrieb.

»Oh, Marcella«, sagte ich.

»Marshalla. Hast du aber viele Bücher hier.«

»Ja«, sagte ich, »darf ich fragen, wie alt du bist?«

»Haben sie dir nicht gesagt, daß ich achtzehn bin?«

»Nein«, sagte ich, »das haben sie nicht gesagt, ich hab aber auch nicht danach gefragt. Außerdem, sagen sie das nicht immer?«

»Und du?«

»Zweiundzwanzig.«

»Das ist jung«, sagte sie, »das ist wirklich sehr jung.«

Sie trug eine weiße Bluse, die sie vorn am Bauch zusammengeknotet hatte, und einen kurzen schwarzen Rock, darunter Strumpfhosen und hohe Stiefel, die ihr bis zu den Knien gingen und die von oben bis unten mit Schnallen bedeckt waren. Ich hatte noch nie Stiefel mit so vielen Schnallen gesehen.

»Was machst du so?«

»Ich bin Journalist«, sagte ich. »Und du? Wie lange machst du das schon? – Wenn du findest, daß ich blöde Fragen stell, mußt du's sagen.«

»Sie sind nicht blöd, es sind halt nur *immer* dieselben. Du bist mein vierter.«

»Und, lief's gut?«

»Beim ersten schon. So ein Mann von fünfunddreißig. Das flutschte ganz gut. Aber dann war da einer, der wollte, daß ich ihm in den Mund pinkle. – Es gibt Grenzen, findest du nicht?«

»Ja«, sagte ich, »es gibt Grenzen.«

Dann fiel uns beiden nichts mehr zu reden ein, und ich schenkte mir noch etwas Wein nach.

»Brauchtest du Geld, hattest du Schulden?«

»Naja«, sagte sie, »wie's halt geht. Meine Mutter war auf Koks…«

»Und dein Vater hat dich mißhandelt.«

»Woher weißt du das?«

»Es klingt mir so bekannt in den Ohren, als hätte ich es schon tausendmal gehört. Willst du wirklich keinen Schluck Wein?«

»Nein, danke«, sagte sie.

Also schenkte ich mir selbst noch mal nach, denn der Wein war wirklich süffig.

»Und, hast du einen schönen Koninginnedag gehabt?« fragte ich.

»Spitze. Viel rumgerannt. Und du?«

»Auch spitze.«

Wieder war es still.

»Was sollen wir machen?« fragte ich.

»Hier sitzen und reden«, sagte sie.

»Ja, das ist auch sehr schön.«

Sie nickte.

»Ich glaube, ich hab Lust, mit dir ins Bett zu gehen.«

»Ja, denkst du?«

Ich hatte zuviel Wein getrunken, um noch gut lügen zu können. Als wir im Flur standen, sagte sie: »Weißt du, was witzig ist? Hier in der Straße war ich mal 'ne Weile bei Pflegeeltern, und jetzt bin ich wieder hier.«

»Witzig«, sagte ich, »sehr witzig.«

Wir gingen die Treppe hoch, und sie murmelte: »Was aus Mitleid geschieht, gefällt Gott wohl.«

»Pardon?« fragte ich.

»Das steht in der Bibel. Kennst du das nicht? Hast du keine Bibel?«

»Nein, nicht hier.«

»Du hast so viele Bücher, und dann hast du nicht mal die Bibel. Glaubst du nicht an Gott?«

»Nein«, sagte ich, »nicht an den Gott, an den du glaubst, mehr an einen aus dem Nest gefallenen kleinen Vogel.«

»Es ist kalt hier«, sagte sie, als wir oben waren.

»Meine Badewanne ist kaputt, und die Heizung auch.«

Wir setzten uns aufs Sofa, und sie zog ihre Stiefel aus.

»Ich kann mich nicht mehr so gut konzentrieren«, sagte sie.

»Macht nichts«, sagte ich. Vielleicht hatte ich sie falsch verstanden.

Ich berührte ihre Haare. Ihre schönen braunen Haare, die nach demselben Parfüm dufteten wie das ganze Zimmer, seit sie hereingekommen war.

»Ich kann nicht«, sagte sie plötzlich, »willst du nicht lieber ein anderes Mädchen?«

»Was?«

»Wir haben so viel geredet, da kann ich nicht mehr. Wenn ich mit jemandem so viel geredet hab. Du kannst ein anderes Mädchen kriegen. Echt. Ich kann's nicht. Verstehst du? Wir haben so viel geredet. Nimm ein anderes Mädchen. Schick mich weg.«

»Naja, so viel haben wir nun auch wieder nicht geredet«, sagte ich.

Es war gut, daß ich daran gedacht hatte, die Flasche Wein mit nach oben zu nehmen.

Ich nahm einen großen Schluck und dachte daran, was der eine Mann mir erzählt hatte: daß Nutten immer nur lügen. Darum sagte ich: »Nein, Marcella, ich will dich. Hab keine Angst. Gott sieht uns. Gott ist die Liebe, das weißt du doch. Zieh dich bitte aus.«

Sie stellte sich vor mich hin und fing an, sich auszuziehen. Ich saß auf dem Sofa und trank sizilianischen Wein. Sie warf ihre Kleider durchs ganze Zimmer. Ich wußte nicht, ob das alle so machten, oder ob sie die einzige war, die sich so auszog.

Ich trank den Wein aus der Flasche. Sie war jetzt nackt bis auf ihren Slip. Sie stand vorm Fenster, und ich dachte: ›Vielleicht hätte ich besser die Vorhänge zuziehen sollen‹, doch dazu hatte ich jetzt keine Lust mehr.

Ich ging zu ihr. Ich stellte die Flasche auf den Boden.

Ich drückte sie an mich. Ich legte meine Hand auf ihren Slip, schob ihn ein klein wenig beiseite und befühlte ihre Haare, die sich nicht anders anfühlten als die Haare anderer Frauen auch. Ich dachte an nichts. Nur an sie, und an ihre Haut, die so hell war, so hell-hellbraun, und glatt und makellos ohne eine einzige Narbe. Ich roch den Duft ihres Körpers und fühlte, wie warm sie war. Lebende Menschen sind nun einmal warm, wenn man sie an sich drückt.

»Tu ich dir das an?« fragte ich.

»Nein«, sagte sie, »das tu ich mir selber an. Zieh du dich jetzt auch aus.«

Wir setzten uns wieder aufs Sofa, und sie sagte, es sei doch ziemlich kalt im Zimmer. Ich zog mich langsam aus.

»Ich find's nicht schlimm«, sagte sie, »ich find's echt nicht schlimm. Weißt du, warum nicht?«

»Nein«, sagte ich, »aber ich will's auch gar nicht wissen. Du bist jedenfalls das schönste Mädchen, das ich je gesehen habe.«

»Das solltest du mir lieber nicht sagen.«

»So was hattest du nicht von mir erwartet, was?«

Sie nickte.

»Ich auch nicht. Ich schwör's dir, ich auch nicht.«

»Sie haben es mir alle zu oft gesagt, kannst du dir das vorstellen?«

Das konnte ich. Ich stand vom Sofa auf und warf dabei die Flasche um. Der Wein lief auf den Teppich. Ich hob sie nicht auf. Ich erinnerte mich, daß ich mir vorgenommen hatte, nur ein bißchen beschwipst zu werden, so ein klein wenig angenehm beschwipst, und wie ich dann aus Versehen doch ein bißchen betrunken geworden war, und aus betrunken sternhagelvoll. Sowie die Nacht in den Tag übergeht und der Tag in die Nacht und die Nacht wieder in den Tag. Ich fragte mich, wer doch gleich wieder geschrieben hatte, daß nicht jede Nacht mit der Morgenröte endet.

Wir legten uns auf den Boden. Ich streichelte ihre Haare und ihr Gesicht. Wir küßten uns. Sie hatten mir erzählt, daß Nutten nie küssen, doch ich schmeckte ihren Mund, und sie muß auch meinen geschmeckt haben. Ich dachte an die Nächte, in denen ich auf dem Nachhauseweg irgendwo auf der Straße jemand Wildfremdes geküßt hatte, ohne auch nur den Namen zu kennen – oder wenigstens sein Geschlecht. Manchmal ist man so stockblau, daß einem alles egal wird. Dann ist eine Zunge im Mund eine Zunge im Mund, ganz gleichgültig, ob die nun von einem Mann oder einer Frau stammt oder von einem Hund. Doch in letzter Zeit hatte ich Zahnfleischprobleme, und dann ist *eine* Zunge im Mund eigentlich schon zu viel. Das waren die Nächte, in denen ich nach Hause kam und dachte: ›Wenn ich mich jetzt aufhäng, schreib ich vorher ein Schild, wo drauf steht: Kein Selbstmord, nur Würgesex.‹

Ihre Haare kitzelten an meiner Brust, und ich merkte, daß sie mich ansah. Ihre braunen Augen blickten mir mitten ins Gesicht. Es war schön, von ihr betrachtet zu werden.

Ich zog ihr den Slip aus.

»Hast du ein Kondom dabei?« fragte ich.

»Brauchst du das jetzt schon?«

»Ja«, sagte ich, »das brauch ich jetzt schon.«

Sie öffnete ihre Tasche, und mit einer blitzschnellen Bewegung schob sie ihn mir über den Pimmel.

»Soll ich dir einen blasen?« fragte sie. »Magst du das?«

»Nein«, sagte ich, »vielen Dank.«

Ich dachte an alles, was sie gesagt hatte, wie sie hereingekommen war und wie sie mich angesehen hatte, als sie ihre Kleider durchs ganze Zimmer warf; an ihre Haut dachte ich und an die wenigen Haare zwischen ihren Beinen und ihre Umhängetasche und ihre Stiefel mit den vielen Schnallen und die weiße Bluse und an ihre Zunge und die Kerben in ihren Lippen, die von ihrem Lippenstift noch betont wurden, an ihre kleine Nase mit den winzigen, fast unsichtbaren Mitessern, und wie es sich anfühlte, als ich in sie eindrang. An all diese Dinge hatte ich gedacht, und darum war es sehr schnell gegangen.

Neben ihr durfte ich liegenbleiben.

»Kleine Marshalla«, sagte ich.

»Kleiner Arnon«, sagte sie.

Ich sah, daß sie einen klitzekleinen Damenbart hatte, doch eigentlich konnte man es gar nicht Damenbart nennen. Man konnte ihn nur erkennen, wenn man ganz dicht an sie herankam, und so nah wie jetzt wäre ich ihr normalerweise nie gekommen.

»Findest du mich schön?« fragte sie plötzlich.

»Ja«, sagte ich.

»Hast du keine Religion?«

»Ich bin Jude. Du bist nicht zufällig Antisemitin und haßt Juden?«

»Nein, warum? Ich hasse niemanden. Ich bin halt noch nicht vielen begegnet.«

»Dann hast du ja Glück, daß du mich getroffen hast. Ich bin nämlich ein guter Jude.«

Wir mußten beide lachen. Ich hatte sie nur aus dem Grund gefragt, weil sie schon beim Hereinkommen hatte wissen wollen, ob es mir etwas ausmachte, daß sie ein bißchen dunkelhäutig war. Sie wußte natürlich, daß ich eigentlich eine Blondine gewollt hatte, und sie hatte mich während ihrer Frage sehr ernst angesehen. Darum erzählte ich ihr jetzt, daß ich das am Telefon nur gesagt hatte, weil mir im Moment nichts anderes eingefallen war.

Sie stand auf, nahm die Weinflasche vom Boden und setzte sich aufs Sofa. Und wieder sah ich sie an. Ich hätte viel darum gegeben, wenn sie länger bei mir geblieben wäre, doch ich wußte, daß das unmöglich war, denn ich hatte kein Geld mehr.

»Du mußt dir das Ding noch abziehen«, sagte sie.

Ich tat es, aber ich stellte mich ziemlich ungeschickt an, so daß ein kleines bißchen auf ihren Rock tröpfelte, der neben uns gelegen hatte. Wir hatten es auf dem Teppich miteinander getrieben, und ihre Kleider hatten wie Zuschauer mehr oder weniger im Kreis um uns herumgelegen.

Sie hob ihren Rock vom Boden auf.

»Auch das noch«, sagte sie, »shit.«

»Entschuldigung«, sagte ich.

»Shit«, sagte sie.

»Das kriegen wir schon wieder raus«, sagte ich.

»Den hab ich grade erst gekauft«, sagte sie.

Wir gingen ins Badezimmer, wo uns ordentlich kalt war, denn wir waren beide noch nackt, aber ich fand kein geeignetes Tuch. Darum ging ich in die Küche. Dort fand ich nur einen Topflappen und eine Abwaschbürste, die ich beide mitnahm. Mit der Bürste bearbeiteten wir dann den Fleck, der noch sehr gut herausging.

Danach zogen wir uns beide wieder an, doch meine Schuhe ließ ich aus.

»Ich hab keinen Lippenstift mehr drauf, oder?«

»Nein«, sagte ich, und wir gingen nach unten. Sie wollte einen Schluck Wasser trinken und noch eine Zigarette rauchen, und wieder mußte ich ihr Feuer geben.

»Kommt Rick dich gleich holen?«

»Er wartet hier vor der Tür.«

»Oh, er wartet!«

»Es gibt auch Agenturen, wo sie nicht vor der Tür warten, aber für die will ich lieber nicht arbeiten.«

»Nein, das kann ich mir vorstellen, versteh ich sehr gut.«

Sie nahm eins der Bücher, die auf dem Tisch lagen, und blätterte darin herum.

»Ich find das stark, wenn jemand so 'n Buch schreiben kann, das find ich echt 'ne Leistung.«

»Das ist nichts«, sagte ich, »es ist schwieriger, einen einzigen Tag gut zu leben, als ein Buch zu schreiben.«

Sie rauchte noch eine Zigarette. Die Schachtel Dunhill rot war jetzt leer, und sie legte sie auf den Tisch. Neben die Kondompackung. »Bene-Luxe« stand in grünen Buchstaben auf der Hülle, und wir hätten die Kondome noch bis Mai 1997 benutzen können.

»Oh, shit«, sagte sie.

»Was ist denn jetzt schon wieder?« fragte ich.

»Ich hätte anrufen müssen«, sagte sie. »Wir müssen immer anrufen, wenn wir reinkommen und wenn wir wieder gehen. Und vielleicht arbeitet heute abend wieder diese Tussi. Da arbeitet nämlich eine, die kann mich nicht ausstehen.«

Sie suchte etwas in ihrer Tasche, aber offensichtlich konnte sie es so schnell nicht finden, denn sie sagte noch ein paarmal »shit«. Dann hatte sie ihr Notizbuch endlich gefunden und lief damit zum Telefon.

»Zum Glück war nicht die Tussi dran. Da arbeiten auch ein paar ganz nette Mädchen. Die haben alle so ihre Geschichte, weißt du.«

»Nicht nur Mädchen von der Modellagentur haben ihre Geschichte.«

»Das weiß ich«, sagte sie, und dann wollte sie doch noch ein klitzekleines Tröpfchen Wein zu ihrem Wasser haben. Ich sagte, daß ich mir nicht vorstellen könne, daß das schmeckt, doch ich tat, was sie wollte.

»Hast du einen Freund?« fragte ich.

»Zwei. Einer ist neunzehn, der hat gar keine Kohle, aber der andere ist vierundzwanzig, und der hat jede Menge. Er handelt mit Drogen. Bei ihm wohn ich auch. Aber eigentlich ist nur der Neunzehnjährige mein Freund.«

»Aha.«

Ich fragte mich, warum der eine ihr nicht etwas von dieser Kohle abgeben konnte, wenn er so viel davon hatte, doch auch darüber wollte ich mir besser nicht allzu viele Gedanken machen. Außerdem war ja doch alles gelogen.

»Ist Rick nett?«

»Ja, echt. Alle Chauffeure sind nett. Sie lassen die Mädchen total in Ruhe. Sie sind da, um uns zu beschützen.«

»Hat dieser Rick nicht früher mal mit dem Motorrad Pizza ausgefahren?«

»Da reden wir nie drüber, über solche Sachen.«

Sie stand auf und ging durchs Zimmer, und ab und zu hob sie ein Buch auf.

»Wieviel hast du eigentlich für das Ganze bezahlt? Für mich, meine ich?«

»Zweihundertfünfzig«, sagte ich. »Und wieviel kriegst du?«

»Hundert.«

»Das ist ja Beschiß.«

»Nein«, sagte sie, »das ist nicht wahr.«

»Laß ruhig liegen«, sagte ich, als sie ihre leere Zigarettenpackung in die Tasche stecken wollte.

»Machst du mehrere an einem Abend?«

»Nein, einer reicht mir.«

Sie drückte ihre Zigarette aus und leerte ihr Glas.

»Jetzt muß ich weg«, sagte sie, »das war ein verrückter Abend.«

»Ja«, sagte ich, »das war ein verrückter Abend.«

Ich begleitete sie in den Flur.

»Schöne Grüße an Rick.«

»Kannst du für mich beten?«

»Pardon?«

»Du wirst doch beten können? Irgendwie?«

»Ja.«

»Dann bete für mich. Vor dem Einschlafen. Es hilft, wenn Leute für einen beten.«

»Gut zu wissen«, sagte ich, »ich werd bei Gelegenheit dran denken«, und dachte: ›Wenn ich bei einer anderen Frau bin.‹ Vielleicht hilft es ja wirklich, wenn man nur dran glaubt, doch das wollte ich nicht. Nie wieder wollte ich solche Dinge glauben.

Eigentlich ärgerte mich diese Gebetstour. Es war natürlich auch gelogen. Ich glaubte nicht, daß sie imstande war, auch nur ein einziges wahres Wort zu mir zu sagen. Ich mußte mich mit dem zufriedengeben, was sie jedem erzählte. Bestimmt liefen haufenweise Männer herum, die für sie beten sollten. Es war besser, so zu denken. Es erleichterte.

Ich küßte sie, und sie mich.

»Laß dir's gutgehen«, sagte ich. Mir fiel nichts Besseres ein.

»Vergiß nicht, was du mir versprochen hast.«

»Bestimmt nicht.«

Dann rief sie: »Ah, da ist er ja schon«, und machte die Tür hinter sich zu. Ich setzte mich an den Tisch und öffnete eine neue Flasche sizilianischen Wein. Ich betrachtete den Zettel, auf den sie ihren Namen geschrieben hatte. Ihren Decknamen, doch das konnte mir egal sein.

Ich legte mich nicht schlafen, ich konnte also auch nicht für sie beten. Aber selbst *wenn* ich schlafen gegangen wäre, hätte ich nicht gewußt, welches Gebet ich für sie hätte sprechen sollen, denn gebetet hatte ich schon lange nicht mehr.

Natascha

Je mehr die Erinnerung an meinen Vater verblaßte, desto überzeugter wurde meine Mutter, daß sie ihn umgebracht hatte – mit meiner Beihilfe. Sie hatte die Ereignisse des bewußten Abends – es war der 24. November – inzwischen schon so oft erzählt, daß niemand mehr wußte, was nun wirklich geschehen war. Manchmal rief sie mich mitten am Tag an und sagte: »Ich hab ihn umgebracht; ich glaub, ich werd verrückt.« Und hängte wieder auf. Mein Vater war nicht der erste, den sie umgebracht hatte. Ihren eigenen Vater hatte sie 1943 in Theresienstadt ins Jenseits befördert. Über Details hat sie immer geschwiegen, wahrscheinlich, weil sie sie einfach vergessen hatte. Meine Mutter war eine Frau, die ihre eigenen Geheimnisse nicht mehr kannte. Immerhin sagte sie, daß seitdem das Leben ihre Strafe sei.

Jetzt hatte sie also auch noch meinen Vater umgebracht. Während der ersten Monate nach seinem Tod widersprach ich ihr noch ab und zu und versuchte ihr zu beweisen, daß er eines natürlichen Todes gestorben war. Doch auf Argumente reagierte sie schon lange nicht mehr.

Mein Vater war an seinem Essen erstickt. An einem Sonntagabend. Ein paar Stunden zuvor hatte ich ihn noch in der Uniklinik besucht. Meine Mutter ist davon überzeugt, daß ich ihr Mittäter bin. Tatsächlich hatte ich ihm an dem Abend ein paar Löffel von dem Brei gegeben, den sie immer für ihn machte, doch hatte ich es schnell sein lassen, als ich merkte, daß alles, was ich ihm in den Mund stopfte, wieder zur Nase herauskam.

Als ich vorigen Monat mal wieder zum Essen bei ihr war, sagte meine Mutter: »Du bist alles, was ich noch habe auf der Welt; wenn du auch noch stirbst, werf ich mich vor den Zug.«

Zu einer Bekannten, mit der sie ein paar Jahre nicht mehr gesprochen hatte, hörte ich sie eines Abends am Telefon sagen: »Mein Mann ist tot, aber mein Sohn lebt noch. Er sitzt gerade neben mir und kaut an dem Beefsteak, das ich für ihn gebraten hab.«

Ich hörte auf zu essen und ging in die Küche, um Sahne zu schlagen.

Meine Mutter erzählte: »Als er erstickte, stand ich daneben – aber ich merkte nicht, daß er am Ersticken war. Ich sah es erst, als es schon passiert war. Und ich hab noch gerufen: ›So helft ihm doch‹, aber der Doktor sagte: ›Ich kann nichts mehr für Ihren Mann tun, Mevrouw.‹«

So war es. Dieser Teil der Geschichte stimmt noch. Meine Mutter stand neben ihm und schlug ihm mit einem Löffel auf den Kopf, weil er nicht essen wollte, und sie brüllte: »Iß, iß endlich! Mein ganzes Leben hast du kaputtgemacht, aber jetzt wirst du nicht sterben, jetzt wirst du essen.«

Daß sie ihm mit dem Löffel auf den Kopf schlug, war nichts Besonderes. Das machte sie schon seit Jahren so. Auch mir hatte sie früher öfter mal auf den Kopf geschlagen. Der Unterschied ist nur, daß mein Vater erstickt ist, und ich nicht. Mein Vater hatte Glück, sozusagen. Für dieses Glück mußte er aber auch achtundsiebzig, fast neunundsiebzig Jahre alt werden. Das scheint mir ein teuer bezahltes Glück.

In den letzten Minuten seines Lebens wurde ihm mit dem Löffel auf dem Kopf herumgeschlagen. Was auch immer mir später im Leben zustoßen sollte, auf keinen Fall möchte ich, daß mir in den letzten Minuten noch jemand mit dem Löffel auf dem Kopf herumtrommelt.

In letzter Zeit träumt meine Mutter oft von meinem Vater, obwohl es schon anderthalb Jahre her ist, daß er an seinem Brei aus pürierten Erdbeeren, Heidelbeeren und Himbeeren erstickte. Nach so einem Traum ruft sie mich immer an und erzählt: »Er sagt, ich soll nicht traurig sein.«

»Gut«, sage ich dann, »sehr gut, jetzt hörst du's wenigstens auch mal von jemand anderem.«

Meine Mutter schreibt ihre Träume auf. Wenn ich bei ihr bin, finde ich hinter den ungeöffneten Briefen der Postbank die Träume des jeweiligen Tages.

Ich öffne die Post, hefte die Auszüge ab und werfe die Briefumschläge in den Papierkorb. Auch ich komme in ihren Träumen vor. Scheinbar nannte ich mich früher Arna, jedenfalls heiße ich in ihren Träumen so, und ich rufe: »Brüll nicht mit mir!« Doch meine Mutter antwortet: »Wer Gebrüll nicht aushält, muß sterben. Darum brüllen wir immer.«

Früher nannten sie mich Arnon Yasha, denn das ist mein voller Name. Ich habe noch ein Foto aus der Zeit. Ich stehe im Garten in der Dintelstraat, neben dem grünen Ölfaß, das schon seit ein paar Jahren nicht mehr benutzt wurde. Ich kneife meine Augen ein bißchen zusammen, wahrscheinlich, weil die Sonne mich blendet. Ich trage eine kurze, blaue Hose und ein orange-braun gestreiftes T-Shirt. An meiner Hose hängt ein Schlüsselanhänger – ohne Schlüssel, nur mit einem großen, metallenen »A«. Meine Haare sind heller als heute und die Locken weniger dick. Ich bin ziemlich braun, viel dunkler, als ich es heute werde. Dem Foto ist nichts Außergewöhnliches anzumerken. Es zeigt keinen Jungen, der dauernd angebrüllt wird. Die Träume meiner Mutter lügen also.

Auf der Rückseite des Fotos steht in ihrer Handschrift vermerkt: »Sommer 1979«. Ich habe nicht die geringsten Erinnerungen an diesen Sommer, außer daß wir vier Wochen in die Schweiz fuhren, nach Disentis, einem kleinen Ort südwestlich von Chur. In dem Sommer sah ich zum ersten Mal den ewigen Schnee und mußte bei einer Badmintonmeisterschaft mitmachen.

Meine Mutter ist davon überzeugt, daß sie auch mich einmal umbringen wird. »Ich paß nicht genug auf dich auf«, hat sie schon mehr als einmal gesagt. Ich bezweifle das. Sie hat sich Gelegenheiten genug durch die Lappen gehen lassen. Jetzt ist es wohl zu spät.

»Sauf dich bitte nicht tot, ich fleh dich an.« Diese Nachricht habe ich in letzter Zeit regelmäßig auf meinem Anrufbeantworter. Sie kann sich nicht totsaufen, denn sie trinkt nicht. Ich reagiere nicht auf ihre Nachrichten. Leute bitten mich, zurückzurufen, doch ich tue es nicht. Ich habe keine Lust dazu. Die Nachrichten ärgern mich nur. Es sind nicht die Nachrichten, auf die ich warte.

Manchmal radle ich bei ihr vorbei und sehe sie im Garten den Rasen mähen. Zum dritten Mal in der Woche. Ich steige ab und sage: »Das ist nicht nötig.«

Sie sieht mich an: »Da bist du also«, sagt sie.

»Ja«, sage ich, »da bin ich.«

Hinter der Tagespost finde ich wieder die Träume meiner Mutter. Ich lese sie nur flüchtig, wie einen Brief von der Krankenversicherung. Ihre Träume sind ganz alltäglich. Sie können niemandem Angst einjagen. Ich denke nicht, daß sie froh oder auch nur erleichtert zu sein braucht, wenn sie aus einem ihrer Träume erwacht. Obwohl ich ohnehin nicht das Gefühl habe, daß sie wirklich von mir handeln. Ich glaube übrigens schon lange nicht mehr, daß ich anderer Leute Träume beeinflussen kann. Wir bevölkern gegenseitig unsere Alpträume, ohne zu wissen, was wir dort alles anstellen.

Meine Mutter glaubt, wir seien die Träume der Toten. Ich will nicht der Traum eines Toten sein. Darum höre ich ihr zu, als ob ich Briefe lese, die nicht für mich bestimmt sind.

Es war so ein Abend, an dem ich zu wenig getrunken hatte, um einschlafen zu können. Wenn ich finde, daß der Tag wieder mal lang genug gedauert hat, kommt es vor, daß ich schon um zehn Uhr zu Bett gehe. Um halb zwölf stand ich wieder auf. Ich zog mich an und ging in die Kneipe um die Ecke, wo ich zwei Tequila bestellte. Und danach noch zwei, mit Salz und Zitrone. An dem Tag hatte ich keine Post bekommen. Nicht, daß ich Post erwartet hätte, aber trotzdem.

Eigentlich war alles ganz einfach. Darum bestellte ich noch zwei.

»Lecker, so am Abend, nicht?«

»Ja«, sagte ich, »lecker am Abend.« Ich streute Salz auf meine Hand, biß in die Zitrone und trank mein Glas aus.

Mit fünfzehn hatte ich mir in der Schulbibliothek ein Buch ausgeliehen. Es hieß *Massimos Himmelfahrt,* von Oek de Jong. Die meisten Geschichten darin fand ich unlesbar, doch eine gefiel mir so sehr, daß ich sie haben wollte. Darum riß ich *Rita Koeling* aus dem Buch heraus und legte Klopapier zwischen die Seiten, um es wieder aufzufüllen. Im Regal standen zwei Exemplare des Buches, und die mußten beide gleich dick sein.

Dann brachte ich das Buch in die Bibliothek zurück, wo gelangweilte Mütter herumsaßen. Eigentlich langweilten sich alle Mütter am Vossius, doch die in der Bibliothek waren am schlimmsten.

Obwohl es schon sieben Jahre her ist, kann ich mich noch an ganze Passagen aus *Rita Koeling* erinnern.

> »›Verschwinde‹, sagte sie mit zitternder Stimme, ›verschwinde augenblicklich, oder ich fange an zu schreien.‹ Es war ein altbekannter Satz, doch diesmal sagte sie ihn, ohne beide Hände gegen ihr Schlüsselbein zu pressen, ohne ängstlichen Augenaufschlag zum Himmel; sie meinte es ernst. Und ich ging.«

Nach ein paar Tagen wurde das Klopapier zwischen den Buchseiten entdeckt. An dem Tag hatte eine Mutter mit Lesebrille Dienst in der Bibliothek. Schon beim Hereinkommen sah ich, daß etwas nicht stimmte. Auf ihrem Tisch lag *Massimos Himmelfahrt* und daneben ein ganzer Berg

Klopapier. Ich wollte mich umdrehen, doch sie hatte mich schon gesehen und winkte mich heran.

»Stammt das von dir?« fragte sie und zeigte auf den Berg Klopapier.

»Na ja, um die Wahrheit zu sagen – eigentlich von meinen Eltern.«

Und dann tat sie etwas einfach Unglaubliches – was mir später jedenfalls weder der Direktor noch die anderen Lehrer glauben wollten. Wir sprechen hier von 1986 und müssen immerhin bedenken, daß sie nur eine *Mutter* war! Die Frauen in der Bibliothek des Vossius wurden auch »Bibliotheksmütter« genannt: ein schöner Name, doch jeder Schüler mit einem Funken Intelligenz begriff im Handumdrehen, daß die Einrichtung der »Bibliotheksmutter« nichts anderes bedeutete als »Beschäftigungstherapie für geistig behinderte Mütter«. Von der Sorte liefen am Vossius eine Menge herum. Diese Mutter mit Lesebrille und Hosenrock stand also auf, zog mich am Ohr und sagte: »Du *haßt* Bücher, was?« – »Ja«, sagte ich. Was hätte ich auch anderes sagen sollen? Schließlich befand sich mein Ohr zwischen ihren Fingern und wurde langsam zu Mus zerquetscht. Erst als sie mich am Ohr aus der Bibliothek gezerrt hatte, ließ sie los. Am Vossius war es damals gar nicht unüblich, Schüler an den Ohren vom einen Zimmer ins andere zu befördern. Sie brachte mich zum zweiten Konrektor, der auch für die Bibliothek zuständig war, zeigte ihm, was ich mit dem Buch angestellt hatte, und fing an zu weinen. Bibliotheksmütter waren immer solche, die bei Büchern und kleinen Seehunden in Tränen ausbrachen, aber ihre eigenen Kinder verrecken ließen.

Ich bekam ein Jahr Bibliotheksverbot. Außerdem mußte ich von meinem Geld ein neues Exemplar von *Massimos Himmelfahrt* anschaffen. Der Vorfall wurde auf der Lehrerkonferenz besprochen, und der Bibliotheksmutter, die mich am Ohr gezogen hatte, wurden für ihr entschlossenes Auftreten endlose Lobeshymnen gesungen. Als ob ich vorgehabt hätte, die ganze Bibliothek zu vernichten und sie das verhindert hätte, indem sie mich am Ohr aus der Bibliothek schleifte. Ein paar Wochen trug ich mich mit dem Gedanken, besagter Bibliotheksmutter anonyme Drohbriefe zu schreiben. Eines Nachmittags verfolgte ich sie, als sie ihren Hund ausführte, denn ihr Haus lag der Schule fast gegenüber. Das machte sie in der Tat sehr nervös. Und ich schrieb ein langes Gedicht, *Bibliotheksmutter mit Lesebrille,* von dem ich nur noch die erste Zeile weiß: »Ihr Mund eine schleimige Grube.« Von der Redaktion der Schülerzeitung wurde das Gedicht ohne Angabe von Gründen abgelehnt.

Zu der Zeit hatte ich lange Haare, die mir in kleinen Pudellocken bis in die Stirn und den Nacken fielen. Ich wusch sie nie, davon bekam ich nur Spliß, und zum Friseur ging ich auch nicht, denn Sinn und Zweck der Haare war ja gerade, einige Hautstellen zu bedecken, die bedeckt bleiben sollten. Ich putzte mir die Zähne, und ab und zu drückte ich mir einen Pickel aus. Ich las *Fußball international,* weil ich mich für Fußball interessierte. Ich fuhr mit dem Zug nach Utrecht, ohne zu wissen, was ich dort überhaupt sollte. Ein paarmal ging ich allein zu Ajax. Ich stand auf einer der Stehtribünen kurz vor der Absperrung, genau an der Stelle, wo Vanenburg immer seine Ecken schoß. Ein Glatzkopf neben mir rief die ganze Zeit: »Vaantje, Vaantje«. Irgendwann rief ich das eben auch. Und jetzt spielt Vanenburg in Japan.

Ich glaube, es war Jerzy Kosinski, der einmal sagte: »Wenn es sein muß, denk ich mit den Beinen.« Ich dachte am liebsten den ganzen Tag nur mit den Beinen, darum mochte ich ja auch Fußball. In Kneipen und in Zügen rauchte ich die Kippen anderer Leute, ohne das eklig zu finden.

Ich hatte fünf Pullover, doch ich trug immer denselben. Meine Mutter sagte, der Pullover fange an zu stinken, aber ich roch nichts. Eines Nachts wusch sie ihn heimlich.

Ich packte meine Schultasche nicht mehr, ich packte sie auch nicht mehr aus. Ich nahm immer dieselben Bücher mit. Ich wußte gar nicht mehr, welche es waren.

Auf dem Nachhauseweg von der Schule kam ich an der Bernhard Zweerskade immer an ein paar Mädchen vorbei, die auf einer Bank saßen und rauchten. Eine von ihnen war so dick, daß ich gut dreimal in sie hineingepaßt hätte. Sie ging auch auf meine Schule, ich glaube, ein oder zwei Klassen über mir. Eines Nachmittags saß sie allein da und rief mir zu: »Willst du 'ne Zigarette?«

Ich sah sie kurz an und sagte: »Na klar, gib her.«

Wir rauchten schweigend, und nach ungefähr einer halben Stunde sagte sie: »Komm, wir kaufen 'ne Flasche Kibowi.«

Kibowi war der neue Kiwilikör von Bols.

Wir kauften eine Flasche. Der Likör sah aus wie Palmolive und schmeckte wie parfümierte Kotze. Wir tranken abwechselnd, und ich sah, daß sie nicht nur sehr dick war, sondern auch besonders häßlich.

»Gestern hab ich mich bei der Messe für Haushaltswaren reingeschlichen, da gab's auch Kibowi, und ganz umsonst.«

»Schön«, sagte ich.

Sie hieß Fleur. Ich fand, daß der Name nicht zu ihr paßte.

Von dem Kibowi wurde mir auch nicht fröhlicher zumute, nur schlecht. Das überraschte mich nicht, denn es sah nicht danach aus, als ob ich die nächsten hundert Jahre überhaupt noch mal fröhlich werden sollte.

Wir rauchten noch ein paar Zigaretten. Dann sagte sie: »Auch wieder leer«, und warf die Schachtel weg.

»Ja«, sagte ich, »auch wieder leer.« Auf dem Wasser strich ein Mann gerade sein Boot. Damit war er schon seit einem Jahr beschäftigt.

»Deine Stirn ist der reinste Kraut- und Rübenacker, weißt du das?«

»Was?«

»Deine Stirn ist der reinste Kraut- und Rübenacker«, sagte sie jetzt mit Nachdruck. »Kennst du nicht das Lied von den zwei Häschen? ›Zwischen Kraut und Rüben, so grün, so grün, so grün, zwei Häschen...‹«

»Nie gehört«, sagte ich.

Ich wollte etwas über ihre Titten oder ihren Hintern sagen, aber weil mir nichts Witziges einfiel, hielt ich den Mund.

Die Flasche Kibowi war jetzt halb leer. Sie drückte sie mir in die Hand. »Nimm sie ruhig mit nach Hause«, sagte sie.

Das tat ich.

Am nächsten Tag saß sie wieder da, doch diesmal zusammen mit einer Freundin.

»Ihr habt gestern Kibowi zusammen getrunken, was?« sagte die Freundin.

Ich nickte.

»Letztes Jahr sind wir zusammen sitzengeblieben.«

»Bringt's das?« fragte ich.

»Ja«, sagte Fleur, »wahnsinnig.«

Sie kratzte mit dem Stiefel Figuren in den Kies.

»Ich hab auch Kibowi zu Hause«, sagte die Freundin. Sie war nicht so dick, aber sie hatte genauso große Titten wie Fleur.

Wir gingen zu der Freundin nach Hause. Zuerst wollte ich nicht, aber Fleur hatte gesagt: »Komm mit, dann haben wir Spaß.« Also ging ich mit.

Es war ein großes Haus in der Nähe des Olympiapleins. Bevor wir hineingingen, sagte die Freundin: »Ich bin übrigens Danielle.«

»Ich bin Arnon«, sagte ich.

»Das ist aber 'n komischer Name.«

»Arnon stinkt«, sagte Fleur.

»Naja«, sagte ich, »es hält sich aber noch in Grenzen.«

»Du mußt mal an ihm riechen.«

Danielle roch. Erst an meinem Hals, dann in der Achselgegend und zuletzt an meinem Bauch.

»Ja«, sagte Danielle, als sie mit dem Riechen fertig war, »du stinkst echt, du müßtest mal in die Wanne.«

Dann gingen wir rein. Die Wohnung roch nach Katzenpisse.

»Und wo sind deine Eltern?« fragte ich.

Wir gingen eine Treppe hoch. Sie öffnete die Tür zu ihrem Zimmer. Als wir drin waren, machte sie die Tür sofort wieder zu und schloß ab. Auf dem Fußboden lagen Zeitschriften herum und zwei Aschenbecher, die dringend geleert werden mußten. Daneben waren drei Pflanzen am Eingehen. Auf einem Schränkchen am Fenster lagen mindestens zwanzig Nagelscheren.

»Die sammle ich«, sagte Danielle.

»Was machst du?«

»Ich sammle Nagelscheren. Die da drüben. Irgendwas muß man doch sammeln.«

Sie holte den Likör aus dem Kleiderschrank. Die Flasche war in eine Jeans eingewickelt, und ihr Inhalt war nicht grün, sondern gelb. Kibowi konnte es also unmöglich sein, auch wenn es genauso eklig schmeckte. Trotzdem tranken wir alle aus der Flasche und aßen Chips dazu, um den Geschmack etwas zu überdecken.

»Macht dir das was aus?« fragte Danielle auf einmal.

»Was?«

»Daß du so stinkst«, erklärte Fleur. »Wir wollen wissen, ob dir das was ausmacht.«

»Ich stinke nicht. Nur der Pullover. Ein bißchen.«

»Natürlich«, sagte Fleur, »du stinkst, gib's doch zu.«

Ich trug einen gelbkarierten Pullover. Ein bißchen stank er ja schon, aber dafür mußte man wirklich sehr tief einatmen. So tief atmete kein normaler Mensch.

Danielle wollte wissen, warum ich mir keinen neuen Pullover kaufte.

»Keine Lust«, erklärte ich.

Doch Fleur sagte, daß es nicht nur der Pullover war, sondern alles, auch meine Haare – die besonders – und meine Socken und Schuhe, einfach alles.

»Wir können ihn ja waschen«, sagte Danielle und trank noch etwas von dem gelben Kibowi. Vielleicht war der Kibowi verdorben.

»Los, wir waschen ihn«, sagte Fleur.

Ich stand auf, denn ich wollte nicht gewaschen werden, doch Danielle schubste mich so stark zurück, daß ich über eine der Pflanzen stolperte und auf den Boden fiel. Fleur setzte sich mit den Knien auf meine Oberarme. Das hatten sie bestimmt schon ein paarmal gemacht, so reibungslos verlief das Ganze. Fleur saß mit ihrem ganzen Gewicht auf meinen Armen, und Danielle begann zu summen.

»Tut's weh?« fragte sie.

Ich nickte. Es fühlte sich an, als würden meine Arme vom Rumpf abgerissen.

»Darfst dich eben nicht wehren«, sagte Danielle.

»Mund auf.« Das war Fleur.

Sie verlagerte ihr Gewicht ein wenig, was noch mehr weh tat. Dann begann sie, mit ihren Elefantenknien auf meinen Oberarmen herumzureiten. Es war ein Gefühl, als müßte ich ersticken.

»Mund auf, hab ich gesagt.«

Ich öffnete den Mund. Ich hätte ihn natürlich auch zulassen können, doch durch meine Mutter wußte ich, wie es ist, wenn einem der Mund aufgerissen wird. Darum machte ich ihn lieber von allein auf. Mein Mund war kaum offen, als Fleur einen großen Fladen Spucke hineinfallen ließ.

»Schlucken«, befahl sie.

Ich schluckte nicht, sondern würgte und ließ die gesammelte Spucke über die Mundwinkel herauslaufen. Ich mußte an das Blockflötenmädchen denken, der es auch schon so viel Spaß gemacht hatte, mir ins Gesicht zu spukken. Ich mußte irgendeine mysteriöse Anziehungskraft besitzen, die bewirkte, daß Leute bei meinem Anblick vom unwiderstehlichen Drang befallen wurden, mir ins Gesicht zu spucken.

Danielle trat mit dem Stiefel gelangweilt gegen mein Knie. Über ihre linke Schulter lief der schwarze Streifen ihres BHS.

»So, Mister Mitesser«, sagte sie, »jetzt kriegst du von mir noch 'ne Ladung.«

Sie hatte ihren Fladen viel schlechter gezielt. Er landete nicht in meinem Mund, sondern auf meiner Nase und lief mir über Wange und Hals in den Pullover.

»Wir sind zwei Hexen«, sagte Fleur.

»Aha«, sagte ich, denn das erklärte eine Menge. An der Decke hing ein Poster, und am Ohrring erkannte ich George Michael, der mich mit einer Gitarre in der Hand anstarrte.

»Wenn ihr mich gehen laßt«, versuchte ich zu handeln, »kauf ich euch eine Flasche Kibowi.« Der Vorschlag brachte die beiden nur zum Lachen, und Fleur sagte: »Du scheinst ja zu denken, daß hier alles geht.«

Das dachte ich in der Tat, doch Danielle sagte: »Er hat recht. Alles geht. Außer, sich 'nen Regenschirm in den Arsch zu stecken und dann aufzumachen.«

Sie flüsterten miteinander. Dann hatten sie offensichtlich eine Idee, denn Danielle holte Tampons aus dem Schrank und versuchte, mir die ins Ohr zu stopfen, doch sie waren zu groß. Sie mußte sie regelrecht hineinquetschen, und als ich endlich in beiden Ohren einen Tampon stecken hatte, war das ein sehr schmerzhaftes Gefühl. Wenn es schon in meinen Ohren so weh tat, wagte ich mir kaum vorzustellen, was für Katastrophen diese Dinger in den Geschlechtsteilen von Frauen anrichten mußten.

»Hast du überall solche Locken, solche kleinen, dreckigen Läuselocken?« fragte Danielle.

Dann schütteten sie mir noch etwas gelben Kibowi in Mund und Nase, schoben meinen Pullover hoch und malten mit Lippenstift meine Brustwarzen rot an. Als sie fast damit fertig waren, klopfte jemand an die Tür, und ich hörte eine Frauenstimme rufen: »Ich bin wieder da-ha!«

»Ich komm gleich!« rief Danielle zurück.

Die Tampons wurden aus meinen Ohren gezogen, und Fleur ging von meinen Armen herunter. Sie befahlen mir, aufzustehen und das Haus zu verlassen.

»Nächstes Mal machen wir Streuselkuchen aus deinem Streuselkuchengesicht«, sagte Danielle.

Das klang so unglaublich in meinen Ohren, daß ich anfing zu lachen. Danielle wurde total wild. Sie fauchte: »Hau bloß ab, Mister Mitesser, oder ich steck dir 'ne Nagelschere in den Schwanz.«

Ich ging zur Tür.

»Auf Wiedersehen«, sagte ich so würdevoll wie möglich.

»Wenn du nächstes Mal kommst, vergiß nicht, dir vorher den Hintern abzuwischen«, antwortete Fleur. Während sie das sagte, kniff sie mich dermaßen in den Po, wie ich es noch nie erlebt hatte und auch nie mehr erleben sollte.

Unten im Flur stand ihre Mutter, so eine typische Amsterdam-Süd-Mutti im Regenmantel. Ich hatte sofort das Gefühl, sie schon tausendmal gesehen zu haben.

»Bist du der neue Freund von Danielle?« fragte sie.

Auf die Frage fiel mir so schnell auch keine Antwort ein; ich zog meinen Pullover gerade, befühlte sicherheitshalber mein Ohr und sagte schließlich: »Nicht, daß ich wüßte.«

»Ein Glück«, sagte Danielles Mutter. Sie wollte schon wieder in die Küche, drehte sich aber noch mal um und sagte: »Ich meine, unsere Danielle ist letztes Jahr sitzengeblieben, und da ist das letzte, was sie jetzt brauchen kann, ein neuer Freund.«

Ich nickte. Sie brachte mich zur Haustür.

»Tschau!« rief Danielles Mutter.

»Tschau!« rief ich zurück.

Am nächsten Tag mußte ich ein Referat über *Kort Amerikaans* von Jan Wolkers halten. Ich las den Roman am Abend zuvor, doch ich überblätterte alle Passagen, die nicht vom Vögeln handelten, so daß ich es in weniger als einer halben Stunde durch hatte. Die Pause vor dem Referat verbrachte ich wie meistens in der Schulcafeteria, die wir den ›Club‹ nannten. Dort gab es Cola und Chips zu kaufen, und an der Theke arbeiteten Mädchen, die einen nur dann bedienten, wenn sie einen sehr nett fanden. Der Club lag im Keller des Vossius neben der Fahrradgarage. Der Raum war dunkel, es roch nach zu vielen Menschen und Pommes frites, und es lief immer dieselbe Musik. Die Beleuchtung war blau, außer bei Festen, dann war sie rot. In der Mitte stand ein Tischfußballspiel.

Ich lehnte an der Betonwand, die sich feucht anfühlte wie immer, aß mein Mittagessen – eine Tüte Tacos – und wartete auf das Ende der Pause. Neben mir redete jemand von einer Griechischarbeit, ich glaube, es war Eric. Eric aß jeden Tag sein eigenes Sperma, doch es nutzte nichts, und ich hatte ihm schon ein paarmal geraten, seinen kleinen Bruder mitessen zu lassen.

An der Wand gegenüber war Fleur in ein angeregtes Gespräch mit einem Jungen verwickelt, der sich gerade einen kleinen Schnäuzer heranzüchtete. Von Schnäuzern über Hängebäuche bis zu Titten – alles mußten sie sich am Vossius »heranzüchten«, und zwar mit einer Verbissenheit, die man sonst nur bei Topsportlern findet. Dann wurde am Tischfußball ein Platz frei; ich drückte Eric die Tüte Tacos in die Hand und kickerte bis zum zweiten Klingeln. Am liebsten hätte ich bis an mein Lebensende so weitergespielt: in dunklen Ecken, wo man die Gesichter der anderen nicht zu sehen braucht und nicht darüber nachdenken muß, was man mit dem Leben anfangen will, und wo einen auch niemand damit vollschwafelt, daß man selbst in der Scheiße noch was Positives entdecken kann.

Für mein Referat bekam ich neun Punkte, so ziemlich meine letzte bessere Note auf dieser Schule.

Ich winkte der Frau hinterm Tresen.

»Kannst du mir 'ne Marguerita mixen?«

»Eigentlich nicht.«

»Kannst du mir eine mixen?«

»Wir sind nicht drauf eingerichtet, aber du kriegst eine als Service des Hauses.«

Ich ging zum Klo. Dort stand ein Mann und kämmte sich die Haare. Ich versuchte mich zu erinnern, was ich am Abend gegessen hatte, doch es fiel mir nicht ein. Ich lehnte am Zigarettenautomaten. Ich wollte mich nur kurz mal hinlegen, nur ganz kurz einen Moment lang liegen... Der Mann steckte den Kamm wieder in die Tasche und ging weg.

Ich setzte mich auf den Boden. Es war naß, doch ich stand nicht auf. Vielleicht war meine Hose ja schon naß gewesen, *bevor* ich mich hinsetzte. Ich wußte es nicht genau, doch eigentlich endeten meine Erinnerungen sowieso gegen halb zwei am Nachmittag, als Deborah nach Monaten wieder einmal bei mir angerufen hatte.

»Wie geht's?« fragte sie.

»Gut«, sagte ich, »sehr gut.«

Sie erzählte, daß sie am vorigen Abend auf einer Cowboyparty gewesen war.

»Einer was?« fragte ich.

»Einer Cowboyparty«, erklärte sie. »Wir mußten alle als Cowboy kommen, solche Parties sind ziemlich hip in letzter Zeit. Hinterher schlug ich einem vor, unsere Schnürsenkel zusammenzubinden und so nach Hause zu laufen. Dafür haben wir drei Stunden gebraucht, und der Junge dachte, ich wollte was von ihm, aber ich wollte echt nur, daß wir unsere Schnürsenkel zusammenbinden und so durch die Stadt laufen. Das ist doch nicht verrückt?«

»Nein«, sagte ich, »das ist nicht verrückt.«

»Und, hast du in letzter Zeit 'nen guten Film gesehen?«

Ich erzählte ihr, daß ich schon seit Monaten nicht mehr ins Kino ging.

»Jetzt muß ich aber langsam auflegen, ich mach heut Babysitting, eigentlich müßte ich schon weg sein.«

»Warum hast du eigentlich angerufen?«

Sie sagte, daß sie jetzt wirklich aufhören müsse, sie sei

ohnehin schon zu spät, und ich suchte zwischen all dem Gerümpel auf dem Schreibtisch nach meinem Terminkalender, ohne genau zu wissen, wozu. »So ein konfuses Gespräch.«

»Ja«, sagte sie noch.

So sind meine Telefongespräche: kurz, konfus und verwirrend. In letzter Zeit habe ich beim Auflegen immer das Gefühl, daß ich erst noch wach werden muß. Schließlich fand ich meinen Terminkalender und darin eine Werbepostkarte – »Mascotte: 3× besser«.

Ein Mann kam rein. Er pißte, schräg über mir.

»Irgendwie riecht's hier nach Verdauungsproblemen«, sagte er.

»Also hör mal«, sagte ich, »wir sind hier auf dem Klo. Da riecht's immer nach Verdauungsproblemen.«

Er ging raus, ohne sich die Hände zu waschen. Ich hätte gern einen Schluck Wasser getrunken, doch ich hatte noch nicht genug Kraft, um aufzustehen...

»Bist du aber lange weggeblieben!«

Ich trank mein Glas im Stehen aus und bezahlte. Sie zwinkerte mir zu, und ich zwinkerte zurück: Schließlich verkaufte sie mir den Tequila immer zum normalen Bierpreis. Und das war doch ein Zwinkern wert. Dann ging ich nach Hause und legte mich aufs Sofa.

Einmal habe ich Fleur noch zu Koninginnedag wiedergesehen. Sie spielte Geige unter der Brücke im Vondelpark. Ich erkannte sie sofort und wollte weitergehen, doch sie sah mich und rief: »Hi!«

»Du siehst gut aus«, sagte ich.

»Was du nicht sagst!«

Die Gespräche mit Leuten von früher werden immer kürzer. Auch wir stellten fest, daß es wenig gab, worüber wir noch reden konnten. Ich versuche immer, nicht unhöflich zu sein: Man soll einander nicht unnötig aufhalten. – Jemand sagte mir mal: »Ich hab im Büro gearbeitet, aber da mußte man jeden Tag was anderes anziehen.« Ich frage nie: »Warum?«, ich bin mit dem zufrieden, was die Leute mir von sich aus sagen. Schlußfolgerungen interessieren mich nicht.

»Vielleicht müssen wir uns einfach freuen, daß wir überhaupt noch über irgendwas reden können«, schlug ich vor. Das fand sie auch.

Ich zögerte einen Moment, dann angelte ich ein Zweieinhalbguldenstück aus der Hosentasche, warf es in ihren Geigenkasten und ging weiter.

Um zwei Uhr wurde ich wach. Ich ging in die Küche und goß mir einen kalten Tee ein – mit Rum, mehr Rum als Tee. Ich wollte ein Mädchen anrufen, trank noch ein paar kalte Grog und beschloß dann, mich erst noch ein Stündchen hinzulegen.

Als ich aufstand, war es fünf Uhr. Die Zunge in meinem Mund fühlte sich an wie ein altes Zitronenbonbon. Ich hielt den Kopf unter den Wasserhahn und öffnete eine Flasche Cognac.

»Ein hübsches Mädchen, das kann ich Ihnen versprechen«, sagte die Frau fünf Minuten später am Telefon.

»Perfekt«, antwortete ich, »perfekt.«

»Es kann aber noch ein Stündchen dauern.«

Ich sah auf die Uhr.

»Um sechs also?«

»Ja«, sagte sie.

Ich zog die Vorhänge zu, steckte meine Kreditkarten und meinen Paß in die Schublade, öffnete die Terrassentür und setzte mich auf die Holzstufen zum Garten. Es war eine warme Nacht. Noch eine Stunde. Ich sah, daß es schon langsam hell wurde, und trank rüstig weiter.

Um fünf vor sechs läutete das Telefon. Ich hörte eine Männerstimme, die ich nur mühsam verstehen konnte. Das sagte ich dem Mann auch ganz ehrlich, daß er nämlich kaum zu verstehen war.

»Pardon«, sagte der Mann, »das ist dieses Autotelefon. Jetzt besser?«

Es war ein Schwarzer, das hörte man sofort.

»Hast du ein Mädchen bestellt?«

»Ja.«

»Hör mal«, sagte der Schwarze, »mein Straßenatlas ist weg.«

Ich bekam einen Hustenanfall und mußte mich setzen. Zum ersten Mal in dieser Nacht fühlte ich mich richtig krank.

»Was sagten Sie?«

»Heut nachmittag haben sie mir den Straßenatlas aus dem Auto geklaut.«

»So ein Pech«, antwortete ich, »wirklich ärgerlich.«

»Ja«, sagte der Schwarze, »kannst du mir mal schnell erklären, wie ich fahren muß?«

Ich erklärte es ihm. »Bis gleich«, sagte er, und damit war das Gespräch beendet. Auf dem Tisch standen ein Glas

Wasser und ein Glas Cognac. Wenn Gott mir gnädig war, würde er dafür sorgen, daß ich nicht gerade in der Stunde kotzte, wenn das Mädchen bei mir war. Kotzen war etwas, was ich lieber allein tat. Dazu brauchte ich kein Mädchen, und schon gar kein teuer bezahltes.

Um zehn nach sechs standen sie bei mir vor der Tür. Ich rechnete mit dem Schwarzen ab und ließ das Mädchen herein.

»So, da bist du also«, sagte ich, denn mir fiel im Moment nichts Besseres ein. Sie trug eine merkwürdige rote Jacke, die ihr vermutlich zwei Nummern zu klein war, einen Rock und hohe Absätze, und außerdem war sie keine Brünette, wie sie mir versprochen hatten, sondern einfach nur ein Halbblut mit einem Elternteil aus Surinam oder Lateinamerika. Zu meiner Überraschung wollte sie Wein; den konnte sie haben. Ich ging in die Küche, um eine Flasche aufzumachen. Es sah ganz so aus, als würde ich die Stunde wirklich ohne Kotzen überstehen. Gott war mit mir, das stand fest.

Ich stellte dem Mädchen das Glas hin. Sie hörte auf den Namen Natascha. Ich fragte, ob sie studierte, denn zur Abwechslung hatte ich mal bei der Studenten-Modellagentur angerufen.

»Studieren? Nein.« Sie lachte. »Ich hab grade meine Fachoberschule zu Ende gemacht.«

»Und... alles gut gelaufen?«

Sie nickte. Ich stieß mit dem Cognacglas gegen ihr Weinglas. »Darauf wollen wir trinken«, sagte ich.

»In meinem Glas schwimmt 'ne Fliege.«

Das stimmte, also gab ich ihr ein neues.

Ich betrachtete ihren zerbrechlichen Körper und ihren kleinen Kopf mit der kleinen, dicken Nase.

»Nächstes Jahr mach ich Abitur, und dann will ich Jura studieren. Aber vielleicht auch was anderes.«

»Fleißig, fleißig. Hast du die ganze Nacht gearbeitet?«

»So ziemlich. Und du?«

»Auch so ziemlich.«

Inzwischen war es draußen hell, eigentlich war jetzt voller Tag.

»Du bist achtzehn, oder?«

»Haben sie das gesagt?« Sie lachte wieder, ein hohles Lachen, wie von einem alten Mann. »Ich bin neunzehn. Was trinkst du eigentlich?«

»Cognac. Wollen wir mal anfangen?«

Sie stellte ihr Glas hin und nickte. Wie die anderen trug sie einen Beutel vor dem Bauch, in dem Kondome steckten, Zigaretten, ein Feuerzeug, eine Liste mit Telefonnummern und Lippenstift. Wenn ich auf der Straße Leute mit diesen Beuteln sehe, muß ich immer an die Modellagentur denken.

Sie schnallte den Beutel ab und folgte mir die Treppe hinauf.

»Zieh du dich zuerst aus«, sagte ich, »ich seh das gern. Nichts ist schöner als eine Frau, die sich auszieht.« Wieder lachte sie. Sie zog die Vorhänge noch dichter zu, als ich es schon getan hatte.

Sicherheitshalber hatte ich den Cognac mitgenommen. Ich schenkte mir noch mal nach und sah, wie sie sich die Schuhe auszog. Sie war weder besonders schön noch besonders häßlich. Gerade richtig für die Modellagentur. Sie sah aus wie ein Mädchen, das nach einem enttäuschenden

Schulfest in ihrem neuen und doch schon zerknautschten Kleid rauchend an der Schulhofmauer steht. Nur drückte ihr Gesicht nichts, aber auch gar nichts aus. Keine Überraschung, keine Freude, keine Wut, keinen Haß. Nichts, nur Leere. Der Blick von Leuten, die spät am Abend mit einer Kassette unterm Arm aus der Videothek schlurfen, der Blick eines Zombies. Wahrscheinlich war auch mein Blick der eines Zombies.

»Schönes Parfüm«, sagte ich, »was ist das?«

»Das ist kein Parfüm, das ist Babypuder.«

»Babypuder.« Ich berührte ihre Haare.

»Ich hab zu Hause noch schnell geduscht.«

Also darum hatte ich eine Stunde warten müssen, damit die gnädige Frau noch schnell duschen konnte. Sie lief halbnackt zu meinen Kassetten, die auf dem Kaminsims standen.

»Magst du ›Guns 'n' Roses‹?« fragte sie.

»Manchmal.«

»Darf ich was auflegen?«

Ich nickte. »Wo wohnst du?«

»In einer Studentenwohnung in Bijlmermeer.«

Sie trug einen Slip mit seltsamen, roten Rüschchen und einen schwarzen BH. Sie war die erste in meinem Leben mit roten Rüschchen. *Don't you cry tonight. I still love you baby* schallte es durchs Zimmer, so laut, wie ich es nie laufen ließ. Mir fiel ein, daß es Sonntagmorgen war. Ich ging zum Gerät und stellte es leiser. »Bitte«, sagte ich. Ich fühlte mich schwindlig und ließ mich aufs Sofa fallen.

Sie setzte sich neben mich. »Jetzt du.«

»Du bist eine anziehende Frau«, flüsterte ich ihr ins Ohr,

»weißt du das?« In meinem Mund war noch ein letzter Schluck Cognac.

»Na, das glaub ich ja nicht so ganz.«

»Stimmt, solche Sachen darfst du auch nicht glauben.« Ich war dabei, mir die Socken auszuziehen.

»Ich bin ziemlich fett.«

»Na ja«, sagte ich und kniff sie ein bißchen in den Bauch, »mollig, aber nicht fett.«

»Nein, ich bin fett.«

Gut, hierüber war jede Diskussion also ausgeschlossen. Ich hatte schon öfter von Frauen gehört, die sich zu dick fanden und einen mit »Das Walroß, am Apparat« am Telefon begrüßten.

»Hast du einen Freund?« fragte ich und zog meinen Pullover aus.

»Nein! Das geht doch nicht, bei dieser Arbeit.«

»Es gibt welche, die haben einen.«

Ich war jetzt nackt, wie sie. Ich konnte absolut nicht mehr aufstehen, also kam sie zu mir und rieb mir über den Bauch und die Brustwarzen und alles, was dazwischen liegt.

»Arbeitest du schon lange für diese Agentur?«

»Ich hab gerade erst angefangen. Davor hab ich in einem Club gearbeitet, aber da wirst du echt verrückt. Den ganzen Abend an der Bar sitzen, Rücken grade – und: ›Smile!‹ Und dann bist du mit zwei Typen oben gewesen und kannst nicht mehr, aber du mußt trotzdem wieder an die Bar. Und wieder Rücken grade und: ›Smile!‹ Und dauernd gaffen dich die anderen Frauen an. Ich hab davon total Paranoia bekommen.«

Ich hatte meine Hand auf ihre Brust gelegt, doch ich war zu schwach, um sie richtig streicheln zu können.

»Kalte Hände«, sagte sie. »Und außerdem mußt du in so 'nem Club eigentlich selbst auf die Kerle zugehen, wenn du 'n bißchen was zu tun haben willst. Und da bin ich ganz schlecht drin, auf Leute zuzugehen. Wenn er dann nichts von mir will, hab ich mich schön in die Nesseln gesetzt. Ich geh nie auf Leute zu.«

»Ich auch nicht«, sagte ich.

Meine Hand lag immer noch auf ihrer linken Titte. Ich versuchte dauernd, die Titte zu küssen, aber ich schaffte es einfach nicht, mich so weit vorzubeugen.

»In Diskotheken auch nicht. Ich tanz einfach für mich allein. Ich hab keine Lust, mich in die Nesseln zu setzen.«

»Nein, das will doch niemand. Und die Modellagentur ist also besser?«

»Ja, viel besser. In so 'nem Club kriegst du total die Paranoia.«

Sie setzte sich auf den Boden und nahm meinen Pimmel in den Mund. Sie war die erste, die mir für das Geld wirklich einen blies, die anderen hatten nur so getan, als ob. Es war der 4. Juli 1993, früh am Morgen, und zwar tat sie es, als ob sie an einer zu heißen Febo-Krokette herumwürgte, doch ein Hundsfott, der jetzt kleinlich war. Dies war ein besonderer Tag. Sicherheitshalber trank ich noch etwas Cognac.

»Wie viele machst du so am Abend?«

Sie nahm das Ding aus dem Mund. »Was hast du gesagt?«

»Wie viele du an einem Abend so machst?«

»Heut abend bist du der sechste. Ich war in Weesp und in Nederhorst den Berg, der Rest in Amsterdam.«

»Vor allem alte Männer – oder?«

»Meistens schon. Das ist auch viel einfacher, weißt du? Die Jungen denken oft, daß sie einem irgendwas beweisen müssen.«

»Und sind sie auch freundlich zu dir?«

»Ach, normal. Wenn sie unfreundlich sind, werd ich eben auch unfreundlich, und dann werden sie schon von selbst wieder nett.«

Ich schenkte mir noch ein paar Tropfen nach.

»Aber so 'n wabbeliger Körper...«

»Das siehst du einfach nicht mehr. Du siehst nur die hundert Gulden.«

Ich lehnte mich zurück. Mir war, als ob meine Nase blutete, doch es war einfach nur gewöhnliche Flüssigkeit.

Sie nahm ihn wieder aus dem Mund. Sie setzte sich aufs andere Bein.

»Ich krieg hundert, der Club kriegt hundert, und der Chauffeur fünfzig. An 'nem Abend wie heute verdien ich sechshundert, das ist doch nicht schlecht, oder?«

»Das ist echt nicht schlecht«, sagte ich. »Für heute bin ich also der letzte?«

»Das weißt du nie so genau, aber ich denk doch, daß du der letzte bist, und das ist auch ganz gut so.«

»Und denkst du noch ab und zu an irgendwelche Kunden?«

Sie zog das Kondom noch einmal richtig fest. Sie sah mich an. »Soll ich mal ganz ehrlich sein?« sagte sie. »Ich weiß nicht mal mehr, wie der Mann vor dir ausgesehen hat.

Wenn ich die Tür hinter mit zuzieh, hab ich sie vergessen. Anders geht's auch gar nicht. Montag muß ich wieder zur Schule. Ja, und jetzt sind eben Ferien.«

»Fährst du in Urlaub?« fragte ich.

»Nein, ich arbeite die ganzen Ferien durch, das hier ist echt mein Ferienjob. Wer viel Geld verdienen will, muß hart arbeiten.«

»Ja«, sagte ich, »das ist wahr.«

Ich zog ein wenig an ihren noch nassen Haaren, während sie ihre Arbeit weitermachte.

»Kennst du andere Mädchen von der Agentur? Kennst du eine, die sich Marcella nennt?«

»Nein. Ein paar haben sie mir mal vorgestellt, aber ich will keine Freundinnen in diesem Milieu – sonst bleibst du drin hängen, nicht? Jede macht einfach ihr eignes Ding.«

Nach fünf Minuten holte sie ihn aus dem Mund. Sie kniff hinein und studierte meinen Pimmel wie ein seltenes Insekt unterm Vergrößerungsglas.

»Ist das Spucke oder ist das Sperma?« fragte sie.

Ich dachte: ›Spielen wir mit‹, also beugte auch ich mich über meinen Pimmel und betrachtete ihn, als ob ich ihn noch nie gesehen hätte. Nach einigen Augenblicken sagte ich: »Das sieht mir verdächtig nach Sperma aus.«

»Na, dann hätten wir's ja wieder mal geschafft«, sagte sie und zog das Kondom vom Pimmel, als ob sie Wäsche von der Leine holte.

»Den heb ich auf«, sagte ich schnell.

»Oh.« An der Weise, wie sie »oh« sagte, konnte ich hören, daß sie schon verrücktere Dinge erlebt hatte.

Sie legte sich neben mich. Wieder roch ich den Geruch

von Babypuder. Über ihren Augenbrauen sah ich den hellbraunen Schmier eines Deckstiftes an ihren Pickeln kleben.

»Hast du überhaupt noch Zeit auszugehen, wenn du so hart arbeitest?«

»Ja klar«, sagte sie, »ich geh ziemlich oft in die Disko, aber nie in diesem Aufzug, das hier ist echt mein Arbeitsdreß. Immer in Jeans und Turnschuhen. Manchmal seh ich in der Disko Mädchen mit kurzen Röcken und hochhackigen Schuhen, dann denk ich immer: ›So eine Hure.‹ Ich find das nicht richtig. Damit forderst du die Männer doch nur heraus.«

»Ah ja«, sagte ich. »Und findest du dich selbst auch eine Hure?«

»Nein. Weißt du, bei den meisten Kunden denkst du an überhaupt nichts, nur an die hundert Gulden. Und manchmal denkst du vielleicht: ›Lieber Gott, daß der nicht auch so ein Mädchen abkriegt‹, und dann hast du echt das Gefühl, daß du's aus Barmherzigkeit tust. Aber so, wie diese Mädchen im kurzen Rock in die Disko gehen – also das würd ich echt nie machen. Ich geh auch nie mit jemandem mit, ich weiß ja doch, daß es nur für eine Nacht ist. Ich will echt mal heiraten.«

»Und Kinder?«

»Ja, ganz bestimmt! Drei oder vier.«

An der Art, wie sie jetzt an meinem Bauch herumzupfte, konnte ich merken, daß sie müde war, vielleicht genauso müde wie ich. Ich schenkte noch mal nach. Jetzt mußte ich die Flasche doch leer machen.

»Und wie bist du dazu gekommen?« fragte ich.

»Ich las eine Annonce, daß sie Mädchen für Massagen

suchten, und zuerst war es auch nur Massage, na ja, und zuletzt war's eben alles. Aber in dem Club kriegte ich voll die Paranoia. Am Anfang bin ich noch ein paarmal abgehauen, da war ich schon oben und lief wieder weg, aber dann schicken sie dich zurück, und nach und nach gewöhnst du dich dran.«

»Ja«, sagte ich, »das ist das Schöne am Leben.«

»Weißt du«, sagte sie, »meine Schwester hat ein Kind und kriegt Sozialhilfe.«

»Oh.«

»Ich hab sieben Brüder und Schwestern. Was machst du eigentlich?«

»Ich bin Techniker beim Radio.«

»Ich dachte schon Professor, bei all den Büchern.«

»Nein, kein Professor.« Ich drehte ihre linke Brustwarze zwischen den Fingern.

»Du könntest auch so arbeiten, weißt du das?«

»Was?«

»Es gibt auch Agenturen für Frauen. Da kannst du leicht fünftausend pro Woche verdienen. Aber da haben wir's noch einfach. Krieg du mal bei 'ner Siebzigjährigen 'nen Steifen! Und bei uns ist wenigstens immer noch 'n Kondom dazwischen, aber wenn du so'n Weib schlecken mußt – na ja, 's gibt natürlich immer noch die Schleckfolie.«

Eine Schleckfolie. Irgendwo hatte ich mal was von einer Schleckfolie gelesen, aber ich wußte nicht mehr genau, was das sein sollte. Plötzlich fühlte ich mich schwer betrunken. »Ich werd bei Gelegenheit drüber nachdenken«, murmelte ich.

Ich legte mich auf sie und befühlte ihre Möse; sie war so

trocken und hart wie die Muscheln, die ich von meinem achten bis zu meinem elften Lebensjahr gesammelt hatte, bis ich sie eines Nachmittags alle kaputt trampelte.

»Willst du noch mal?« fragte sie.

»Ja«, flüsterte ich.

Sie schnellte hoch. »Das geht aber nicht, du bist schon gekommen.«

Auch ich richtete mich wieder auf, sonst wäre ich vom Sofa gerutscht. »Was soll denn das jetzt, das ist ja ganz was Neues, so was hab ich noch nie erlebt.«

»Das war doch klar, das hast du doch vorher gewußt, du hast dir doch schon öfter Mädchen bestellt.«

Sie sah jetzt aus wie eine gemeine Hexe, wie eine ganz gemeine Hexe. Ihr Gesicht bewegte sich auf und ab, ganz dicht vor meinem.

»Jetzt hör mal gut zu«, sagte ich, »ich bezahle für eine Stunde, und da hat's noch nie Diskussionen gegeben, wie oft ich kommen darf, Jesus Christus!« Ich fühlte, wie ich heiser wurde.

»Du hast es gewußt, und du hast es trotzdem probiert, du hast es probiert.«

Sie fuchtelte mit ihrem Zeigefinger herum wie eine Erzieherin, die einen kleinen Jungen ausschimpft.

»Ich hab mich noch nie über die Anzahl Orgasmen streiten müssen. Noch nie, absolut nie! Du bist die erste, die da Probleme macht. Manchmal fragen sie sogar von selbst: ›Willst du noch mal?‹ Weißt du das? Ich bezahle für eine Stunde. Die Frau am Telefon sagte: ›Eine *Stunde* kostet 250 Gulden‹, und nicht: ›Ein *Orgasmus* kostet 250 Gulden.‹«

Ich wollte auf der Stelle einschlafen und erst wieder aufwachen, wenn sie alle weg waren, das Mädchen, das Brennen in meinen Augen und dieser verdammte Geschmack in meinem Mund.

»Und du hast es trotzdem probiert, gib's ruhig zu, daß du's probiert hast.«

»Gar nichts hab ich probiert.« Ich war ihr letzter, darum wollte sie natürlich schnell abhauen, das Luder. Ich fühlte mich so müde, daß wohl aller Schlaf der Welt hieran nichts mehr ändern würde.

»Schluß jetzt«, sagte ich, »ich hab keine Lust auf Diskussionen, wie oft ich kommen darf – ich hab keine Lust dazu, okay?«

»Du hast es probiert. Du hast es einfach noch mal probiert. Gib's doch endlich zu.«

Sie wollte mich schikanieren, sie wollte mich einfach schikanieren. Ich streichelte ihren Bauch, den sie selbst so dick fand, und ihre Brüste, von denen sie bestimmt das gleiche dachte, und ihren Hals, der wirklich dick war. Plötzlich bekam ich Lust, ihr eine der leeren Flaschen, die überall im Zimmer herumstanden, auf den Kopf zu schlagen. Ich hatte mal gesehen, wie ein Schwarzer zehn Minuten lang auf einer Trommel herumgeschlagen hatte, und das hätte ich am liebsten auch mit ihrem Kopf getan. Nicht, weil ich ihr etwas übelnahm oder weil ich sie haßte oder weil ich meinte, daß das Leben einer Hure noch weniger wert sei als das eines Juden oder eines Schwarzen. Ich war einfach nur müde und wünschte mir nichts sehnlicher, als daß sie augenblicklich aus meinem Leben verschwand. Darum wollte ich mit einer leeren Flasche mein Trommelsolo schlagen. Ich hörte, daß die Kassette abgelaufen war, und sah das Mädchen, das genauso erschöpft war wie ich. Doch daran konnte ich auch nichts ändern, und die ganze Welt erschien mir als eine Ansammlung von Huren und Freiern – und von Frauen, die jede andere Frau eine Nutte nannten außer sich selbst. All die Menschen um mich herum sah ich tagein, tagaus um ein Krümelchen Liebe betteln, das sie einander zuwarfen wie ein Stück Brot einem räudigen Hund. Ich sah mich selbst von der einen zur anderen hetzen, um schließlich in den Armen einer Nutte zusammenzubrechen, die nicht mal mehr wußte, wie der Mann aussah, mit dem sie's eine Stunde zuvor getrieben hatte, und die mich in ein paar Minuten genauso vergessen hätte: wie ich ausgesehen und was ich gesagt hatte und was nicht, was wir getan und was wir nicht getan hatten. Aber ich würde all die Frauen nicht vergessen können, und wenn ich spätabends noch in der Kneipe saß, würde ich ihre Gesichter wieder vor mir sehen und an die Worte denken, mit denen ihre Agenturen sie in den Annoncen anpriesen, und ich würde mich erinnern, was sie gesagt hatten, als sie sich auszogen und als sie zur verabredeten Zeit wieder gingen, und ich würde mein Geld zählen, um nachzusehen, ob es noch für eine andere langte. Dann würde ich zu ihnen gehen, um ihren Geruch zu riechen und ihnen zuzuhören. Es machte mir nichts aus, daß ich ihren Geruch und ihre Worte mit allen anderen teilen mußte, denn keine von ihnen würde sich an mich erinnern, und das war gut so. Auch sie wollten nicht im Gedächtnis bleiben, jedenfalls nicht als Hure, höchstens als Prinzessin oder etwas in der Art.

Ich wäre nicht im geringsten erstaunt gewesen, wenn ich ihr jetzt eine der leeren Bierflaschen, die überall im Zimmer herumstanden, über den Schädel geschlagen hätte. Die Tat hätte sich in nichts vom Rest meines Lebens unterschieden, sie war weder besser noch schlechter, sie war um nichts zufälliger oder logischer als die Tatsache, daß *sie* zu mir geschickt worden war und nicht eine ihrer Kolleginnen. Vielleicht würde ich später aussagen: »Am Tag zuvor hatte ich das Geld schon in meinem Kleiderschrank bereitgelegt, doch ich rief erst am Sonntagmorgen an. Ich erinnere mich noch, daß mir durch den Kopf ging, was ›DD-Körbchen‹ nun eigentlich bedeutete. Sie hieß Natascha. Ich war ihr sechster und letzter in der Nacht.«

Ich rührte mich nicht, denn ich befürchtete, ihr sonst wirklich den Kopf einzuschlagen und sie dann *nie* mehr loszuwerden. Ich müßte den Rest meines Lebens an einen Abend, eine Nacht und einen Morgen denken, die ich eigentlich so schnell wie möglich vergessen wollte. Aus keinem anderen Grund blieb ich sitzen, denn ich wollte nicht mit der Erinnerung an ein Gesicht alt werden, das ich nicht würde ertragen können. Darum streichelte ich ihr nur über Hals, Schulter und Schlüsselbein. Wenn Natascha mich ansah, sah sie einen Hundertguldenschein mit Armen, Beinen und einem Schwanz, und all die anderen sahen in mir dasselbe, und eines Tages würde auch ich in den Spiegel sehen und nichts anderes mehr entdecken als einen Hundertguldenschein mit Armen, Beinen und Schwanz. Den Tag wollte ich lieber nicht erleben.

»Los, ziehen wir uns an.«

»Ja«, sagte ich.

Wieder sah ich ihren roten Slip mit diesen merkwürdigen Rüschchen.

Ich erinnerte mich an ein Schulfest, es war um die Zeit, als Vanenburg nach Japan ging, weil sie sagten, daß man mit Spielern wie ihm keinen Krieg gewinnen könnte. Oder war es ein Jahr später? Jedenfalls mußte Deborah sich ein Kleid leihen, weil sie an dem Abend beim Salatmachen ihr eigenes mit Ketchup vollgespritzt hatte. Darum lief Deborah auf dem Fest in einem zu engen Kleid herum. Sie mußte es die ganze Zeit runterziehen. An dem Abend spielten wir Backgammon, und ich verlor, daran kann ich mich noch gut erinnern. Während des Spiels konnte ich nämlich die ganze Zeit Deborahs weißen Slip sehen, der genau die gleiche Farbe hatte wie die Hemden meines Vaters und der im Dunkel ihrer Beine und ihres Kleides aufleuchtete wie eine brennende Zigarette in der Nacht. Schon am nächsten Tag wußte ich nicht mehr genau, ob ich nur betrunken gewesen war oder ob ich es tatsächlich gesehen hatte. Die Leute, die auf dem Boden gesessen und dem Spiel zugesehen hatten, konnten sich auf meine Frage hin an keinen weißen Slip erinnern. Trotzdem bin ich mir ganz sicher, daß ich ihn gesehen habe und daß ein paar Tage darauf Rosie anfing, mir Briefe zu schreiben, und daß dann der Tag kam, an dem Martinimartin die zwei Flaschen am Strand austrank, und daß ich anderthalb Jahre später von der Schule geworfen wurde. Heute sagt Martinimartin, er habe nur ein paar Schluck getrunken, und andere bestätigen das. Trotzdem weiß ich ganz genau, daß es zwei Flaschen waren, weil wir später aus zwei Flaschen ein Tor gebaut haben. Es war zu der Zeit, als sie sagten, daß man mit Spielern wie Vanenburg keinen Krieg gewinnen kann. An dem Abend, als ich während der Partie Backgammon die ganze Zeit auf Deborahs

Slip gestarrt hatte, ging ich um elf Uhr nach Hause, aber ein paar Mädchen gingen noch in eine Diskothek, und am nächsten Tag bekam ich einen Brief von Rosie. Es stimmt natürlich nicht, daß das irgend etwas mit Deborahs zu engem Kleid zu tun hatte. Trotzdem habe ich Rosie vor einigen Monaten im November ein paar Briefe geschrieben, in denen ich sie fragte, ob sie sich noch daran erinnern könne, daß Deborah Ketchup auf ihr Kleid gespritzt hatte, an dem Abend, bevor sie, Rosie, mir ihren ersten Brief schrieb, denn Deborah wisse nichts mehr davon. Ich habe dazu geschrieben, es sei zwar vollkommen unbedeutend, aber sie tue mir mit einer Antwort doch einen Riesengefallen, weil Erinnerungen so leicht verblaßten: Andere Erinnerungen nähmen ihren Platz ein, und zuletzt habe man nur noch die Namen einiger früherer Bekannter und vielleicht eine kleine Geschichte für den Party-Small-talk, die aber im Grunde von jemand ganz anderem handelt. Gut, ich habe sie in dem Brief »kleine Maus« genannt und geschrieben, ich wolle sie heiraten, aber jeder Trottel hätte verstanden, daß das nicht mehr war als eine Höflichkeitsfloskel. Immerhin waren ein paar Jahre vergangen, und es gab viele Frauen, zu denen ich gesagt hatte, daß ich sie heiraten wolle. Warum kann niemand sich an die zwei Flaschen Martini erinnern, und warum ist nie herausgekommen, was an dem Abend wirklich geschehen ist, und warum wußte niemand mehr etwas von dem weißen Slip, obwohl ihn doch jeder gesehen haben muß, und was hat es zu bedeuten, daß ich am nächsten Tag einen Brief von Rosie bekam? Rosie, die sich mehr Dinge traute als wir alle, und zwar Dinge, die ich – Ehrenwort! – niemals verraten hatte. Auch dieses Versprechen konnte ich jetzt eigentlich brechen – so beendete ich meinen Brief, denn wahrscheinlich gäbe es niemanden mehr, der sich noch an diese Dinge erinnern konnte. Ich bekam keine Antwort, auch nicht auf meine vier folgenden Briefe, obwohl ich in ihnen gar keine Anstalten gemacht hatte, den Kontakt zu erneuern. Ich versuchte ja nur, Aufklärung über die Ereignisse jenes Sommers zu bekommen, als wir alle wollten, daß Dänemark Weltmeister würde.

»Was geschieht eigentlich, wenn du nach einer Stunde nicht zurück bist?«

»Dann klingelt der Chauffeur.«

»Na, dann wollen wir ihn mal nicht warten lassen«, sagte ich.

Wir gingen nach unten. Ich nahm die leere Flasche mit.

»Denk mal darüber nach«, sagte sie.

»Worüber?«

»Über die Agentur für Frauen. Dann brauchst du nicht mehr fürs Radio zu arbeiten.«

»Ich werd drüber nachdenken. Das tu ich schon die ganze Zeit.«

»Du könntest das ganz gut, denk ich.«

»Danke.« Ich setzte mich, denn ich konnte nicht mehr stehen.

»Schöne Hose hast du an«, sagte Natascha.

»Ganz neu. Extra für dich angezogen.«

»Wie nett. Danke.«

»Nichts zu danken.«

»Wann bin ich gekommen?«

»Viertel nach sechs.«

Es war jetzt sieben Uhr. »Magst du noch ein Glas Wein, oder willst du lieber gehen?«

Sie antwortete nicht.

»Geh ruhig«, sagte ich, »die Viertelstunde schenk ich dir.«

Sie schnallte sich den Beutel wieder um den Bauch.

»Natascha ist ein schöner Name.«

»Halt irgendso ein Name, nicht mal mein eigener.«

»Das weiß ich. Trotzdem ist es ein schöner Name.«

»Dann geh ich jetzt mal«, sagte sie.

»Alles Gute«, sagte ich, »findest du den Weg allein?«

»Ja, gleichfalls«, hörte ich noch, und dann war ich auf dem Teppich eingeschlafen.

Um halb neun wurde ich von der Türklingel geweckt.

Ich fragte mich, ob ich nach Natascha noch eine Agentur angerufen hatte. Ich konnte mich nicht mehr erinnern, doch es war schon möglich. Nur hatte ich kein Geld mehr. Deshalb sah ich zuerst durchs Fenster. Draußen stand meine Mutter.

»Wir hatten doch abgemacht, daß ich zum Putzen vorbeikomme.«

Ich sagte, daß ich das vergessen hatte.

Sie wischte das Badezimmer. Ich saß auf dem Boden und sah ihr zu.

»Du weißt doch, wofür ich lebe«, sagte sie, »ich lebe nur für dich.«

»Ja«, sagte ich, »das weiß ich, darum laß ich dich auch rein.«

Um elf Uhr ging sie wieder. Ich merkte, daß ich kein Salz mehr im Haus hatte. Darum ging ich in die Kneipe um die Ecke. Ich bestellte Tomatensuppe.

Die Kellnerin blieb irritiert stehen. »Weißt du, was du gerade bestellt hast?« fragte sie.

»Nein«, sagte ich.

»Tomatenspucke.«

»Tomatenspucke?«

Ich fing an zu kichern, fürchterlich zu kichern. Es war peinlich, Touristen mit großen Fotoapparaten vorm Bauch drehten sich um.

Ich sagte: »Gemüsespucke meinte ich natürlich.«

Jetzt lachte sie auch. Ein Glück. Ich erinnerte mich an das eine Mal, als ich mir mit dem Obstmesser einen Mückenstich am Arm aufgeschnitten hatte, weil meine Mutter mir kein Geld leihen wollte, und als ich ihr damit drohen mußte, weiter zu schneiden.

Nach zehn Minuten kam die Gemüsesuppe. Ich nahm den Salzstreuer und drehte ihn über dem Teller um.

Am liebsten hätte ich den Streuer über meiner Hand umgedreht und das Salz dann langsam aufgeleckt, doch das wagte ich in diesem Bistro nicht.

Später am Nachmittag, als ich drei Stunden geschlafen hatte, fand ich auf dem Boden zwischen dem anderen Müll einen Brief Deborahs aus dem Jahre 1987.

Kommst du mit ... in die fünfte Klasse ... oder kriegen wir wieder Theater ...? Alles Liebe, mit Herz & Nieren, schrieb sie.

Ich hatte Lust, ihr jetzt, am 4. Juli 1993, doch noch auf den Brief zu antworten. Ich nahm die Werbepostkarte »Mascotte: 3× besser«. Als die Karte nach einer halben Stunde immer noch unbeschrieben war, knüllte ich sie zu einem Pfropfen zusammen und verschloß damit die Weinflasche, die ich für Natascha aufgemacht hatte. Den Korken konnte ich nirgends mehr finden, und wenn Wein lange offen steht, kommen Fliegen rein.

Kommst du für anal? Nein, für Astrid

Ich stand vor dem Nonstopkino und wußte, daß es bestimmt noch eine Viertelstunde dauern würde. Doch selbst wenn ich länger hätte warten müssen, wäre ich stehen geblieben. Es war Montag, und es nieselte, genauso wie es den ganzen Sommer über genieselt hatte. Am Nachmittag war ich bei meiner Mutter zu Heringssalat eingeladen.

Die Frau hinter der Scheibe war schon alt und ziemlich versauert. Nicht mal ein Lächeln hatte sie übrig, als ich fragte: »...oder ist es ausverkauft?« Natürlich war es auch für sie nicht gerade lustig: zu alt für eine neue Stelle, den ganzen Tag hinterm Schalter zu sitzen und zu wissen, daß sie keine andere Chance hatte, als den Rest ihres Lebens dort sitzen zu bleiben. Als sie mir das Wechselgeld geben wollte, sagte ich darum: »Stimmt so.« Selbst da tat sie noch, als ob sie mich nicht hörte.

Ich ging hinein und kam in eine Art Bar ohne Hocker mit lauter Spiegeln. Erst später bemerkte ich, daß es keine Spiegel waren, sondern dunkles Glas. Durch das Glas konnte man in den Zuschauerraum sehen, und auf einmal verstand ich, wie sie die Leute dort im Auge behielten: ähnlich wie in einigen Bordellen, wo der Portier zwanzig kleine Bildschirme vor sich hat. Ich fragte das Mädchen an der Theke, welcher Film gerade lief.

»Eine Familie zum Knutschen in Manhattan«, sagte sie.

Sie sah nicht gut aus. Sie hatte eine Art Mäusegesicht, das sich halb hinter glatten, schwarzen Haaren versteckte. Doch was konnte ich hier schon Besseres verlangen, sonst hätten sie sie ja im ›Tuschinski I‹ arbeiten lassen. Hinter ihr sah ich den Rücken der Kartenverkäuferin, denn hier war alles aus Glas.

»Und – wird's ein bißchen voll?« fragte ich.

»Wir haben unser festes Publikum«, sagte sie. »Kommst du für *Zum Knutschen*?«

Ich wußte nicht, warum ich sonst da sein sollte, doch offenbar war das hier nicht so selbstverständlich. »Ich komm wegen der Gesellschaft«, schien mir schließlich noch die neutralste Antwort.

»Wie die meisten«, sagte sie, »und im Winter bleiben sie dann den ganzen Tag hier, bis wir zumachen.«

Plötzlich hörte ich die Kartenverkäuferin herumschreien. Das Mädchen sah sich um und sagte: »Ach, der schon wieder.«

»Wer?«

»Einer von unsern festen Kunden. Der will immer mit seinem Hund rein. Aber Hunde sind verboten. Fahrräder übrigens auch.«

»Dafür dürfen Behinderte, aber die kommen nicht.« Erst jetzt sah ich, daß hinter der Theke noch ein Junge war. Er saß in der Ecke und las einen Comic.

»Na ja, und der Mann kommt also jeden Morgen mit seinem Hund. Und dann hört er, daß sein Hund nicht mit rein darf. Dann geht er wieder nach Hause und kommt allein zurück, und den Rest vom Tag haben wir keinen Ärger mehr mit ihm.«

»Wir haben mit niemandem Ärger«, sagte der Junge, ohne aufzusehen, »im Winter auch nicht, dann schläft die Hälfte sowieso.«

»Das kommt von der Wärme«, erklärte das Mädchen, und ich bestellte noch einen Espresso.

Ein paar Stunden zuvor hatte ich noch Pfannkuchen gebacken. Ein Freund hatte mich nach Hause gebracht. Sonst fuhr er Holzleim nach Polen, doch seit gestern war er entlassen. Von seinem letzten Lohn hatten wir noch mal sehr gut gegessen, zu Beginn des Abends jedenfalls, danach hatten wir nur noch gut getrunken. Er hatte gerufen: »Nie wieder Holzleim«, und ich riet ihm, Chauffeur bei einer Modellagentur zu werden, er könnte mich ja als Referenz angeben.

»Dann mußt du mir erst ein Auto kaufen«, sagte er, »das hier muß ich morgen zurückgeben.«

Ich sagte, daß ich dazu kein Geld hatte und daß wir den ganzen Plan also gleich wieder vergessen konnten, genau wie unsere anderen Pläne zuvor.

Als ich nach Hause kam, war es erst zwei Uhr, und auf einmal bekam ich Lust auf Pfannkuchen.

Eine Pfanne und Mehl mußte ich mir von meinem Mitbewohner leihen, mit dem ich mir eine möblierte Zwei-Etagen-Wohnung teilte. Eier hatte ich selbst, und ein paar Päckchen Milchpulver würden es meiner Meinung nach auch tun.

Ich stand in der Küche meines Mitbewohners, der nicht

da war. Seine Eltern waren kurz nacheinander im Ausland gestorben. Er hatte bestimmt nichts dagegen, wenn ich sein Geschirr und seine Topflappen benutzte, denn in meiner Küche fehlten all diese Dinge.

Ich erinnerte mich, wie er zu mir gesagt hatte: »My father is bloody sick.« An dem Tag war sein Vater schon drei Tage tot. Mein Mitbewohner stammte aus Israel und war dort Boxchampion gewesen. Er hieß Sergius und ist wahrscheinlich der schönste Mann, dem ich je begegnet bin; nach Aussage meiner weiblichen Besucher jedenfalls, wenn sie ihn mit zwei Plastiktüten über den Flur hatten laufen oder auf dem Sofa hatten schlafen sehen. Mir sagte er einmal: »Ich liebe niemanden.« Ich weiß nicht mehr, in welchem Zusammenhang er das sagte und ob es sich auf irgend etwas Bestimmtes bezog. Ich weiß nur noch, daß wir an dem Abend Shoarma aus dem Yamit-Grill gegessen hatten und unsere Beine aus dem Fenster hängen ließen, damit der Regen den Schweiß von unseren Fußsohlen herunterspülte. Er handelte mit Straßdiamanten aus Brasilien, und er redete so wenig wie möglich. Doch als er mit seinem Koffer unten im Flur stand, mir die Hand gab und sagte: »My father is bloody sick, I'm back in ten days«, war ich es, der nichts sagte.

Der Film hatte schon angefangen. Es roch, wie es im Sommer oft in U-Bahnhöfen riecht, nach Popcorn und warmem Menschenfleisch. Im Kino saßen drei Jungen von sieben oder acht Jahren, sonst nur noch ein paar alte Männer, eine Frau aus Indonesien und eine Mutter mit Baby. Ich fragte mich, wie viele von ihnen sich gestern wohl auch schon *Eine*

Familie zum Knutschen angesehen hatten. Wir sahen Ma Flodder auf dem Teppich eines piekfeinen Hotels eine Zigarre austreten, doch niemand lachte. Nur das Baby fing an zu plärren. Ich sah, wie die Mutter ein Fläschchen aus der Tasche holte und es dem Kind in den Mund stopfte.

Ich hatte drei Pfannkuchen mit Puderzucker gegessen. Danach war ich in der Küche sitzen geblieben, bis das Fett in der Pfanne hart geworden war. Ich dachte an Sergius, der mir einmal erzählt hatte, daß sein Vater Milchmann war und wie eines Tages über ihrem Laden eine gewisse Frau Feingold einzog. Am ersten Morgen kam Frau Feingold um sieben Uhr in den Laden und kaufte zwei Eier. Zehn Minuten später war sie wieder da und wollte die Eier umtauschen. Die Eier seien zu klein für sie und ihren Mann. Also gab Sergius' Vater ihr zwei neue. Sie sagte: »Die sind aber ein bißchen dreckig.«

Wieder bekam sie zwei neue und begutachtete sie, als habe sie sie gerade selbst gelegt. »Das eine ist in Ordnung«, sagte sie, »aber das andere ist immer noch ein bißchen zu klein.«

Aber Sergius' Vater sagte: »Liebe Frau Feingold, jetzt hör'n Sie mal gut zu, die Hühner wischen sich nicht den Hintern ab, bevor sie ihre Eier legen, und sie haben auch keine Lust, sich für Ihre paar lausigen Schekel den Arsch weiter aufzureißen als nötig.« Seitdem hatte Frau Feingold den Laden nie mehr betreten, und auch wenn sie einander auf der Treppe begegneten, grüßte sie nicht. Sergius erzählte: »Je weniger Kunden kamen, desto mehr ärgerte mein Vater sich über sie. Oft mußten wir den Quark und die Eier selber essen, weil sie sonst schlecht geworden wären.«

Das hatte Sergius mir vor drei Monaten erzählt. Seitdem hatte ich nichts mehr von ihm gehört, doch all seine Sachen lagen noch in den Schränken, und auch die zwei Stühle und der Tisch, die er auf dem Sperrmüll gefunden und sich wieder zurechtgemacht hatte, standen noch in seinem Zimmer. Selbst das Buch von Jack London über die mexikanische Revolution lag noch aufgeschlagen auf der Fensterbank.

Wenn ich spät nach Hause kam, lag er meistens vorm Fernseher und schlief oder bediente den Apparat mit den Zehen. Wenn er mich sah, fragte er: »Wie war's?«

Oft verbrachte er ganze Nächte vor dem Fernseher. Er hatte mir Boxunterricht geben wollen, doch ich hatte immer nur geantwortet: »Später mal.« Als wir eines Nachts beide das Testbild anstarrten und Bier und Wodka tranken, fragte ich ihn, wie viele Menschen er eigentlich schon ins Jenseits befördert hatte. Er sagte, es tue ihm entsetzlich leid, aber er wisse es wirklich nicht mehr. Er könne sich gerade mal an die Namen derjenigen Freunde erinnern, auf deren Beerdigung er gewesen war. Den Rest der Nacht schwiegen wir, betrachteten das Testbild und schliefen. Er versuchte, Niederländisch zu lernen, indem er unser lokales Werbeblättchen las, wo er für mich die Angebote der Wein- und Schnapsläden anstrich.

Schließlich stellte ich die Pfanne ins Wasser, zog meinen Pullover aus und verließ die Wohnung. Auf dem Amstelveenseweg kannte ich eine Kneipe, die schon ab sechs Uhr morgens geöffnet hatte.

Zuerst redete ich mit den Fahrern, die jeden Morgen dort waren, und dann mit einer Frau mit einem Rucksack. Die Farbe ihres Gesichts verriet, an wie vielen Stränden sie in diesem Sommer schon gelegen hatte. Ihr Haar war braun, genau wie ihre Augen. Nach einer Weile sagte sie: »Du darfst nicht so viel Bier trinken, davon kriegst du *so* 'ne Wampe.« Sie machte mir vor, was für eine Wampe ich kriegen würde. Es war tatsächlich ein Riesending.

»Komm mit«, sagte ich, »sonst muß ich wieder zu den Huren.«

Offenbar hatten wir bis dahin ein gutes Gespräch gehabt, denn sie antwortete: »Du bist genau wie alle anderen.«

Ich sagte ihr, es sei gut, daß sie das so schnell gemerkt hatte, weil es gefährlich sei, sich Illusionen über einander und die Welt zu machen. Es sei besser, die meisten wegzuwerfen, bis man nur noch diejenigen zurückbehält, ohne die man absolut nicht leben will. Die müsse man dann bewachen wie eine Löwin ihr Junges, denn sie seien der einzige Schatz in diesem Leben.

Sie hörte nicht richtig zu. Am frischen Lidstrich um ihre Augen konnte ich erkennen, daß sie vor kurzem noch vorm Spiegel gestanden hatte. »Du weißt nicht, was Liebe ist«, sagte sie schließlich.

Das hatte ich schon öfter gehört – von vielen Leuten –, und auch ihr gab ich recht, doch fügte ich hinzu, daß ich noch jung sei, und daß ich es gern von ihr lernen würde.

Ich stand auf. An der Tür drehte ich mich noch einmal um. »Auf Wiedersehen, schönste Rose des ganzen Planeten«, rief ich.

Nicht sie antwortete, sondern der Besitzer der Kneipe: »Geh jetzt besser mal nach Haus«, sagte er.

Erst als ich draußen war, fiel mir wieder ein, daß ich eigentlich hergekommen war, um Kaffee zu trinken. Es war acht Uhr, und die Leute gingen zur Arbeit.

Ich wartete auf die 6 und dachte an den Heringssalat, zu dem ich am Nachmittag bei meiner Mutter eingeladen war. Das Rezept stammte von meinem Vater.

Eines Nachmittags, als ich aus der Schule kam, hatte er erzählt: »Auf der Deutschen Welle haben sie heute ein Rezept für Heringssalat gebracht, aber es war wieder nicht zu verstehen, weil die Piraten gestört haben.« Noch am selben Tag schrieb er einen Brief an die Rundfunkstation, ob sie ihm das Rezept schicken könnten, und strengte einen Prozeß gegen die Piraten an. Es dauerte vier Jahre, bis er den Prozeß endlich verlor. Für die Gerichtsverhandlungen hatte er sich bei seinem Schneider in Hongkong eigens einen Anzug machen lassen.

Zu jeder besonderen Gelegenheit in seinem Leben hatte er einen maßgeschneiderten Anzug in Auftrag gegeben. Der letzte, den er sich hatte machen lassen, war ein Tropenanzug für eine Reise zu meiner Schwester. Er sah darin aus wie ein alter Clown, und meine Mutter und ich fanden: »Fehlt nur noch das Schmetterlingsnetz.« Er aber schlug mit der Faust auf den Tisch und sagte: »Bei der schrecklichen Hitze da unten brauch ich so ein Tropending.« Als der Anzug endlich aus Hongkong geliefert wurde, lag er schon im Krankenhaus.

Alle zwei Jahre, wenn er nach Süddeutschland zur Kur ging, schrieb er Briefe, in denen er ausführlich vom Wetter berichtete, von seinem Hotel, der Zugreise und dem langsamen Verstreichen der Zeit in diesen Kurorten, wo die Leute, wie er schrieb, nur von Krankheiten und vom Essen redeten. Das Schönste am ganzen Urlaub war für ihn die Zugreise, die er im Speisewagen bei einer Flasche Wein und Baumkuchen verbrachte. Den Briefen nach zu urteilen, saß er den größten Teil des Urlaubs radiohörend auf dem Balkon seines Hotelzimmers.

An mich schrieb er Ansichtskarten mit Texten wie: »Alles hier ist krank, sogar die Bäume. Sieh das Leben nie mehr von der traurigen Seite.«

Ein paar Monate vor seinem Tod bekam er eine Hautkrankheit, durch die sich seine Haut langsam in eine Mondlandschaft verwandelte. Man überwies ihn in ein anderes Krankenhaus, wo sie ihn dreimal am Tag von oben bis unten mit Creme einrieben. Danach begann sich seine Haut zu schälen.

Oft schloß ich mich auf der Krankenhaustoilette ein, aber ich holte mir keinen runter. Ich lehnte nur an der Wand und betete: »Gott, mach bitte, daß das hier aufhört, ich fleh dich an, mach, daß das aufhört! Ich will mein Leben lang deine Gebote halten, wenn das nur endlich alles in Gottes Namen aufhört.« Ich habe nie jemandem von dem Gott erzählt, den ich damals angefleht habe, nicht meiner Mutter, nicht meiner Schwester, auch sonst niemandem. Selbst Marcella habe ich nichts davon erzählt. Und als sie mich fragte, ob ich manchmal zu Gott betete, habe ich nur geantwortet: »Gott ist Liebe, das weißt du doch. Also zieh dich bitte aus.«

In seiner letzten Nacht war das Krankenhaus wie ausgestorben. Die Schwester mit den blonden Haaren gab mir die Hand und sagte: »Gut, daß du da bist, deine Mutter ist völlig durcheinander. Möchtest du einen Kaffee?«

»Ja, einen Kaffee«, sagte ich, »oder habt ihr auch was anderes?«

»Nein«, sagte sie, »was anderes haben wir nicht, wir müssen doch arbeiten.«

Wir tranken Kaffee, und ich sah sie an. Ihre Kollegin kam herein und sagte: »Deine Mutter weckt mit ihrem Geschrei noch alle Patienten.« Dann liefen wieder zwei Schwestern hinter meiner Mutter her, doch scheinbar waren sie noch in der Ausbildung, denn sie konnten sie nicht erwischen. Die Blonde blieb bei mir und fragte: »Willst du noch mal rein?«

Ich wußte nicht richtig, ob ich das wirklich wollte.

»Ist das üblich?« fragte ich.

»Komm«, sagte sie.

Ich folgte ihr. Unter all dem Weiß zeichneten sich die Umrisse ihres Slips ab. Wir gingen in sein Zimmer. Ein Teil des Abendessens stand noch auf dem Nachttisch. Es war schon ganz gelblich geworden. Ich sah sie an, denn der Anblick von diesem gelben Zeug war mir einfach unerträglich.

»Ja«, sagte sie, »du kommst spät, wir konnten dich nicht erreichen.«

»Ich war in der Kneipe«, sagte ich, und draußen hörte ich das Geheul meiner Mutter. Eigentlich stand ich nur dumm herum. Es war verdammt kalt, weil sie die Heizung schon abgestellt hatten.

Sie sagte: »Willst du ihn noch küssen?«

»Ist das üblich?« fragte ich, denn ich wollte nichts tun, was nicht üblich war.

Sie stellte sich ans Fenster. Sie trug Turnschuhe und rieb mit der Sohle ein wenig über den Fußboden. Sie lächelte traurig, und ich fand es wirklich peinlich, daß ich plötzlich eine Erektion bekam. Dann sagte sie: »Komm.« Ich folgte ihr, die Hände in den Hosentaschen. Ich wußte nicht, wo ich hingucken sollte, denn bei ihr konnte man wirklich alles durchsehen.

Inzwischen hatten sich zwei Jungen vor mich gesetzt. Statt sich den Film anzusehen, redeten sie in einer Tour. Der Rest des Publikums verfolgte auf der Leinwand Huub Stapel, aß Popcorn oder Chips und machte rosa Kaugummiblasen.

Zuerst achtete ich nicht auf die Jungen, bis der eine sagte, er hätte einen Ausschlag am Schwanz, und der andere, daß das ganz normal sei und daß er sich deswegen keine Sorgen zu machen brauche. Der erste antwortete: »Fuck you, ey, fuck you! Ich könnt wetten, du hast das nicht.«

In einem Antiquariat auf dem Kloveniersburgwal kaufte ich mir für zwei Gulden *De hond met de blauwe tong* von Jan Wolkers. Ich ging Richtung Hauptbahnhof und setzte mich in die Kneipe, wo ich mir vor ein paar Wochen das Spiel Parma – Antwerpen angesehen hatte. Ich suchte mir einen Platz in der Nähe der Toiletten und mußte daran denken, daß Sergius mir einmal erzählt hatte, wie sie in der Wüste waren und das Konservenessen schon nicht mehr sehen konnten. Sie saßen zu fünft in einem kleinen Panzer, und über ihnen flogen zwei Mirage-Bomber. »Erst dachten wir noch, es wären unsere eignen«, erzählte Sergius, »aber wir merkten ganz schnell, daß das ein Irrtum war. Ich saß neben dem Fahrer. Hinter mir saß Jossi. Jossi war gerade erst dazugekommen, als Ersatzmann für einen, der auf eine Mine getreten war. Jossi war streng gläubig, und er sagte, ich solle meinen Kopf raushalten, um nachzusehen, ob die Bomber wirklich weg wären. Aber das ist das Dümmste, was du machen kannst. Wenn du den Jäger siehst, hast du noch genau anderthalb Sekunden, bis die Bombe fällt, und in den anderthalb Sekunden kannst du gar nichts machen: Entweder er trifft, dann ist sowieso alles gelaufen, oder er verfehlt dich, und dann mußt du schnell weiter. Aber wenn er daneben getroffen hat und dein Kopf steckt draußen, können die Explosionssplitter ihn dir immer noch absäbeln. Nach ein paar Tagen haben wir Jossi nach Hause geschickt, denn das Problem mit der Angst ist, daß sie einen ansteckt. Es gibt natürlich welche, die sagen, das wäre Humbug, weil sie selbst nie Angst haben, aber sogar die müssen zugeben, daß es einem auf die Nerven geht.«

Das erzählte er mir an dem Abend, als wir uns den Western mit Jane Fonda und Gregory Peck ansahen. Mittendrin schlief ich ein und wurde erst wieder wach, als Gregory Peck im Sterben lag und zu Jane Fonda sagte: »Du wirst dich nicht mehr an mich erinnern, nur noch daran, daß wir gekämpft haben, aber wofür, wirst du nicht mehr wissen.«

Während Sergius bei mir wohnte, verschlief er oft ganze Tage. Selbst zum Einkaufen war er zu faul. Darum aß er zum Beispiel den Apfelkuchen, den meine Mutter mir mitgebracht hatte. Oder er stand am Fenster herum und fragte, ob ich schon mal was von Bessie Smith gehört hätte. Dann machte er türkischen Kaffee. Seiner Meinung nach war das Schöne an der Jugend, daß man ein bißchen verrückt war. »Anders wär's auch gar nicht gegangen«, sagte er, »sonst wäre man doch nicht mit einem Gewehr durch die Wüste gerannt, nur um seinen Offizieren die Beförderung zu sichern.« Das Schöne war auch, daß man endlos übers Vögeln reden konnte, ohne daß es einem langweilig wurde. Mit vierzig konnte man natürlich immer noch darüber reden, und es brauchte immer noch nicht langweilig zu sein, aber es war dann nichts mehr, was einen wirklich dauernd beschäftigte.

Einige Tage später packte er seinen Koffer und sagte, er sei in zehn Tagen zurück.

Der Barkeeper stellte mir ein Bier hin. Er zeigte auf einen Tisch, an dem zwei Männer saßen, die vor einer Viertelstunde noch wie wild Billard gespielt hatten. Der eine schlug mit der Hand auf den leeren Stuhl neben ihm. Sie fragten, wie ich hieße. »Stephan«, sagte ich. Sie fragten, ob ich Arbeit suchte.

»Immer«, sagte ich.

Sie fragten, was ich konnte.

»Nichts«, sagte ich.

»Genau wie wir«, sagte der eine, der ein braunes Sakko mit glänzenden Stellen auf dem Rücken anhatte, und ich dachte an meine Mutter, die montagsvormittags immer ihre Küche wischte.

»Hör mal«, sagte der andere, der kein Sakko trug, nur ein weißes Hemd mit einem Füller in der Brusttasche, »kommt ein Mann zu 'ner Hure und sagt: ›Ich will mir einen blasen lassen.‹ – ›Kein Problem‹, sagt die Hure, ›fünfhundert Gulden.‹ – ›Fünfhundert Gulden‹, sagt der Mann, ›bist du total übergeschnappt?‹ Die Hure schiebt den Vorhang ein bißchen zur Seite und sagt: ›Guck mal, siehst du den Cadillac da hinten? Hab ich nur mit Blasen verdient.‹ – ›Na‹, denkt der Mann, ›das muß ja dann was ganz Besonderes sein‹, und zahlt die fünfhundert Gulden. Am nächsten Tag geht er wieder zur selben Hure und sagt: ›So, heut will ich dich in den Arsch ficken.‹ – ›Kein Problem‹, sagt die Hure, ›tausend Gulden.‹ – ›Tausend Gulden?‹ sagt der Mann. ›Vergiß es!‹ Die Hure schiebt den Vorhang wieder ein bißchen zur Seite und sagt: ›Guck mal, siehst du die Villa da hinten, hab ich mir nur mit Arschficken verdient.‹ – ›Na‹, denkt der Mann, ›das muß ja dann was Tolles sein‹, und gibt ihr die tausend Gulden. Am nächsten Tag geht er noch mal zur selben Hure und sagt: ›Heute will ich mal normal.‹ Die Hure nimmt ihn wieder mit zum Fenster und sagt: ›Siehst du diese Straße? Die würde mir ganz allein gehören, wenn ich ’ne Möse hätte.‹«

Ich spuckte das Bier, das ich schon im Mund hatte, wieder ins Glas zurück. Manchmal war das Leben doch ein rechtes Geschenk Gottes.

»Suchst du Arbeit?« fragte der im braunen Sakko wieder.

»Immer«, sagte ich.

»Hör mal«, sagte der andere, »kommt ein Mann in den Puff. Drin sieht er zwei Türen. An der einen hängt ein Schild: ›Fünfzig Gulden‹, und auf der anderen ein Schild: ›Fünfhundert Gulden‹. Er denkt: ›Na ja, erst mal für fünfzig.‹ Er also rein, kommt er in ein kleines Zimmer, und da steht ’ne Kuh. Okay, er hat nun mal bezahlt, also vögelt er die Kuh. Am nächsten Tag geht er wieder hin, so langsam ist er ja doch neugierig auf das zweite Zimmer. Er bezahlt fünfhundert Gulden, geht rein, und in dem Zimmer stehen lauter Leute vor 'nem Fenster. Er drängelt sich vor, und hinterm Fenster sieht er ein Pärchen, die's zusammen treiben. ›Und dafür bezahlt ihr fünfhundert Gulden?‹ fragt er die anderen. ›Ach‹, sagt da einer, ›das ist noch gar nichts, gestern hättest du hier sein müssen, da war einer, der hat 'ne Kuh gevögelt.‹«

Wir tranken noch etwas, und ich sagte: »Der hier spielt zu der Zeit, als in Rußland die Roten gegen die Weißen kämpften. Eines Tages nahmen die Roten den meistgesuchten General der Weißen gefangen. Ich weiß nicht mehr, wie der General hieß, aber er war berüchtigt, bis ins kleinste Dorf kannten sie seinen Namen. Die Roten beratschlagten, wie sie den General exekutieren sollten. Einer der Soldaten schlug die tatarische Foltermethode vor. Dabei stecken sie dir einen Stock in den Anus, bis du umfällst. Aber das fanden sie noch zu mild für den General, also schlug ein anderer vor, ihn von vier Pferden auseinanderreißen zu lassen, aber auch der Vorschlag wurde verworfen. Da sagte Ljubka: ›Wißt ihr was, wir lassen ihn den ganzen Abend Wodka trinken, wir lassen ihn trinken, soviel er will, und dann, am nächsten Morgen, geben wir ihm nicht einen Tropfen.‹ – ›Oh, du bist grausam, Ljubka‹, sagte der Anführer, ›du bist wirklich grausam.‹«

Sie gaben noch eine Runde aus, und wir hörten *Doctor Livingstone* von den Moody Blues. Schließlich verabschiedete ich mich, denn ich hatte eine Verabredung mit meiner Mutter. Der im braunen Sakko stand auch auf. Ich dachte schon, er wollte mich umarmen, aber er sagte: »Hör mal, wenn du Arbeit suchst, mußt du dich bei uns melden.«

»Dann schicken wir ihn zu Dreese«, kicherte der andere.

Von einer Telefonzelle aus rief ich meine Mutter an und sagte, daß ich gleich zu ihr käme. Dann kaufte ich mir den *Telegraaf* und setzte mich hinter dem Hauptbahnhof auf eine Bank, dort, wo die Fähren nach Amsterdam-Nord abfahren. Ich betrachtete die Mädchen am Straßenrand. Die eine sah aus wie eine Indianerin und hatte fast keine Zähne mehr, aber trotzdem noch eine Zigarette im Mund stecken. Die andere hatte sich eingepackt wie im tiefsten Winter. Sie sah ganz nett aus, doch sie hätte bestimmt keine Lust gehabt, hinten auf meinen Gepäckträger zu springen. Außerdem war ich zu Fuß. Als ich zum zweiten Mal vorbeilief, stand nur noch die Indianerin ohne Zähne da.

Meine Mutter wartete mit dem Heringssalat. Vor einer Woche hatte ich mit ihr im Garten gesessen. Als die Nachbarskinder sich endlich müde geschrien hatten, hatte ich zu ihr gesagt: »Es ist mir egal, ob du stirbst, total egal.« Ich wußte nicht mal, ob es wirklich so war oder warum ich das sagte, nur, daß wir ein paar Minuten zuvor noch von einer verpflanzten Tanne gesprochen hatten.

»Du bist ein Unmensch«, sagte meine Mutter.

»Ja«, sagte ich, »das bin ich.«

Und selbst da, kurz vor dem innerlichen Gefrierpunkt, fühlte ich noch, wie es in mir brannte. Niemand fiel mir ein, mit dem ich mich verbunden gefühlt oder der mir mehr bedeutet hätte als irgendein verirrter Gedanke. Am ehesten noch die Huren, bei denen ich gewesen war, denn wenn ich nicht neben ihnen lag oder zu ihnen unterwegs war, dachte ich an sie. Doch auch das wußte ich nicht genau. Ich hatte so viele Menschen kennengelernt, in Kneipen und auf Parties, und alle hatten sie viel Geld verdienen und weltberühmt werden wollen, oder gute Soldaten oder gute Mütter – aber am wichtigsten war es ihnen allen gewesen, weiter zu glauben, daß sie die immer noch liebten, die sie einmal begehrt hatten, und deren Fotos jetzt in einer Schachtel auf dem Bücherregal lagen, und alle wollten sie, daß auch ich ihnen das glaubte.

»Und dein Vater?« fragte sie, und ich hörte, wie sie einen Schluck Kaffee nahm und wie ein paar Häuser weiter eine Mutter ihre Kinder hereinrief. Ich dachte daran, wie er einmal gesagt hatte: »Wenn wir uns an die Toten erinnern, denken wir sie uns nicht als die Lebenden, die sie einmal waren, sondern als auferstandene Leichen, als hätten sie nie eine andere Bestimmung gehabt, als tot zu sein und in unseren Köpfen zu spuken.«

Ich sagte, ich hätte es nicht so gemeint, und es tue mir leid. Dann trank ich schnell meinen Kaffee aus.

Gestern rief sie mich an und sagte, daß ihr einfach nicht mehr aus dem Kopf ginge, was ich gesagt hatte. Selbst wenn sie es versuchte. Sie fragte: »Kannst du nicht auch mal sagen, daß du mich liebst?« – »Ja«, antwortete ich.

Du liebst das, was da ist, und darüber darfst du nicht allzuviel nachdenken. Oder du liebst nicht, und dann suchst du dir einen der vielen Orte auf der Welt, wo es immer irgendeinen Verrückten gibt, der bereit ist, auf dich zu schießen.

Als ich noch mal vorbeilief, war selbst die Indianerin verschwunden. Ich fragte mich, welcher Desperado sie wohl mitgenommen hatte. Jetzt saßen nur noch zwei Jungen dort, aber die wollten bestimmt mit niemandem mitgehen. Ich dachte an meine Mutter, wie sie vor ein paar Jahren ausgesehen hatte, als sie sich noch jeden Abend über mein Gesicht beugte. Sie war wie alle Mütter auf der Welt: Ich sollte der Schönste und der Beste werden. Sie war nur etwas fanatischer.

Ohne allzuviel Mühe konnte ich meinen Vater zur Raserei bringen: »Er kratzt sie sich auf, mitten am Tisch, mir wird schlecht.«

Wir hingen über unseren Tellern, und die Kerzen brannten. Meine Mutter rief: »Hör auf damit«, und mein Vater schrie: »Der ganze Dreck fällt in dein Essen, das kann man ja nicht mit ansehen, *das ist zum Kotzen*!« Wie immer, wenn er sich aufregte, fing er an, deutsch zu reden.

»Ich kann nichts dafür«, rief ich, »es brennt so.«

»Das geht von selbst wieder weg«, sagte mein Vater.

»Ihr Schweine«, rief meine Mutter.

Das Radio war an, die Kerzen flackerten, wir hingen immer noch über unseren Tellern, und meine Mutter schrie meinen Vater an: »Geh doch ins Altersheim, alter Klepper.« Dann sagte sie, jetzt würde auch ihr schlecht. Sie nahm ein warmes Handtuch, das sie immer bereitliegen hatte, legte es auf mein Gesicht und drückte mir die Pickel aus, während der Rest der Familie seine Suppe weiterlöffelte. Der Rest der Familie war mein Vater, und nach ein paar Sekunden rief er: »Der ganze Schmier fällt in die Suppe, macht das doch oben, ihr zwei, jeden Abend wird einem hier das Essen vergällt.«

Nach dem Zähneputzen bearbeitete meine Mutter auch noch meinen Rücken. Sie sagte, das sei der schwierigste Teil, weil ich nicht still sitzen konnte. Sie warnte mich, daß ich einen krummen Rücken bekäme, wenn ich immer nur auf den Boden starrte, statt stolz und aufrecht zu gehen wie sie. Ich sah in der Tat oft nach unten, denn obwohl ich wußte, daß es Unsinn war, hatte ich das Gefühl, daß die Leute einen nicht sehen konnten, wenn man selbst sie nicht ansah. Ich sagte, daß ich es lieber selbst machen würde, doch meine Mutter erklärte, das sei gefährlich, weil ich an den Nägeln kaute. »Aller Schmutz sitzt unter den Fingernägeln«, sagte sie.

So ging es ein paar Monate lang, bis ich eines Abends meiner Mutter das warme Handtuch aus den Händen riß und es in die Kerzen hielt, bis es Feuer fing. Mein Vater saß stocksteif in seinem schwarzen Drehstuhl, meine Mutter versuchte, die Flammen mit ihrem Taschentuch auszuschlagen, und im Radio kamen die Nachrichten.

Sie schwieg, mein Vater warf klirrend das Besteck auf seinen Teller und rief: »Es brennt, es brennt, so tut doch was, jemand muß doch was tun«, während ich mit dem Zipfel des Frotteetuchs in der rechten Hand dastand.

Auf dem Parkett unter dem Teppich ist immer noch der schwarze Fleck zu sehen, wo das Handtuch schließlich ausbrannte.

Danach aßen wir weiter, meine Mutter klopfte an die Klotür, hinter der sich unser Gast verschanzt hatte, und wir feierten Schabbath. Seit dem Abend ließ ich mir die Haare wachsen.

Hallo Schätzchen! Ich heiße Nadine, 25 Jre... voller B.... oben ohne, in klitzekleinem Slip und Strapsen.

Ich möchte euch gern verwöhnen und erotisch massieren. Agamemnonstraat, Mo. bis Fr.

Diese Annonce hatte ich noch nie gelesen. Eine Telefonnummer stand nicht dabei, darum mußte ich auf gut Glück hingehen. Vor Jahren hatte ich mal einen Freund in der Achillesstraat gehabt. Die Agamemnonstraat mußte dort ganz in der Nähe sein.

Am Olympiaplein pinkelte ich zweimal in die Büsche, denn es war besser, nicht mit einer vollen Blase anzukommen. Beim ersten Vorbeigehen klingelte ich noch nicht. Ich sah mir nur alles an. Das Haus war wie alle Häuser in der Straße, nur waren die Vorhänge zugezogen und aus schwerem, türkisfarbenem Stoff. Ich ging weiter und kam zum Kanal, wo ich mich auf die Brücke stellte und ins dunkle Wasser starrte, auf die Möwen und auf die Fischer. Normalerweise sah ich mir solche Sachen nie an, jetzt aber schon. Die Möwen waren nicht häßlich, und auch das Wasser hätte schlimmer aussehen können, aber lyrisch konnte man davon auch nicht gerade werden. Eine Straße weiter in einer Snackbar bestellte ich mir eine Cola, denn mein Mund war wie ausgetrocknet. Ich trank die Cola auf der Terrasse. Neben mir las ein Mann die Zeitung, und ich fragte mich, ob er wohl auch auf irgend jemanden oder irgend etwas wartete. Schließlich war mein Glas leer und mein Mund immer noch trocken.

Weiter oben in der Agamemnonstraat wusch ein Mann sein Auto. Er sah in meine Richtung, während ich die Tür beobachtete, die jeden Moment aufgehen mußte.

»Bist du der neue Fahrer?«

Ich hoffte, daß dies nicht Nadine war, aber wenn sie es gewesen wäre, hätte es jetzt auch nichts mehr ausgemacht. Sie erinnerte mich sofort an die Blumenfrau, die früher in der Maasstraat gestanden und mich immer freundlich gegrüßt hatte, wenn ich samstags mit meiner Kippa an ihr vorbeispazierte. »Nein, ich bin nicht der neue Fahrer, ich komme wegen Ihrer Annonce.«

Sie schloß die Tür. Wir standen in einem Flur, der gerade breit genug für zwei Fahrräder gewesen wäre.

»Manchmal melden sich hier auch die neuen Fahrer, darum.«

»Ach, darum«, sagte ich.

»Ein Mädchen hab ich noch für dich. Blond, schlank...«

»Okay«, sagte ich.

»Willst du nicht mehr wissen?«

»Ist schon gut.«

»Dann mußt du jetzt mit mir abrechnen. 125 Gulden.«

»Ich hab aber nur 150.«

»Macht nichts, wir können wechseln«, sagte sie und lachte.

Wir kamen in eine Art Spielzimmer – oder Wohnzimmer einer Familie mit zu vielen Kindern. Drinnen standen zwei Sofas vor einem laufenden Fernseher, auf dem Tisch ein paar Teller mit den Resten einer warmen Mahlzeit. Überall lagen leere Dosen herum, und auf dem Sofa am Fenster saß ein Mädchen, das vor sich hinstarrte.

Die Frau, die ich für mich die »Blumenfrau« nannte, sagte zu mir: »Das ist sie.«

Ich ging zu dem Mädchen. Sie gab mir die Hand, und die Blumenfrau sagte: »Das ist Astrid.«

Alles an ihr war weiß: ihre Haare, ihr Rock, ihre Stiefel, ihr Glitterjäckchen – selbst ihre Haut schien weiß gebleicht zu sein.

»Was möchtest du trinken?« fragte die Blumenfrau.

»Cola«, sagte ich.

»Wir haben auch Bier.«

»Das ist noch besser.«

Im Fernsehen lief ein Spielfilm, doch Astrid sah nicht zum Bildschirm, aber ich konnte auch nicht erkennen, wo sie statt dessen hinsah. Im Zimmer roch es wie in einer proppenvollen Synagoge am Versöhnungstag kurz vor dem Schlußgebet, wenn sie Gott zum allerletzten Mal bitten, sie ins Buch des Lebens einzuschreiben.

Ich bekam eine Dose Bier. Dafür dankte ich der Blumenfrau ganz herzlich, denn ein Bier konnte ich jetzt gebrauchen – viel Bier. Vielleicht fing die Blumenfrau an, mich nett zu finden, jedenfalls faßte sie mich am Arm und sagte: »Es sei dir von Herzen gegönnt, mein Junge.«

»Gehen wir«, sagte Astrid plötzlich. Mit der Bierdose in der Hand folgte ich ihr.

»Hast du Kondome?« fragte Astrid.

Die Frage war nicht an mich gerichtet, sondern an die Blumenfrau, die zurückfragte: »Welche willst du?«

Wir gingen in ein anderes Zimmer. Astrid sagte, sie sei gleich wieder da, sie müsse nur kurz auf die Toilette. Ich fand, daß ihre Stimme haargenau zu ihrem Aussehen paßte: als wären auch ihre Stimmbänder gepudert. Sie redete wie durch einen Schleier hindurch, doch es klang nicht unangenehm. Bei ihrem Aussehen konnte sie gar nicht anders reden, als sie es jetzt tat.

Ich setzte mich auf das Bett, das am nächsten stand, etwas weiter war noch ein anderes. Auf dem Boden lag ein aufgespannter Regenschirm, offenbar hatte ihn der Besucher vor mir liegengelassen. Doch bei genauerem Hinsehen bemerkte ich, daß es ein Sonnenschirm war, der wahrscheinlich zur Zierde hier lag. Nur daß das Zimmer für aufgespannte Sonnenschirme viel zu klein war, man mußte sich viel Mühe geben, nicht über ihn zu stolpern. Neben dem Sonnenschirm stand eine Pflanze und daneben eine kleine Lampe, deren Licht wie alter Rotwein schimmerte. Über dem Sonnenschirm hing ein Foto von einem Wesen, das gerade von einem Sprungbrett ins Wasser sprang. Auf einer weißen Bohle an der Wand lag ein Stapel Handtücher. Ich machte meine Dose Bier auf, und Astrid kam wieder ins Zimmer.

Wieder betrachtete ich ihr weißblondes Haar und ihren weißen, glatten Rock; er glänzte genauso wie ihre Stiefel, die im Halbdunkel des Zimmers merkwürdig aufleuchteten. Sie erinnerte mich an eine Figur aus einem Film über das alte Ägypten, den ich einmal gesehen hatte. Der Film war ziemlich alt, solche Filme wurden bestimmt schon seit dreißig Jahren nicht mehr gedreht, aber sie hätte direkt aus ihm entsprungen sein können. Auch ihre Stimme klang so, als spielte sie eine Prinzessin, für die selbst Sprechen zu anstrengend war.

Sie zog ihre Stiefel aus, während ich meine Schnürsenkel löste und dabei fragte: »Wie alt bist du?« Irgend etwas mußte ich sie doch fragen.

»Auch schon zehn Jährchen keine achtzehn mehr«, sagte sie.

»Und woher kommst du?«

Sie sah mich mit ihren blauen Augen an. Es hätte mich nicht gewundert, wenn es gefärbte Kontaktlinsen gewesen wären.

»Warum willst du das wissen?«

»Bloß so.«

»Ich komme aus Schiedam.«

»Ich komm aus Amsterdam«, sagte ich. Bis auf ihren Slip war sie jetzt nackt. Ihre runden Brüste sprangen vor, als würden sie von unsichtbaren Fäden emporgehalten.

»Und jetzt schön gemütlich bumsen«, sagte sie, »so gefällt's mir!«

»Ja«, sagte ich, »mir auch.« Ich klemmte meine Bierdose zwischen die Handtücher, zog mir die Unterhose aus und legte sie auf meine anderen Kleidungsstücke. Ich hatte eine Erektion. Sonst schämte ich mich immer, wenn ich schon einen Steifen hatte, bevor überhaupt etwas passiert war. Aber man gewöhnt sich an die Hitze, man gewöhnt sich an die Mädchen, genau wie an all die anderen Dinge, und irgendwann vergißt man, sich dafür zu schämen.

»Möchtest du dich noch waschen?«

»Ach, laß mal«, sagte ich, »das hab ich grade erst gemacht. Ich wasch mich immer sehr gründlich.«

»Kannst du schon mal das Kondom nehmen?« Sie zeigte auf das weiße Brett.

Sie saß auf dem Bett. Erst jetzt bemerkte ich, daß genau über uns die Treppe zur oberen Wohnung verlief, so daß ich den Eindruck hatte, wir lägen in einem Dachzimmer. Wenn man aufstand, mußte man aufpassen, daß man sich nicht den Kopf anstieß.

»Den kannst du dir selbst bestimmt besser drüberziehen«, sagte Astrid.

Sonst hatten es immer die anderen für mich getan, anders kannte ich es gar nicht. Trotzdem sagte ich, es sei kein Problem. Ich riß die Verpackung auf, aber durch die Hitze, das schlechte Licht und meine zitternden Hände kam ich nicht viel weiter als bis über die Eichel, und ich sagte: »Kannst du mir mal helfen?«

Ich konnte keinen Seufzer hören, doch ich hätte schwören können, sie seufzte leise, als sie auf mich zukroch. Mit einem kurzen Ruck zog sie ihn drüber. »Ich bin ganz schlecht in technischen Sachen«, sagte ich, »bei mir zu Hause reparier ich nie was. Anstreichen kann ich auch nicht.«

»Davon stinkt man.«

»Pardon? Wovon?«

»Von der Farbe.«

Ich saß jetzt im Schneidersitz neben ihr auf dem Bett. Meiner Meinung nach wollte sie damit sagen, daß ich stank, nur war sie eben sehr subtil. Ein Mädchen mit Takt.

»Die Dose kannst du mir geben«, sagte sie, »und jetzt wird schön gemütlich gebumst. So gefällt's mir!« Sie nahm mir die Dose Bier aus der Hand und stellte sie auf den Boden. Erst jetzt sah ich, daß ihr Gesicht voller Sommersprossen war. Es waren helle Sommersprossen, als ob sie noch davor zurückschreckten, wirklich welche zu werden, aber vielleicht sah das auch nur so aus, weil sie mit weißem Puder abgedeckt waren. Wieder erinnerte Astrid mich an eine Frau aus einem von diesen Schwarzweißfilmen, wie sie kurz nach dem Krieg zu Dutzenden gedreht wurden.

Sie nahm etwas von dem Brett herunter und fummelte an mir herum, und ich betrachtete ihre Sommersprossen. Erst, als ich fragte: »Was machst du da?«, merkte ich, daß sie mir noch ein Kondom übergezogen hatte.

Sie fand also nicht nur, daß ich stank, sie fand mich abstoßend auf der ganzen Linie! Darum hatte ich jetzt zwei Kondome über meinem Pimmel, und ich fragte mich, ob sie mir noch ein drittes drüberziehen würde. Ich griff nach dem Bier, das sie auf den Boden gestellt hatte. »Nein, laß das«, sagte sie, »jetzt wird schön gebumst. Machen wir's uns gemütlich.«

Ich zog meine Hand zurück und legte meinen Kopf neben das Kissen, genau unterm Treppenabsatz.

Sie setzte sich auf mich. Ich merkte, daß sie ihren Slip noch anhatte. Zuerst versuchte sie es natürlich mit Slip. An ihrer Stelle hätte ich dasselbe getan. Sie roch gut, sie war warm und weiß wie Milch, aber genauso weit weg wie das Mädchen im Film.

Als sie merkte, daß sich nichts rührte, zog sie ihren weißen Slip aus und warf ihn achtlos neben das Kissen. Wieder setzte sie sich auf mich, und ich streichelte ihren Hintern, der sich ein klein wenig rauher anfühlte als ihre übrige Haut. Ihr Gesicht war jetzt direkt vor meinem, und ich sah, daß sie keinen Puder aufgetragen hatte. Ihre Haut war wirklich weiß. Natürlich lag es auch an diesem Licht, doch sogar im Wohnzimmer war ihre Haut mehlweiß gewesen und ihre Sommersprossen bleich wie eine fahle Sonne.

Es fühlte sich an, als ob ich in einen Eimer Seifenlauge eindringen würde.

Ich streichelte ihre Haare und fragte, ob sie gefärbt seien.

»Das ist doch eine Perücke«, sagte sie, »hast du das nicht gemerkt?«

Zum ersten Mal hörte ich so etwas wie Empörung in ihrer Stimme, als sei sie beleidigt, daß ich nicht gleich gesehen hatte, daß sie eine Perücke trug. Doch ich kannte nur wenige Leute mit Perücke, und ihre Haare fühlten sich nicht viel anders an, als hätte sie nur zu viel Gel hineingeschmiert.

Wir lagen regungslos aufeinander. Ich, weil sie auf mir lag, und sie wird auch sicher irgendeinen guten Grund gehabt haben.

»Na los, ein bißchen Action«, sagte sie plötzlich, »schön bumsen, schön kommen, das mag ich.«

»Ja«, sagte ich. Ich legte meine Hand auf ihren weißen Hals und fragte mich, ob ihre Augenbrauen und Wimpern auch Perücken waren.

»Nachher geb ich dir meine Telefonnummer«, flüsterte sie, »dann mußt du zu mir nach Hause kommen, und wir machen's uns gemütlich. Dann koch ich was für dich, wir gucken Video, und dann können wir schön gemütlich bumsen.«

Ihre Wange lag neben meiner. Wenn ich gewollt hätte, hätte ich ihre Sommersprossen zählen können. Plötzlich wollte ich nichts lieber, als mich von ihr bekochen lassen, mit ihr Video zu sehen und mir mit ihr einen gemütlichen Abend zu machen. Ich wollte sie schon nach dem Preis für dieses Arrangement fragen, aber dann fiel mir ein, daß es sich nicht gehörte, über Preise zu reden, solange wir aufeinander lagen.

Ich streichelte über ihre kleinen Lippen und die Wangen

und fragte, ob sie gut kochen könne und was ihre Spezialität sei.

»Beefsteak«, sagte sie, »und jetzt leg dich mal auf mich drauf.«

Sie verkroch sich ganz im hintersten Winkel des Bettes. Viel Platz hatten wir nicht, zehn Zentimeter über mir führte die Treppe nach oben. Es dauerte ein Weilchen, bis sie die Beine gespreizt hatte. Dann packte sie mich, wie auch die anderen das öfter getan hatten, nur daß sie nicht sagte: »Komm!« oder: »Vorwärts!« oder: »Auf geht's!«

»Nachher werd ich dir meine Nummer geben«, flüsterte sie. »Ich find's schön mit dir.«

»Ja, ich auch«, sagte ich.

Ich hielt ihren Kopf fest. Wenn ich auf jemandem drauf liege, tue ich das gern. Ich drücke den Kopf an mich, an meine Brust, meinen Hals oder meine Schulter, denn so liegt es sich am schönsten. Sie sagte: »Das tut ein bißchen weh, wegen der Perücke.«

»Entschuldigung«, sagte ich.

Sie zeigte mir, wo ich sie anfassen durfte: irgendwo bei den Schläfen. Manchmal sah sie nach oben zu den Treppenstufen über und manchmal an die Wand neben uns, während ich ihren Kopf festhielt, als säße ich in einem Baum und hätte Angst herunterzufallen.

Es dauerte länger als sonst. Ich merkte, daß sie ärgerlich wurde, weil es so lange dauerte. Darum fing ich an zu reden. Im Wartezimmer fange ich auch immer ein Gespräch an, doch sie antwortete nicht. Offensichtlich war sie der Meinung, daß wir die Sache schweigend hinter uns bringen mußten. Ich fragte mich, was für Haare sie wohl unter ihrer

Perücke hatte, und mir war klar, daß ich sie auf der Straße nicht erkennen würde.

»Still jetzt«, sagte sie, als wieder ein paar Minuten vergangen waren – dabei hatte ich gar nichts gesagt. Ich lag noch immer auf ihr und hielt ihren Kopf fest, während sie nur stocksteif dalag. Langsam wurde auch ich ärgerlich. Sie konnte es doch nicht mir in die Schuhe schieben, daß sie sich von innen anfühlte wie ein Eimer Seifenlauge und daß ich zwei Kondome drüber hatte – bloß weil sie zu faul war, mich zu waschen. Ich bewegte mich noch ein paarmal hin und her, und sie starrte auf die Treppenstufen, als wohnte über uns ihr Ehemann.

Ich dachte: ›Das wird heute nichts mehr.‹ Darum machte ich ein paar schnellere Stöße und ging dann von ihr herunter. »Das war schön«, sagte sie. Ich stimmte ihr zu.

Ich suchte mein Bier und sie ihren Slip, der unter dem Kissen lag. Auf dem Bett sitzend, zog sie ihn an.

»Kannst du dir das Kondom selbst abziehen?« fragte sie.

»Ja«, sagte ich. Ich zog beide gleichzeitig herunter und legte sie auf das weiße Brett.

»Ich muß mal schnell auf die Toilette.«

»Kommst du noch mal zurück?« fragte ich.

»Ja«, sagte sie.

Ich zog mich an und fragte mich, in welchem Film das Mädchen, das ihr so ähnlich sah, nur mitgespielt hatte. Ich hörte Stimmen aus dem Wohnzimmer, doch ihre konnte ich nicht heraushören.

Sie kam wieder und riß ein Blatt von einer Küchenrolle.

Ich wickelte die Kondome in das Papier und folgte ihr zur Dusche, die in einer Art Kleiderschrank eingebaut war.

Vor der Dusche stand ein Mülleimer, genau so einer, wie ich ihn in meinem eigenen Bad hatte. Der Mülleimer war von oben bis unten voll mit Kondomen, die in Küchenpapier eingewickelt waren.

Auch ich leistete meinen Obolus und fühlte mich zum ersten Mal an dem Tag erleichtert, als ob ich eine gute Tat vollbracht hätte. Erst das hier war das echte und eigentliche »Museum der benutzten Kondome«. Meine eigene Sammlung machte sich armselig daneben aus.

Wir gingen zurück ins Schlafzimmer, ich setzte mich aufs Bett und trank mein Bier. Sie stand vor mir und richtete ihr Make-up.

»Hast du auch noch Perücken in anderen Farben?«

»Jetzt hör aber auf, jetzt hast du genug gefragt.« Plötzlich klang ihre Stimme gar nicht mehr verschleiert und weit weg, sondern scharf und ganz nah, und ich spürte ihren Atem, der nach Kaugummi roch.

»Entschuldigung«, sagte ich, »ich wollte nicht unhöflich sein.«

»Du darfst nicht so viel reden, das sag ich dir in aller Freundschaft.«

»Das weiß ich.«

Sie kam auf mich zu und legte mir einen Finger auf die Lippen.

»Der Weise schweigt«, sagte sie.

Ich zog meine Schuhe an. »Du redest sicher nicht gern.«

»Das macht mich ganz fertig, all das Geschwätz.« Auch jetzt klang ihre Stimme scharf und sehr nah.

Es gibt da ein Lied – ein deutsches Seemannslied, glaube ich: *Sie wußte, worüber sie sprach, wenn sie schwieg*, oder so ähnlich. Mein Vater hatte es manchmal gesungen, doch ich kannte weder den Text noch die Melodie, und ihn konnte ich nicht mehr fragen.

»Wir müssen uns ein bißchen beeilen, es wartet noch jemand.«

»Ich hab aber noch etwas Bier.«

»Das kannst du mitnehmen.«

Ich wollte nicht mit einer Dose Bier in der Hand aus dem Haus gehen, also ließ ich es stehen.

»Du wolltest mir noch deine Telefonnummer geben.«

»Oh, ja«, sagte sie. Sie nahm ihr Schminketui und gab mir einen gefalteten rosa Zettel. Ich sah, daß noch drei andere in ihrem Etui steckten, neben den Make-up-Stiften. Auch Rosie hatte ihre Make-up-Stifte in so einem Etui aufbewahrt, nur war Rosies Etui nicht weiß gewesen, sondern blau.

»Wir müssen gehen«, sagte sie.

»Ja«, sagte ich.

Im Spielzimmer saß die Blumenfrau. Sie redete mit einem Mann. Mir war nicht klar, ob es ein Kunde war oder einfach ein Bekannter, der auf einen Plausch vorbeigekommen war. Jedenfalls hatten sie Spaß, wie man hörte.

Als ich vorbeilief, rief sie: »War alles nach Wunsch, Meneer?« Und ich rief: »Ausgezeichnet!« Ich sah jetzt, daß im Spielzimmer auch ein Mikrowellenherd stand; es roch nach Essen. Wie es seit einiger Zeit Heimbüros gab, gab es jetzt offenbar auch Heimbordelle.

Wir standen im Flur.

»Auf Wiedersehen«, sagte ich.

»Das bleibt aber ein Geheimnis zwischen uns«, sagte sie

und zeigte auf den Zettel, den ich in der Hand hielt und mir jetzt in die Hosentasche steckte.

»Das bleibt ein Geheimnis zwischen uns«, sagte ich. Wieder versuchte ich, sie mir ohne weißblonde Perücke vorzustellen und ohne diesen weißen Anzug, doch so würde ich sie natürlich niemals zu Gesicht bekommen.

Auch hier, in diesem Licht, das nichts mehr verbarg, war ihre Haut weiß wie Buttermilch.

»Ciao«, sagte ich, und sie sagte: »Paß auf dich auf.« Ein paar Häuser weiter pinkelte ich gegen einen Baum, und dann ging ich in eine Kneipe, um weiterzutrinken.

»2 sexy Mädchen in pikanter Unterwäsche – alles ist möglich, ruf an!« las ich. Und darüber: »›Privé 26‹, wunderbare Entspannung für Sie und Ihre Geschäftspartner.« Ich drehte den Zettel um. Dort standen in großer, kindlicher Schrift zwei Telefonnummern neben einem Stempel. »Astrid« war darauf in Rot zu lesen, mit drei Herzchen drumherum. Als ich acht oder neun war, hatte ich von meiner Schwester auch einmal so einen Stempel bekommen. Doch mein Stempel war blau, und auf ihm stand nicht »Astrid«, sondern »Sheriff«.

Ich dachte an ihre weißblonde Perücke. Schon jetzt wußte ich, daß ich anrufen würde, um von ihrem Arrangement Gebrauch zu machen. Ich dachte an die anderen. Man konnte viel von ihnen sagen, aber auf jeden Fall hatten sie mich nie mit Fragen belästigt, auf die ich keine Antwort wußte – oder keine geben konnte, weil ich über solche Dinge für den Rest meines Lebens nicht mehr nachdenken wollte. Außerdem waren wir einander an dunklen Orten begegnet, wo es nicht darauf ankam, etwas voneinander zu wissen. Man sollte sich nur noch an solchen Orten begegnen.

»2 sexy Mädchen in pikanter Unterwäsche – alles ist möglich.« Ich saß mit dem Zettel in der Hand und studierte ihn, als enthielte er eine rätselhafte Botschaft von einem anderen Stern.

Erst als sich jemand an meinen Tisch setzte, steckte ich den Zettel wieder ein und bestellte noch ein Bier. Es war eine Frau mit kurzgeschnittenem, blondem Haar und einer kakifarbenen Bluse. Wir starrten beide in unser Glas, bis sie sagte: »Hast du Lust, Billard zu spielen?« Sie zeigte auf den Billardtisch. Ich konnte hören, daß sie Niederländisch mit einem stark amerikanischen Akzent sprach.

Ich hatte noch nie Billard gespielt, doch ich stimmte zu. Sie sagte, sie wolle um Geld spielen, sonst sei es nicht spannend, und schlug fünfundzwanzig Gulden als Einsatz vor. Ich hatte noch ein paar Gulden, also gab ich ihr meinen Schein und ging zum Billardtisch, um mir einen Stock zu holen. Sie erklärte mir die Spielregeln, und ich betrachtete die kleine Kette mit dem Kreuz, das an ihrem Hals baumelte.

»Ich heiße Joan«, sagte sie und erzählte von ihrem Hund, den sie sehr liebte, und daß sie darum nicht zu spät nach Hause wollte. Ich sagte, ich hätte keinen Hund, wolle es aber auch nicht zu spät werden lassen. Nach zehn Minuten steckte sie sich meine fünfundzwanzig Gulden in die Tasche und lud mich zu einem Bier ein.

»Willst du Revanche?« fragte sie.

Das wollte ich. Es war besser, mit ihr Billard zu spielen, als an einem Tisch zu sitzen, auf die leere Straße zu stieren und an Astrid zu denken, oder an »2 sexy Mädchen in pikanter Unterwäsche – alles ist möglich«.

Wieder mußte ich ihr fünfundzwanzig Gulden geben. Sie erklärte, daß sie immer um Geld spielte. Sie war professionelle Billardspielerin und reiste durch Europa, und in allen großen Städten spielte sie um Geld.

»Toll«, sagte ich, »vielleicht sollte ich das auch mal probieren.«

Wir spielten noch einmal und tranken Bier. Sie sagte, ich müsse aufpassen, denn wenn der schwarze Ball ins Loch fiel, hatte der andere gewonnen. Wieder hatte sie innerhalb von zehn Minuten fünfundzwanzig Gulden verdient.

»Noch mal?« fragte sie.

»Nein«, sagte ich.

»Hast du kein Geld mehr?«

»Das ist nicht das Problem. Mir langt's für heute, okay?«

Wir setzten uns. Joan erzählte, daß es auch in Amsterdam eine Billardkneipe gebe und daß ich da mal hingehen müßte.

»Wird gemacht«, sagte ich.

Ich lud sie zu einer Portion Hackfleischbällchen ein. Als jeder von uns fünf gegessen hatte, fragte sie, ob ich ihr Geld leihen könnte. Sie legte ihre Hand auf meine und erklärte, sie stecke in großen Problemen. Sie erzählte mir eine lange Geschichte auf Englisch, von ihrem Freund, der GI sei und nach Berlin zurück müsse, aber kein Geld für die Reise habe, und wenn er morgen nicht zurück sei, sei die Hölle los. Ich merkte, daß ich eigentlich schon genug getrunken hatte, doch um kein Spielverderber zu sein, trank ich noch einen mit. In der Schüssel lag nur noch ein einziges Hackfleischbällchen: Ihre Geschichte war sehr lang. Irgendwann unterbrach ich sie und sagte: »Don't tell me those shitstories. I've heard thousands of them.« Das stimmte nicht. Ich hatte nur einige wenige gehört, doch das genügte, um sie auswendig zu kennen und nie mehr hören zu wollen.

Ich betrachtete das Kreuz, das über ihren Titten hing, und dachte an ihren Hund, und daß sie von mir aus alle verrecken konnten.

Sie sagte, sie könne ja verstehen, daß ich ihr nicht glaube, doch jedes einzelne Wort sei wahr, und sie könne es beweisen. Sie redete nicht laut, aber eindringlich. Auch für mich war der Tag lang und hart gewesen. Ich sagte: »Don't fuck my mind, don't fuck my mind.« Ich muß es geschrien haben, denn plötzlich kam der Barkeeper zu uns und sagte, dies sei eine anständige Kneipe.

Ich weiß nicht, ob es am Barkeeper lag, an den Hackfleischbällchen oder an irgendwas anderem, jedenfalls nahm ich meinen letzten Fünfzig-Gulden-Schein und sagte Joan, es sei in Ordnung. Dann tischte sie mir noch eine Geschichte auf, aber ich hörte nicht mehr hin. Ich mußte an eine Tante aus New York denken, die immer zuviel Parfüm benutzte und jedesmal, wenn sie uns besuchte, vom Lager erzählte, als hätte sie gestern noch drin gesessen. Auch meiner Mutter wurde kotzübel davon. Zu mir sagte die Tante immer: »Make a masterpiece of it, make a masterpiece of it.«

Ich sah, wie sie meinen letzten Schein einsteckte, und dachte, daß dies ein guter Tag gewesen war. Ich mußte auch mal Geld ausgeben können, ohne gleich zu verlangen, daß sie sich auszogen und wieder loslegten.

Joan bestand darauf, daß ich jetzt ihr Freund war, wahrscheinlich, damit ich glauben sollte, daß sie mir alles zurückzahlen würde, sogar die Hackfleischbällchen. Ich wußte, daß ich niemals auch nur einen Cent wiedersehen würde. Trotzdem gingen wir zusammen zur Straßenbahn. Zum ersten Mal an diesem Tag spürte ich, daß ich in der Nacht nicht geschlafen hatte, und als wir endlich in der Bilderdijkstraat waren, kam ich mir vor, als hätte ich eine Woche lang nicht geschlafen.

Wir gingen in eine Kneipe, in der ich noch nie gewesen war und in die ich wohl auch nie wieder gehen werde. Am Tresen saß ein Mann mit fast kahlgeschorenem Kopf, und sie sagte: »Das ist er.«

Er warf mir einen Blick zu, als ob sie meinen Samen noch zwischen den Beinen hätte, doch das kann auch Einbildung gewesen sein. Ob er wirklich Soldat war oder ihr Freund, konnte ich nicht sagen, doch auf jeden Fall sah er so aus, als würde er mindestens drei Kampfsportarten betreiben.

Ich wollte nichts mehr trinken und auch nirgends mehr gemütlich tanzen gehen.

»Auf Wiedersehen«, sagte ich.

»Hi«, sagte ihr Freund. Sie brachte mich nach draußen, küßte mich auf den Mund und versicherte mir noch mal, daß sie mir alles zurückzahlen würde.

Ich sagte nur, sie sollte an ihren Hund denken. Ob ich danach mit der Straßenbahn, mit dem Taxis oder zu Fuß nach Hause gekommen bin, weiß ich nicht mehr. Taxi ist eigentlich weniger wahrscheinlich.

Auf der Fußmatte lag ein Zettel. »Ich hole Ihre alten Zeitungen ab, rufen Sie mich an.« Ich faltete den Zettel zusammen und warf ihn in den Mülleimer. Mir fiel wieder ein, daß meine Mutter mit Heringssalat auf mich wartete. Als ich sie anrief, war es zu spät. Sie schlief schon oder hatte sich aufgehängt.

»Ich hole Ihre alten Zeitungen ab. In pikanter Unterwäsche. Alles ist möglich«, sagte ich zum Waschbecken, als ich mich darüber beugte. Zum ersten Mal an dem Tag sah ich die Welt von der sonnigen Seite.

Als ich aufwachte, war es immer noch Montagabend. Ich begann mich zu rasieren, hörte aber gleich wieder damit auf. Das war jetzt vollkommen überflüssig. Ich rief noch mal bei meiner Mutter an, aber sie ging nicht mehr ans Telefon. Auf meinem Schreibtisch lag der rosa Zettel. »In pikanter Unterwäsche – alles ist möglich. Ruf an!«

Ich drehte ihn um, und auf der Rückseite standen die zwei Telefonnummern von Astrid. So, wie vermutlich ein Alkoholiker schon nach dem nächsten Glas verlangt, während das Glas vor ihm noch nicht mal leer ist, so verlangte ich nach ihnen.

Die erste Nummer war und blieb besetzt. Darum versuchte ich die zweite.

»Stijns«, sagte ein Mann.

»Hallo«, sagte ich, »ist das die Nummer von Astrid?« Ich dachte an ihre weißblonde Perücke und fragte mich, ob sie sie jetzt vielleicht mal abgenommen hatte.

»Welcher Astrid?«

»Das weiß ich nicht. Ich hab nur den Vornamen. Astrid.«

»Mit wem spreche ich eigentlich?« Es war unmöglich zu sagen, wie alt der Kerl am anderen Ende der Leitung war, er sprach etwas nasal.

»Arnon«, sagte ich. »A-R…«

»Laß mal. Astrid ist nicht da.«

»Wann kann ich sie erreichen?«

»Versuch's morgen früh, so um neun.«

»Danke«, sagte ich.

Ich zog mich aus und ging schlafen.

Um halb neun wurde ich wach. Ich ging ins Badezimmer, um mich zu waschen und zu rasieren, und dachte an ihre bleichen Sommersprossen, die auf halbem Weg aufgehört hatten zu sprießen.

In Sergius' Küche hatte das Fett in der Bratpfanne inzwischen eine andere Farbe angenommen, genau wie der Rest Teig, auf dem sich schon eine Haut gebildet hatte. Ich mußte an die eine Nacht denken, als wir hier an dem splittrigen Holztisch gesessen und Käsebrötchen gegessen hatten, während er mir erzählte, wie er einmal in einem alten Kino Boxchampion geworden war.

Ich warf den Teig in den Mülleimer. Bevor ich zum Telefon ging, sah ich in den Spiegel. »Alles ist möglich. Ruf an!« Ich drehte den Zettel um, sah den Stempel und mußte wieder an meinen eigenen von früher denken, den, wo »Sheriff« draufstand. Vielleicht lag er sogar noch irgendwo hier im Haus, in einem der vielen Kartons, die ich mit nutzlosen Sachen vollgestopft hatte, weil ich zu feige war, sie wegzuwerfen.

»Hallo.«

»Hallo«, sagte ich, »hier ist Arnon am Apparat, spreche ich mit Astrid?«

»Ja.« Ich hörte ihre verschleierte Stimme. An ihrer Art zu

sprechen konnte ich hören, daß sie ihre hellblonde Perücke schon wieder aufhatte und die weißen Stiefel trug.

»Ich war gestern bei dir. Ich bin der Junge, der so viel geredet hat. Der mit den Locken.«

Es blieb still.

»Ich bin der Junge, der so viel geredet hat. Weiß du nicht mehr?«

»Ja«, sagte sie. Doch es war nicht das »ja« von jemandem, der sich erinnert, sondern eins von der Art, mit dem man den anderen zum Weitersprechen ermuntern will. Ich dachte an ihre Brüste, die aussahen, als würden sie von unsichtbaren Fäden hochgehalten, und die etwas rauhere Haut an ihrem Hintern.

»Du sagtest, du wolltest für mich kochen.«

»Laß mich nachdenken«, sagte sie.

»2 sexy Mädchen in pikanter Unterwäsche – alles ist möglich. Ruf an!« Plötzlich wußte ich, daß es ein Irrtum gewesen war, sie anzurufen, und ich bekam Lust auf einen Klaren, um diesem Morgen die scharfen Kanten wegzutrinken.

»Heute?« fragte sie.

»Ja, gut. Ausgezeichnet.«

»Drei Uhr?«

»Okay.«

»Dann mußt du aber in die Agamemnonstraat kommen«, sagte Astrid. »A-G-A-M-E-M-N-O-N.«

Während sie »Agamemnon« buchstabierte – und das dauerte eine ganze Weile –, sah ich in Gedanken dieses ganze Heimbordell wieder vor mir und wußte, daß genau das gleiche passieren würde wie gestern.

»Bis drei dann«, sagte ich.

»Dann machen wir's uns gemütlich«, sagte Astrid.

Ich faltete den Zettel zusammen und steckte ihn in meinen Terminkalender. Ich war noch nie zweimal bei einem Mädchen gewesen. Ich wollte immer wieder zu einer Neuen. Zu einem Gesicht, das ich noch nicht kannte und einem Geruch, den ich noch nicht gerochen hatte, damit die Stunden, die ich bei ihnen verbrachte, einander nicht glichen und ich mich an jede einzelne von ihnen erinnern konnte, trotz der kurzen Zeit, die wir zusammen verbracht hatten, trotz des schlechten Lichts und der Lügen, die wir einander erzählt hatten – Lügen, die nicht mal welche zu sein brauchten, von denen wir das aber sicherheitshalber annahmen, vorausgesetzt, daß wir nicht lieber gar nichts dachten.

Die Vespuccistraat, die Brederodestraat, der Koninginneweg, die Agamemnonstraat, die Utrechtsedwaarsstraat, die Bilderdijkstraat, die Frans van Mierisstraat – durch Amsterdam verlief eine geheime Spur von Mädchen und Frauen mit falschen Namen, bei denen ich geklingelt hatte. Wir hatten uns getroffen in umgebauten Wohnzimmern, auf schlecht gefederten Betten oder in zu Duschen umgebauten Kleiderschränken. Nie war ich zu einer von ihnen zurückgekehrt. Ich war zwar noch oft durch ihre Straßen gegangen, doch hatte ich nie mehr bei ihnen geklingelt, denn was einmalig war, mußte einmalig bleiben. Ich hatte die Tür einen Hauses noch nicht richtig zugemacht, da suchte ich schon wieder die nächste. Schon beim Nachhausegehen hatte ich alles wieder vergessen. Die Perücken, die gefärbten Haare, die Waschbecken, wo sie mich gewaschen hatten, und vor allem das Gesicht der einen, die ich wieder nicht gefunden hatte und auch niemals finden würde. Die Abstände zwischen den Gesichtern wurden immer kürzer, denn zu welcher ich mich auch legte, jede ließ mich doch wieder nur nach der nächsten verlangen.

Zu Astrid würde ich zurückgehen. Ich dachte den ganzen Morgen an sie. An ihre leere, abwesende Stimme, ihre Abneigung gegen all das Gerede der vielen Kunden. Vielleicht hatte sie ja recht, vielleicht sollten wir wirklich besser damit aufhören, Liebe in Worten ausdrücken zu wollen. Vielleicht sollten wir all das Geschwätz über Liebe einfach vergessen und nur noch Wärme geben, und zwar auf die einzig mögliche Weise: mit unserem Körper – und ansonsten besser den Mund halten.

An dem Morgen las ich drei Bücher, zu denen ich Lesegutachten schreiben sollte. Ich gab mir wirklich Mühe, ihre Hirngespinste spannend zu finden, aber ich dachte an den aufgespannten Regenschirm und an das Bett, auf dem ich in ein paar Stunden wieder liegen würde, und an die Blumenfrau, die im Flur mit mir abrechnen und mich »mein Junge« nennen würde.

Nachdem ich einen Hering gegessen hatte, nahm ich zum zweiten Mal an dem Tag eine Dusche, schmierte mir eine Extraportion Gel in die Haare, zog ein Paar frische Socken an und steckte mir Geld in die Tasche.

An der Ecke zum Willemsparkweg hatten ein Junge und ein Mädchen einen kleinen Stand aufgebaut.

»Möchten Sie Pflaumen kaufen, Meneer?«

Ich blieb stehen. »Wo kommt ihr her?«

»Aus der Nähe von Tiel«, sagte der Junge. Er war älter als das Mädchen. Er hatte einen kurzen, dicken Hals und war ziemlich kräftig gebaut. Aus ihm würde bestimmt mal ein Muskelprotz werden.

»Sind die Pflaumen aus eurem Garten?«

»Zwei fünfzig das Kilo«, sagte das Mädchen.

Ich bückte mich. »Wie heißt du?« fragte ich.

Ich verstand sie nicht richtig – was ich hörte, klang wie »Diederikje«.

»In anderthalb Stunden bin ich wieder da«, sagte ich, »dann kauf ich euch ein paar Pflaumen ab.«

»Ach, du bist's«, sagte die Blumenfrau.

»Ja, ich hab eine Verabredung mit Astrid.«

»Komm rein«, sagte sie und schloß die Tür hinter mir.

»Astrid ist nicht da, die ist auf Einsatz.«

»Ich hab aber eine Verabredung mit ihr, für drei Uhr.«

»Kommst du für anal?«

»Nein, für Astrid.«

»Ach, du kommst für anal.«

»Nein, für Astrid, wenn ich's doch sage.«

»Willst du normal?«

»Na ja, eigentlich schon.«

»Dann kannst du genausogut ein anderes schlankes Mädchen nehmen, komm ruhig rein. Aber erst müssen wir natürlich abrechnen.«

Ich gab ihr die hundertfünfundzwanzig Gulden – diesmal hatte ich es passend. Wieder folgte ich ihr ins Wohnzimmer. Dort saßen zwei Frauen.

»Er kam für Astrid, aber da hab ich ihm gesagt, dann kann er genausogut ein anderes schlankes Mädchen nehmen.« Sie stieß mich freundschaftlich in die Seite. »Das ist sie«, sagte die Blumenfrau und zeigte auf das Mädchen, das auf dem Sofa am Fenster saß.

»Hallo«, sagte ich. Wir gaben einander die Hand. Bei dem anderen Mädchen tat ich das nicht, auch sie machte keine Anstalten dazu.

»Kalte Hände.«

»Es ist kalt draußen«, entschuldigte ich mich.

»Scheißsommer.«

»Was möchtest du trinken?« fragte die Blumenfrau.

»Bier, wenn's geht.«

»Ich muß noch einkaufen, geht auch Cola?«

Cola ging auch.

»Setz dich, mein Junge, fühl dich wie zu Hause. Möchtest du ein Kissen?«

Ich sagte, daß ich kein Kissen brauchte, und betrachtete das andere Mädchen. Sie hatte kurzgeschnittenes, blondes Haar und trug ein weißes T-Shirt und einen Slip. Sie saß auf dem Sofa mit einem Schälchen Nüsse zwischen den Beinen. Das Mädchen, mit dem ich gleich mitgehen sollte, trug eine Art schwarzen Strampelanzug. Wir schwiegen und sahen uns zu dritt einen Zeichentrickfilm auf RTL 4 an. Auf dem Wohnzimmertisch lagen zerdrückte Plastikbecher und Teller, genau wie gestern. Es sah aus wie in einer Jugendherberge kurz vorm Schlafengehen.

»Kennst du Astrid – näher, meine ich?«

»Naja, näher. Ich bin einmal bei ihr gewesen.«

Als der Zeichentrickfilm zu Ende war, sagte die im Strampelanzug: »Ich wollte gerade essen – wenn niemand da ist, ißt man, wenn man Hunger hat. Aber dann kamst du.«

Ich nickte.

»Dann nehm ich's jetzt eben wieder aus der Mikrowelle.«

»Ich paß schon drauf auf«, sagte die Blumenfrau.

»Ich kauf immer Tiefgefrorenes.«

»Ist das lecker?« fragte ich.

»Find ich schon.«

»Wo ist das Fernsehprogramm?« Das war das erste Mal, daß das Mädchen im T-Shirt den Mund aufmachte, doch niemand reagierte. Sie zog eine Tüte Nüsse unter ihrem Kissen hervor und schüttete sie in ihr Schälchen.

»Gehen wir, die Cola kannst du mitnehmen.«

Wieder gingen wir in das Zimmer mit dem aufgespannten Regenschirm. Ich setzte mich aufs Bett. Sie sagte, sie sei gleich zurück. Ich hörte, daß ein neuer Zeichentrickfilm angefangen hatte. Ich dachte an Astrid. Sie hatte sich auf Analverkehr verlegt, vielleicht, weil sie sich von innen anfühlte wie ein Eimer Seifenlauge. Auch sie würde einmalig bleiben.

»Paßt doch selber auf die Zeitung auf, ich kann doch nicht den ganzen Tag das Programm für euch suchen«, hörte ich die Blumenfrau rufen.

Das Mädchen kam herein und machte die Tür zu.

»Ich dachte, du wärst schon ausgezogen.«

»Ich hab auf dich gewartet.«

»Willst du nicht noch waschen?«

»Hab ich grad zu Hause noch gemacht.«

»Ich heiß übrigens Maria, das ist kein Deckname, so heiß ich wirklich.«

»Ich heiß Arnon, auch kein Deckname; haben wir das auch hinter uns.«

Beide waren wir jetzt nackt, nur ich hatte noch das Glas Cola in der Hand.

»Da ist doch das Programm, vor deiner Nase, du Blindschleiche, du mußt nur mal richtig hingucken«, rief die Blumenfrau – direkt vor der Tür, wie es schien.

»Legen wir uns auf das Bett da hinten«, sagte Maria.

Es war das andere Bett, nicht das unter der Treppe, sondern das am Fenster. Dort war es hell, heller, als ich gewohnt war. So viel Licht war mir zu viel. Sie zog die Vorhänge zu. Ich konnte meine Kleider auf dem Boden nicht mehr sehen.

»Woher kommst du?«

»Aus Dortmund, aber das hört man nicht, oder?«

»Nein«, sagte ich, »mein Kompliment.«

»Und du?«

»Aus Amsterdam. Aber meine Eltern kommen aus Berlin. Sie sind Juden – wie ich, aber das hast du wahrscheinlich schon gemerkt.«

»Macht doch nichts«, sagte sie, »macht alles nichts. Leg dich einfach hin.«

Das tat ich. An der Wand hing ein Spiegel, der die ganze Länge des Betts abdeckte. Sie legte ihren Kopf auf meine Brust. »Bum, bum, bum«, sagte sie.

Das fand ich weniger toll. »Was ist?« fragte ich.

»Dein Herz macht ›bum, bum, bum‹, es ist ganz aufgeregt.«

»Ja, natürlich macht es ›bum, bum, bum‹, sonst wär ich ja tot, und das wär ja jetzt auch nicht das Wahre, oder?«

Sie nahm den Kopf von meiner Brust und fing an, mich zu massieren. Ihre rotbraunen Haare hingen ihr in wirren Strähnen über den Rücken und ins Gesicht.

»Was soll ich machen?«

»Laß dir was einfallen«, sagte ich und dachte an einen schönen Wodka mit Bier auf einem Tresen. Mir fiel ein, daß ich *De hond met de blauwe tong* irgendwo hatte liegenlassen, doch ich wußte nicht mehr, wo. Es war mir auch ziemlich egal.

»Französische Massage?«

»Prima.«

Sie begann, an mir herumzufummeln. Ich war schon bei vielen gewesen, aber zuletzt holten sie einem doch immer nur alle einen runter, als ob sie Gläser spülten. Ich hatte noch keine getroffen, die es so gut konnte wie ich. Vielleicht sollte ich doch noch den Beruf wechseln.

»Ich wußte gar nicht, daß es auch orangefarbene Kondome gibt.«

»Ach, schon ganz lange«, sagte sie, »die sind besser bei französischer Massage, die grünen sind ganz bitter, das schmeckt echt unangenehm.«

Ich hörte jemanden klingeln und fragte mich, ob das Astrid war.

»Kommst du schnell?« fragte sie, »dann stell ich mich drauf ein.«

»Das ist schön von dir«, sagte ich, »wirklich sehr schön. Aber das ist jedesmal anders, mal so und mal so. Hängt auch ein bißchen von der Stimmung ab.«

»Eben war ich noch in Leidschendam. Auf Einsatz. Ich hab ein eigenes Auto.«

»Ich nicht.«

»Hast du 'ne Mikrowelle?«

»Nein, auch nicht.«

»So ’n Ding ist unheimlich praktisch, weißt du. Vor allem, wenn man allein wohnt. Wohnst du allein?«

»Ja.«

Ihr Rücken war voller Leberflecken.

»Ich auch – na ja, dann weißt du’s ja selber.«

Ich wußte nicht, was ich selber wissen sollte, aber ich fragte auch nicht danach. Die französische Massage ging ohne Unterbrechung weiter.

»Heut ist unser letzter Tag.«

»Was?«

»Wir machen zu«, sagte Maria, »ab jetzt fahrn wir von hier nur noch auf Einsatz. Freitag hatten wir eine Razzia, und jetzt dürfen wir kein Club mehr sein.«

»Dann hab ich ja Glück gehabt, daß ich Freitag nicht hier war.«

»Ach, weißt du, das geht. Zu den Kunden sind die Bullen immer ganz nett.«

Minuten vergingen. Es war gut, daß ich an nichts zu denken brauchte als an den Rest dieser Stunde und die Geräusche des Fernsehers, die durch die dünnen Wände hereinkamen. Ich fragte mich, ob das Mädchen auf dem Sofa immer noch Nüsse knabberte und ob die Blumenfrau schon vom Einkaufen zurück war, damit sie mir endlich ein Bier geben konnte statt lauwarmer Cola.

»So gefällt er mir«, sagte Maria, »so gefällt er mir.« In dem Moment kam es mir vor, als sei ein Jahrhundert vergangen, als hätte ich mein ganzes Leben auf diesem Bett verbracht, den Blick auf den Hinterkopf einer Unbekannten gerichtet, die mich französisch massierte, während wir beide darauf warteten, daß es vorbei war.

»Leg dich mal auf mich, dann kann ich mich ein bißchen ausruhen.«

Ich kletterte auf sie und sah uns im Spiegel. Ich kann nicht verstehen, warum Leute sich in solchen Momenten im Spiegel sehen wollen.

»Ist das ein Vogel?« fragte ich und zeigte auf die Tätowierung auf ihrer linken Titte.

»Ein Schmetterling«, sagte sie, »daß du das nicht siehst! Weißt du, wie sie mich früher immer nannten? Madame Butterfly.«

»Madame Butterfly«, sagte ich und küßte sie aufs Ohr.

Sie hielt mich fest und führte mich in sich ein. Sie sah mich an, und ich starrte auf den Schmetterling. Je länger ich ihn ansah, desto mehr schien er zu leben. Ich bewegte mich im selben Rhythmus, mit dem man Babys in den Schlaf wiegt, und hatte das Gefühl, als könnte ich jeden Moment einschlafen, als würden alle verkaterten Vormittage, die ich noch vor mir hatte, sich jetzt schon ein Stelldichein geben, um mir einen Vorgeschmack zu besorgen. Ich sah mich auf Madame Butterflys Körper liegen, sah unsere Knie, unsere Köpfe und ihre Locken, die wahrscheinlich auch keine Woche mehr halten würden, ich sah alles. Ich hielt ihren Kopf fest, so wie ich schon viele Köpfe festgehalten und an mich gedrückt hatte, weil sich's so nun mal am bequemsten liegt, und ich sah den Schmetterling, einmal im Spiegel und noch mal auf ihrer Titte, und nach zehn Minuten wollte ich nur noch weg. Zu Astrid, zu Marcella, auf jeden Fall zu irgendeiner anderen.

Ich ging von ihr herunter.

»War's das?« fragte sie.

»Ja«, sagte ich.

Sie nahm meinen Pimmel. »Bist du gekommen? Nee, oder?«

»Na klar«, sagte ich, »ganz bestimmt.«

Sie bearbeitete ihn ein bißchen mit der Hand.

»Nur ein ganz kleines Tröpfchen. Na ja, das gibt's auch.«

Sie sagte es tröstend, und wir zogen uns an.

»Willst du dich noch frisch machen?«

»Nein«, sagte ich, »ich wohn hier ganz in der Nähe.«

»Der Kunde ist König.«

Sie fragte mich, wie alt ich sie schätzen würde. Ich sagte: »Zweiunddreißig.« Sie sagte: »Vierunddreißig.« In ein paar Jahren wollte sie damit aufhören.

Ich sah, wie sie das Handtuch auf dem Bett ausklopfte und umdrehte. Wahrscheinlich hatten sie es schon zwanzigmal ausgeklopft und umgedreht, aber das machte mir schon seit Monaten nichts mehr aus.

»Willst du in einem Büro arbeiten?« fragte ich.

»Bist du verrückt? Ich will was mit Catering machen.«

»Auch ein schöner Beruf.«

Sie betrachtete sich in einem Handspiegel und zog ihre Lippen nach.

»Eigentlich bin ich Krankenpflegerin, aber davon hab ich's im Rücken bekommen. Ich hab in einem Pflegeheim gearbeitet.«

»Die sind schrecklich, diese Pflegeheime«, sagte ich.

»Ja«, sagte sie, »die sind echt das Letzte.«

Ich nahm meine Hausschlüssel, die ich unters Bett gelegt hatte, und steckte sie wieder in die Hosentasche. Madame

Butterfly schob mir eine Locke aus der Stirn. »Na, das war ja ein kurzes Vergnügen.«

»Ach«, sagte ich, »Sie machen ja auch nur Ihre Arbeit.«

Wir gingen zur Haustür. Ich sah nach, ob Astrid vielleicht irgendwo auftauchen würde, doch ich konnte sie nirgends entdecken. Ich winkte der Blumenfrau, die gerade telefonierte, und sie winkte zurück. Wir standen jetzt im grellen Tageslicht.

»Mir hat's gefallen«, sagte ich.

»Ja, mir auch«, sagte sie.

Ich lief Richtung Hectorstraat. Die Stunde, die eine Viertelstunde gedauert hatte, war wieder um.

Auf einem kleinen Platz stellte ich mich hinter einen Baum. Ich öffnete nicht nur den Hosenschlitz, sondern auch den obersten Knopf meiner Jeans. Ich lehnte mich mit dem Kopf gegen den Baumstamm. Ein großer violetter Fleck, der noch am ehesten einem Bluterguß ähnelte, war das sichtbare Überbleibsel von Madame Butterflys französischer Massage.

Sandra

Meneer Dreese wohnte unterm Dach, und während ich die Treppen hochstieg, dachte ich, daß es vielleicht doch keine schlechte Idee gewesen wäre, jemandem zu erzählen, wo ich hinging, oder wenigstens irgendwem eine Telefonnummer oder eine Adresse zu hinterlassen.

Auf der zweiten Etage kam ich an einem Kinderwagen vorbei, auf der dritten stand ein Rennrad, und noch ein Stockwerk höher war ein Dachfenster, durch das unangenehm helles Licht hereinfiel. Wahrscheinlich machte ich mir ganz umsonst Sorgen, weil das Schlimmste, das einem passieren kann, ja sowieso passiert. Gestern hatte ich gewettet, daß Ajax das Spiel heute abend im Olympiastadion gewinnen würde. Ich hatte fünfhundert Gulden gesetzt. Beim Endspiel Parma – Antwerpen hatte ich hundert auf Parma gewettet und am nächsten Tag einen Hunderter mehr in der Tasche gehabt, so daß ich mich für einen der cleversten Burschen der ganzen Stadt hielt.

Meneer Dreese beugte sich über das Treppengeländer, und noch bevor ich ganz oben war, sagte ich: »Entschuldigung, daß ich so spät komme, aber ich hab's nicht gleich gefunden.«

»Stephan?« fragte er.

»Ja«, sagte ich.

Sein Dachboden war eingerichtet wie ein Appartement, das man möbliert gemietet hat. Drinnen war es noch wärmer als auf der Straße, wo es auch nicht gerade kalt war. Es roch nach Hirschleder. Ich habe noch nie Hirschleder gerochen, aber meiner Meinung nach muß es genauso riechen wie dort auf dem Dachboden.

»Da lang«, sagte er.

Wir gingen in einen Nebenraum, in dem ein Schreibtisch und zwei Stühle standen. An der Wand hing ein Ventilator, der sich langsam drehte, so einer, wie sie ihn überall in Israel haben: im Wohnzimmer, im Auto und einige sogar auf dem Klo.

Meneer Dreese hatte ein eckiges Gesicht und trug eine Brille. Allem Anschein nach kam er aus Indonesien, auf jeden Fall von irgendwo da aus der Gegend. Ich dachte an meine letzte Geliebte und fragte mich, ob sie auch hier gesessen und darauf gewartet hatte, daß der Ventilator wieder an ihrem Gesicht vorbeistrich. Das Zimmer erinnerte mich an den Nebenraum unseres Rektors in der Schule. Nur gab es dort keinen Ventilator. Irgendwann im Leben bleibt einem nichts anderes mehr übrig, als sein Los mit dem anderer Leute zu verbinden – oder mit dem Ausgang eines Fußballspiels und dem Geld, das man sein Leben lang nicht mehr zusammenverdienen kann, aber schon längst ausgegeben hat. Dann dachte ich wieder an meine letzte Geliebte und fragte mich, ob sie wohl etwas Besonderes angehabt hatte. Ich trug meinen grünen Pullover, der immer noch zwei Löcher hatte, und meine weiße Hose. Den ganzen Tag hatte ich geschwankt, ob ich wirklich herkommen sollte. Am Nachmittag, als ich am Südbahnhof versucht hatte, *Het*

Parool zu verkaufen, war ich mir noch nicht sicher gewesen, und auch später noch nicht. Ich lief mit meinem *Het Parool*-T-Shirt durch die Gegend und mußte die ganze Zeit in die Visagen der Leute sehen, die unbedingt noch einen Zug erwischen wollten. Ich rief: *»Het Parool, Het Parool, Het Parool«,* aber selbst wenn ich gerufen hätte: »Zehn Gulden, und ich beiß mir den Schwanz ab«, wäre niemand stehengeblieben. Um halb fünf hatte ich drei verkauft. Ich zog das T-Shirt aus und meinen Pullover wieder an und ließ die dreißig restlichen Zeitungen genau vor der Rolltreppe zum Bahnsteig liegen, wo die Schnelltram nach Amstelveen abfuhr. Auch das T-Shirt ließ ich dort. Irgend jemand würde bestimmt noch seine Freude daran haben.

»Mit ›ph‹?« fragte Meneer Dreese. »Stephan mit ›ph‹?«

»Ja«, sagte ich.

»Warum hast du angerufen?« Seine Hände lagen auf dem Tisch, in der einen hielt er einen Kugelschreiber. Jedesmal, wenn der Ventilator an seinem Gesicht vorbeistrich, wurden über seinem Ohr ein paar Haare hochgewirbelt.

»Ich brauche Geld.«

Er nickte.

»Ich hab fast nur noch Schulden. Es wächst mir alles etwas über den Kopf, und ich hab keine Lust, meine Mutter umzubringen.«

Ich lachte, doch weil er nicht mitlachte, hörte ich schnell wieder damit auf.

»Wir arbeiten hier seit anderthalb Jahren«, sagte Meneer Dreese, »und ich darf sagen, daß sich bisher alles nach Wunsch entwickelt. Hier ist eine unserer Annoncen.«

Er tippte mit dem Kuli auf das Blatt vor mir, doch ich

konnte nicht erkennen, was er meinte. Ich fühlte nur, wie heiß mir war.

»Am Telefon hab ich dir schon ein bißchen was erzählt, oder?«

Ich nickte, und wieder fragte ich mich, wie viele von ihnen wohl hier gesessen hatten, und was die letzte Verflossene wohl auf all die Fragen geantwortet hatte, wo sie doch nicht einmal die Sprache verstehen konnte.

»Ich brauch ein Paßfoto von dir. Du wirst mindestens *einen* Auftrag bekommen. Danach will ich dich noch mal sprechen. Es gibt welche, die dann wieder abspringen, aber wenn von dir aus alles klargeht, kann meinetwegen der Rubel rollen. Einverstanden?«

»Ja«, sagte ich.

Er nahm ein Blatt Papier, und ich bemerkte, daß es wieder angefangen hatte zu regnen. Es war wärmer geworden, aber es regnete immer noch. Durch das kleine Fenster fiel Licht herein. Jedesmal, wenn ich ihn ansah, mußte ich deswegen die Augen etwas zusammenkneifen.

»Alter?«

»Zweiundzwanzig.«

»Größe?«

»Ungefähr ein Meter zweiundsiebzig.«

»Augenfarbe... sagen wir mal – blau, Haarfarbe dunkelblond. Sind das Naturlocken?«

»Ja.«

»Schön.«

»Danke.«

»Was tust du so?«

»Wie meinen Sie das?«

Meneer Dreese nahm seine Brille ab und rieb sich die Augen. Jedesmal, wenn seine Haare hochgewirbelt wurden, mußte ich hinsehen. Er hatte eine Halbglatze.

»Was arbeitest du?«

»Ab und zu arbeite ich fürs Radio.«

»Hobbys?«

»Na, sagen wir mal: Kunst.«

»Was für Kunst?«

Auf dem Weg hierher hatte ich eine Bratscholle mit Cocktailsauce gegessen. Bei jedem Wort, das ich sagte, konnte ich die Cocktailsauce riechen.

»Alle Kunst. Egal, was.«

»Das ist mein alter Beruf.«

»Was?«

»Früher hab ich viel mit topographischen Karten gearbeitet, aber damit kriegt man auch keine Butter aufs Brot.«

»Nein?«

Vor mir lag immer noch der *Cosmopolitan*. Jedesmal, wenn ich mich vorbeugte, um die Annonce zu lesen, wurde mir wieder schwindlig.

»Sport?«

»Tennis.« Ich dachte an meine Mutter und die Trainerin und sah die ganze Karel Lotsylaan wieder vor mir und all die Mittwochnachmittage, an denen ich mich dort herumgequält hatte.

»Männer und Frauen?«

»Nur Frauen.«

»SM?«

»Nein.«

»Paare?«

»Lieber auch nicht.«

»Bis zu welchem Alter?«

»Ach, Alter sagt so wenig… siebzig.«

Das bereute ich sofort. Ich hätte »vierzig« sagen sollen, aber jetzt konnte ich nicht mehr zurück. Ich hätte gern etwas getrunken, doch er bot mir nichts an.

»Stephan war mein Lieblingsheiliger.«

»Pardon?«

»Er war mein Lieblingsheiliger. Stephan.«

Ich fragte mich, ob das T-Shirt und die Zeitungen immer noch dalagen.

»Du bekommst jetzt eine Kennummer von mir, und wenn du mir dann noch sagst, wann du kannst, kann der Rubel von mir aus rollen.«

Jetzt fing er schon zum zweiten Mal mit seinem Rubel an, der rollen sollte. Solche Redensarten gingen mir auf die Nerven, Redensarten gingen mir überhaupt auf die Nerven.

»Noch Fragen?«

»Wenn ich angekommen bin, muß ich dann anrufen und durchgeben, daß ich da bin?«

»Nein, das verlangen wir nur von den Mädchen. Es hätte übrigens auch wenig Sinn, meistens spielt es sich sowieso in Hotels ab.«

»Und der Fahrer rechnet mit ihnen ab?«

»Auch das ist anders als bei den Mädchen: Das machst du selber, und einmal pro Woche kommst du hierher zum Abrechnen. Hast du einen Anzug?«

Ich sagte: »Ja«, obwohl ich gar keinen hatte.

»Gibt es Dinge, die ich ablehnen darf?« fragte ich.

»Natürlich. Wir sind hier nicht scharf auf Exzesse.«

Wer »wir« waren, blieb unklar, und auch, was für Exzesse er meinte, auf die sie nicht scharf waren.

»Du erfährst vorher, was verabredet worden ist«, sagte er, »zum Beispiel, ob ihr erst noch was essen geht. Es braucht auch nicht immer auf Sex hinauszulaufen.«

»Kondome bekomm ich von Ihnen?«

»Die mußt du dir selber besorgen, sonst könnte ich eine Kondomerie aufmachen, und die gibt's glaub ich schon.«

Er lachte, also lachte ich auch. Ich dachte an das Mädchen, das mir erzählt hatte, daß sie auf einem Boot für Junggesellenfeste angefangen hatte. Von diesen Booten gab es bestimmt eine Menge.

Meneer Dreese tippte mit dem Kuli auf seinen Handrücken und sagte, daß ich wirklich keine Angst vor Drachen à la Ma Flodder zu haben bräuchte. Ich dachte an den Mann, der mir vom schönsten Fleck auf Erden erzählt hatte.

»Werd ich zu Hause abgeholt?«

»Ich glaub nicht, daß dir das gefallen würde.«

Dann stand er auf und sagte: »Ich bin kein Mann von vielen Worten.«

Ich tat es ihm nach. »Nein, ich eigentlich auch nicht.«

»Bringst du am Samstag ein Foto vorbei?«

»Vormittags?«

»Lieber nachmittags, meine Nächte sind schon lang genug.«

›Meine auch‹, wollte ich sagen, doch ich hielt den Mund.

»Also, bis dann«, sagte er. »Moment, ich geb dir noch meine Karte.«

Ich ging wieder hinunter, am Rennrad und am Kinderwagen vorbei. »Dreese« stand auf der Karte, *»Director-*

Owner.« Darunter: *»Blue Moon, Escort, Dinner-Dating, Sight-Seeing, Guide for Men and for Women.«*

Draußen machten diejenigen, die jetzt nicht in Spanien am Strand lagen, ihre Einkäufe. Ich ging den Weg über den Hoofddorpplein und die Zeilstraat zu Fuß zurück.

Ich mußte an die Zeit denken, als sie mich gerade von der Schule geworfen hatten und ich fest entschlossen gewesen war, Schauspieler zu werden, und alle Theaterschulen abklapperte. In Amsterdam schaffte ich es bis zu den Wochenendworkshops. Unser Kursleiter war der Typ, den wir alle von der Persilreklame kannten. Am ersten Tag sagte er, er heiße Pollo, das sei italienisch und bedeute »Huhn«. Dann mußten wir alle mit unseren Namen etwas Ähnliches machen. Am zweiten Tag des Workshops sollten wir im Trainingsanzug kommen, doch ich hatte keinen. Es war die Zeit, als ich immer den Pelzmantel meines Vaters trug. Am Sonntagnachmittag mußte ich mit einer Frau eine Improvisation machen, die es wahnsinnig originell gefunden hatte, halb barbusig zum Workshop zu kommen. Ich weiß nicht mehr, was wir genau improvisierten, nur noch, daß der Persiltyp am Anfang dauernd: »Intimer, intimer!« rief und zuletzt: »Und jetzt zieh ihm das Hemd aus!« Ich glaube, wir spielten ein streitendes Ehepaar. Immer wenn sie sich vorbeugte, fielen ihr die Brüste aus dem T-Shirt und mußten erst wieder zurückgestopft werden. Vor lauter Nervosität hatte ich einen Steifen bekommen. Jedesmal, wenn sie einen Schritt in meine Richtung tat, machte ich einen Schritt zurück, denn ich dachte: ›Noch einen Zentimeter, und sie merkt's.‹ Zuletzt stand ich mit dem Rücken zum Fenster. Als es so aussah, als würde sie mich unter Pollos anfeuernden Worten tatsächlich halb ausziehen, brach ich die Improvisation ab. Nach einer halben Stunde erfuhr ich, daß ich nicht mehr wiederzukommen brauchte. Auf der Theaterschule in Maastricht war es das gleiche, aber dort blieben sie mir wenigstens von der Wäsche. Danach habe ich noch ein paar Screen-Tests für Werbefeatures gemacht, doch auch das habe ich nach einem halben Jahr zum Glück sein lassen.

Danach fing ich in dem Büro an, wo diese Frau mit den sehr langen Haaren arbeitete. Sie hatte sie schon seit zwanzig Jahren nicht mehr geschnitten. Morgens brauchte sie mindestens eine halbe Stunde zum Hochstecken. Sie hieß Hanna und aß am liebsten belegte Brötchen mit Käse oder mit Ei. Sie war sehr würdevoll, das sah man schon an ihrer Art zu gehen. Eigentlich war sie schon lange in Pension, aber sie war wiedergekommen. Sie gab uns das Gefühl, daß der Laden ohne sie verludern würde.

Neben mir im Büro saß ein Mädchen, das sie sich aus der Fleischwarenabteilung bei Albert Heijn geholt hatten. Mit ihr gab es immer was zu lachen. Das Fleisch, das sie vier Jahre lang hatte schneiden müssen, war ihr ziemlich schnuppe. Sie erzählte mir, was sie so alles damit anstellten, wenn sie sich langweilten. Es machte ihr nichts aus, daß sie kaum zwanzig Wörter fehlerfrei schreiben konnte, und auch ihre Karriere war ihr schnurz. Leute, denen solche Sachen schnurz sind, sind oft sehr witzig. Wir arbeiteten zusammen in der Abteilung »Doppelzahlungen«. Anderthalb Jahre lang habe ich mich mit Kunden herumgeschlagen, die doppelt bezahlt hatten.

Einen Tag nach Nikolaus wurde ich entlassen. Fünf Tage nach Nikolaus hatte Rosie mit mir Schluß gemacht, Nikolaus ist darum immer eine sehr schlechte Zeit für mich.

Wenn jemand Geburtstag hatte, tranken wir unten im Empfangsraum Kaffee. Hanna stand immer als erste auf, ich als letzter.

Wir hatten ein Männer- und ein Frauenklo, doch ich ging immer nur aufs Frauenklo. Bei den Männern war der Gestank nämlich nicht auszuhalten. Einer der Kerle im Büro – ich weiß nicht, was er auf dem Klo alles anstellte, aber meiner Meinung nach kotzte er mindestens dreimal am Tag. Inzwischen ist er verheiratet und scheint jetzt viel weniger zu kotzen. Zusammen mit Hanna ist er wohl der einzige, der noch dort arbeitet. Bis auf Mevrouw Tuynman natürlich, doch über sie könnte ich ein ganzes Buch schreiben, denn sie war hoffnungslos in ihren Hund vernarrt. Der Hund gewann überall Schönheitskonkurrenzen. Wenn er wieder einen Preis gewonnen hatte, kaufte sie für alle Schokoladencroissants. Als ich im Büro anfing, hatte sie einen Vater und einen Hund, als ich ging, nur noch den Hund. Ihr Vater war auf dem Sofa eingeschlafen, genau an dem Tag, an dem wir unser Betriebsfest hatten. Am nächsten Tag mußten wir ihr alle kondolieren, doch das habe ich nicht getan. Es ist kein echtes Prinzip, aber eigentlich kondoliere ich nie jemandem. Ich kann es auch nicht leiden, wenn andere Leute mir kondolieren.

Ich habe Mevrouw Tuynmans Hund nie angefaßt. Ich bin nicht so für Hunde. Das größte Tier, das ich bis jetzt ins Jenseits befördert habe, war eine Hummel, doch das wird sich bald ändern.

Ich habe einmal mit einem Seemann gesprochen, der mir erzählte, daß er auf einer Bohrinsel anfangen wolle, denn von dort sei es nicht mehr weit bis ins Paradies, und das Paradies war seiner Meinung nach der beste Ort, um alt zu werden.

Am Ende der Zeilstraat ging ich in eine Imbißbude und bestellte eine Portion Flämische Fritten. Am Spielautomaten standen zwei Männer, die mir katholisch genug vorkamen, um sich mit Heiligen auszukennen. »Wißt ihr zufällig, wer der heilige Stephan war?« fragte ich.

Sie schienen es beide nicht zu wissen. Der eine sagte: »Ich arbeite im Einkauf, ich weiß nichts über Heilige, frag ihn mal.« Er zeigte auf den Mann hinter der Theke.

»Stephan war ein Heiliger«, sagte der, »mehr weiß ich auch nicht. Er ist ganz schrecklich gestorben. Die Juden haben ihn abgemurkst, das alte Volk.«

»Danke«, sagte ich, »jetzt weiß ich genug«, und ging mit meinem Rest Fritten nach draußen. »Nur eine tiefe Beziehung zu den Mitmenschen bewahrt vor späterer Einsamkeit« hatte mal jemand geschrieben – wer, wußte ich nicht mehr. Langsam bekam ich übrigens einen immer größeren Haß auf meine Mitmenschen. Nur diejenigen, die mich anlachten, weil sie fünfzig Gulden in mir sahen, haßte ich nicht. Die meisten Menschen finde ich keine fünfzig Gulden wert. Darum lache ich sie auch nicht an.

Ich dachte an den einen Abend, als ich wieder in die Kneipe am Ende der Lange Nieselstraat gegangen war. Alle sagten, es würde wohl der letzte warme Abend in diesem Sommer werden. Ich setzte mich rein. Nach zwei Stunden fragte der Mann neben mir, ob ich mich noch an mein erstes Popkonzert erinnern könnte. Seine Krawatte hing lose, sein Gesicht war naß vor Schweiß. Er hatte Hamsterbacken, kurzgeschnittenes Haar und eine dicke, rote Nase. Ich war noch nie auf einem Popkonzert gewesen, doch ich hatte nicht die geringste Lust, ihm das auf die Nase zu binden.

»Was machst du hier?« fragte er.

»Ich wohne in der Nähe«, sagte ich.

»Und, kommst du hier in der Gegend 'n bißchen zurecht?«

»Prima, mach dir um mich mal keine Sorgen.«

»Wie heißt du?«

»Stephan.«

»Stephan – Frans. Stephan – Frans. Ich kann nichts versprechen, aber vielleicht werd ich's mir merken.«

»Und du?«

»Frans, sagte ich doch.«

Die alte Frau saß immer noch da, neben dem Mädchen, das in einer Tour heulte und der sie gesagt hatten, sie solle besser nach Hause gehen. Auch der Schwarze mit dem Schnurrbart, der nie etwas sagte, war wieder da. Alle anderen saßen draußen, denn es sollte doch der letzte warme Abend dieses Sommers werden.

»Mein erstes Popkonzert war Pink Floyd«, sagte Frans. »Ein Drittel der Leute hier sind Bekannte, das andere Drittel sind Touristen, und der Rest sind Vollidioten. Vorläufig hast du den Zweifel für dich, und ich zähl dich zu den Vollidioten.«

Die alte Frau, die uns gerade ihre Brille gezeigt hatte, sagte: »Alles Krokodilstränen.«

Das Mädchen heulte herum, seit ich hereingekommen war. Zuerst hatte sie sich bei Frans angelehnt, und der hatte gesagt: »Na, komm«, und das Mädchen hinterm Tresen hatte gemeint: »Weinen erleichtert.« Irgendwie fand ich es abstoßend, wie sie so dastand mit ihren roten Augen und der verlaufenen Wimperntusche und ihrem Gejammer, als würde die Welt untergehen.

Aus der Jukebox kam dieses eine Lied, *Faces faces*. Das fand ich gut, und die Frau sagte: »Da hab ich kein Mitleid, echt nicht.«

»Was machst du?« fragte Frans.

»Ich lese Manuskripte für einen Verlag.«

»Also ein Vollidiot.«

»Und du?«

»Ich arbeite in der Inkassobranche. In Baarn. Ich habe in Leiden studiert, ich bin ein echter Leidener. Aber das hier ist der schönste Fleck auf Erden, und ich bin fast überall gewesen, aber das hier ist echt der schönste Fleck auf Erden.«

Die Jukebox änderte ihre Farbe von Blau über Gelb nach Grün und wieder zurück. Das ging ununterbrochen so weiter, man konnte es sich stundenlang ansehen, während man sein Bier trank.

»Alles Krokodilstränen«, sagte die Alte, »ohne Pariser darfst du eben keinen drüberlassen. Da hab ich kein Mitleid, echt nicht. Früher hatt ich immer gleich mit fast allen Mitleid, aber man wird hart.«

»Dauert es lange, bis man hart wird?« wollte ich wissen.

Sie saß neben mir, aber erst jetzt sah sie mich an. Von oben bis unten und wieder zurück.

»Ach, mein Junge«, sagte sie, »du wirst hart, eh du dich's

versiehst, das geht so schnell, das kannst du dir gar nicht vorstellen.« Sie beugte sich zu Karin, die hinter der Theke stand. »Wie gefall ich euch eigentlich besser«, fragte sie, »mit oder ohne Brille?«

»Ohne«, riefen wir alle.

Das Mädchen flennte immer noch. Karin brachte ihr eine Tasse Tee mit neun Würfeln Zucker. Der Schwarze, der Willem hieß, schmiß eine Runde. »Jetzt geht das wieder«, sagte er, »jetzt, wo die Touristen weg sind.«

»Das schmeckt eigentlich am besten«, sagte Frans, »so ein halber Liter eiskalt vom Faß. Aber ich trink's doch lieber aus der Flasche. Die hat wenigstens 'ne halbwegs anständige Temperatur, und du trinkst's ja doch aus, bevor's warm wird; bei dem andern kriegst du nur 'ne kalte Dusche im Magen. Ich kenn doch meinen Magen.«

Endlich hatte die in der Ecke aufgehört zu heulen.

Er trank seine Flasche aus und wir unsere Gläser.

»Die fällt schon mal raus«, sagte Frans, »wegen ihrer Waden.«

Ich drehte mich um. »Ja, die fällt schon mal raus.«

»Wegen ihrer Waden. Eigentlich schade, aber wir müssen streng sein. Streng, aber gerecht. Stimmt's, Annemiek?«

»So ist es«, sagte die Alte.

»Was war der letzte Film, den du gesehen hast?« fragte ich.

»Weiß ich nicht mehr«, sagte Frans.

»Frans geht nicht ins Kino«, erklärte Karin, »das wären ja vier Bier weniger, die er trinken kann.« Sie zwinkerte mir zu. Sicherheitshalber sah ich mir die eine noch mal an, die schon wegen ihrer Waden rausfiel.

»Mußt du jetzt noch bis nach Hause laufen?«

»Mein Chauffeur ist Lokführer«, sagte Frans. »Wie alt bist du eigentlich?«

»Zweiundzwanzig.«

»Ach, Kumpel, worüber regst du dich dann überhaupt auf?«

»Und du?«

»Neunundzwanzig.«

Er ging zur Garderobe, nahm seinen Mantel und bestellte noch einen Jungen Jenever. Sein Hals war voller kleiner, roter Flecken.

»Das ist der schönste Fleck auf Erden«, sagte er. »Darum fahr ich auch nicht mehr in Urlaub. Hier kannst du essen, trinken, 'n Mädchen aufreißen, wenn du willst. Bist du schon mal in Den Bosch gewesen? Da kommst du in die Kneipe, sitzen vier Leute drin, und die sehen dich an, so von wegen: ›Was hat der Fremde hier zu suchen?‹ Kommst du zum zwanzigsten Mal in dieselbe Kneipe, sitzen die gleichen vier immer noch da und gucken dich an, von wegen: ›Was hat denn der hier zu suchen?‹ Komm gut nach Hause, Stephan.«

Wir sahen ihn mit seinem Regenschirm und der Regenjacke Richtung Bahnhof gehen. Jetzt waren nur noch Willem, ich und die Frau da. Und das Mädchen, aber die zählte nicht mit.

Als ich endlich auch nach Hause ging, waren die Straßen fast leer. Auch die Imbißverkäufer und die Huren schliefen jetzt, und ich dachte an den Mann, der jeden Abend eine Rückfahrkarte zum schönsten Fleck auf Erden nahm.

Der Regen hatte den Kies vom Weg heruntergespült. Bis auf ein paar Radfahrer war der Vondelpark menschenleer. Ich setzte mich auf eine Bank, aß meine letzten Fritten und sah über das Wasser zu den Villen auf der anderen Seite. Hier hatte ich oft gesessen und die Leute im Gras beobachtet. Als ich sechzehn war, war das mein Ideal: jeden Morgen im Café zu sitzen und nirgendwo hin zu müssen. Auf dem Vossius mußte man nämlich alle fünf Minuten etwas über seine Ideale erzählen. Als ich siebzehn war, stand ich im Durchschnitt anderthalb Stunden pro Tag unter der Dusche. Kurz vor Pfingsten wurde ich von der Schule geworfen. Es war strahlendes Wetter. In der großen Halle stand ein Kaffeeautomat, der italienische Lire annahm. Ende Mai schnappte mich der Pförtner, seit Januar hatte er auf der Lauer gelegen. Er sabberte vor Wut. Auch mein Vater sabberte, wenn er wütend war. Als er krank wurde, sabberte er nur noch.

Hier gab es nur Wasser, Villen, das nasse Gras und die Tropfen an den Bäumen, und das alles hatte nicht das geringste mit mir zu tun. Darum mochte ich diesen Ort.

Mein Lieblingsfrühstück besteht aus einer Tasse Kaffee, einem Glas Wasser und einer Aspirintablette. In jedem einigermaßen anständigen Café bekommt man das für zwei Gulden fünfzig. Prinzessin Coca arbeitete in der ›Bananenbar‹. Prinzessin Coca war nicht ihr wirklicher Name, aber so hatte ich sie genannt. Einmal habe ich mit ihr gefrühstückt. Sie hatte immer einen Regenschirm dabei. Durch sie habe ich *Bulletje und Bohnenstange auf großer Fahrt* gelesen. Manchmal verschwinden sie, und andere sitzen an ihrem Platz. Oder sie kommen wieder und kennen dich nicht mehr. Mein Vater sagte immer, in unserer Familie gebe es keine Könige der Unterwelt, nur Straßenprinzessinnen, Zeitungsverkäufer und Hühnerschlächter. Mein Vater hätte einer der größten Hochstapler der Welt werden können.

Ich dachte an den Brief, den ich gestern abend beim Nachhausekommen gefunden hatte. »Kannst Du mich unter folgender Telefonnummer zurückrufen, abends ab elf?«

Die Nachricht stand auf der Rückseite einer Metro-Rechnung. Der Name auf der Rechnung war mit schwarzem Stift durchgestrichen. Mittlerweile liefen eine Menge Leute herum, die meine Adresse kannten. Ich weiß es zu schätzen, wenn sie auf originelle Weise Kontakt mit mir aufnehmen. Darum wartete ich nicht bis elf Uhr, sondern rief sofort an.

»Ich sollte diese Nummer anrufen«, sagte ich der Dame, deren Name mir nichts sagte.

»Moment, ich geb dir meinen Mann«, sagte sie.

Zum ersten Mal fiel mir der penetrante Geruch auf, der in meinem Zimmer hing. Wenn ich spät nach Hause kam, pißte ich immer in meine Topfpflanze. Sergius hatte mir einmal erzählt, daß alle seine Freunde, die zur See gefahren waren, in die Spüle pißten, auch wenn sie schon lange an Land arbeiteten.

»Ich sollte bei Ihnen anrufen.«

»Ja, gestern abend war ich bei dir. Ich hab den gelben Zettel mitgenommen und dir die beiden weißen dagelassen, aber das war verkehrt. Du mußt den gelben behalten und ich die weißen. Kann ich heute abend mal kurz bei dir vorbeikommen und sie umtauschen?«

»Kein Problem«, sagte ich, »ich bin den ganzen Abend zu Hause.«

Der Mann am Telefon war tatsächlich gestern abend bei mir gewesen. Er war klein und gedrungen, und seine Haare waren so kurz wie seine Fingernägel. Er sagte: »Sie kommt aus Litauen.« Dabei sah er mich an, als ob er auf eine Antwort gefaßt wäre, wie: »Dann nimm sie wieder mit«, doch ich sagte nichts. Ein paar Sekunden lang war nur das Ticken der großen Uhr zu hören, bis der Mann sagte: »Na, dann laß uns mal abrechnen.« Ich nahm meine Postgirokarte. Es war August. In dem Monat bezahlte ich alles mit meiner Postgirokarte, um überhaupt noch irgend etwas bezahlen zu können. Ich hatte sie speziell dafür beantragt. Ich betrachtete das Mädchen, das noch immer halb versteckt hinter dem Mann mit seinem Holzfällerhemd stand. Ihre Haare waren schlampig gefärbt, als ob es in großer Eile geschehen wäre, ungefähr so, wie meine Vorfahren ihr Brot gebacken hatten, als sie aus Ägypten auszogen.

»Dann mußt du hier kurz unterschreiben.«

Ich unterschrieb.

»Diese Karten rauben mir den letzten Nerv.«

Ich nickte.

»Behalt die Zeit ein bißchen im Auge.« Wahrscheinlich dachte er, daß die aus Litauen die Uhr nicht lesen konnte.

»Werd ich machen«, versprach ich.

Ich hörte, wie er die Tür hinter sich zuschlug, und dann das Ticken der Uhr, die nicht einmal mir gehörte. »Please, sit down«, sagte ich.

Sie blieb stehen, also setzte wenigstens ich mich. Sie trug etwas zu kurze, schwarze Leggins, eine blaue Regenjacke aus einer Art Fallschirmstoff und Schuhe, wie andere Leute sie nur bei sehr schönem Wetter am Strand tragen. In der Hand hielt sie eine gelbe Toilettentasche – ein idiotisch großes Ding, als ob sie damit auf Expedition nach Sibirien wollte. So stand sie dort, und es sah nicht danach aus, als ob sie vorhatte, sich hinzusetzen.

Ich schenkte mir ein Glas Wein ein. »Please, sit down«, wiederholte ich und zeigte auf einen Stuhl. Noch immer hielt sie ihre Tasche fest.

»What's your name?«

»Sandra.«

»What do you want to drink, wine, water, cognac, vodka?«

»I don't know.« Sie lachte, doch ich verstand nicht, was daran so komisch war. Ich holte Wasser aus der Küche. Wenn sie es nicht wußte, gab ich ihr am besten Wasser.

»I have slivovitz too, if you want.«

»No vodka. Thanks.«

Auch der Lippenstift und ihr Lidstrich waren schlampig aufgetragen. Sie war bleich, etwas größer als ich, aber genauso dünn. Ihre Haare hatte sie mit einer von diesen großen Spangen auf dem Hinterkopf festgesteckt oder hatte es zumindest versucht. Es war schon fast ein Uhr. Ich nahm eine Walnuß aus der Bücherkiste, die schon seit ein paar Wochen unter dem Tisch stand.

»Do you want?«

Sie schüttelte den Kopf.

»So, from where are you in Lithuania?«

»Vilnius.«

»What did you do there?«

Sie lachte wieder. Ich kann Leute nicht ausstehen, die dauernd ohne Grund lachen. Ich knackte noch eine Walnuß und schenkte mir mein Glas wieder voll. »I don't understand«, sagte sie.

»How long are you in Amsterdam?«

»One.«

»One what? One week, one day?«

»One week.«

»You're alone here?«

»I'm here with a sister-in-work.«

»A sister-in-work?«

Ich betrachtete die Tasche auf ihrem Schoß und fragte mich, was sie dort in Gottes Namen alles hineingestopft hatte.

»Do you want to stay here, in Amsterdam? I mean, for ever, or do you want to go back?«

Sie lachte und sagte: »I don't understand.«

»What do you speak? German?«

»Russian and Lithuanian.«

»I don't speak Russian, and I don't speak Lithuanian. So let's drink.«

Ich sah, daß sie mein Wasser nicht trank, wahrscheinlich dachte sie, es wäre vergiftet. Darum schenkte ich mir selbst noch ein Glas ein. So saßen wir am Tisch, ohne etwas zu sagen. Ich trank, und sie betrachtete die Litchis, die auf einem Teller lagen. Sie lagen schon ein halbes Jahr dort. Wahrscheinlich waren sie von innen schon völlig vertrocknet, aber ich ließ sie liegen. Genauso wie ich alle anderen Dinge liegenließ, weil ich vergaß, sie wegzuräumen, oder weil ich dachte, sie könnten mir irgendwie helfen. Minuten vergingen. Ich benutzte die Gelegenheit und trank den letzten Rest Wein auch noch aus.

Die Nächte waren schon kalt. Ich stellte die Heizung an. Es war beinahe Herbst. Bald würden wieder die hohen Festtage kommen wie jedes Jahr um diese Zeit. Nur, daß ich in diesem Jahr zum Versöhnungstag nicht in die Synagoge gehen würde. Ob Gott mich ins Buch des Lebens einschrieb oder ins Buch des Todes, war mir herzlich egal. Ich würde den Tag in einem Club an der Stadhouderskade verbringen, wo ich ein sehr nettes Mädchen kannte, das sich den Namen Marielle zugelegt hatte. Dort in dem Club würde ich den heiligsten Tag des Jahres begehen, wie er in den letzten sechstausend Jahren noch nie begangen worden war.

Ich stellte mein Glas auf den Tisch. »Let's go«, sagte ich.

Wir gingen in mein Zimmer. Ich suchte meine Kassette von Wladimir Wyssotzkij. Als ich sie gefunden hatte, stellte ich den Kassettenrecorder auf volle Lautstärke. Wyssotzkij war der einzige, den sie in diesem Haus verstehen konnte. Ich hörte ihn das Lied von den Dingen singen, die er haßte, und mußte daran denken, wie Sergius mir erklärt hatte, wovon es handelte.

> Mir ist Zynismus tief zuwider, doch auch die lasche Schwärmerei gefällt mir nicht. Und auch den Schnüfflern, Feinden meiner Lieder, die meine Briefe lesen, spuck ich ins Gesicht. Und dieser ganze Zirkus, nichts als Seifenblasen, FRIEDEN und WOHLSTAND: Lang lebe der PLAN! Und daß jetzt alles besser wird. Das alles mag ich nicht, das kotzt mich an.

»Do you know him?«

»Yes. Where is the shower?«

Ich nahm sie mit ins Bad. Sie stellte die Toilettentasche auf die Waschmaschine und begann, sich auszuziehen. Ich hatte noch nie erlebt, daß eine zuerst duschen wollte. Als sie fast nackt war, drehte sie sich um, also ließ ich sie allein. Unter der Garderobe fand ich noch eine Dose Bier. Als auch die leer war, fiel mir ein, daß sie kein Handtuch hatte. Weil ich selbst auch kein sauberes besaß, ging ich in Sergius' Zimmer und lieh mir eins von seinen. Es würde ihm bestimmt nichts ausmachen, daß das Mädchen sich mit seinem Handtuch abtrocknete. Ihm machte fast nichts mehr etwas aus.

Als ich wieder ins Bad kam, stand sie im Slip und einer Art Stretchhemd da. Sie sprühte sich gerade mit 8 × 4 ein und – dem Geruch nach zu urteilen – nicht nur sich selbst, sondern das ganze Badezimmer.

Sie zitterte. Ich gab ihr das Handtuch.

Normalerweise nahm ich nie eine mit in mein Schlafzimmer, doch sie war schon ganz blau vor Kälte, und ich setzte sie auf mein Bett. Sie holte ihre Zigaretten aus der Tasche und ich eine Tasse aus der Küche, damit sie die Asche hineintun konnte. Sie rauchte Dunhill grün.

»Cold?«

»No.«

Aus dem kleinen tragbaren Kassettenrecorder im Flur kam immer noch die Stimme von Wladimir Wyssotzkij. Ich zog meine Schuhe aus und legte mich neben sie. Es *war* kalt im Zimmer, denn ich hatte vergessen, die Balkontüren zu schließen. Sie holte zwei Packungen Bene-Luxe aus ihrer

Tasche und legte sie neben die Tasse, bevor sie ihre Zigarette ausdrückte.

Neben meinem Bett stand eine Flasche Slibowitz. »Do you want?« fragte ich.

Sie schüttelte den Kopf. »Me neither«, sagte ich und stellte die Flasche zurück.

Wir lagen nebeneinander, und nach einer Weile küßte ich sie auf die Haare überm Ohr. Auch die Haare rochen nach 8 × 4. Ich sah ihre Augenbrauen, die genauso schlecht gefärbt waren wie der Rest, und zwischen ihren Augenbrauen fünf kleine Pickel, und ich sah ihre grau-blauen Katzenaugen, die sie sehr schön machten.

»Nineteen is a nice age«, sagte ich.

»I don't know.«

»Me too.«

Von außen schmeckte ihr Mund nach 8 × 4 und von innen nach Dunhill grün. Wenn ich aufhörte, sie zu küssen, sah ich ihre kleine, glänzende Nase mit zwanzigtausend kleinen, schwarzen Pünktchen. Ich fragte mich, wie wohl die Kombination von Wein, Bier und Wodka in meinem Mund schmeckte. »I like you«, sagte ich, genau, wie es auch die anderen alle gesagt hatten und noch sagen würden, nur daß ich es ernst meinte, genau wie alle anderen. Mit der rechten Hand am Bett entlangtastend, suchte ich die Flasche. Draußen auf dem Gang sang Wyssotzkij das eine Lied:

> »Ich lieb dich nicht«, sprach sie zu ihm. Er sagte sanft: »Das kann nicht sein.« Sie sprach: »Ich trink auch nicht mir dir.« Er sprach: »Du trinkst«, und schenkte ein. Und als die Flasche Wein geleert, bat sie: »Mach

Tür und Fenster dicht, mein Schatz, damit der Nachbar nichts erfährt.« – »Geh weg!« rief er. »Ich lieb dich nicht.«

Die Kassette war fast abgelaufen. Sie zog ihre letzten Kleidungsstücke aus, und auch ich entkleidete mich weiter. Als Wyssotzkijs Lied ganz zu Ende war, hörte ich, daß sie die Dusche nicht richtig zugedreht hatte, doch ich war zu müde, um aufzustehen. Ich sah ihren Körper, der immer noch dabei war, Frau zu werden, und wie sie *mich* ansah und dabei ab und zu die Augen halb zusammenkniff, als sei sie gerade erst wach geworden und ganz überrascht, wo sie jetzt wieder gelandet war. Es sah lustig aus, wie sie die Augen zusammenkniff. Ihr schmales, bleiches Gesicht mit der glänzenden Nase und den dünnen Lippen erinnerte mich an irgend etwas, doch es fiel mir nicht ein, woran. Was mich anging, hätte sie für immer hierbleiben können. Den meisten Leuten gibt eine Nacht gar nichts, doch verglichen mit einer Stunde oder einer Viertelstunde ist eine Nacht eine Ewigkeit, und das war es, was ich jetzt wollte. »Wenn du die ganze Zeit daran denkst, wie dein Gesicht wohl aussieht, wenn du ein paar Kugeln hineinbekommen hast, kannst du nicht mehr an die Front«, hatte Sergius gesagt. Wenn du die ganze Zeit an den nächsten Morgen denkst, kannst du nicht mehr trinken, und so ist es auch mit der Ewigkeit und all diesen schönen Verheißungen. Ich mußte an Sergius denken, der mir den Witz über die russische Armee erzählt hatte. Wenn er nicht schlief, erzählte er Witze. Als er gerade erst bei mir eingezogen war, kaufte er sich einen alten Volvo, und damit fuhren wir durch Amsterdam.

Doch schon nach zwei Wochen hatte er ihn vollkommen zu Schrott gefahren.

Neben der Tasse voller Asche lagen immer noch die zwei Packungen Bene-Luxe. Sie hatte einen langen Hals und kleine Brüste, und sie sagte: »I work for my family. I go back in thirty days.«

»Yes«, sagte ich. »Yes.«

Es machte Spaß, sie zu küssen. Langsam begann auch das Bettlaken nach 8 × 4 zu riechen. Ihre Haare fühlten sich vom Färben ganz hart an. Sie schloß weder die Augen, noch sah sie an die Wand, sondern sie sah mich die ganze Zeit über an, das eine Auge halb zugekniffen, als blickte sie in die Sonne.

So wie jetzt sah sie sehr lieb aus. Wahrscheinlich war das auch der Grund, warum sie mich so ansah, aus Berechnung. Sie wußte, was sie tun mußte, um lieb auszusehen.

Manchmal, wenn ich jemanden lieb finde, muß ich daran denken, daß man ihm problemlos mit einem Suppenlöffel die Augen auslöffeln könnte.

Ich mußte an Marielle denken, die gesagt hatte: »Für 'ne Viertelstunde ›ohne‹ blättern sie dir glatt fünfhundert Eier hin, und echt nicht nur die Araber.« Und an den Mann in der Kneipe, mit dem ich einen ganzen Abend lang getrunken hatte und der mich zuletzt gefragt hatte, ob ich wüßte, warum wir in einer schönen Zeit lebten. »Nein«, hatte ich gesagt. »Weil du heutzutage keine Pistole mehr brauchst, um russisches Roulette zu spielen.«

Doch das alles dachte ich erst, als sie schon wieder im Badezimmer war und ich mit der rechten Hand an meinem Bett entlangtastete. Solange es dauerte, hatte ich an nichts gedacht, außer vielleicht an die fünf Flecken zwischen ihren Augenbrauen, an den Geschmack von Dunhill grün und den Geruch von 8 × 4.

Ich zog meinen Pullover wieder über, und sie kleidete sich im Bad an. Ich sprach weder Russisch noch Litauisch, und mein Englisch war in dem Moment schlechter denn je. Darum hatte ich ihr auch nichts von wegen Kondomen gesagt. Außerdem kam es doch nicht darauf an, was ich sagte, selbst wenn sie alles verstanden hätte. Schließlich geht es darum, was Menschen miteinander tun und was sie miteinander tun wollen. Aber sie können einfach nicht genug bekommen von all den Lügen, die sie einander erzählen und von denen nicht mehr übrigbleibt als von der eigenen Pisse, die in dem Moment bleich ist wie Chlorwasser.

Ich gab ihr meine Telefonnummer und fünfundzwanzig Gulden extra. Danach trank ich schnell noch eine Dose Bier und dachte, daß zwischen mir und dem Paradies zum Glück noch viele Bohrinseln lagen.

Als ich das Auto wegfahren hörte, lag ich schon wieder in meinem Pullover unter der Decke. So spielte man mit dem Leben. So einfach war das also. Eigentlich war alles so einfach. Ich tastete mit der rechten Hand am Bett entlang. Später fiel mir wieder ein, daß Sandra ja für ihre Familie arbeitete, wahrscheinlich auch noch für die gesamte Sippe und möglicherweise sogar für ihr ganzes Land. Dann bekam sie in Litauen bestimmt ein schönes Begräbnis. Wenigstens war sie dann nicht umsonst gestorben, denn Litauen ging nun glücklichen Zeiten entgegen.

Ich stand auf, drehte den Kassettenrecorder auf volle Lautstärke und öffnete eine der zwei Packungen Bene-Luxe, die Sandra dagelassen hatte. Wyssotzkij sang wieder das eine Lied: Er schrie, daß billiger Zynismus ihm zuwider sei, doch auch die lasche Schwärmerei, und daß er sich selbst am meisten haßte, wenn er feige war.

Seit ich damit angefangen habe – ich glaube, es war mit zwölf –, habe ich mir immer am liebsten bei guter Musik einen runtergeholt. In dem Moment kam es mir so vor, als sollte ich den Geruch von 8 × 4 für den Rest meines Lebens in der Nase behalten, und im Mund den Geschmack von Dunhill grün.

Meine Mutter behauptet immer, einige Gerüche werde sie nie vergessen, doch schon nach fünf Minuten merkte ich, daß auch das nicht stimmte. Man glaubt nur, daß man etwas nie vergessen wird, genauso wie einige Leute glauben, daß sie jemanden zu sehr lieben, aber man vergißt Gerüche genauso schnell wie Gesichter, Namen und Versprechen. 8 × 4 braucht nur ein paar Stunden, um zu verfliegen.

Den einzigen Brief, den ich von meinem Vater noch habe, hat er in dem Sommer geschrieben, als er wieder für ein paar Monate zu Hause war. Der Brief besteht nur aus Zahlen. Ich glaube, es sind Börsenkurse, aber ich bin mir nicht sicher. Seinen Straßenbahnausweis habe ich übrigens auch noch.

Als der Fahrer zum zweiten Mal bei mir klingelte, waren seit all dem mindestens schon zweiundzwanzig Stunden vergangen.

»Komm rein«, sagte ich.

»Die gelbe Kopie ist für dich, und die weißen mußt du mir geben. Das sind aber auch Scheißdinger.«

»Egal. Möchtest du einen Wein?«

Den wollte er, und wir setzten uns. Ich gab ihm die zwei weißen Zettel, die er brauchte. »Zahlungsempfänger: Snack Nr. 17« stand in der Kopfzeile. »Wir sind sehr diskret«, hatte er gesagt. »Schön«, hatte ich geantwortet, »sehr schön.«

»Um halb eins muß ich ein Mädchen in Schiphol abholen. Sie war für ein paar Tage mit einem Araber in Genf – ja, die kommen ganz schön rum, unsere Mädchen.«

»Prost!« sagte ich und schenkte uns beiden einen Chianti ein. »Ich wußte nicht, daß man sie auch in den Urlaub mitnehmen kann.«

»Alles ist möglich, wenn du nur bezahlst.«

Ich dachte an Sandras idiotische Toilettentasche. »Arbeitest du schon lange für diese Agentur?«

»Jetzt werden's acht Jahre. Wir sind eine der größten Agenturen, weißt du. Gut zweihundert Mädchen haben wir in Dienst. Na ja, die arbeiten natürlich nicht alle gleichzeitig. Bei uns funktioniert das genauso wie bei den Binnenschiffern.«

Ich wußte nicht, wie es bei den Binnenschiffern funktionierte, aber es interessierte mich auch nicht besonders.

»Du kannst ungefähr rechnen, daß ich jede Stunde mindestens eine Fahrt hab. Für Privatleben bleibt da wenig Zeit, aber ich verdien genauso viel wie 'n praktischer Arzt. Und einmal im Jahr fahr ich auf die Antillen. Mein Chef kommt von dort. Er hat da ein Haus, und da kann ich dann drei Wochen lang mit meiner Frau wohnen.«

»Fährst du im ganzen Land rum?«

»Ja, manchmal sogar nach Deutschland und Belgien, aber

dann natürlich nicht nur für eine Stunde. Das meiste liegt außerhalb von Amsterdam. Vor allem Freitagnacht, da ist auf dem Land die Hölle los. Da draußen bei denen gibt's natürlich nichts, und Freitagabend müssen sie's alle ganz dringend loswerden.«

Freitagabend. Good Old Friday Evening, mit zwei geflochtenen Broten, den Barches, zwei Kerzen und einem Glas Wein, der wie Sirup schmeckte.

Ich betrachtete den Mann, der neben mir saß und erzählte, als ob wir schon seit Jahren befreundet wären. Da saß er, fast ohne Hals, und auch seine Arme waren kurz und gedrungen. Sie lagen wie Würste auf dem Tisch, neben seinem Glas Wein.

»Ich komm aus dem Jordaan, weißt du, gleich hinter der Westerkerk«, sagte er, »da gingen wir früher einfach in die Kneipe, wenn wir mal 'ne Kleine aufreißen wollten – aber in so 'nem Dorf? Wenn du da einmal Ärger gehabt hast, weiß es hinterher das ganze Kaff. Und dann haben wir natürlich noch unsere festen Kunden, so welche, die nicht wissen, was sie mit ihrem Geld alles anfangen sollen. Einer ist dabei, der hat einen Swimmingpool. Wenn schönes Wetter ist, sagt er immer: ›Sag ihnen, sie sollen ihre Badesachen mitbringen.‹«

Er hatte es überhaupt nicht als Witz gemeint, absolut nicht, doch ich fing an zu lachen. Ich konnte nicht mehr aufhören, als hätte ich gerade den Witz des Jahrhunderts gehört. Der Mann sah mich erstaunt an, doch zuletzt lachte er zum Glück mit.

»Muß sie sich dann auch solche orangenen Dinger über die Füße ziehen?« fragte ich. »Solche Schwimmflossen?«

»Das weiß ich nicht«, sagte er, »solche Sachen frag ich nie.«

Ich versuchte, mir Sandra im Badeanzug vorzustellen, irgendwo in einem großen, leeren Schwimmbad, doch es gelang mir nicht.

»Wir haben alles«, sagte er, »wirklich alles. Wir sind eine der wenigen Agenturen, die sogar Transvestiten haben. Gigolos haben wir auch, aber so was würd ich für keine zehntausend Gulden machen. Gigolos sind auch viel teurer. Für Männer ist es auch viel gefährlicher als für Frauen. Ich hab schon welche bei mir im Auto gehabt, die sind kreischend von ihrem Kunden weggelaufen, und den meisten von den Jungs graust's sonst wirklich vor nichts.«

Ich mußte daran denken, daß Sergius mir einmal erzählt hatte, in der Wüste gleiche ein Tag dem anderen. Als er wieder in der Stadt war, sahen auch die Menschen für ihn alle gleich aus. Wie Spatzen glichen sie einander, sagte er. Nur solange du jung bist, denkst du, daß jeder anders ist.

»Wir haben echt alle Nationalitäten, von der Brasilianerin bis zur Russin. Wir haben eine Russin, die ist schon mindestens zwanzigmal ausgewiesen worden, aber fünf Tage später steht sie immer wieder vor der Tür. Nur die aus Ghana haben wir rausgeworfen, die stehlen nämlich. Echt alle. Wir hören es auch von anderen Agenturen. Von den Kunden oder vom Chef. Irgendwas ist immer.« Er nahm einen großen Schluck. »Schau, du kannst ein Mädchen dabehalten, solange du willst. Darum sag ich dir: Behalt die Zeit im Auge. Aber dann mußt du natürlich zuzahlen. Wir hatten mal 'nen Fahrer, der hatte zu einem Mädchen gesagt: ›Was der Kunde zuzahlt, teilen wir uns.‹ Das geht zweimal gut, das geht auch zehnmal gut, aber beim elften Mal geht's in die Hose. Der Fahrer kam dann ohne Zähne bei uns aus dem Büro raus.«

»Prost!« sagte ich und machte noch eine Flasche auf. »Und das Mädchen?«

»Die haben wir natürlich auch rausgeworfen.«

»Mit oder ohne Zähne?«

»Mit. Wir sind eine anständige Agentur. Mein Chef ist hart, aber gerecht. Das muß er auch, sonst hältst du in dem Geschäft den Kopf nicht über Wasser. Ich hab selten jemanden gesehen, der so hart arbeitet wie er. Er hat ja nicht nur unsere Agentur, er hat auch noch Clubs und Restaurants, Nachtgeschäfte, Diskotheken. Du kannst dir gar nicht vorstellen, was der alles hat, und er rackert den ganzen Tag. Er wohnt praktisch in seinem Auto. Na ja, ich natürlich auch, aber wenn die Mädchen mit den Kunden zugange sind, kann ich wenigstens 'ne Runde ratzen. Irgendwann mußt du ja mal zum Schlafen kommen.«

»Ja«, sagte ich, »ohne Schlaf ist der Mensch ein Wrack.«

»Und Wracks können wir nicht brauchen. Wenn wir merken, daß sie Drogen nehmen, fliegen sie sofort. Mein Chef kann Drogen nicht ausstehen. ›Keine Joints im Auto und im Club‹, sagt er immer. Ich selbst geh zweimal die Woche ins Sportstudio, das brauch ich auch in unserem Geschäft. Wenn ein Kunde anruft und sagt: ›Ich brauch fünf Mädchen für drei Stunden‹, dann geht's schließlich um gut dreitausend Gulden, und es kommt auch schon mal vor, daß ein Kunde so 'n Mädchen fünf Stunden lang dabehält und wirft sie dann einfach auf die Straße. Am nächsten Tag stehen wir dann mit ein paar Jungs aus dem Studio bei ihm vor der Tür. Aber es gibt auch Agenturen, da sagen sie gleich: ›Mollie durchs Fenster.‹ Siehst du, das ist eben der Unterschied. Wir sind eine anständige Agentur. Mein Chef sagt: ›Ich hab lieber einen Kunden, der vielleicht mal wiederkommt, als einen, der gar nicht wiederkommen kann.‹«

Meiner Meinung nach hatte er schon lange mit niemandem mehr geredet. Das wunderte mich auch nicht, wenn er den ganzen Tag im Auto saß und Mädchen durch die Gegend fuhr, die sich schon die ganze Zeit Geschichten hatten anhören müssen und die selbst bestimmt auch keine große Lust hatten zu erzählen, was sie wieder alles erlebt hatten.

»Wenn die Unistipendien gekürzt werden, merken wir das auch sofort. Viele sagen: ›Wir wollen nur einmal im Monat.‹ Dann sagt der Chef: ›Gut, dann setz ich euch auf die Liste für einmal im Monat.‹«

Als der Wein ausgetrunken war, wollte ich ihm Slibowitz einschenken, doch er sagte, er müsse noch nach Schiphol, um das Mädchen abzuholen.

Ich mußte an Sergius denken, der einmal fünf Tage hintereinander nicht aus dem Haus gegangen war und angezogen auf seinem Schlafsack gelegen hatte. Ab und zu klopfte ich an seine Tür, aber er sagte, es sei nichts. Am Abend stand er in seiner Küche, er trug seine Sportjacke und kochte Rote-Rüben-Suppe. Er sagte: »If you want, we can see a show tonight.« Er hatte eine Halbglatze. Die verbliebenen Haare waren dunkelbraun.

Wir gingen in die Stadt. Sergius sagte, er wisse am Ende der Warmoesstraat einen Laden, wo man gut essen könne. Dort brannten mindestens zwanzig Neonlampen, die Tische waren aus rohem Holz, und wenn man gehen wollte, mußte man klingeln, damit sie die Tür aufmachten. Sie hatten Angst, daß man sonst weglief, ohne zu zahlen. Das Essen war fett und lecker, die chinesische Bedienung dick und freundlich. Sergius bestellte eine zweite Portion, und ich bestellte noch ein paar Dosen Bier. Er sagte: »Manchmal ess ich viel, und manchmal ess ich den ganzen Tag nichts.« Ich sah, wie er aß: schnell, konzentriert und schweigend. Als er fertig war, bot ich ihm eine Dose an, doch er sagte: »Enough, I'm tired of drinking, tired of fighting, tired of all those crazy things.«

Der Laden hieß ›Kam Yin‹, das erinnerte mich an ›Come in‹, und eine Mahlzeit kostete nur achteinhalb Gulden, also würde ich bestimmt noch öfter kommen.

Neben uns saß ein Mann im Anzug mit einem kleinen, weißen Ziegenbart. Er sah interessiert zu, wie wir aßen. Er saß vor einem Teller, der kaum leerer wurde. Es war schwer zu sagen, wie alt er war, doch seine Augen trieben auf seinem Gesicht wie zwei Tropfen Fett auf einem gebratenen Huhn im Hungerwinter. Als wir aufstanden, drehte er sich nach uns um, als sei er uns noch etwas schuldig. »Die Brechbohnen schaff ich nicht mehr«, sagte er, »dafür laß ich mir nachher eine Tüte geben. Dann kann ich zu Hause weiter dran knabbern.«

»Gehen wir?« fragte Sergius.

Wir gingen an den Kneipen und Billighotels vorbei, wo man gut und preiswert frühstücken kann. Ich war hier schon oft entlanggelaufen, nur ging ich diesmal neben ihm, und er grüßte seine Bekannten.

Es war fast zwölf Uhr, als der Fahrer aufstand und sagte: »Jetzt muß ich aber wirklich nach Schiphol.« Ich brachte ihn zur Tür. »Wenn du Lust hast, komm ich mal mit dem Fotoalbum vorbei.«

»Ja«, sagte ich, »das wär nett.« Ich dachte daran, daß ich am nächsten Tag Paßfotos machen lassen mußte.

»Wir haben alles, bis auf die aus Ghana, die haben wir alle gefeuert.«

»Ghana ist für mich nicht so interessant.«

»Frag nur nach dem Kleinen Michael, dann komm ich mit dem Album vorbei.«

»Das wär nett«, wiederholte ich. Als der Kleine Michael eine Weile weg war, dachte ich wieder an Sergius, wie er dagestanden hatte, vor dem Türsteher dieser Show, einem kleinen, dicken Mann mit gelber Krawatte, und wie ich zu Sergius gesagt hatte: »Laß uns gehen.« Der Mann mit der gelben Krawatte hatte zu ihm gesagt: »Ich kämpfe nicht mit alten Männern.« Einer von den Leuten, die um uns herum standen, fragte, ob ich meinem Freund nicht helfen wolle, doch ich tat so, als hätte ich es nicht gehört.

Später sagte Sergius, daß man nicht zuviel darüber nachdenken darf, wie man hinterher aussieht. »Das hat keinen Sinn. Wenn sie dir die Fresse poliert haben, kannst du immer noch darüber nachdenken.«

»Mein Problem ist ja, daß ich dauernd darüber nachdenke.«

»Das geht vorbei. Mein Boxtrainer sagte immer, wenn ich blute, sollte ich mir mit dem Handschuh das Gesicht abwischen und das Blut meinem Gegner ins Gesicht schmieren. Was zählt, ist natürlich die Technik, aber mit so einem blutigen Gesicht hast du auch beim Schiedsrichter schlechtere Karten, und da ist es besser, wenn beide so aussehen.«

Danach gingen wir in eine andere Show, wo wir doch noch Ermäßigung bekamen. Sergius, weil er eine Halbglatze, und ich, weil ich Locken hatte. Wir setzten uns direkt vor die Bühne und legten unsere Füße hoch, doch gleich darauf kam ein Mädchen von der Bar und sagte, daß wir unsere Füße nicht dorthin legen dürften. Sergius fragte, wo wir denn dann mit unseren Füßen hin sollten, ob sie ihm vielleicht erzählen könne, was wir in Gottes Namen mit unseren Füßen machen sollten.

Am Bühnenrand vor uns war ein Brett mit Löchern angebracht, wo wir unsere Getränke abstellen konnten. Die erste tanzte auf *Simply the best*. Sergius sagte, er sei schon ein paarmal hiergewesen, aber sie kenne er noch nicht.

Sie trug einen schwarzen Rock mit lauter Fransen. Sie tanzte wirklich nicht schlecht in ihren halbhohen Stiefeln. Später holte sie aus der kleinen Tasche, die sie hinten auf der Bühne vorm Spiegel deponiert hatte, eine Kerze und suchte einen Gast, der sie anstecken wollte. Es dauerte einige Zeit, bis sie jemanden fand, der Feuer hatte.

Tina Turner setzte zum dritten Mal mit *Simply the best* ein. Die brennende Kerze ragte inzwischen aus dem Körper des Mädchens, und so tanzte sie noch eine ganze Weile, was ich eine ordentliche Leistung fand.

Nach der Nummer setzten wir uns an die Bar. Wir bestellten Bier, das vier Gulden kostete. Die Leute im Saal warteten auf die nächste Nummer. Eins der Barmädchen sammelte die leeren Gläser ein. »Als es nichts mehr zu kämpfen gab«, sagte Sergius, »und wir wieder nach Hause durften, hatte ich keine Lust mehr zu arbeiten. Gerade noch war ich ein halbes Jahr durch die Wüste gerannt, und jetzt sollte ich Elektroleitungen verlegen. Darum dachte ich mir, daß es Zeit war zu gehen. Ich wollte nach Kanada, aber ich landete in Norwegen. Nach einiger Zeit war mein Geld alle, und ich suchte Arbeit auf einem Fischerboot, aber die da oben heuern nicht gern Leute von außerhalb an. Also trampte ich noch weiter nach Norden. In einem der Dörfer dort wohnte eine Frau mit ihrem Sohn; man hatte mir erzählt, daß ich bei ihr vielleicht ein Zimmer kriegen könnte. Sie hieß Anna Larsen. Ich ging zu ihr. Sie war schon alt, und sie sagte, daß ich Kost und Logis bekommen könnte, wenn ich die Reparaturen erledigte und den Schnee wegräumte. Ihr Sohn hieß Alfred, die meiste Zeit lief er singend durchs Haus. Die Leute im Dorf hielten ihn für verrückt, aber Anna Larsen sagte, er wäre nun mal ihr Sohn und überhaupt schon seit fünfunddreißig Jahren vollkommen in Ordnung. Ansonsten wohnte dort noch ein Kapitän, der kein Kapitän mehr war. Sie hatten ihm die Lizenz abgenommen, weil er bei schlechtem Wetter einmal betrunken ausgelaufen war und sein Schiff auf den Meeresgrund befördert hatte. Wie der Kapitän hieß, weiß ich nicht mehr, und ich hab auch nie verstanden, ob er der Mann von Anna Larsen war oder ihr Freund oder einfach nur ein Gast, denn darüber redeten sie nicht. Anna Larsen sagte, sie sei froh, daß ich jetzt da wohnte. Das konnte ich verstehen. Wenn die Lappen trinken, spielen sie verrückt. Sie brennen ihren eigenen Alkohol, Moonlight nennen sie das Zeug. Es ist der ekligste Fusel, der mir je untergekommen ist. Manchmal trank ich mit ihnen. Hinterher steckte ich mir immer den

Finger in den Hals, denn ich wollte dieses Moonlight nicht länger im Körper haben als unbedingt nötig. Ich war der einzige Ausländer im Dorf, und nach einiger Zeit wußte jeder, wo ich wohnte und wer ich war. Eines Nachts hörte ich, wie jemand an meine Tür pochte und rief: ›Come out, and you'll eat your own prick.‹ Mir war klar, daß er's auf mich abgesehen hatte, also rief ich, er sollte die Klappe halten. Aber der Mann rief immer wieder: ›Come out, and you'll eat your own prick.‹ Ich hatte gute Laune, darum rief ich zurück: ›I eat my prick, but first you eat your prick.‹ Daraufhin fing der Mann an, mit seinen Stiefeln gegen die Tür zu trommeln. Ich weiß, es war kindisch, aber ich ging wirklich raus. Als er anfing, mich zu boxen, hab ich ihm die Nase gebrochen, und er hat mich so getroffen, daß ich auf dem einen Auge ein paar Monate fast nichts mehr sehen konnte. Am nächsten Morgen hab ich mich sofort aus dem Staub gemacht, denn ich war jetzt nicht mehr sicher im Dorf. Aber auch so wäre ich weggegangen, denn Alfreds Singerei machte mich langsam verrückt.«

Inzwischen hatten wir fünf Tänzerinnen gesehen und eine Frau, die mit einem Schwarzen mit blauer Mütze und blauen Hosenträgern eine Nummer geschoben hatte. Wir wußten jetzt, daß das Programm jede Stunde wiederholt wurde und daß wir sitzen bleiben durften, bis sie zumachten. Die Leute im Saal warteten. Der Rauch der Nebelmaschine hing vor den Spiegeln, und auch dieser Japaner saß immer noch in seiner Ecke.

Wieder sahen wir die Tänzerin mit dem breiten Mund und den rotbraunen Haaren. Wir sahen, daß sie genau das gleiche machte wie eine Stunde zuvor. Wieder legte sie ihr

Knie auf den Schoß eines Gastes, und nach ihr würde die Tänzerin kommen, die sich am Ende ihres Auftritts einen Stift zwischen die Beine steckte und »I love you« auf die nackte Brust eines Mannes schrieb, den sie vorher aufgefordert hatte, sich auf die Bühne zu legen. Die meisten Gäste starrten vor sich hin, als ob sie es schon zwanzigtausendmal gesehen hätten. Wenigstens waren hier die Toiletten sauber.

»Zuerst experimentierst du mit dem Leben, dann experimentiert das Leben mit dir«, sagte Sergius, aber ich wußte schon nicht mehr, zu wem er das eigentlich sagte.

Die Frau mit den rotbraunen Haaren hatte sich am Eingang in die Ecke gesetzt. Jetzt trug sie eine Jeans und eine Karobluse. Sergius ging zuerst zu ihr, fünf Minuten später folgte ich ihm. »Das ist Amanda«, sagte er. Sie roch nach Rasierseife.

»Hallo«, sagte ich.

Wir fragten, was sie trinken wollte. Wir konnten sie kaum verstehen. Sie hatten die Musik lauter gestellt, weil der nächste Auftritt anfing. In diesem Moment konnte ich mir nicht vorstellen, daß ich je andere Erinnerungen haben würde als diese hier und daß es noch andere Orte gab, um den Abend zu verbringen und einen Teil der Nacht.

»Was macht ihr hier?« fragte Amanda.

»Es ist doch schön hier?« sagte ich. »Ich mag das Rotlichtghetto. Wir sind nicht dazu geschaffen, im Sonnenlicht zu leben.«

»Ich liebe die Sonne«, sagte Amanda. Wahrscheinlich sagte sie noch viel mehr, aber das konnte ich nicht verstehen, denn Sergius saß zwischen uns. Später fragte er mich, ob ich ihm einen Zehner leihen könnte, damit wir Amanda noch ein Getränk bezahlen konnten. Als sie aufstand, um zu pinkeln, sagte ich: »Vergiß sie, sie riecht nach Rasierseife. Sie interessiert sich nicht für mich, und für dich auch nicht.«

»Die Jugend ist verrückt. In meinem Alter ist man immer noch verrückt, bloß nicht mehr jung«, sagte Sergius und grinste.

Links von der Bühne wartete schon die nächste Tänzerin. Ich verfolgte mit den Augen die wirbelnden Lichter auf der Bühne und beobachtete die letzten Gäste im Saal, die aussahen, als ob sie den Rest ihres Lebens hier verbringen wollten, und plötzlich schien es mir ganz egal, ob man sich sein Leben lang in einem Zimmer einschloß, um die Mischna zu studieren, oder ob man jeden Tag durchs Rotlichtghetto lief, um in den Gesichtern und Körpern zu lesen, und sogar dann noch über den Preis verhandelte, wenn man gar kein Geld bei sich hatte. In beiden Fällen konnte man sich einbilden, an etwas Größerem teilzuhaben als seinem eigenen, armseligen Leben, das schon zu stinken begonnen hatte, bevor es richtig anfing. Wenn man die heiligen Bücher studierte, mit dem Oberkörper hin und her schaukelte und sich wochenlang mit der Frage herumschlug, was man tun muß, wenn man ein Kleidungsstück auf der Straße findet, wußte man, daß man Teil des Volkes Israel war. Alle Antworten auf alle Fragen und der Trost der ganzen Welt lagen in diesen zwei Worten.

Ich konnte mir einbilden, daß ich zu der Frau gehörte, die mich bei sich einließ, und daß sie mir alles geben würde, was ein Mensch einem anderen nur geben kann, und daß es etwas zu bedeuten hatte, daß ich an sie dachte und mich sogar Wochen später noch daran erinnerte, daß selbst das Leitungswasser bei ihr nach Flüssigseife geschmeckt hatte. Völker bedeuteten mir nichts, manchmal wußte ich nicht einmal, ob Menschen mir etwas bedeuteten.

Ich dachte an meine Lehrer. Ich dachte daran, wie meine Mutter mich jeden Sonntag- und Mittwochabend in die Lekstraat zu Jeschiwas Hamaschmidiem gebracht hatte, wo sie mich lehrten, was man tun mußte, wenn man gleichzeitig mit jemand anderem ein Kleidungsstück von der Straße aufhob. Sie lehrten mich auch, daß es etwas ausmachte, was man tat oder nicht tat im Leben, und daß es so etwas gab wie objektive Werte. Einmal fuhren wir nach Zürich, wo ein europäisches Mischna-Festival stattfand. Genau wie das europäische Schlagerfestival gibt es auch ein europäisches Mischna-Festival. Wir alle mußten ein Stück aus der Lehre auswendig lernen. Zur Belohnung erhielt man Bücher; je mehr man auswendig konnte, desto mehr bekam man. Ich konnte nur ganz wenig auswendig. Ich glaube, ich mußte etwas darüber aufsagen, wie man Laubhütten baut. Noch immer werde ich leicht nervös, wenn ich an Laubhütten denke und wie man sie baut. Das Festival fand in der größten Synagoge von Zürich statt. Überall saßen Schriftgelehrte, und man mußte warten, bis man aufgerufen wurde. Dann kam man zu einem von diesen Männern und mußte sein Stück Mischna aufsagen. Glücklicherweise kam ich nie an die Reihe. Es gab zu wenig Schriftgelehrte und zu viele Kinder. Auf dem Klo beim Pinkeln sah ich die Schaufäden der anderen in den Becken baumeln, und ich schämte mich, weil ich keine Zizijot trug wie sie. Als wir wieder im Bus saßen, mußten wir alle *Jeschiwas Hamaschmidiem Amster-*

dam, chaj chaj wekajam singen. Ein Rabbiner wurde mit einem Nervenzusammenbruch nach Hause geschickt, nachdem er einem Schüler den Oberarm aufgekratzt hatte. Schwimmen gingen wir auch noch, in einem Hallenbad, das sie extra für uns angemietet hatten, weil wir Männer unter uns bleiben mußten.

Jetzt saß ich hier und hörte – soweit das möglich war – Amanda zu, die erzählte, daß sie einen Sohn in Brasilien hatte, den sie die ganze Zeit über »my baby« nannte.

Mir war klar, daß kein Hahn danach krähte, was ich tat, und daß es nicht mal wen juckte, ob ich verreckte oder nicht. Menschen sind so austauschbar wie Plastiktüten. Sie glauben nur alle, sie seien etwas Einzigartiges und Außergewöhnliches – und besonders natürlich ihre Kinder. Wenn du überleben willst, muß du das denken, und solange du das willst, mußt du das mit den Plastiktüten eben für dich behalten. Aus meiner Bürozeit und auch noch von später weiß ich, daß nichts so schlimm ist wie Leute, die glauben, daß sie unersetzbar sind. Von mir selbst weiß ich, daß ich so überflüssig bin wie die Tauben am Hauptbahnhof, die nur alles vollscheißen, und die paar Leute, die ich mag, wissen das auch.

Im Grunde sehnt man sich auch nicht wirklich nach den anderen, sondern nach der Zeit, die man mit ihnen verbracht hat, Zeit, von der nichts weiter geblieben ist als ein paar Geschichten. Wenn man sie nicht weitererzählt, bleibt selbst von diesen Geschichten nicht mehr übrig als von dem Wasser, das meine Mutter den ganzen Samstag lang kochen ließ, bis abends nur noch warmer, feuchter Dampf übrig war, der sich noch später am Abend mit dem Geruch frischer Wäsche vermischte. Danach hatten wir Gott sei Dank alles wieder für eine Woche überstanden.

Die Leute bedeuten einander nicht mehr als eine alte Zeitung, mit der sie sich den Hintern abwischen, wenn sie zufällig kein Klopapier da haben. Vor kurzem erzählte mir jemand in der Straßenbahn, daß der Papst jeden Tag alle schwangeren Frauen auf der Welt segnet, selbst die, die gar nicht katholisch sind.

Die dicke Schwarze tanzte auch schon wieder seit zehn Minuten. Sergius war auf die Bühne geklettert und tanzte neben ihr. Es tat gut, ihn tanzen zu sehen. Ich war an der Bar sitzen geblieben und wartete auf etwas, wußte allerdings nicht im entferntesten, worauf, nur, daß ich auf jeden Fall noch etwas warten mußte. Manchmal glaube ich, daß alles Warten auf der Welt in die eine Dreiviertelstunde wochentags um die Zeit paßt, wenn einige sich schon guten Morgen wünschen und andere noch guten Abend, und die Telefonistin sagt: »Meneer van Grinbergen? In einer Dreiviertelstunde ist die Dame bei Ihnen.« Und du läufst die ganze Dreiviertelstunde durchs Haus und weißt schon nicht mehr, warum du überhaupt angerufen hast, und auch nicht, wo der Rotz in deiner Nase auf einmal herkommt, und warum es überall so verdammt still ist. Du denkst nur, wie wird sie wohl aussehen und was wird sie sagen, und was für Kleidung wird sie tragen, und du fragst dich, ob sie wohl auch eine von denen ist, die für ein paar Hunderter extra eine Fahrt ins Paradies riskieren.

Amanda ging nach vorn, denn in ein paar Minuten hatte sie ihren nächsten Auftritt. Zum vorletzten Mal an diesem Abend.

»Ich gehe«, sagte ich zu Sergius.

»Willst du nicht auf Amanda warten?«

»Ich hab Lust auf Schokoladeneis.«

Ich lief die frisch gewischten Fliesen zur Treppe, Richtung Ausgang.

Sie stand vor dem Shoarmaladen. Sie trug einen Rollkragenpulli.

»Wie geht's?«

»Gut«, sagte sie, »und dir?«

»Geht so.«

Im Laden machten sie gerade Falaffel. Zwei Häuser weiter war die Kneipe, in der die Frau arbeitete, die jedesmal, wenn sie mich sah, zu mir sagte: »Tja, mein Junge, alles hat ein Ende im Leben.« Ich weiß nicht, warum sie das immer sagte, wahrscheinlich war sie ein bißchen verrückt. Irgendwann hatte sie wohl damit angefangen, und jetzt konnte sie nicht mehr aufhören.

»Wieviel?«

»Fünfzig plus fünfzehn fürs Zimmer.«

»Ich bezahl nie für ein Zimmer.«

»Dann hau ab. Ich hab keine Zeit für Small talk.«

»Ich auch nicht, aber ich hab Lust auf ein Eis. Magst du ein Eis?«

»Ich muß arbeiten.«

»Wenn ich du wär, würd ich mal was an meinen Zähnen machen. Meine Mutter sagte immer: ›Meine Zähne haben den Krieg gut überstanden, weil ich sie mir jeden Tag mit einem Tuch geputzt hab.‹ Das solltest du auch mal machen.«

»Fuck off.«

»Ich sag's ja nur, weil ich dich nett find.«

Sie drehte sich um. Ich lief weiter bis zu meiner Kneipe, wo Jeanet wieder am Spielautomaten stand. Jeanet hat weiße Haare und trägt immer Kleider, die nicht mal bis zur Hälfte ihrer Oberschenkel reichen. Sie trinkt nur Whisky mit viel Wasser, und wenn man sie nach ihrem Alter fragt, antwortet sie, sie habe das ewige Leben. Ab und zu, wenn sie etwas gewonnen hat, will sie tanzen. Manchmal tanzt sie dann mit mir. Sie trägt schon seit Monaten dasselbe Kleid, aber das macht nichts, wenn man das ewige Leben hat. Wenn sie sehr viel gewonnen hat, hebt sie ihren Rock, so daß wir ihren Slip und ihren runden Bauch sehen können. Dann sagt sie: »Nur nicht aus Liebe weinen«, und schlägt sich auf die Schenkel, in denen so viel Wasser ist, daß die ganze Kneipe ihren Durst damit löschen könnte.

Schon beim Hereinkommen sah ich, daß Jeanet diesmal nicht mit mir tanzen würde. Doch selbst wenn sie es getan hätte, wäre es bei mir heute abend zwecklos gewesen.

Noch bevor ich richtig saß, stand schon das Bier vor mir.

»Ich hab dich draußen vorbeilaufen sehen«, sagte Karin.

»Ich lauf schon seit praktisch 'ner Woche hier rum, und ab heute lauf ich jeden Tag hier lang, du wirst dich also wohl oder übel an mein Gesicht gewöhnen müssen.«

»Ich hab mich schon an schlimmere Dinge gewöhnt.«

Hinter dem Billardtisch stand Jeanet. Wenn ich durchs Fenster sah, konnte ich das Mädchen mit dem Pony sehen, das keine Zeit für Small talk hatte.

In der Ecke auf dem strategischen Platz an der Wand saß ein Junge in einer blauen Regenjacke mit Kapuze; ihre Schnüre baumelten herunter. Er trank aus der Flasche. »Ich hab mich für 'n Fuffi ficken lassen«, hatte er gesagt, ohne jemand Bestimmten anzusehen.

»Doch wohl hoffentlich mit Gummi?« fragte Karin.

»Und, sollen wir jetzt Mitleid haben?« fragte die Alte. »Würde mir nie passieren, für fünfzig Gulden!«

Der Junge hatte ein makelloses Gesicht mit glattem, blondem Haar, und auch sonst sah er sehr gepflegt aus. Die Alte wollte Kakao, der Junge noch ein Bier und der Mann neben mir einen Jungen Jenever mit Eis.

»Wenn ich nach draußen seh, rufen mich die Mädchen«, sagte der Mann. Er hatte braune Arme; sie hingen ihm von den Schultern, als schleppte er ein paar Kilo Gewichte daran herum. An seinem Hocker hatte er einen Pudel festgebunden.

»Dann guck doch auf den Tresen«, sagte ich.

»Dann ruft mich das Bier.« Er leerte sein Glas in einem Zug. *»I want to be your underwear«*, sang er falsch.

Der Junge mit der Kapuze stand auf. »Ich geh nach Hause«, sagte er.

»Tschau«, riefen wir alle.

»Und, wer ruft dich gerade?« fragte mich Annemiek mit ihrer heiseren Stimme und dem Mund voller Hackfleischbällchen.

»Du«, sagte ich, »du allein, das weißt du doch.«

In ein paar Tagen hatten wir wieder Kol Nidre. »All unsere Versprechen« heißt das, glaube ich, aber weiter kannte ich das Gebet des heiligsten Abends im Jahr auch nicht. Am heiligsten Abend des Jahres würde ich hier herumlaufen wie jeden Abend, und genau wie sie, die in ihren weißen Totenhemden dasaßen und das Kol Nidre vor sich hinmurmelten, wollte auch ich nichts lieber, als all meine Versprechen vergessen. Ich würde hier, am schönsten Fleck auf Erden, so lange herumlaufen, bis ich an nichts von all dem mehr dachte und es auf der Welt nur noch das Bier gab, das ich getrunken hatte, das Geld in meiner Tasche und die eine, die ich nicht finden konnte, aber nach der ich schon seit Wochen suchte, weil sie die Schönste im ganzen Ghetto war.

Um halb elf ging ich wieder nach draußen. Die Frau mit dem Rollkragenpulli stand unter der Überdachung des Shoarmaladens. »Jetzt mach ich's für fünfzig«, sagte sie. »Das ist nett«, sagte ich, »nur bin ich jetzt nicht mehr in Vögellaune. Morgen vielleicht. Ciao, bella.«

So, wie ich jetzt hier entlanglief, hätte ich noch Jahre weiterlaufen können. Hier und in anderen Städten. Viele hatten mich schon gefragt, was ich nur immer hier suchte. Genausogut hätte man einen Baum fragen können, was er in der Erde suchte, oder den Wodka, was er in der Flasche verloren hatte. All diese Fragen fand ich vor allem ermüdend. Ich erwartete schon lange keine großen Antworten auf große Fragen mehr. Sie stand auf der anderen Seite der Brücke. Sie trug eine weiße Bluse wie immer und hatte liebe, braune Augen. Auch ihr fehlten ein paar Vorderzähne, aber sonst sah sie noch ganz gut aus. Ein paarmal hatte ich bei Febo Fritten mit ihr gegessen. Ich hatte sie zu einem Softeis eingeladen, und als sie nicht lockerließ, hatte ich zu ihr gesagt: »Sorry, I don't want to mix pleasure with business.« Das ist eins der wenigen Dinge in meinem Leben, über die ich immer noch zufrieden bin.

Gleich würden sie wieder Äpfel mit Honig essen. Nur ich würde fehlen. Die Geborgenheit, die von den Äpfeln mit Honig, den Kerzen und den Barches ausging, der Trost und die Wärme, die sie dir versprachen, wenn nur auch du Teil des auserwählten Volkes sein wolltest, waren noch tausendmal verlogener als die Wärme, die dir die erstbeste Straßenhure ohne Gebiß geben konnte.

Ich lief den Weg zurück und lachte alle an, die mich anlachten. Die Straße war kaum anderthalb Meter breit und keine fünfzig Meter lang. Ich mußte daran denken, wie hier eines Abends mal jemand mit seinem Rollstuhl steckengeblieben war und für einen riesigen Stau gesorgt hatte. Jetzt lief ich durch die blonde Abteilung. Das Ghetto war in lauter kleine Unter-Ghettos eingeteilt. In der schwarzen Abteilung waren sie etwas freundlicher und klopften schneller gegen die Scheibe. Die Schwarzen sind fünfzehn Gulden billiger als die Blonden, aber die aus Südamerika sind wieder genauso teuer. In dieser Gasse, die wirklich nicht breiter war als eine Todeszelle, waren sie sehr jung, jedenfalls nicht älter als ich. Ich war schon mit genug Frauen ins Bett gegangen, die meine Großmutter hätten sein können.

Sie öffnete, noch bevor ich stehengeblieben war.

»Fifty«, sagte sie.

»Okay«, sagte ich.

Ich folgte ihr die Treppe hoch, an der anderen Frau vorbei, mit der sie sich das Fenster teilte. Die Fliesen waren hellblau wie in einem Schwimmbad.

Sie hieß Alissa. Ich zog mich aus. Sie legte nur ihren Slip ab. Die Strümpfe behielt sie an. Sie hatte braune Augen, ein schmales Gesicht und kurze, braune Haare. Als ich ganz nackt war, sagte sie: »Now please pay.« Ich nahm meine Hose wieder vom Boden und suchte nach Geld.

»From where are you?« fragte ich.

»Budapest.«

Sie legte sich hin.

»Please don't kiss me.«

»Don't worry. I won't kiss you.«

Doch hielt ich ihren Kopf fest. Ich bin es nun mal gewohnt, beim Vögeln einen Kopf festzuhalten.

»Do you go back to Budapest?«

»I come from nowhere and I go to nowhere, and now please shut up. I'm working.«

Danach sagten wir nichts mehr. Nur beim Weggehen salutierte ich und gab ihr einen Handkuß. Aus Gewohnheit.

Im Dienst von Blue Moon

Am Samstag um vier Uhr stand ich vor Meneer Dreeses Wohnung. Wieder kam ich an dem Kinderwagen und dem Rennrad vorbei. Oben unter dem Dachfenster tauchte Meneer Dreeses Gesicht auf, und ich hörte ihn rufen: »Stephan?«

Im Wohnzimmer lief gerade ein Spielfilm, und ich sah das Gesicht von Robert de Niro. Genau wie beim letzten Mal bewegte sich der Ventilator langsam hin und her, obwohl es heute nicht warm war. Auf dem Tisch lagen immer noch der *Cosmopolitan* und die gleichen Papiere wie zwei Tage zuvor.

»Hast du das Paßfoto dabei?« fragte er.

Ich gab es ihm, und er nietete es auf der Karteikarte fest, die er beim letzten Mal für mich ausgefüllt hatte.

»Deine Kennummer ist 31 F, es ist praktisch, wenn du sie bei jedem Anruf gleich dazusagst, dann brauch ich hier nicht so lang zu suchen.«

Er trug dasselbe olivgrüne Sweatshirt wie beim letzten Mal. Es hatte irgendeinen Aufdruck, aber ich konnte nicht lesen, was.

»Weißt du schon, wann du zur Verfügung stehst?«

»Montag.«

»Und sonst?«

»Mittwoch bis einschließlich Samstag.«

»Wir rufen dich an, sobald wir was haben. Jetzt ist es grad ein bißchen ruhig.«

Er stand auf.

»Was mich angeht, kann jetzt der Rubel rollen.«

Er sagte das bestimmt schon zum zwanzigsten Mal.

»Wir sähen's gern, wenn du bei der Arbeit deinen Anzug trägst.«

»Meinen Anzug«, sagte ich.

Auf dem Sofa saß ein Marokkaner, der aussah, als hätte er die letzten Monate vorwiegend in einem Pappkarton gelebt. Im Fernsehen war Robert de Niro immer noch dabei, jemanden zu vermöbeln.

Meneer Dreese begleitete mich zur Treppe. »Danke, daß du gekommen bist, bis bald.«

Auf der anderen Straßenseite ging ich in einen Laden und holte mir ein Softeis. ›Ich bin Stephan, meine Kennummer ist 31 F‹, dachte ich, doch ich war auch Arnon, Kurator am »Museum der benutzten Kondome«, gleich neben dem »Leere-Flaschen-Museum«. Eintritt frei, Wein inklusive. In meinem Zimmer hingen sie an einer Wäscheleine. Mit einem Edding-Stift hatte ich die Namen darauf geschrieben, damit ich sie auseinanderhalten konnte. Einige waren hellrot, andere durchsichtig, und am einen oder anderen klebte noch ein Restchen Klopapier, einige waren noch nicht ganz trocken.

Ich ging zum Haus meiner Mutter.

»Wo hast du Papas Anzüge?« fragte ich.

»Warum?«

»Ich brauch sie. Ich muß auf eine Party.«

Sie rochen nach Altmännerdeodorant, und sie paßten mir. Nur die Hosen rutschten etwas, aber das ließ sich ändern. Ich nahm zwei Anzüge mit.

»Was ist das denn für eine Party?« wollte sie wissen.

»'ne Party eben! Wie Parties halt sind.«

Ich lief über die Minervalaan nach Hause. Es war Abend. Ich war der einzige Mensch auf der Straße. Ein paar Jahre zuvor war ich fest entschlossen gewesen, der König der Amsterdamer Unterwelt zu werden. Damals hatte ich noch eine Kneipe, wo ich anschreiben lassen konnte, und ich dachte, daß eines Tages *jeder* zu irgendwas berufen würde, wie es Leuten schon seit Tausenden von Jahren geschah. Inzwischen gibt es in ganz Amsterdam keine Kneipe mehr, wo ich was auf Pump bekomme. Nur im ›Jericho-Snack‹ gibt der Bucklige mir drei Bier am Abend aus, aber damit kommt man auch nicht weit.

Ich dachte an Sergius, der oft gesagt hatte: »I'm tired of fighting.« Trotzdem konnte ich mich noch sehr gut an ein paar Nächte mit ihm auf dem Revier in der Lijnbaansgracht erinnern, als Zeuge, daß der Junge mit den langen, blonden Haaren ihm zuerst an die Kehle gesprungen war und daß Sergius erst danach zugeschlagen hatte. Das Dumme war nur immer, daß die Freunde dieser betrunkenen Idioten auch alle dasaßen und riefen, daß ich gar nichts gesehen hätte und daß sie solchen Wichsern wie mir notfalls noch auf dem Revier die Fresse polieren würden. Wenn du das zum ersten Mal hörst, scheißt du dir in die Hose. Beim dritten Mal auf dem Revier weißt du, daß sie sich alle in die

Hosen scheißen und sich im Grunde genauso schrecklich langweilen wie du. Selbst die Bullen scheinen sich zu langweilen. Nicht mal auf die Verrückten, die rufen, daß sie nicht wie Tiere behandelt werden wollen, oder daß sie Blut pissen und einen Arzt brauchen, reagiert noch irgend jemand.

»Blut pissen kannst du zu Hause, du Saftsack«, ruft die Frau hinterm Schalter und erzählt uns, daß sie das jede Woche hört.

Die Jungs drohen, daß sie draußen gleich auf dich warten, um dir deine schöne Nase noch 'n bißchen schöner zu machen. Samstag nachts laufen auf so einem Revier fast nur Idioten herum; bis du also deine Zeugenaussage unterschrieben hast, ist es meistens schon hell, und die Straßen sind leer. Über diese Typen sagte Sergius immer, daß man schon ziemlich geistesgestört sein muß, um freiwillig seinen freien Abend auf der Lijnbaansgracht zu verbringen. Aber mit ihrem Äußeren kommen manche Leute nun mal nicht weit. Dann schreiben sie, oder sie schlagen sich oder spielen Fußball. Oder sie werden Sänger. Das geht auch.

»A hospital is the best place to finish a real evening«, sagte Sergius und lachte. Eigentlich hatte ich genug von diesen Abenden und auch von den Leuten, die immer eine Sonnenbrille aufhaben, weil sie die Hälfte ihres Lebens mit einem blauen Auge herumlaufen.

Am Montagabend um sieben nahm ich eine Dusche. Ich putzte mir die Schuhe und zog den Anzug meines Vaters an. In einer Seitentasche fand ich eine Rolle King-Pfefferminz. Mindestens drei Jahre alt, aber noch ganz genießbar. Ich erinnerte mich daran, wie jemand mir einmal erzählt hatte, daß Pfefferminz aus Spiritus gemacht würde. Ich stellte mich vor den Spiegel. Meneer Dreese hatte gesagt, daß ihm meine Locken gefielen. Ich hoffte, daß meine Kunden das auch finden würden. Ich nahm etwas After-shave, holte die Flasche Slibowitz aus der Küche und setzte mich ans Telefon.

Um elf Uhr rief ich bei Blue Moon an.

»Ich warte schon den ganzen Abend«, sagte ich.

»Das gehört zum Beruf«, sagte Meneer Dreese, »sobald wir was haben, rufen wir dich an.«

Ich ging zum Nachtgeschäft und kaufte Bier.

»Heiratest du?« fragten sie.

»Nein«, sagte ich, »ich heirate nicht.«

Als ich wieder nach Hause kam, zog ich den Anzug meines Vaters aus und mein T-Shirt an. Ich ging am Tisch vorbei, auf dem in einer Schüssel auch schon wieder seit ein paar Tagen die Muschelschalen lagen. Seit dem Tag, an dem Ajax gegen Barcelona gespielt hatte und ich der einzige Kunde im ganzen Bistro gewesen war...

Ich saß an der Theke und sah auf den Bildschirm. Ajax war mit 2:4 im Rückstand, und es waren nur noch zwei Minuten zu spielen. Ich bestellte noch einen Klaren und dachte an die fünfhundert Gulden, die ich verloren hatte. Bei bestimmten Dingen wird es immer anstrengender, *nicht* an sie zu denken, weil immer mehr dazukommt, das man vergessen möchte.

So dachte ich auch an die Zeit, als ich noch Verleger werden wollte. Ich lief auf der Frankfurter Buchmesse herum und lernte jede Menge Leute kennen, die so taten, als seien sie im Leben noch nie betrunken gewesen und jetzt zum ersten Mal allein von zu Hause weg. Sie zogen doch alle nur die große Show ab und versuchten einen anzuschmieren, die Verleger, die Schriftsteller und die Fußballer.

Eine Weile verfolgte ich immer Wim Kieft im Fernsehen. Es fängt immer damit an, daß er den Linienrichter zusammenscheißt. Danach nimmt er den Schiedsrichter aufs Korn und beschimpft dann nach und nach die ganze Gegenmannschaft, und wenn er alle durch hat, scheißt er seine eigenen Mitspieler zusammen. Wenn er damit fertig ist, ist das Spiel meistens schon fast zu Ende. Er kann natürlich auch ganz normal Fußball spielen, aber er weiß eben auch, was zum Geschäft gehört. Einmal hörte ich ihn zu einem Linienrichter sagen: »Gleich steck ich dir deine Flagge in den Arsch.« Solche Dinge würde ich auch rufen, wenn ich übers Spielfeld laufen müßte und hätte um mich herum nur Hirnamputierte. Nach einiger Zeit hatte ich keine Lust mehr, Wim Kieft im Fernsehen zu verfolgen.

Während ich noch immer auf einen Anruf von Blue Moon wartete, trank ich Wein, Tequila, Buttermilch und Slibowitz durcheinander. Dazu aß ich Zuckerwürfel und rohe Champignons. Ich fühlte mich ausgesprochen gut. Besser jedenfalls als an irgend so einem Abend, wenn ich mal wieder in der Kneipe neben so einem Lahmarsch gelandet war und die ganze Zeit belgisches Bier trinken mußte.

Ein altes Telefonbuch ist eine prima Alternative zu Klopapier. Das von Amsterdam langt mindestens für vier Monate.

Ich sah den Anzug meines Vaters über dem Stuhl hängen.

Marielle hatte einmal gesagt, daß ihr von Old Spice schlecht würde. Plötzlich bekam ich Lust, Meneer Dreese anzurufen und ihm zu sagen, daß er sich mit seiner Begleit- und Modellagentur samt Kennummern von mir aus zum Teufel scheren konnte. Nicht daß ich es mir plötzlich anders überlegt hatte. Für ein paar hundert Gulden würde ich mich notfalls sogar von einem Kerl bumsen lassen. Oder vielleicht doch lieber ihm einen blasen, als in den Arsch gefickt zu werden. Blasen würde ich sogar ohne, wenn ich ordentlich Schotter dafür bekäme. Am nächsten Morgen hast du vergessen, was du am Abend getan hast. Das ist das Schöne am Morgen, sagt man.

Aber ich wollte lieber alles in eigner Regie regeln. Dann brauchte ich wenigstens nicht den Anzug meines Vaters anzuziehen, mir keine Kennummer zu merken und ein paarmal pro Monat Meneer Dreeses Rasierwasser einzuatmen.

Ich rief Blue Moon an, doch es war und blieb besetzt. Ich wartete noch anderthalb Stunden. Schließlich warf ich die Muschelschalen weg. Ich legte Wyssotzkij auf und wählte die Nummer, die der Kleine Michael mir gegeben hatte. Geld muß unter die Leute, besonders, wenn man nur noch zweihundert Gulden hat. Ich fragte, ob Sandra heute abend arbeitete. »Ja«, sagte die Frau am anderen Ende. Ich dachte an Sandras idiotisch große, gelbe Toilettentasche, dann an Wim Kieft und schließlich an all die Leute, die mir über Liebe die Ohren vollgequatscht hatten. Übrigens wohnt Wim Kieft ganz bei mir in der Nähe. Ich hab ein paarmal mit ihm bei Albert Heijn an der Kasse gestanden.

Mit fünfzehn spielte ich in *Antigone* mit. Ich war einer vom Chor. Unsere Ismene war das Mädchen mit dem dicksten Arsch von Amsterdam. Wer Antigone spielte, weiß ich nicht mehr. Ich trug ein schwarzes Laken, das von einer Frau genäht worden war, die Mathematik gab und die kurz vor der Premiere im Umkleideraum einen Heulkrampf bekam. Damals trug Rosie noch Latzhosen von Osh-Kosh und schrieb mir viele Briefe.

Mit zwölf war ich in einem jüdischen Jugendclub. Im Juni gedachten wir des Sechstagekriegs und spielten, wie wir die Klagemauer befreiten. Im Oktober gedachten wir des Jom-Kippur-Kriegs, aber welches Spiel wir dabei spielten, habe ich vergessen.

Meine erste Packung Zigaretten war von John Players Special. Dreieinhalb Jahre war ich auf *Fußball International* abonniert. Als Eintrittspräsent bekam ich eine Tasche, auf der »Fußball International« stand. Als ich achtzehn wurde, habe ich die Zeitschriften alle weggeworfen. An einem Sonntagmorgen im Mai zog ich bei meinen Eltern aus, mit einem einzigen Koffer. Da konnte ich schlecht auch noch die ganzen *Fußball International* reinpacken. »Du kannst mich doch nicht einfach so allein lassen«, sagte meine Mutter an der Gartentür.

»So lassen Leute einander immer allein«, sagte ich, »hör auf zu jammern.« Das habe ich später noch ein paarmal zu Leuten gesagt, bis es niemanden mehr gab, zu dem ich es hätte sagen können.

Mit dem Koffer, der eigentlich zu schwer für mich war, lief ich die Straße entlang. Auf dem Küchentisch stand noch das Spiegelei, das ich mir gebraten hatte. Mit Tomate.

Bei einem Blumenhändler in der Rombout Hogerbeetstraat mietete ich mir ein Zimmer. Dort ernährte ich mich hauptsächlich von Reiswaffeln. Mit achtzehn hatte ich zwei Wochen lang eine Knutschfreundin. Sie ist später verrückt geworden.

Ich aß die letzten Champignons, die ich noch dahatte, und plötzlich fiel mir wieder ein, daß ich morgen fünfhundert Gulden bezahlen mußte. Wenn du Hunger hast, sind rohe Champignons echt das Beste vom Besten.

Ich habe *Bulletje und Bohnenstange* noch eine ganze Weile in der Tasche mit mir herumgetragen, aber Prinzessin Coca konnte ich nirgends mehr finden. Nach ihr fragen konnte ich auch nicht, denn wahrscheinlich bin ich der einzige, der sie so genannt hat.

Endlich riefen sie zurück. Sie müssen immer zurückrufen, um die Nummer zu kontrollieren.

»Ach, du bist's wieder«, sagte sie.

»Ja, ich bin's«, sagte ich.

»Sandra ist in einer halben Stunde bei dir.«

»Gut, sehr gut.«

Ich dachte an Sergius. Auch wenn es kalt war, saß er vor dem offenen Fenster und legte die Füße auf die Fensterbank. Er sah nach draußen oder starrte einfach vor sich hin. Manchmal verdiente er Geld mit dem Renovieren von Wohnungen. Er hatte eine Bohrmaschine, fünf Hosen, fünf Oberhemden und noch ein paar andere Kleidungsstücke wie jeder normale Mensch. Außerdem hatte er einen Schlafsack.

Eine Frau hatte mir einmal erzählt, ich müßte mir eine

Geburt so vorstellen, wie wenn man ganz dringend aufs Klo muß, und es geht nicht. Eine andere Frau sagte mir einmal: »In meiner Familie sind sie alle richtige Knoblauchtypen.«

Ich hatte Sandra meine Telefonnummer gegeben. Schon als ich sie ihr gab, wußte ich, daß sie nicht anrufen würde.

Mein Vater liegt dreihundert Meter oberhalb der Autobahn nach Tel-Aviv. Er hatte ein Gebiß, aber er schämte sich dafür. Wenn er es saubermachte, schloß er sich im Badezimmer ein. Dort blieb er dann eine Stunde, und wenn jemand rein wollte, fing er an, laut zu brüllen. Früher wohnte er in einer Dachwohnung. Neben ihm wohnte ein gewisser Doktor Landsmann. Meneer Landsmann war Kinderarzt und hatte allerlei Experimente durchführen müssen, um sein Leben zu retten. Als er wieder zurückkam, sagte er: »Ich kann nie wieder Arzt sein.« Er begann in einem Laden für Gürtel, Damentaschen und solche Dinge zu arbeiten. Auch mein Vater arbeitete dort. Zehn Jahre später fanden die Leute aus dem Erdgeschoß Landsmann tot in ihrem Garten. »Nach so langer Zeit hatte niemand mehr damit gerechnet«, sagte mein Vater. Er sprach immer mit viel Respekt von Doktor Landsmann, aber ansonsten konnte er Doktoren nicht ausstehen. Jeanet übrigens auch nicht. Sie hätten ihr die Knie ruiniert, sagt sie.

Es gibt ein paar Dinge, die ich noch tun will in meinem Leben. Ich will weiter für die Agentur von Meneer Dreese arbeiten. Wenn das nicht klappt, versuch ich es auf eigene Faust, aber nie für weniger als hundert Gulden. Später möchte ich meine eigene Agentur aufmachen. Früher wollte ich immer eine Freundin, die alles toll findet, was ich schreibe. Inzwischen bin ich dahintergekommen, daß alle Schriftsteller über Freunde und Freundinnen verfügen, die bei jedem Buchstaben, den sie zu Papier bringen, schon in Ohnmacht fallen. Das merkt man auch an ihren Büchern. Ich habe mal ein Mädchen gefragt, ob sie mir beibringen könne, wie man's einer Frau mit der Hand macht. Sie kam aus Zeeland.

Kol Nidre ist der einzige Abend, an dem es in der Synagoge ein bißchen voll ist. Es ist der Abend der Gelöbnisse, sie müssen für nichtig erklärt werden, als seien sie schon immer Staub der Erde gewesen. An dem Abend muß man ein Totenhemd anziehen. Ich habe kein Totenhemd. Aber ich kenne eine Menge kleiner Dealer, die dich noch aus dem Grab schaufeln würden, um dir ihr Zeug anzudrehen.

Ich sehe gern einen guten Striptease. Das macht mich richtig fröhlich. Mein Vater erzählte: »Doktor Landsmann aß gern einen guten Strammen Max mit zwei Eiern.« Jeder hat so seinen Spaß an was anderem.

»Hi«, sagte der Kleine Michael.

»Hi«, sagte ich.

Sandra hatte wieder ihre große, gelbe Toilettentasche dabei. Auch ihr Haar war wieder gefärbt. Diesmal besser.

»Da sind wir wieder.«

»Das seh ich.«

»Hör mal«, sagte der Kleine Michael, »ihre Freundin ist krank geworden. Sie hat was am Kiefer. Weißt du hier in der Nähe ein Krankenhaus?«

»Geht doch zum Zahnarzt.«

»Ich geh lieber ins Krankenhaus. Sie hat doch keine Papiere, rein gar nichts, und da müssen wir alles bar auf die Kralle bezahlen.«

»Versucht's dann in der FU-Klinik«, schlug ich vor, »die ist am nächsten.«

»Du bezahlst für eine Stunde, aber wahrscheinlich bleib ich länger weg. Das ist dann 'n Schnäppchen für dich, okay?«

»Okay«, sagte ich.

Er sagte etwas zu Sandra, was ich nicht verstehen konnte, weil er flüsterte. Sie hielt ihr Ohr dicht an seinen Mund. Schließlich sagte sie: »It's your friend.«

Er schlug die Tür hinter sich zu.

Ich sah, daß Sandra eine neue Jeans trug. Nur war ihr Hintern etwas zu klein für die Hose.

»Did you buy it here in Amsterdam?« Ich zeigte auf ihre Hose.

Sie nickte.

»So your sister-in-work is sick?«

»Yes.«

»Okay. Let's have a drink.«

Ich konnte Geschichten über Krankheiten nicht ausstehen. Ihre Toilettentasche stand auf dem Tisch. Sie trank Wein. Sie hatte zuviel Lippenstift aufgetragen. Die echte Farbe ihrer Haare – dunkelblond – war nicht mehr zu erkennen. Sie rauchte.

Ich fragte, was sie in Litauen machte. Sie erzählte, daß sie litauische Geschichte studierte. Dieses Gespräch dauerte eine Viertelstunde.

Sie rauchte, und ich trank. Als Aschenbecher benutzte sie

eins meiner dreckigen Gläser. Nach sechs Zigaretten ging sie duschen. Diesmal gab ich ihr ein Handtuch, bevor sie ins Bad ging. Sie schloß die Tür. Im Flur setzte ich mich auf einen Stapel Bücher auf dem Boden. Meiner Meinung nach bestand ihr Englisch aus zwei Sätzen: »Where is the shower?« und »I don't understand«. Mehr brauchte man ja auch nicht.

Nach zehn Minuten kam sie wieder zurück, ihre Toilettentasche unter den Arm geklemmt.

Wir legten uns ins Bett. Sie rauchte, und ich trank. Wyssotzkij sang, doch als die Kassette zu Ende war, drehte ich sie nicht um.

Ich küßte sie ein paarmal. Ab und zu streichelte ich ihren langen Hals und ihren Rücken mit den kleinen Warzen. Am Fußende des Bettes stand ihre Toilettentasche, die noch voller war als beim letzten Mal. Ich fragte mich, ob sie auch noch was anderes aus Litauen mitgenommen hatte als diese Tasche.

Als ich mich umdrehte, sah ich, daß wir den Aschenbecher umgeworfen hatten. Die linke Seite meines Betts war voller Kippen und schwarzer Streifen. Das hätte an dem Abend noch gefehlt, daß wir die Wohnung in Brand steckten.

Ich streichelte ihren Bauch und befühlte ihre Schamhaare, die genauso hart waren wie die auf ihrem Kopf.

»I feel bad«, sagte Sandra. Sie sah an die Wand, aber da war nichts zu sehen.

Jetzt hätte ich rufen müssen: »Spar dir deine Tricks, dreckige Hure.« Ich hätte ihr den Blümchenslip vom Leib reißen müssen und ihr Hemd, doch ich blieb liegen. Nicht weil ich plötzlich das Licht gesehen hätte und mich als besserer Mensch fühlen wollte. Ich war einfach nur hundemüde. Mir war alles recht so. Ihre »Sister-in-work« hatte eine Kieferentzündung, und sie sah aus, als würde sie auch krank werden, genau wie ich. Es war kalt in meinem Zimmer, weil die Tür den ganzen Tag offengestanden hatte. Ich drehte mich zu ihr hin, fühlte, wie warm sie war – das haben lebende Menschen nun mal an sich – und schlief an ihrem Körper ein.

Sie war die erste, die »shit« rief, als es klingelte. Es war fast halb drei. Ich zog meinen Pullover an, lief zum Fenster und rief nach unten, daß sie gleich käme.

»Hat's geklappt?« fragte ich den Kleinen Michael. Sandra stand neben ihm, mit ihrem für die Jeans zu kleinen Hintern und ihrer Toilettentasche, die sie festhielt, als sei es ihr Baby.

»Nein, ich muß es morgen noch mal versuchen«, sagte der Kleine Michael. »Aber du hast doch 'n gutes halbes Stündchen umsonst gekriegt.«

»So ist es«, sagte ich.

»Und ich glaube, ihr hat's auch nichts ausgemacht.«

»Bestimmt nicht.«

Ich gab Sandra die Hand.

»Tschau«, sagte ich.

Sie nickte.

Sie folgte ihm nach draußen.

An der Tür sagte der Kleine Michael: »Dann bis zum nächsten Mal.«

»Ja«, sagte ich.

Ich ging wieder nach oben. Ich hielt mich am Geländer fest. Auf dem Boden lag Sandras Handtuch. An der Seife klebte ein Haar, das nicht von mir sein konnte. Die Badewanne sah aus wie bemalt, wie Eier oder Pilze im Kindergarten, mit lauter hellbraunen oder dunkelroten Tupfen. In diesem Licht konnte ich nicht sehen, ob es Scheiße oder Blut war.

Morgen, dachte ich, morgen würde ich alles aufräumen. Morgen mußte ich meine fünfhundert Gulden bezahlen und Meneer Dreese anrufen. Ich würde bestimmt richtig gut werden. Nur etwas weniger wählerisch müßte ich vielleicht sein, damit sie mehr Arbeit für mich hätten, denn die Warterei fand ich noch am schlimmsten. Ein Glück, daß einem das Wählerischsein bald vergeht, wie sie mir sagten, genau wie alles andere.

Ich hatte mir einmal einen Plan ausgedacht, um Banken zu betrügen.

Sergius und ich hatten zusammen vorgehabt, Etiketten von Chanel auf billiges polnisches Parfüm zu kleben. Später versprach er mir, daß er Fahrer werden wollte, wenn ich meine eigene Modellagentur eröffnet hätte. Das war kurz bevor er wegging.

Wenn du alt bist, hast du deinen Stammplatz an der Theke und sagst über jeden, der gerade rausgeht: »Früher wollte der auch noch ab und zu für 'nen Hunderter.«

»Nur nicht aus Liebe weinen«, sagt Jeanet dann und kneift mich in den Schritt. – Eins verspreche ich, ich verspreche es euch allen: Auf meiner Hochzeit tanzt die ganze Unterwelt.

Worterklärungen

Beracha
Segensspruch, Gebet über die Mahlzeit
Charosseth
Gemisch aus Mandeln, Früchten, Gewürzen und Wein. Symbolisiert den Mörtel, den die Juden für den Pharao mischen mußten
Jeschiwas Hamaschmidiem
Religiöse Gruppe (von Jeschiwa – religiöse Lehranstalt, Hochschule)
JNF
»Jewish National Found«/»Joods Nationaal Fonds« – Sozialfonds für jüdische Einrichtungen in Israel (entspricht KKL [Kerèn Kayemeth Leisrael] in Deutschland)
Jom Tov
»Der schöne Tag« = Feiertag
Kiddusch
Empfang nach dem jüdischen Gottesdienst
Kol Nidre
»Alle Gelübde«, aramäisches Gebet (ursprünglich eine Form des Widerrufs freiwillig übernommener, die eigene Person betreffender Gelöbnisse). Leitet den Gottesdienst am Abend des Versöhnungstages (Jom Kippur) ein. Im reformiert-jüdischen Ritus nicht mehr enthalten.
Maror
Bitterkraut. Symbolisiert die Bitterkeit, die die Ägypter dem Volk Israel unter Pharao bereiteten
Mischna
»Die Lehre«: Älterer Teil des Talmud, in dem die Gesetze der Thora ausgelegt werden
Seder
»Die Ordnung«, feierliche Mahlzeit im Rahmen des Pessach-Festes zur Erinnerung an den Auszug des Volkes Israel aus Ägypten. Hierbei wird die Pessach-Haggada verlesen, die die Bedeutung der einzel-

nen Teile der Sedermahlzeit erläutert und hiermit den Auszug aus Ägypten selbst erinnert.

Versöhnungstag

= Jom Kippur

Zizit, Pl.: *Zizijot*

Schaufäden, Quasten, die nach Numeri (4. Buch Mose), 15,37–41, und Deuteronomium (5. Buch Mose), 22,12, an den vier Enden des Gebetsmantels (Tallit) und des Arba Kanfot, des kleineren Tallit, angebracht sind und Erinnerungszeichen an Gott und Gottes Gebote darstellen.

(Quelle: Philo-Lexikon. Handbuch des jüdischen Wissens. Jüdischer Verlag, Frankfurt am Main 1992. [Unveränderter Nachdruck der dritten, vermehrten und verbesserten Auflage, Philo Verlag, Berlin 1936.])

Leon de Winter im Diogenes Verlag

Hoffmans Hunger

Roman. Aus dem Niederländischen von
Sibylle Mulot

In der Nacht vom 21. Juni 1989 liegt Freddy Mancini, ein unmäßig fetter amerikanischer Waschsalon-Besitzer, neben seiner Frau im Bett eines Prager Hotels. Ihn quält der Hunger, und er schleicht sich aus dem Hotel. Dabei wird er Zeuge einer Entführung.
Zur selben Zeit sitzt der niederländische Botschafter in Prag, Felix Hoffman, in seiner Botschaft und schlingt die Reste eines Empfangs in sich hinein. Er liest dabei Spinoza. Auch Hoffman hat Hunger, metaphysischen Hunger, vor allem seit seine beiden Töchter auf tragische Weise starben. Seither ist er schlaflos. Sein einziger Trost – essen.
Ein dritter unglücklicher Mann: John Marks, Amerikaner und Ostblockspezialist.
Die Schicksale der drei Männer werden durch eine spannende Liebes- und Spionagegeschichte miteinander verwoben. Zugleich ist *Hoffmans Hunger* die Geschichte von Europa 1989, das sich eint und berauscht im Konsum. Ein Rausch, der nur in einem Kater enden kann.

»Ein Buch, das unter der Tarnkappe einer Spionage-Geschichte das Kunststück zuwege bringt, über das Verhängnis der Liebe und die Tragik des Todes, über die Ohnmacht der Philosophie und die Illusionen der Politik so ergreifend zu erzählen, wie man es lange nicht mehr gelesen hat.«
Peter Praschl/stern, Hamburg

»Leon de Winter erzählt Hoffmans Geschichte meisterlich schlicht in der dritten Person, dialogreich,

eben noch geruhsam, dann mit schnellen Schritten und Schnitten. Er erzählt diskret und intim zugleich. Und auch ungeheuer komisch.«
Volker Hage/Der Spiegel, Hamburg

SuperTex

Roman. Deutsch von Sibylle Mulot

»Was macht ein Jude am Schabbesmorgen in einem Porsche!« – bekommt Max Breslauer zu hören, als er mit knapp hundert Sachen durch die Amsterdamer Innenstadt gerast ist und einen chassidischen Jungen auf dem Weg zur Synagoge angefahren hat. Eine Frage, die andere Fragen auslöst: »Was bin ich eigentlich? Ein Jude? Ein Goi? Worum dreht sich mein Leben?« Max, 36 Jahre alt und 90 Kilo schwer, Erbe eines Textilimperiums namens SuperTex, landet auf der Couch einer Analytikerin, der er sein Leben erzählt. Da ist vor allem seine Auseinandersetzung mit dem Vater, der das KZ überlebte, aber in seinem Mercedes ertrank. Ein weiteres Trauma des assimilierten Juden aus dem Yuppie-Milieu: Fassungslos mußte Max mitansehen, wie er seine große Liebe Esther plötzlich an den orthodoxen Glauben verlor. Und sein Bruder Boy verliebt sich nun in eine marokkanische Jüdin, deren Familie arm und gläubig ist. So scheint Max der einzige, der nicht in den Schoß der Tradition zurückfindet. *SuperTex* ist die farbige Geschichte eines Generationenkonflikts, ein Feuerwerk des Humors.

»Leon de Winter erzählt die Geschichte des jüdischen SuperTex-Managers Max Breslauer mit amerikanischer Rotzigkeit, europäischer Nachdenklichkeit und mit einem vielleicht holländisch-jüdischen sechsten Sinn für Dramaturgie. Ein spannendes Buch, das man nicht mehr aus der Hand legen mag.«
Barbara Sichtermann/Zitty, Berlin

Serenade

Roman. Deutsch von Hanni Ehlers

Anneke Weiss, Mitte siebzig, seit langem Witwe, hat ihre Lebenslust und ihren Elan, sich munter in das Leben ihres Sohnes Bennie, eines verhinderten Komponisten, einzumischen, gerade erst richtig wiederentdeckt. Da diagnostizieren die Ärzte bei ihr ein Karzinom. Bennie drängt darauf, daß man seiner Mutter ihre tödliche Krankheit verschweigt. Das Leben scheint ganz normal weiterzugehen – Anneke verliebt sich sogar in den 77jährigen Fred Bachmann –, doch dann, wie aus heiterem Himmel, gerät alles aus den Fugen: Die alte Dame ist spurlos verschwunden. Bleibt die Hoffnung, daß sie zu einer ihrer Vergnügungsreisen aufgebrochen ist, mit der sie ihren Sohn immer stolz überrascht. Warum gibt sie nur kein Lebenszeichen von sich? Bennie und Fred machen sich auf die Suche. Sie finden Anneke – aber nicht etwa auf den Champs-Elysées, sondern auf dem Güterbahnhof von Split. Was hat Anneke zu dieser »Reise« bewogen?
Nur vordergründig witzig und leichtfüßig erzählt dieser Roman von einem Trauma, das jeden Tag neu aufzubrechen vermag.

»Ein neuer europäischer Romancier von Rang: Leon de Winter beweist, wie man E und U spielerisch verbindet.« *Abendzeitung, München*

»Unmöglich, *Serenade* nicht zu lieben, eine Geschichte, die sich als funkelndes Leichtgewicht tarnt, um von der dunklen Last des Lebens zu erzählen, den Wunden der Vergangenheit, die keine Zeit heilt. Es ist ein versöhnliches Buch, ergreifend und von optimistischer Menschlichkeit. Leon de Winter verzichtet auf Pathos und erzählt mit zärtlicher Ironie und spannender Einfachheit.«
Mario Wirz/Der Tagesspiegel, Berlin

Zionoco

Roman. Deutsch von Hanni Ehlers

Als Sol Mayer in Boston in der Boeing 737 auf die Starterlaubnis nach New York wartet, weiß er noch nicht, daß dieser Flug sein Leben verändern wird: Der attraktive Rabbiner, Starprediger von Temple Yaakov, der großen Synagoge an der Fifth Avenue, verliebt sich verzweifelt in seine Sitznachbarin, Sängerin einer kleinen Band.
Damit bekommt seine ohnehin nicht ganz intakte Gegenwart noch mehr Risse. Die Ehekrise mit Naomi, Erbin eines Millionenvermögens, der er sein soziales und materielles Prestige zu verdanken hat, läßt sich nicht länger verdrängen. Und beruflich hat sich der liberale Rabbiner mit öffentlichen Angriffen gegen orthodoxe Chassiden gerade mächtige Feinde geschaffen.
Vor allem aber wird seine dunkle Vergangenheit wieder virulent, die Zeit, in der Sol als Lebemann und Taugenichts gegen den übermächtigen Vater rebellierte. Nur ein Wunder hatte den jungen Mann, der damals nichts vom Glauben wissen wollte, nach dem Tod des Vaters bewogen, in dessen Fußstapfen zu treten und ebenfalls Rabbiner zu werden. Wunder – oder Delirium seines alkoholumnebelten Hirns? Eine Frage, die Sol seither metaphyisische Qualen bereitet.
Eine Reihe stürmischer und aufwühlender Ereignisse zwingen ihn zu einer halluzinatorischen Reise, die ihn noch einmal in die Fußstapfen des Vaters treten läßt, wunderlicher, als er sich je hätte träumen lassen.

»Seine tragischen Geschichten sind mit einem subtilen Witz aufgeladen, wie ihn nur große jüdische Autoren beherrschen: Isaac Bashevis Singer zum Beispiel, Woody Allen oder Saul Bellow.«
Christian Seiler/profil, Wien

Connie Palmen
Die Gesetze

Roman. Aus dem Niederländischen von
Barbara Heller

In sieben Jahren begegnet die Ich-Erzählerin, eine junge Studentin, sieben Männern: dem Astrologen, dem Epileptiker, dem Philosophen, dem Priester, dem Physiker, dem Künstler und dem Psychiater. Sie begehrt an diesen Männern vor allem das Wissen, das sie befähigt, die Welt zu verstehen und zu beurteilen. Sie versucht die Gesetze, die sie sich für ihr Leben gewählt haben, zu ergründen, sucht nach dem, was Halt in einer unsicheren Welt geben kann.

»Ein ernstes, gedankenvolles Buch, eine leidenschaftliche Suche nach Wahrheit und Glück. Und ein sehr gescheites und humorvolles Buch, lakonisch im Stil, elegant in der Argumentation.« *Trouw, Amsterdam*

»Ein fulminantes, erstaunliches Romandebut von philosophischer Tiefe und erquickender Frische.«
Brigitte Ulmer/annabelle, Zürich

»Ein Wunder – das Wunder eines gelungenen modernen Entwicklungsromans – ist, daß bei so viel Konzept, bei so viel Klugheit und Überblick das Erzählen nicht zu kurz kommt. Daß Tiefsinn und Selbstironie, Gedanke und Einfachheit, distanzierte Subjektivität und lakonische Feinheit der szenischen Beschreibung miteinander bestehen können. Daß die großen Themen – Sprache und Lüge, Liebe und Projektion – so leicht und dennoch eng verwoben daherkommen. Und nicht zuletzt: daß das Buch der Suche ein Findebuch ist, temporeich, lakonisch, voll Überraschungen.« *Dorothea Dieckmann/Die Zeit, Hamburg*

»Sehr lebendig und ebenso philosophisch erzählt. Ein Bestseller der Extraklasse.«
Rolf Grimminger/Süddeutsche Zeitung, München

Die Freundschaft

Deutsch von Hanni Ehlers

Kit ist schmächtig, blond, anhänglich, lesehungrig. Ara dagegen groß und dick, dunkel wie eine Zigeunerin, wortblind. Die beiden verbindet von Kind an eine ungewöhnliche Freundschaft. Ara ist die einzige, bei der die nervös-agile Kit zur Ruhe kommt; Kit verhilft Ara zur Sprache und damit zur Erkenntnis über sich und die Welt. Zwei ungleiche Frauen, die sich ein halbes Leben lang lieben, verletzen und gegenseitig in Frage stellen.
Die Freundschaft ist ein Roman über Gegensätze und deren Anziehungskraft: Über die uralte und rätselhafte Verbindung von Körper und Geist; über die Angst vor Bindungen und die Sehnsucht nach Zugehörigkeit; über Süchte und Obsessionen und die freie Verfügung über sich selbst.
Ein aufregend wildes und zugleich zartes Buch voller Selbstironie, das Erkenntnis schenkt und einfach jeden angeht.

»Connie Palmen ist nicht nur eine gebildete, sondern auch eine höchst witzige Erzählerin.«
Hajo Steinert/Tempo, Hamburg

»Gefühl und Denken sind in ihrer Prosa auf faszinierende Weise vereint, die Autorin kann sowohl Emotionen als auch Erkenntnisse mit seltener Klarheit in Worte fassen.« *Provinciale Zeeuwse Courant*

»Scharfsinnig und präzis geschrieben, witzig und unwiderstehlich.« *Trouw, Amsterdam*

Der Roman wurde mit dem renommierten niederländischen AKO-Literaturpreis 1995 ausgezeichnet

Sibylle Mulot im Diogenes Verlag

Sibylle Mulot, geboren 1950 in Reutlingen, studierte Literaturwissenschaft und bildete sich zur Journalistin aus. Sie lebt als Schriftstellerin und Übersetzerin in Frankreich und schreibt für diverse Zeitschriften.

»Willkommen! Eine deutsche Autorin, die über Scherz, Satire, Ironie und – Selbstironie verfügt: Qualitäten, die nahezu angelsächsisch anmuten.«
Süddeutsche Zeitung, München

»Die Autorin versteht es, mit beredter Leichtigkeit, mit großer Genauigkeit und mit einnehmender Sympathie für die Figuren zu erzählen.«
Der Standard, Wien

Liebeserklärungen
Roman

Nachbarn
Roman

Das Horoskop

Andrzej Szczypiorski im Diogenes Verlag

Die schöne Frau Seidenman

Roman. Aus dem Polnischen von Klaus Staemmler

Dieser Roman handelt von der Rettung der schönen Polin Irma Seidenman und einer Vielfalt von Gestalten und Geschichten, die der Autor in einer großartigen Komposition um sie herum gruppiert: der junge Pawetek, der sie insgeheim verehrt, sein Schulfreund Henio Fichtelbaum, der ins brennende Ghetto zurückkehrt, der reiche Schneider Kujawaski, der heimlich Künstler und den Widerstand unterstützt, der Schöne Lolo, ein erfolgreicher Verräter, der Bandit Suchowiak, der Juden aus dem Ghetto schmuggelt...

»Gelassen, aller pessimistischen Geschichtsbetrachtung zum Trotz, blickt Andrzej Szczypiorski zurück auf die finsteren Zeiten, die er selbst durchlebt hat, in den Flammen des Warschauer Aufstands und danach im KZ Sachsenhausen. Mit herber Ironie erzählt er von Gerechten wie Schurken, von guten Patrioten und Henkersknechten, Todgeweihten und noch einmal Davongekommenen, deren Geschicke sich verknüpfen zu dramatisch gerafftem Romangeschehen.«
Der Spiegel, Hamburg

Eine Messe für die Stadt Arras

Roman. Deutsch von Karin Wolff

»Wir sollten vorsichtiger sein, wenn wir uns über ›die besten Bücher‹ und ›die wichtigsten Autoren‹ äußern, denn es ist allzeit wahrscheinlich, daß wir die gar nicht kennen. Zum Beispiel den Roman *Eine Messe für die Stadt Arras* von Andrzej Szczypiorski.«
Ulrich Greiner/Die Zeit, Hamburg

»*Eine Messe für die Stadt Arras* ist Andrzej Szczypiorskis Hauptwerk.« *Marcel Reich-Ranicki/FAZ*

Amerikanischer Whiskey

Erzählungen. Deutsch von Klaus Staemmler
Mit einem Vorwort des Autors zur deutschen Ausgabe

»Gesättigt mit Welt und Erfahrung sind die Geschichten; ein souveräner Kopf und blendender Erzähl-Techniker schildert das ewige Menschheits-Monopoly, Macht und Ohnmacht, erlebt am eigenen Leibe. Turmhoch stehen diese Erzählungen über dem grassierenden esoterischen Gefinkel und knieweichen Selbstbeweinen heimischer Floristen.« *Der Spiegel, Hamburg*

»Andrzej Szczypiorski kann nicht aufhören, sich darüber zu wundern, was Menschen Menschen angetan haben und was sie sich noch heute antun ...«
Marcel Reich-Ranicki

Notizen zum Stand der Dinge

Deutsch von Klaus Staemmler

»Diese Aufzeichnungen sind das Dokument der Auseinandersetzung eines aus seinem Lebenszusammenhang gerissenen Individuums mit einer aus ihrem organischen Zusammenhang herausgerissenen Zeit – und des Versuchs, sich aus dieser Zeit heraus in einen Bereich der Zeitlosigkeit zu retten. Authentisch, subjektiv und schonungslos.« *Neue Zürcher Zeitung*

Nacht, Tag und Nacht

Roman. Deutsch von Klaus Staemmler

»*Nacht, Tag und Nacht* ist ein sehr nachdenkliches Buch, dessen Stärke in der Verknüpfung anschaulichen Erzählens mit kompromißloser Reflektion liegt. Im Schicksal einiger farbig gezeichneter Figuren wird das Lebensopfer einer ganzen Generation spürbar. Szczypiorskis Abrechnung mit der Vergangenheit seines Landes ist schonungslos.«
Bayrisches Fernsehen, München

Der Teufel im Graben

Roman. Deutsch von Anneliese Danka Spranger

Stanislaw Ruge erinnert immer irgendwen an irgend jemanden. In der Kneipe eines polnischen Provinznestes kommt er mit einem Dienstreisenden und dem ortsansässigen Rostocki ins Gespräch. Der Dienstreisende fühlt sich durch Ruge an einen Hund namens ›Bürste‹ erinnert; weniger harmlos ist die Assoziation von Rostocki: Er besteht darauf, in Ruge einen Polizisten wiederzuerkennen, der in der Nazizeit mit den Deutschen kollaborierte.

»Andrzej Szczypiorski belegt, daß der Roman keineswegs tot ist, daß menschliche Schicksale im doppelten Sog der Geschichte und der Zeit noch immer, und zwar auf höchstem Niveau, in der Romanform darstellbar sind.« *Neue Zürcher Zeitung*

Den Schatten fangen

Roman. Deutsch von Anneliese Danka Spranger

Sommer 1939 in Polen: Wie eine Gewitterwolke hängt die drohende Kriegsgefahr über einer pittoresken Landschaft. Der junge Krzys, der mit seinen fünfzehn Jahren an der Schwelle zum Erwachsensein steht und seine erste Liebe erlebt, ahnt, daß das Polen seiner Kindheit bald der Vergangenheit angehören wird. So zieht mit dem Ende der Kindheit von Krzys das Ende einer polnischen Epoche heran, Krzys kann gerade noch *Den Schatten fangen.*
Dieser in Polen erstmals 1976 veröffentlichte Roman voll zarter Poesie und wehmütiger Bilder läßt Szenarien von Thomas Mann anklingen.

»Szczypiorski erzählt ohne Sentimentalität und hurrapatriotische Ausbrüche, dafür mit Humor und Verständnis für menschliche Träume und Sehnsüchte.«
Süddeutsche Zeitung, München

Selbstportrait mit Frau

Roman. Deutsch von Klaus Staemmler

»*Selbstportrait mit Frau* stellt die Unfähigkeit zu einer wahren, tiefen Liebe zwischen Mann und Frau dar. Auf einer anderen Textebene versuche ich aber eine viel allgemeinere Überlegung mitzuteilen, nämlich die, daß die Unfähigkeit zu lieben ein Charakteristikum unserer Zeit ist, ganz unabhängig davon, ob jemand in der vollkommensten Demokratie oder im schlimmsten Totalitarismus lebt.«
Andrzej Szczypiorski

»Andrzej Szczypiorski ist ein Magier der Schriftstellerei.«
Marta Kijowska/Süddeutsche Zeitung, München

Europa ist unterwegs

Essays und Reden. Deutsch von Klaus Staemmler, Albrecht Lempp, Winfried Lipscher und Dorota Stroinska

Andrzej Szczypiorski ist nicht nur ein großer Erzähler, sondern auch ein brillanter Essayist. Im vorliegenden Band äußert sich der Autor u. a. zu so brisanten Themen wie: die Wiedervereinigung Deutschlands; die Wende in einigen Ländern Europas und ihre politischen Folgen für alle; die Veränderungen in der deutsch-polnischen Nachbarschaft; die sogenannte Vergangenheitsbewältigung in Polen und Deutschland; das Verhältnis zwischen Kunst und Politik; die Beziehungen zwischen Kirche und Staat.

»Die vorerst noch allzu seltenen Stimmen der praktischen Völkerversöhnung wie die von Szczypiorski sind unverzichtbar für die bevorstehende Sisyphosarbeit, nationenübergreifend das gestorbene Europa wiederzubeleben.« *Sigrid Herzog/Sender Freies Berlin*

Andrea De Carlo im Diogenes Verlag

»Der ironische Blick, der den Kern einer Situation erfaßt, ist De Carlos herausragende Qualität und war es seit je. Das bedeutet nicht, daß er ein literarischer Clown ist. Ohne tiefschürfende Introspektion rückt er psychologisch äußerst komplexe Zusammenhänge ins Licht, indem er sie an ihren sichtbaren Zeichen erkennt.« *Neue Zürcher Zeitung*

»Ein Italiener macht deutschen Romanciers Tempovorgaben.« *Szene Hamburg*

»Bemerkenswert ist nicht nur die Präzision, sondern auch die Wertfreiheit seiner Beschreibungen. Der Verzicht auf die Attitüden eines schöngeistigen Antiamerikanismus versetzt De Carlo in die Lage, ohne Zorn und Eifer bestimmte zeitgenössische Phänomene zu registrieren, die ihren Ursprung auf der anderen Seite des Atlantik gehabt haben mögen, aber nicht auf Amerika beschränkt geblieben sind.«
Frankfurter Allgemeine Zeitung

Vögel in Käfigen und Volieren
Roman. Aus dem Italienischen von Burkhart Kroeber

Creamtrain
Roman. Deutsch von Burkhart Kroeber

Macno
Roman. Deutsch von Renate Heimbucher

Yucatan
Roman. Deutsch von Jürgen Bauer

Zwei von zwei
Roman. Deutsch von Renate Heimbucher

Techniken der Verführung
Roman. Deutsch von Renate Heimbucher

Arcodamore
Roman. Deutsch von Renate Heimbucher

Uto
Roman. Deutsch von Renate Heimbucher